世界十大文学名著

战争与和平

（四）

WAR AND PEACE

〔俄〕列夫·托尔斯泰 著

Leo Tolstoy

草婴 译

上海文艺出版社

目　录

第四卷

第 一 部

1

这时，在彼得堡最上层，鲁勉采夫派、亲法派、玛丽雅太后派、皇太子派和其他各派，正进行着更加钩心斗角的活动，而宫廷帮闲照例在旁搬弄是非。但平静奢侈、靠幻想过日子的彼得堡生活依然如故；由于过着这样的生活，要认识俄国人民面临的危险和所处的困境，就非花力气不可。皇帝照样上朝，舞会照样举行，法国剧院照样演出，朝廷的兴趣一如往日，争权夺利和要弄阴谋依然如故。只有在最上层，有人竭力提醒当前的困境。人们窃窃私语，处境如此困难，两位皇后①却各行其是。玛丽雅太后只关心她所庇护的慈善机构和教养机构，传旨把这些机构迁到喀山，其中设备都已包装妥当。人们向伊丽莎白皇后请示，她出于俄国人的爱国热情回答说，她无权过问政府机关，因为那是皇上的事，至于她本人，将最后一个撤离彼得堡。

八月二十六日，就是鲍罗金诺会战那一天，安娜·舍勒家照常举行晚会，而晚会最精彩的节目则是朗诵主教大人把圣谢尔基神像献给皇上时写的那封信。这封信被看作教会爱国辞令的典范，它将由以朗诵技巧著称的华西里公爵亲自朗诵（他常在皇后面前朗诵）。他的朗诵技巧在于嗓门洪亮，声音悦耳，有时慷慨激昂，有时如泣如诉。至于什么地方慷慨激昂，什么地方如泣如诉，完全是随心所欲，没有定规。这次朗诵，也像安娜·舍勒家所有的晚会一样，具有政治意义。那天晚会将有几位重要人物参加，安娜·舍勒要他们因去法国剧院一事感

① 一位是保罗皇帝的寡妇玛丽雅皇太后，另一位是亚历山大一世的妻子伊丽莎白皇后。

到羞耻，从而激发他们的爱国热情。客人已到了不少，但安娜·舍勒还没在客厅里见到所有要见的人，因此朗诵还没有开始，人们都在随便闲聊。

彼得堡当天的新闻是海伦伯爵夫人害病。几天前她突然生病，错过几次她能增光的集会。据说她不接见任何人，并且不找那几个向来替她治病的彼得堡名医，而请教一位用新的特殊疗法替她治病的意大利医生。

大家都知道，美丽的伯爵夫人的病，起因于不便同时嫁两个男人，而意大利人的疗法就是要排除这种障碍。但当着安娜·舍勒的面，不仅没有人敢这样想，而且没有人流露出知道这事的样子。

"据说可怜的伯爵夫人病得很重。医生说是心绞痛。"

"心绞痛吗？哦，这是一种可怕的病！"

"据说两个情敌因她的病和好了。"

大家都兴致勃勃地反复说着心绞痛这个名词。

"据说老伯爵很伤心。医生宣布这病很危险，他就哭得像个孩子。"

"哦，这可是个重大损失。她实在是个迷人的女人。"

"您是说那位可怜的伯爵夫人吗……"安娜·舍勒走过来说，"我派人去打听了她的病情。回话说，她稍微好些了。她无疑是天下最迷人的女人。"安娜·舍勒为自己的热情露出微笑，"我们属于不同的阵营，但这并不妨碍我对她应有的敬意。她太不幸了！"

一个冒失的年轻人认为安娜·舍勒是用这话轻轻揭开伯爵夫人害病的内幕，就大胆地表示惊讶，为什么不延请名医治疗，而去请教一个可能采用危险疗法的江湖郎中。

"您也许比我消息灵通，"安娜·舍勒突然刻薄地攻击初出茅庐的年轻人，"但我从可靠方面得知，这位医生医道高明，学问渊博。他是西班牙皇后的御医。"安娜·舍勒就这样驳倒了年轻人，转身走向比利平所在的另一个圈子。比利平正在谈论奥国人，他皱紧眉头，显然准备再舒展开来，说出一句俏皮话。

"我觉得那挺有意思！"他说到一个外交文件，这个文件是和被彼得堡方面称为彼得堡英雄的维特根施泰因所缴获的奥国旗帜一起送往维也纳的。[①]

“什么，您说什么？”安娜·舍勒对他说，让大家静下来听她已知道的那句俏皮话。

于是比利平复述了一遍由他起草的文件原文：

“皇帝送还奥国旗帜，”比利平说，“这些友好的迷途旗帜是在正道之外找到的。”比利平说完舒展开眉头。

“妙极了，妙极了！”华西里公爵说。

“也许是那条通华沙的路吧！”伊波利特公爵突然大声说。大家都向他回过头去，不明白他说这话是什么意思。伊波利特公爵也又惊又喜地向周围扫视了一下。他也跟别人一样，不明白自己说这话的意思。在他的外交生涯中他多次注意到，有时突然插进一句话往往显得很俏皮，因此一有机会就信口开河。“说不定效果很好，”他想，“即使不好，也无伤大雅。”果然，在一片令人难堪的沉默中，安娜·舍勒所期待的那个不够爱国的人走了进来。她笑眯眯地举起一只手指警告伊波利特，同时请华西里公爵到桌子前面来，拿给他两支蜡烛和一份稿子，请他朗诵。大家都不作声。

“至圣至尊的皇帝陛下！”华西里公爵庄严地朗诵道，接着扫视了一下听众，似乎要看看有没有异议。没有人吭声。“古都莫斯科，新的耶路撒冷，接待**它的**基督吧，”他读到**它的**两字突然加重语气，“就像母亲拥抱她热情的儿子那样，并通过冉冉升起的迷雾，预见到你的国度的赫赫荣光，欢天喜地地歌颂：‘和撒纳，荣耀归于我主！’”华西里公爵如泣如诉地念了最后这句话。

比利平察看着自己的指甲，许多人显然都有点害怕，仿佛在问：他们犯了什么罪？安娜·舍勒像老太婆念祷文那样，预先说出下面的字句：“让大胆无礼的歌利亚……”[②]

华西里公爵继续念道：

---

① 指克利亚斯提策城下之战，在这次战斗中维特根施泰因打败了前不久建立的俄奥联军。

② 迦特人歌利亚是非利士人的勇士，他头戴铜盔，身穿铠甲，勇猛无敌，后被大卫用机弦甩石打死。事见《旧约全书·撒母耳记上》第十七章。

"让大胆无礼的歌利亚把死亡的恐怖从法国边境带到俄罗斯土地上吧；谦逊的信仰，俄国大卫的机弦，将痛击他那嗜血的骄傲头颅。今将此圣谢尔基神像，古代热情保卫我国福利的战士，敬献给皇帝陛下。我因体力衰弱未能亲自觐见圣颜，深感遗憾。我热烈祷告上苍，愿万能的主颂扬正义之民族，以遂陛下圣愿。"

"字句多么有力！风格多么优美！"大家异口同声地赞美作者和朗诵者。安娜·舍勒的客人们受到这封信的鼓舞，长久地谈论着国家大事，对最近即将发生的战斗结果作出各种猜测。

"你们就能看到，"安娜·舍勒说，"明天是皇上圣诞，我们一定会得到好消息。我有这样的预感。"

2

安娜·舍勒的预感果然应验了。第二天，宫廷为庆祝皇帝圣诞而祈祷时，伏尔康斯基公爵被叫出教堂，接受库图佐夫公爵的文件。这是库图佐夫在塔塔利诺瓦战斗当天写来的报告。库图佐夫写道，俄军没有后退一步，法军损失远比俄军惨重，他从战场上匆匆报告，来不及收集最后情报。总之，这是一场胜利。人们还没离开教堂，就立即为造物主庇佑这次胜利做感恩礼拜。

安娜·舍勒的预感应验了。整个早晨，全城弥漫着节日的欢乐气氛。大家都认为这是一次大胜利，有人甚至说拿破仑已被俘并被废黜，法国已选出新元首。

在远离战场的宫廷环境里，要充分反映全面情况是极其困难的。一般事件往往不知不觉集中表现在一件具体的事情上。譬如，现在朝臣们的欢乐，一方面是由于我们的胜利，另一方面是由于捷报传来正逢皇帝圣诞。这真是喜上加喜。库图佐夫的报告也提到俄军的伤亡，其中包括杜契科夫、巴格拉基昂和库塔伊索夫。在彼得堡上层社会，俄军伤亡的悲痛就集中在库塔伊索夫阵亡这件事上。大家都认识他，皇帝喜欢他，他年轻，讨人喜欢。那天大家一见面就说：

"真是想不到。就在祈祷的时候。库塔伊索夫的牺牲真是一大损失！

唉，真可惜！”

“库图佐夫嘛，我对你们怎么说的？”这时华西里公爵带着预言者的骄傲神气说，“我一向说，唯有他能打败拿破仑。”

但第二天没有接到前线的消息，大家都感到忐忑不安。皇帝因此心情烦闷，朝臣们也忧心忡忡。

“皇帝处境真难哪！”朝臣们说，不像前天那样称赞库图佐夫，却指责他弄得皇帝焦虑不安。那天华西里公爵不再颂扬他的偶像库图佐夫，而在谈到总司令时不吭一声。除此以外，这天傍晚仿佛事事都有意使彼得堡居民惊惶不安，包括一个可怕的消息：海伦伯爵夫人突然去世，害的是一种人们津津乐道的可怕疾病。在大庭广众中，大家都说海伦伯爵夫人死于心绞痛，但在熟人之间却流传着详细的情节：西班牙皇后的御医给海伦开了一种药，这种药只能小剂量服用；但海伦一面受老公爵猜疑，一面写信给丈夫（那个倒霉的浪子皮埃尔），却得不到丈夫的回信，她内心苦闷，就服了大量这种药，结果来不及抢救，在痛苦中死去了。据说华西里公爵和老伯爵向意大利人问罪，意大利人拿出不幸的死者写的一沓信，他们就立刻罢休。

大家谈论的无非是三件令人伤心的事：皇帝不明形势、库塔伊索夫阵亡和海伦猝死。

接到库图佐夫报告后第三天，有一个地主从莫斯科来到彼得堡。于是法军占领莫斯科的消息就传遍全城。真是骇人听闻！皇帝处境太困难了！库图佐夫是卖国贼。华西里公爵在人家前来吊唁他女儿时，谈到先前受他颂扬的库图佐夫，说对一个放荡的瞎眼老头还能指望什么呢。他忘记了自己说过的话，但这在悲痛的时刻是情有可原的。

“我真弄不懂，怎么能把俄国的命运交托给这样一个人。”

这个消息不是来自官方，还可以怀疑，但第二天拉斯托普庆伯爵送来下述报告：

“库图佐夫公爵的副官给我送来一封信，要我派警官护送军队上梁赞大道。他说，放弃莫斯科，他深感遗憾。陛下！库图佐夫的所作所为决定着京城和您的帝国的命运。莫斯科是俄罗斯精华荟萃之地，埋葬着历代先帝遗骨，一旦失守，将震惊全国。我将随军行动。我已撤出全部物资。我为祖国的命运痛哭。”

皇帝接到这份报告，就派伏尔康斯基公爵给库图佐夫送去下面的诏书：

“库图佐夫公爵！从八月二十九日起我就没有收到过您的来文。但九月一日我从雅罗斯拉夫尔方面接到莫斯科卫戍司令送来的不幸消息，说您决定撤退军队，放弃莫斯科。您可以想象这一消息对我的影响，而您的沉默更增加我的惊异。今派侍从长官伏尔康斯基公爵送去此诏书，向您了解军情，以及您做出如此可悲决定的理由。”

3

莫斯科失守后九天，库图佐夫派专使送来放弃莫斯科的正式消息。这个专使是法国人米肖，他不懂俄语，自称身为外国人，却有一颗俄国心。

皇帝立刻在石岛皇宫办公室接见专使。米肖战前从未到过莫斯科，又不懂俄语，但当他觐见至圣至尊的皇帝，报告火光照亮他道路的莫斯科大火时，还是深为感动。

虽然米肖先生悲痛的原因同俄国人民悲痛的原因不同，但当他被引进皇帝办公室时还是一副愁眉苦脸的样子，以致皇帝一见他就问：

“你给我带来什么消息？是不是坏消息，上校？”

“消息很坏，”米肖垂下眼睛，叹了口气回答，“莫斯科失守了。”

“难道我的古都不战就被放弃了？”皇帝勃然大怒，急急地问。

米肖毕恭毕敬地转达了库图佐夫要他禀报的话，就是莫斯科城下无法战斗，因此只能选择一条路：要么同时牺牲军队和莫斯科，要么放弃莫斯科，而总司令只能选择后者。

皇帝眼睛不看米肖，默默地听着。

“敌人进城了？”他问。

“是的，陛下，现在全城已变成一片火海。我走的时候烈火熊熊。”米肖断然说，接着看了皇帝一眼，不禁大吃一惊。皇帝呼吸急促，下唇哆嗦，那双好看的蓝眼睛顿时热泪盈眶。

但这只是一刹那的事。皇帝突然皱起眉头，仿佛在责备自己的软弱。

他抬起头，语气坚决地对米肖说：

“上校，我从各方面看出，我们遭受重大牺牲是出于上帝的意旨……我决心顺从。但是米肖，请您告诉我，您来时，我们那不经一战就放弃古都的军队情况怎样？您有没有发现士气低落了？”

米肖看到至圣至尊的皇帝镇静下来，他也跟着镇静下来了，但对皇帝直率的重要问题必须做出明确的回答，而他却还没考虑好答案。

“陛下，您准许我像一个忠心的军人那样说实话吗？”他这样说，想赢得一点时间。

“上校，我向来这样要求……”皇帝说，“什么事也不要瞒我，我要知道全部真相。”

“陛下！”米肖已准备好一个又轻松又恭敬的俏皮回答，嘴角挂着一丝微笑说，“我离开军队的时候，上自司令，下至列兵，个个惊恐万状……”

“怎么会这样？”皇帝严厉地皱了皱眉，插嘴说，“我们俄国军队遇到失利会丧失士气吗？……绝对不会！”

米肖只等皇帝说出这句话，以便卖弄他的俏皮话。

“陛下，”他带着恭敬的戏谑神气说，“他们唯恐陛下心肠太软而缔结和约。他们急于战斗，”这位俄国人民的全权代表说，“不惜牺牲生命向陛下表忠心……”

“啊！”皇帝拍拍米肖的肩膀，眼睛里露出亲切的光芒，平静地说，“上校，您使我放心了。”

皇帝垂下头，沉默了一会儿。

“好，现在您回军队去吧！”他挺直身子，做了一个庄重而和蔼的手势对米肖说，“不论您到哪里，都要告诉我的勇士们，告诉我的全体臣民，即使不剩一兵一卒，我也将亲自率领我亲爱的贵族和善良的农民进行战斗，并不惜耗尽最后一分国力。我们的力量比我们敌人想象的要强大……”皇帝越说越激动。“但如果天意注定，”他抬起他那双满怀激情的明亮俊美的眼睛望着天空说，“我们的朝代将在我这一代结束，我也将竭尽所能，让我的胡子长到这里，”皇帝在胸口比画了一下，“同幸存的农民一起啃土豆，也决不签订丧权辱国的条约，因为我珍惜黎民百姓所做的牺牲……”皇帝声音激动地说完这话，突然转过身，仿佛不愿让米肖看到他盈眶的热泪，向办公室尽头走去。他在那里站了不多一会儿，大步回到米肖身边，用力握住他的下臂。皇帝和蔼的俊美的脸涨红了，眼睛里闪耀着坚决和愤怒的光芒。

“米肖上校，不要忘记此时此地我对您说的话，也许有朝一日我们会快乐地想起这件事……或者是拿破仑，或者是我，”皇帝拍拍胸脯说，“我们两人不共戴天。现在我可认识他了，他再也骗不了我了……”皇帝皱起眉头不再作声。米肖这个身为外国人，却有一颗俄国心的人，在这庄严的时刻，听了这些话，看见皇帝眼睛里的坚决神情，深受感动（他后来这么说），就用下面的话来表达他自己的也是俄国人民的感情，因为他自认为有权代表俄国人民。

“陛下！”他说，“陛下现在保证了民族的荣誉和欧洲的得救！”

皇帝点点头，让米肖离开。

4

当时俄国国土一半沦陷，莫斯科居民逃到边远省份，民团一批批奋起保卫祖国，我们这些后代子孙自然会认为，当时举国上下都不惜自我牺牲，一心救国，并为祖国的沦陷而失声痛哭。有关那个时代的记载，都毫无例外地谈到俄国人的自我牺牲精神、爱国热情、绝望、悲哀和勇敢。其实并非如此。我们之所以这样想，因为我们只看到历史的共同利益，而没有看到个人的具体利益。其实个人的具体利益远远超过共同利益，使人忽略共同的利益。当时多数人并不关心国家大事，而只顾眼前个人利益。他们就是当时很有影响的活动家。

至于那些试图了解局势、愿意自我牺牲、敢于参与国家大事的人，其实都是些最无用的社会成员。他们看事情总是颠三倒四，他们想做点有益的事，结果总是徒劳无功，例如皮埃尔和马蒙诺夫供养的一再抢劫俄国乡村的那几个团，又如太太小姐们撕扯的那些裹伤用棉线团永远到不了伤员那里，等等。就连那些卖弄聪明、发泄感情的人谈到当时俄国局势，也往往装腔作势，信口开河，或者对一些无辜的人横加责难和表示愤恨。在历史事件中，禁食分别善恶树果子[1]的戒律尤其明显。无意识的行动往往会产生结果，而历史事件中的著名人物决不会了解它的意义。即使他想了解，也不会有什么结果。

越是直接参与俄国当时所发生事件的人越不明白它的意义。在彼得堡和远离莫斯科的外省城市，太太小姐和穿民团制服的男子都为俄国的命运和古都的沦陷失声痛哭，做了决心自我牺牲等等表示；但撤离莫斯科的军队几乎不想也不谈莫斯科，目睹城里的大火，却没有人发誓要向法国人复仇，他们想的只是今后四个月的饷银和下一站宿营地，想到随军女商贩玛特廖什卡之类的事……

尼古拉·罗斯托夫长期参加卫国战争并非出于自我牺牲精神，而纯属偶然，因为战争发生时他正在服役。因此，他对俄国当时发生的事并不失望，也没有做出消极的论断。要是问他对俄国局势有什么想法，他会说，那不是他的事，那是库图佐夫等人的事，但他听说部队要补充人员，仗还要打很久，照这样下去，他不难在一两年内升任团长。

他有这种想法，因此当他奉命到沃罗涅日为部队补充马匹，不能参加即将发生的战斗时，他不仅不难过，反而十分高兴。这种心情他不加掩饰，同事们也知道得清清楚楚。

在鲍罗金诺会战前几天，尼古拉领到差旅费和公文。他先派出几个骠骑兵，然后自己乘驿车去沃罗涅日。

只有在战斗生活中连续度过几个月的人才能理解尼古拉离开充斥粮秣车、给养车和野战医院的地区时的快乐心情。他看不见士兵、大车和营地垃圾，只看见住着农民农妇的村庄、地主的庄园、放牧牲口的田野、驿站和酣睡的驿吏，他感到兴奋，就像第一次见到似的。特别使他感到惊喜不已的是那些又年轻又健康的女人，她们身边并没有十来个军官围着向她们献殷勤，因此一个过路的军官同她们调笑，她们就感到格外高兴和荣幸。

尼古拉夜间兴冲冲地来到沃罗涅日一家旅馆，要了他在军中好久没有吃到的东西。第二天，他把脸刮得干干净净，穿上好久没穿的讲究军

---

① 耶和华吩咐亚当不可吃那分别善恶树上的果子。事见《旧约全书·创世记》第二章。

装去见当地长官。

民团司令是个文职出身的将军，上了年纪，看样子对自己的军衔和军职感到踌躇满志。他怒气冲冲地（他认为这样才能显出军人本色）接待尼古拉，像煞有介事地盘问他，仿佛自己有权这样做，又仿佛是在评论国家大事，表明自己的态度。尼古拉心里高兴，只觉得这一切都挺好玩。

从民团司令那里出来，他坐车去见省长。省长是个矮小活泼的人，和蔼可亲，平易近人。他指点尼古拉到哪里的养马场买马，又给他介绍城里一个马贩子和离城二十俄里的一个地主，说在他们那里可以买到好马，还答应多方协助他。

"您是罗斯托夫伯爵少爷吧？我妻子同令堂很要好。我们每逢星期四招待客人，今天正好是星期四，请您务必光临。"省长送他出来时说。

尼古拉带上司务长，搭上驿车，直奔二十俄里外的地主家去买马。初到沃罗涅日，尼古拉过得轻松愉快，就像一个人心情好的时候总觉得事事称心、样样如意一样。

尼古拉访问的地主是一个老骑兵，鳏夫，养马能手，爱好打猎，拥有一间讲究的起居室，藏有百年陈酿和匈牙利名酒，养有一批骏马。

尼古拉三言两语就用六千卢布买了十七匹精选的（他这么说）种马，作为补充马匹的样品。他吃了饭，多喝了两杯匈牙利红酒，同那地主称兄道弟，然后热烈吻别。他兴高采烈，虽然道路泥泞，他还是不停地催促车夫，以便赶上省长家的晚会。

尼古拉用冷水淋了头，换了衣服，洒了香水，来到省长家。他到得晚了点，但嘴里说了句"晚到总比不到好"表示歉意。

这不是舞会，也没说要跳舞，但大家都知道卡吉琳娜·彼得罗夫娜将在古钢琴上弹华尔兹和苏格兰舞曲，这样就要跳舞。大家估计到这一点，就打扮得像赴舞会的样子。

一八一二年外省生活一如既往，只有一点差别，就是从莫斯科迁来许多有钱人家，城里热闹多了。再有，也像俄国其他地方那样，处处显得放荡不羁，天不怕地不怕，一切都无所谓，人们一见面就闲聊，以前只谈谈天气和熟人，现在却谈论莫斯科、军队和拿破仑。

聚集在省长家的是沃罗涅日的上流人物。

太太小姐很多，有几个是尼古拉在莫斯科的熟人；但男子中，能勉强同他这个圣乔治勋章获得者、采购马匹的骠骑兵军官同时又是和蔼可亲而又很有教养的伯爵平起平坐的却一个也没有。其中有一个在法军中当军官的意大利俘虏，尼古拉觉得，这个俘虏在场更使他这位俄国英雄显得身价百倍。这个意大利人就像是一件战利品。尼古拉有这种感觉，他认为大家都这样看待这个意大利人，因此对他表示亲切，但不失身份，保持一定分寸。

尼古拉穿着骠骑兵制服，周身散发着香水和酒气，一走进来嘴里说着“*迟到总比不到好*”，并且几次听见别人也这样说。所有的目光都集中在他身上，他立刻感到他成了大众的宠儿，在外省占有愉快的地位。在过了长期艰苦生活后，这种地位格外使人陶醉。在驿站上，在旅店里，在地主家的会客室里，使女们都以得到他的垂青为荣；这里，在省长的晚会上，尼古拉觉得，有无数年轻的太太和美丽的姑娘都迫不及待地等待着他的青睐。太太小姐们纷纷向他献媚；上了年纪的太太们第一天起就急于给这个浪荡骠骑兵做媒。省长夫人就是其中的一个，她把尼古拉当作近亲，并且亲切地用法语叫他*尼古拉*。

卡吉琳娜·彼得罗夫娜果然弹起华尔兹和苏格兰舞曲。跳舞开始了。尼古拉的活跃使外省上流社会更加着迷。他那洒脱奔放的舞姿使大家赞叹不已。那天晚上，尼古拉对自己的舞姿也感到吃惊。他在莫斯科从没这样跳过舞，对这样放肆粗野的姿势甚至觉得不成体统，*格调低下*；但在这里，他觉得必须弄点新花样使大家惊讶，他们一定以为这在京城已是司空见惯，而在外省还没有见过。

尼古拉整晚最注意一个金头发、蓝眼睛、身体丰满、模样可爱的女人。她是省里一位文官的夫人。尼古拉怀着花花公子的天真想法，认为别人的妻子都是为他而生的，跟她寸步不离，并且像耍什么阴谋似的客客气气地对待她的丈夫。尼古拉和这位夫人嘴里不说，但他们确实挺合得来。可是做丈夫的并没有这种想法，对尼古拉总是板着面孔。但尼古拉实在太天真善良，做丈夫的有时也难免受到他情绪的影响。不过，到晚会将结束的时候，妻子越来越兴奋，她的脸越来越红，丈夫的脸色则越来越阴沉，越来越苍白，仿佛两人兴奋的总量不变，妻子身上多一分，丈夫身上就少一分。

5

尼古拉脸上一直挂着笑容，坐在安乐椅上，俯身对着那个金发女人，向她天花乱坠地说着恭维话。

尼古拉肆无忌惮地移动马裤紧裹的双腿，身上散发出香水味儿，欣赏着这位夫人，也欣赏着自己，欣赏着自己那双穿皮靴的小腿的优美线条，对金发女人说，他要在沃罗涅日这里拐走一位太太。

“什么样的太太呀？”

“一位迷人的天使。她有一双天蓝的眼睛（尼古拉望了望对方），一张像珊瑚般红红的小嘴，皮肤雪白雪白……（他看了看她的肩膀）身段苗条像月神……”

丈夫走到他们面前，板着脸问妻子在谈什么。

“哦！尼基塔·伊凡内奇！”尼古拉说着恭恭敬敬地站起来。他仿佛要尼基塔·伊凡内奇也参与开玩笑，说他想拐走一个金发女人。

丈夫现出苦笑，妻子却笑得很开心。善良的省长夫人不以为然地走到他们面前。

“安娜·伊格纳季耶夫娜要见你，*尼古拉*。”她说安娜·伊格纳季耶夫娜的语气使尼古拉立即懂得，安娜·伊格纳季耶夫娜是位显要人物，“我们走吧，*尼古拉*。你不是要我这样称呼你吗？”

“当然可以，*伯母*。她是谁？”

“安娜·伊格纳季耶夫娜，她听外甥女说你救过她的命……你想得起来吗？……”

“我救过的女人可不少！”尼古拉说。

“她的外甥女就是玛丽雅公爵小姐。她在这里，在沃罗涅日，跟她的姨妈在一起。嚯，看你脸红的！怎么啦？……”

“没有的事，别说了，*伯母*。”

“好，好！哦，你这人真有意思！”

省长夫人把他带到一个又高又胖、头戴蓝帽的老妇人那里，她刚同城里几位重要人物打过牌。安娜·伊格纳季耶夫娜是玛丽雅公爵小姐的姨妈，是个没有孩子的有钱寡妇，一向住在沃罗涅日。尼古拉走到她跟前，她正站在那里算牌账。她庄重而严厉地眯起眼睛，看了他一眼，继续骂着那个赢了她钱的将军。

"你来，我很高兴，好孩子，"她伸出一只手说，"请光临寒舍。"

这位显要的老妇人谈到玛丽雅公爵小姐和她的亡父（她显然不喜欢他），又向尼古拉打听安德烈公爵（他显然也不讨她喜欢）的消息，再次邀请他去她家，这才放他走。

尼古拉答应去她家，向她告别时脸又红了。一提到玛丽雅公爵小姐，尼古拉就感到一种莫名的羞怯甚至恐惧。

尼古拉离开安娜·伊格纳季耶夫娜，想再回去跳舞，但矮小的省长夫人把她那胖鼓鼓的小手放在尼古拉的衣袖上，说她有话要跟他说，就把他带到起居室。起居室里的人都立刻走出去，以免妨碍省长夫人。

"我说，*好孩子*，"省长夫人和善的小脸上现出一本正经的神情，说，"她同你正好是天生的一对，你要我给你做媒吗？"

"您说的是谁啊，*伯母*？"尼古拉问。

"我给你说的是公爵小姐。卡吉琳娜·彼得罗夫娜叫她丽莉，可我还是叫她公爵小姐。你愿意吗？我相信你妈妈一定会感激我的。说实话，她真是个好姑娘！她一点也不丑。"

"不，不，"尼古拉仿佛生气了，说，"我啊，*伯母*，身为军人，既不要求什么，也不拒绝什么。"尼古拉不假思索地说。

"那么你把这事放在心上，这可不是玩笑。"

"当然不是玩笑！"

"是的，是的，"省长夫人仿佛在自言自语，"还有，*好孩子，你对那个金发女人太殷勤了*，弄得她丈夫很难堪，是的……"

"没有的事，我和他是朋友。"尼古拉天真地说。他根本没想到，他过得愉快会使别人不愉快。

"哦，刚才我对省长夫人说的话多蠢！"尼古拉吃晚饭时突然想，"她要是真的说起媒来，那宋尼雅怎么办……"他告别的时候，省长夫人笑眯眯地再次对他说："那么你把这事放在心上。"尼古拉就把她拉到一旁说：

"不过，伯母，我要对您实说……"

"什么，什么，我的朋友，我们坐下来谈。"

尼古拉突然觉得必须把心里话（连对母亲、妹妹和朋友都不说的心里话）告诉这个几乎是陌生的女人。后来他想起这次莫名其妙的冲动，觉得后果太严重（人们遇到这种情形往往如此），真是一念之差。这次冲动，连同其他琐事，给他和他的家庭造成了严重的后果。

"不瞒你说，伯母，妈妈早就要我娶位有钱人家的小姐，可我一想到为金钱而结婚，心里就不是滋味。"

"噢，我明白。"省长夫人说。

"不过，玛丽雅公爵小姐又当别论。首先，不瞒您说，我很喜欢她，她很中我的意。其次，我在那种特殊环境里遇见她，这真是奇遇。我常常认为这是命。有一点特别稀奇：妈妈早就想到这件事，但以前我没有机会遇见她，不知怎的总没有机会遇见她。当初我妹妹娜塔莎成了她哥哥的未婚妻，我当然不能考虑同她结婚。巧的是我遇见她的时候，娜塔莎正好同她哥哥解除了婚约，于是……就是这样。这话我对谁也没说过，以后也不会对谁说。我只对您说说。"

省长夫人感激地捏了捏他的臂肘。

"您认识我的表妹宋尼雅吗？我爱她，我答应跟她结婚，我一定要娶她……所以您可以明白，这事是不可能的。"尼古拉红着脸，结结巴巴地说。

"好孩子，好孩子，你怎么能这样说？要知道，宋尼雅一无所有，你自己也说过，你爸爸的景况很糟。你妈妈呢？那会要她的命的，这是其一。再说，宋尼雅这姑娘要是有良心，她将怎么过日子？你母亲会绝望，你家的景况会无法收拾……不行，好孩子，你和宋尼雅都应该懂得这一点。"

尼古拉不作声。他听到这话很高兴。

"不过，伯母，这是不可能的，"他沉默了一会儿，叹口气说，"公爵小姐肯嫁给我吗？再说，她现在还在服丧。她能考虑这件事吗？"

“难道你以为我要你立刻结婚。凡事都有个规矩。”省长夫人说。

“您可真是个好媒人，伯母……”尼古拉说着，吻了吻她那胖鼓鼓的小手。

6

玛丽雅公爵小姐在同尼古拉相遇后来到莫斯科，见到她的侄儿和家庭教师，还看到安德烈公爵的信，信里告诉她去沃罗涅日安娜·伊格纳季耶夫娜姨妈家该怎么走。在父亲患病期间，在父亲去世后，特别是同尼古拉见面后，玛丽雅公爵小姐由于似乎受到某种诱惑而感到苦恼。如今，张罗搬家、思念哥哥、安排新居、会见陌生人和教育侄儿，这些事就把那种心情给压下去了。她很悲伤。在安静的环境里度过一个月之后，由于丧父加莫斯科沦陷而产生的悲伤在她心里越发强烈。想到她唯一的亲人哥哥处境危险，她坐立不安，精神上更加痛苦。她为侄儿的教育操心，但是感到力不从心；不过她内心深处却感到平静，因为觉得她已克制了那因尼古拉出现而产生的幻想和希望。

晚会后第二天，省长夫人来见安娜·伊格纳季耶夫娜，同这位姨妈说了她的计划：目前虽不能考虑正式订婚，但仍可以让两个年轻人见见面，相互有个了解。省长夫人得到姨妈的同意后，就当着玛丽雅公爵小姐的面谈到尼古拉，夸奖他，并且说一提到公爵小姐他就脸红。玛丽雅公爵小姐听了并不高兴，反而感到痛苦，因为她不能再保持内心的平静，欲望、疑虑、自责和希望又一齐涌上心头。

在尼古拉来访前两天，玛丽雅公爵小姐不断考虑她对尼古拉应抱什么态度。她时而决定，他来访问姨妈时她不进客厅，因为重孝期间不宜见客；她时而想，在他帮了她那么大的忙以后，不见他是不礼貌的；她时而认为，她姨妈和省长夫人有意撮合她和尼古拉（她们的目光和语言有时可以证实这种推测）；后来她又暗自说，只有像她这种品德不纯的人才会这样想她们，她们不会忘记，她现在还没有脱孝，这样的撮合是对她和对她守孝的一种亵渎。玛丽雅公爵小姐设想她出去见他，他会对她说些什么，她该对他说些什么；有时她觉得那样的话过分冷淡，有时又觉得含义太深。她最害怕的是同他见面时她会心慌意乱，一见到他就会暴露出窘态。

不过，星期日早祷后，听差在客厅里通报尼古拉伯爵到来时，公爵小姐并没有显得慌张，只不过脸上微微泛起红晕，眼睛闪闪发亮。

“您见到他了，姨妈？”玛丽雅公爵小姐平静地问，自己也不明白她怎么会这样镇定自若。

尼古拉走进客厅，公爵小姐把头低了一下，仿佛有意先让客人向姨妈请安，然后等他向她转过身来时，她才抬起头，用明亮的眼睛迎接他的目光。她高兴地微笑着，庄重优雅地欠起身，向他伸出纤细柔嫩的手，第一次用女性的胸音同他说话。布莉恩小姐这时也在客厅，惊讶地望着玛丽雅公爵小姐。就连她这个善于卖弄风情的女人，在遇到有吸引力的男子时也不会比玛丽雅公爵小姐此刻应付得更好。

“也许是黑衣裳更配她的脸，也许是她确实变得好看了，可我没留意。特别是她举止优美，仪态万方！”布莉恩小姐想。

玛丽雅公爵小姐这时如果能思索的话，她对自己身上的变化一定比布莉恩小姐更吃惊。自从看见这张亲切可爱的脸以来，她就产生了一种新的生命力，她的一言一行都摆脱了她的意志。尼古拉一进来，她的脸顿时变了样。好像一个精雕细描的灯笼，原先显得粗糙、黑暗和没有意义，一旦点亮，就成为一件美丽动人的艺术品，玛丽雅公爵小姐的脸就突然发生了这样的变化。她内在的纯朴本性突然袒露出来。她的全部内心活动、她的自怨自艾、她的痛苦、她行善的愿望、她的温顺、她的爱、她的自我牺牲精神，这一切如今都在她那双亮晶晶的眼睛里、在她那温和的笑容里、在她和蔼可亲的脸上的每个部分闪耀着。

这一切尼古拉都清楚地看在眼里，仿佛他了解她的全部生活。他觉得他面前这个人与众不同，比他见过的任何人都好，尤其是比他好。

他们的谈话平淡无奇。他们谈到战争，也像一般人那样夸大对战局的忧虑，他们谈到上次的相遇，但尼古拉竭力改变话题，谈到善良的省长夫人、尼古拉的亲属和玛丽雅公爵小姐的亲属。

玛丽雅公爵小姐避免谈她的哥哥，只要姨妈一提到安德烈，她就把话岔开去。显然，她可以一本正经地谈俄国的灾难，但她不愿也不能无动于衷地谈到哥哥，因为哥哥同她是心连心的。尼古拉注意到这一点，他以非凡的洞察力看出玛丽雅公爵小姐性格上的种种特点，这就加强了他的信念：她是一个非同凡响的人物。尼古拉同玛丽雅公爵小姐完全一样，当人家谈到公爵小姐时，甚至在他想到她时，他就脸红，感到心慌意乱，但在她面前，他却感到毫无拘束，说的也不是事先准备好的一套，而是想到什么说什么。

在短暂的访问中，尼古拉遇到冷场的时候，也像一般有孩子在场时那样，跑到安德烈公爵小儿子旁边，抚爱他，问他愿不愿当骠骑兵。他把孩子抱在怀里，快乐地逗他玩，又回头望望玛丽雅公爵小姐。玛丽雅公爵小姐含情脉脉，羞怯而又幸福地注视着她心爱的人抱着心爱的孩子。尼古拉发现她的目光，仿佛懂得它的含义，高兴得涨红脸，喜气洋洋地吻起孩子来。

玛丽雅公爵小姐居丧不出，而尼古拉则认为再去访问她也不合适，但省长夫人仍继续她的媒妁工作，把玛丽雅公爵小姐说尼古拉的好话传给他，又把尼古拉说玛丽雅公爵小姐的好话传给她，并一定要尼古拉向玛丽雅公爵小姐表态。为了这个目的，她安排两个年轻人早祷前在主教那里见面。

尽管尼古拉对省长夫人说，他不准备向玛丽雅公爵小姐表态，但还是答应前去。

正如在蒂尔西特时那样，尼古拉不容自己怀疑公认的好事是否真好，现在，他在应凭理智安排自己的生活呢，还是听命于环境呢这两者之间做了短暂而认真的内心斗争后，选择了后者，屈服于那不可抗拒地引导着他的力量。他知道，他既已答应了宋尼雅，再向玛丽雅公爵小姐求爱是卑劣的。他相信他决不做卑劣的事。但他同时知道（与其说知道，不如说从心底里感觉到），现在他屈服于环境和引导他的人，不但不算卑劣，而且是在做一件他从未做过的极其重要的事。

自从他同玛丽雅公爵小姐会面以来，他的生活表面上一切如旧，但原来的各种乐趣都失去了魅力。他常常想到玛丽雅公爵小姐，但不像他想到交际场中那些小姐，也不像他长期如痴似醉地想到宋尼雅那样。他想到那些小姐，就像一般正派青年那样，把她们想象成未来的妻子，想象着他们的婚后生活：雪白的罩衫、茶炊旁的妻子、妻子的马车、孩子、妈妈和爸爸、她同公婆的关系，等等。这种对未来生活的遐想使他陶醉，但一想到人家正在替他撮合的玛丽雅公爵小姐，他却怎么也想象不出婚后生活的样子。即使勉强想象，那也是别扭和虚假的，他只感到害怕。

7

鲍罗金诺会战的消息，我军伤亡惨重的报道，以及莫斯科失守的噩耗，在九月中旬传到沃罗涅日。玛丽雅公爵小姐只从报上看到哥哥列入伤员名单，但详细情况毫无所知。她准备亲自去找寻安德烈公爵。尼古拉听到这件事，但还没有见到她。

尼古拉接到鲍罗金诺会战和莫斯科失守的消息，并没有产生绝望、愤怒和复仇之类的情绪，但他待在沃罗涅日觉得烦闷无聊，也有点羞愧不安。他觉得这里的谈话都装腔作势，不知道形势究竟该怎样判断，只有回到团里才能了解一切。他急于要结束买马的事，常常无缘无故对外人和司务长发脾气。

尼古拉动身前几天，教堂里举行感恩礼拜，庆祝俄军胜利，尼古拉也参加了。他站在省长后面，神态庄重，头脑里却思潮澎湃。礼拜完毕，省长夫人把他叫到跟前。

"你看见公爵小姐了？"她问，摆摆头让他看站在唱诗班后面穿黑衣裳的女人。

尼古拉立刻认出玛丽雅公爵小姐，与其说从她帽子底下的侧面轮廓，不如说是凭他感觉到的拘谨、胆怯和怜悯的情绪上认出来。玛丽雅公爵小姐显然满腹心事，在离开教堂前最后一次画了十字。

尼古拉惊讶地望着她的脸。这张脸同他以前见过的没有两样，依旧流露出内心的细微活动，但现在又增添了一种异样的光芒。脸上充满悲哀、祈求和希望的动人表情。尼古拉就像往常遇见她那样，没等省长夫人示意，也不问自己在教堂里同她招呼是否合适，是否得体，就走到她面前，说他已听到她的不幸，向她表示衷心慰问。她一听到他的声音，顿时容光焕发，照亮了她的悲伤和喜悦。

“有一点我想对您说，公爵小姐，”尼古拉说，“如果安德烈公爵去世了，那么，他作为一位团长，他的名字一定会立刻见报的。”

公爵小姐对他望望，不明白他这句话的意思，但看到他痛苦的同情神色，心里感到安慰。

“我知道许多例子，凡是中弹片伤（报上登着是榴弹伤）的，不是立刻致命，就是伤势很轻，”尼古拉说，“我们应该抱最好的希望，我相信……”

玛丽雅公爵小姐打断了他的话。

“哦，那真可怕……”她说，由于激动说不下去，姿势优美（在他面前她总是这样的）地低下头，感激地看了他一眼，跟着姨妈走了。

这天晚上，尼古拉哪儿也没去，留在家里结算同马贩子的账目。等算完账，要出去已太晚，但睡觉又太早，尼古拉就独自在屋里来回踱了好久，思考着他的生活。这在他是难得的。

玛丽雅公爵小姐在斯摩棱斯克给他留下愉快的印象。当时他在特殊的环境里遇见她，同时母亲又向他指出她是一个有钱的对象，这两件事使他对她特别注意。在沃罗涅日访问期间，她给他的印象不仅愉快，而且强烈。这一次，尼古拉惊讶地发现她赋有一种特殊的心灵美。不过，最近他正忙于动身，离开沃罗涅日，他将失去同公爵小姐见面的机会，但他并不感到惋惜。今天在教堂里同玛丽雅公爵小姐相遇，在他心里留下了深刻的印象，这是没有想到的，同时也破坏了他内心的平静。她那苍白、清秀、悲伤的脸容，她那亮晶晶的眼睛，她那文雅的动作，尤其是她那满脸深沉的哀伤，打动了他，激起他满腔同情。尼古拉看不惯男人身上所表现的那种高深莫测的精神生活（因此他不喜欢安德烈公爵），轻蔑地说这是故弄玄虚，想入非非；但对于玛丽雅公爵小姐身上流露出来的极度哀伤，尼古拉虽觉得格格不入，却感到有一种无法抗拒的魅力。

“她是个奇异的姑娘！简直是个天使！”他自言自语，“我为什么失去了自由？为什么急于同宋尼雅确定关系？”他不由得拿两人作着比较：论精神禀赋，一个贫乏，一个丰富，而尼古拉自己正缺乏这种禀赋，因此特别珍重它。他暗自寻思，如果他是自由的，他会怎么办。他会向她求婚，她会不会成为他的妻子？不，这件事无法想象。他觉得可怕，想象不出具体的景象。同宋尼雅他早已构思好未来的生活，一切都简单明了，因为一切都已想好了，他了解宋尼雅的一切；但他无法想象怎样同玛丽雅公爵小姐一起生活，因为他不了解她，只是爱她。

他想起宋尼雅总觉得轻松愉快，但一想到玛丽雅公爵小姐便觉得又沉重又有点害怕。

"她是怎样祈祷的呀！"他回想，"看得出，她整个心灵都沉浸在祈祷中。这种祈祷真可以移山倒海，我相信她的愿望一定会实现。我为什么不为我的愿望祈祷呢？"他想。"我需要什么呀？自由，断绝同宋尼雅的关系。她说得对，"他想起省长夫人的话，"我同宋尼雅结婚，除了不幸，不会有其他结果。一团糟，妈妈伤心……家事……一团糟，糟糕透顶！再说，我并不爱她。是的，并不真正爱她。天哪！让我摆脱这走投无路的困境吧！"他忽然祈祷起来。"不错，祈祷能移山倒海，但要有信心，不能像我和娜塔莎小时候祈求把雪变成糖，并且跑到院子里看看雪有没有变成糖那样。我现在祈祷可不是为了什么鸡毛蒜皮的事。"他说着把烟斗放在屋角，交叉双手，站在圣像前。他想起玛丽雅公爵小姐，就满腔热情地祈祷起来。他好久没这样祈祷了。他眼睛里充满泪水，咽喉哽住，这时拉夫鲁施卡拿着信进来。

"傻瓜！没叫你，干吗进来！"尼古拉说，连忙改变姿势。

"省长派人来，"拉夫鲁施卡用睡意未消的声音说，"有信给您。"

"那好，谢谢，你去吧！"

尼古拉拿到两封信。一封是母亲写的，一封是宋尼雅写的。他认得她们的笔迹，先拆开宋尼雅的一封。还没读上几行，他就脸色发白，眼睛又惊又喜地睁得老大。

"不，这不可能！"他大声说。他坐不住，拿着信在屋里边走边读。他浏览了一下，然后读了一遍又一遍。他耸起肩膀，摊开双臂，目瞪口呆地站在房间中央。他刚才祈祷，相信上帝会满足他，如今果然如愿以偿；但他还是很惊讶，觉得这事非同寻常，完全出乎他的意料。而且这事来得太快，证明不是出于上帝的恩典而只是一种巧合。

那束缚尼古拉自由的结子似乎无法解开，却被宋尼雅这封意外的（尼古拉有这样的感觉）信解开了。她在信中写到，最近的不幸形势，罗斯托夫家在莫斯科几乎破产，伯爵夫人多次表示要尼古拉娶玛丽雅公爵小姐，以及他近来的沉默和冷淡，这一切使她决定放弃他对她的允诺，给他充分自由。

“一想到这个对我恩重如山的家庭可能因我而烦恼和不和，我就十分难过，”她写道，“我之所以爱，就是要使我所爱的人得到幸福；因此我求您，尼古拉，把自己看成是自由的，并且要知道，不管怎样，天下没有人比您的宋尼雅更爱您的了。”

两封信都是从圣三一修道院寄来的。另一封信是伯爵夫人写的。她在信里写到莫斯科最后几天的情景：撤退、大火、财产丧失殆尽。伯爵夫人在信里还提到，安德烈公爵夹在其他伤员中跟他们同行。他伤势危险，但现在医生说，他还有希望。宋尼雅和娜塔莎像护士那样护理他。

第二天，尼古拉拿着这封信去见玛丽雅公爵小姐。尼古拉也好，玛丽雅公爵小姐也好，都绝口不提“娜塔莎护理他”一事。不过，由于这封信，尼古拉同公爵小姐突然变得像亲人了。

第二天，尼古拉把玛丽雅公爵小姐护送到雅罗斯拉夫尔，过了几天他自己也回部队去了。

8

宋尼雅从圣三一修道院写信给尼古拉，使他的祈祷得到了应验。促使她写信的原因是老伯爵夫人越来越盼望尼古拉娶一个有钱的姑娘。她知道，在这件事上宋尼雅是主要障碍。宋尼雅在伯爵夫人家的日子越来越难过，特别是在尼古拉来信说到他在保古察罗伏遇见玛丽雅公爵小姐以后。伯爵夫人一有机会就指桑骂槐，讽刺挖苦，使宋尼雅感到难堪。

但在他们离开莫斯科前几天，伯爵夫人面对当时的局势心烦意乱，把宋尼雅叫到跟前，没有责备她，也没有强迫她什么，却含泪恳求她牺牲自己，同尼古拉断绝关系，以报答他们家对她的照顾。

“你不答应我，我就不能安心。”

宋尼雅号啕大哭，边哭边诉，她什么都肯，什么都情愿，但没有正面答应，对这件事她下不了决心。为了让抚养她教育她的家庭得到幸福，她应该牺牲自己。本来，为别人幸福牺牲自己，在宋尼雅是习以为常的事。她在这个家里的地位就是：只有自我牺牲才能表现她的人品，她已习惯于自我牺牲，也乐于自我牺牲，但以前的自我牺牲，她总是快乐地意识到，这样做能提高她在自己心目中和别人心目中的价值，并因此配得上她平生最心爱的尼古拉；可是这一次却要她放弃所有牺牲所换取的奖赏和全部生活的意义。她有生以来第一次尝到那些庇护她而又残忍地折磨她的人所加给她的痛苦。她嫉妒娜塔莎，因为娜塔莎从来没有尝过这种滋味，从来不需要做自我牺牲，而总是让别人为她做出牺牲，她却仍然受到大家的宠爱。宋尼雅第一次感到，她对尼古拉悄悄的纯洁的爱突然变成一种高于礼法、道德和宗教的炽烈感情。在这种感情影响下，在寄人篱下的生活中学会掩盖真情的宋尼雅，只含糊其词地回答了伯爵夫人，从此就回避她，不再同她谈话，一心等待同尼古拉见面，不过，见面不是为了同他一刀两断，而是永不分离。

罗斯托夫一家在莫斯科最后几天的忙乱和恐慌，压下了宋尼雅心头的阴郁情绪。她因忙于事务而得到解脱，为此感到很高兴。但当她知道安德烈公爵在他们家里时，尽管她真心同情他和娜塔莎，却产生一种快乐的迷信想法，认为上帝不愿她和尼古拉分开。她知道娜塔莎只爱过安德烈公爵一人，现在仍旧爱他。她知道，在目前这种艰苦环境里重逢，他们又会相爱，一旦他们成亲，尼古拉就不能娶玛丽雅公爵小姐。尽管在莫斯科最后几天和旅途最初几天发生种种麻烦，宋尼雅却快乐地意识到，上帝在过问她的私事。

旅途中，罗斯托夫一家在圣三一修道院里第一次休息了一整天。

修道院拨给罗斯托夫家三间大客房，其中一间让安德烈公爵使用。那天，他的伤势好多了。娜塔莎陪着他。隔壁房间里，修道院院长前来看望老相识和老施主，伯爵夫人恭恭敬敬地同他谈着话。宋尼雅也坐在那里，一心想知道安德烈公爵同娜塔莎在谈什么。她隔着门只听见他们的说话声。安德烈公爵的房门开了，娜塔莎神色激动地从里面出来，没留意向她欠身致意、拢着右手宽袖筒的修道院院长，径自走到宋尼雅跟前，拉住她的手。

“娜塔莎，你怎么了？到这儿来！”伯爵夫人说。

娜塔莎走过去接受修道院院长的祝福，修道院院长劝她向上帝和圣徒求助。

修道院院长一走，娜塔莎就拉住朋友的手，把她领到一个空房间。

“宋尼雅，你说呢？他能活下去吗？”娜塔莎说，“宋尼雅，我多幸福，我又多不幸！宋尼雅，我的宝贝，一切都可以照旧，只要他能活下去。他不会……因为，因为……”娜塔莎放声大哭。

“对！这我知道！感谢上帝，”宋尼雅说，“他会活下去的！”

宋尼雅的激动不亚于她的朋友，既由于朋友的恐惧和悲伤，又由于自己无人可诉的心事。她一边哭，一边吻着娜塔莎，安慰着她。“但愿他能活下去！”她心里想。两个朋友哭了一阵子，谈了一会儿，擦干眼泪，向安德烈公爵房门口走去。娜塔莎小心翼翼地推开门，往里面望了一眼。宋尼雅同她一起站在半开半掩的门旁。

安德烈公爵高高地躺在三个靠枕上。他那苍白的脸显得很安详，双眼紧闭，呼吸平稳。

“啊，娜塔莎！”宋尼雅突然几乎叫出来，她抓住表妹的手向门外退去。

“什么？什么？”娜塔莎问。

“这就是，就是……”宋尼雅说，脸色发白，嘴唇发抖。

娜塔莎轻轻关上门，同宋尼雅一起走到窗前，还不明白她说的是什么。

“你记得吗，”宋尼雅神色惊惶而严肃地说，“那次我为你占卦，在镜子里看到……在奥特拉德诺，在圣诞节……你记得我看见了什么吗？……”

“记得，记得！”娜塔莎睁大眼睛说，隐隐约约地记起宋尼雅对她说过安德烈公爵躺在那里。

“你记得吗？”宋尼雅继续说，“我当时看见了，对大家都说过，对你、对杜尼雅莎都说过。我看见他躺在床上，”她说，说到一个细节，举起一个手指比画一下，“他闭着眼睛，身上盖的也是粉红色被子，两手也交叉着。”宋尼雅说，描述着此刻见到的细节，越发相信当时**看见的**就是这些细节。其实她当时什么也没有看见，她讲的是她想象的景象，不过她的想象是那么逼真，就像回忆其他往事那样。她不但记得她当时说过：他向她瞧了一眼，微微一笑，身上盖着粉红色的东西，她确信就是一条粉红色的被子，他的眼睛紧闭着。

“对，对，就是粉红色的。”娜塔莎说，她现在似乎也记得她说过是粉红色的，并由此证明预言绝非偶然，十分灵验。

“但这究竟表示什么呢？”娜塔莎若有所思地说。

“哦，我真不知道这事有多稀奇！”宋尼雅抱住头说。

过了几分钟，安德烈公爵打铃了，娜塔莎走进去；宋尼雅非常激动和伤感，留在窗前，思索着这件异乎寻常的事。

那天有个机会可以寄信到部队里去，伯爵夫人就给儿子写了一封信。

“宋尼雅！”宋尼雅从正在写信的伯爵夫人旁边走过，伯爵夫人抬起头来唤她。“宋尼雅，你不给尼古拉写封信吗？”伯爵夫人轻轻地颤声说，宋尼雅从那双戴眼镜的疲劳眼睛里看出伯爵夫人说这句话的用意。从她的眼神里所表现出来的是恳求，是对被拒绝的惧怕，是因求人而感到的羞怯，是对万一被拒绝彼此将结下深仇大恨的准备。

宋尼雅走到伯爵夫人面前，跪下来，吻了吻她的手。

“我写，妈妈。”她说。

这天发生的一切，特别是占卦应验的神秘现象，使宋尼雅心软、激动和感伤。她知道，由于娜塔莎同安德烈公爵恢复了关系，尼古拉不可能娶玛丽雅公爵小姐，她所喜欢和习惯的自我牺牲心情又恢复了。她眼睛里含着泪水，高兴地做着那件慷慨的事。由于泪水模糊了她那双天鹅绒般的黑眼睛，她几次中断，最后才写成那封使尼古拉大为震惊的动人的信。

9

皮埃尔被关进拘留所，逮捕他的官兵对他抱着敌意，同时带有几分敬意。此外，他们对他也有疑虑，不知他是什么人（会不会是个重要人物），而对他的敌意则是由于刚才同他打过架。

但到第二天早晨，看守换班后，皮埃尔觉得，新来的官兵待他已不像昨天逮捕他的那些人。的确，第二天看守的官兵根本不知道这个身穿农民长衣的胖子曾不顾死活地同抢劫犯和押送他的士兵打过架，并且像煞有介事地说要拯救孩子。他们只是奉上级命令把他看作十七个俄国犯人中的一个。如果说皮埃尔有什么地方与众不同，那就是他有一副并不胆怯和专注沉思的神态，以及一口使法国人都吃惊的漂亮法国话。虽然如此，皮埃尔那天还是同其他嫌疑犯被关在一起，因为他原住的单间被一个军官占用了。

同皮埃尔关在一起的都是最下层的俄国人。他们认出皮埃尔是贵族老爷，就同他疏远，尤其因为他会说法国话。皮埃尔听见他们嘲笑他，心里很不是滋味。

第二天晚上，皮埃尔听说所有被拘押的人（大概包括他在内）将因纵火受审。第三天，皮埃尔和同押犯被带到一个屋子，那里坐着一个白胡子法国将军、两名上校和几名佩肩带的法国人。他们审问被告的语气斩钉截铁，毫不含糊，仿佛已克服人类的弱点，此刻他们就是如此向皮埃尔等人提出一系列问题：你是什么人？到过什么地方？怀有什么目的？等等。

这些问题照例避开事情本质，并且排除弄清本质的可能，一味要被告顺着法官规定的渠道回答，也就是说达到可以对他定罪的目的。只要被告的话不合乎定罪目的，法官就移动渠道，使水白流。此外，皮埃尔也像一切被告那样，弄不懂为什么要向他提这些问题。他觉得用这种渠道来限制被告的回答，只是出于宽大或者礼貌。他知道他落到这些人手里，他们有权把他带到这里，有权要他回答问题，而审问的目的就是要定他的罪。因此，既然他们有权，又想定他的罪，那就用不着要弄审判那套把戏。显然，不论怎样回答都能构成罪状。他们问皮埃尔他被捕时在做什么，他感伤地回答说，他正把一个从火里救出的孩子送交他的父母。问他为什么同抢劫犯打架？皮埃尔回答说，他在保护一个女人，而保护受辱的女人，谁都有责任……他的话被打断了，因为这跟本案无关。问他为什么待在着火的房子里（有证人做证）？他回答说，他要看看莫斯科城里的情况。他的话又被打断，他们没有问他去哪里，而是问他留在火场旁边干什么。问他是什么人？这是他们开头问过他而他不肯回答的问题。他又说他不能回答这问题。

“记下来。这样不好，很不好！”白胡子、红脸膛的将军严厉地说。

第四天，祖波夫堡起火了。

皮埃尔和另外十三个人被押送到克里木浅滩一个商人的车棚里。皮埃尔走过街道，被笼罩着全城的浓烟呛得喘不过气来。四面八方都是大火。皮埃尔当时还不懂得火烧莫斯科的意义，心惊胆战地望着漫天大火。

在克里木浅滩商人家的车棚里，皮埃尔待了四天，他同法国兵谈话，知道这里被拘留的人都在等候元帅的决定。至于是哪个元帅，皮埃尔从士兵口里打听不出来。对士兵来说，元帅就是带有几分神秘色彩的最高权力。

开头几天，就是九月八日第二次提审俘虏之前，皮埃尔觉得特别难过。

10

九月八日，一个军官走进关押俘虏的车棚，从看守对他毕恭毕敬的模样可以判断，这是个很重要的人物。这军官多半是个参谋官，手里拿着一张名单，对俄国人逐个点名，点到皮埃尔，称他为不愿报姓名的人，他懒洋洋地扫视了一下所有的俘虏，吩咐看守军官，在带他们去见元帅之前先让他们穿着得像样些，收拾得整齐些。一小时后，来了一连士兵，把皮埃尔和其他十三个人押解到圣母广场。那天雨过天晴，阳光灿烂，空气特别新鲜。烟不像他们从拘留所被押解到祖波夫堡那天那样低低地弥漫在地面上，而是像柱子一样往澄澈的空中笔直升起。城里已看不到大火。四面八方都是一根根腾空的烟柱，皮埃尔只看见整个莫斯科一片瓦砾。到处都是烧剩的炉子和烟囱，偶尔可以看见烧黑的断垣残壁。皮埃尔望望那些废墟，已认不出城里原先的房屋。偶尔可以看见完整的教堂。克里姆林宫没有被焚毁，远远地可以望见白乎乎的钟楼和伊凡大帝教堂。近处，新圣母修道院的圆顶闪闪发亮，那里传来的钟声特别响亮。

钟声提醒皮埃尔，今天是礼拜日，是圣母诞辰。但没有人庆祝这个节日：到处是断垣残壁、废墟瓦砾，而难得遇见的几个俄国人也都是衣衫褴褛，神色慌张，看见法国人就东躲西藏。

俄国人的家园显然被彻底摧毁了，但皮埃尔不由得感到，俄国生活秩序被毁后，在这片劫后的家园上已经建立起一种截然不同的强硬的法国秩序。他是从押解他们的队伍整齐、精神抖擞的士兵的神态上感觉到这一点的；他又从一位坐在豪华马车上迎面而来的法国大官的神情上感觉到这一点。他还从广场左边传来的快乐的军乐声中感觉到这一点；特别是从今天早晨那个法国军官点名时感觉和体会到这一点。皮埃尔和几十个其他罪犯被士兵们带到一个地方，然后又带到另一个地方；看光景，他们很可能把他忘记，把他和其他人混在一起，其实并非如此：他在受审时又被称为不愿报姓名的人。现在，皮埃尔就带着这样一个他觉得很可怕的称号，被押送到某个地方去。押送兵脸上的神色表明，包括他在内的所有俘虏正是他们所需要的，他们将被带到该去的地方。皮埃尔觉得自己好像一小块木片，落进一架他所不了解但运转正常的机器里。

皮埃尔和其他犯人被带到圣母广场右边一座白色大房子里，房子前面有一座大花园，离修道院不远。这是谢尔巴托夫公爵的公馆，皮埃尔以前常来这里做客，他从士兵谈话中知道，现在住着法军元帅达武。

他们被带上台阶，逐个被领到房子里。皮埃尔第六个进去。穿过皮埃尔熟悉的玻璃走廊、穿堂、前厅，他被领进一间深长而低矮的办公室，门口站着一名副官。

达武坐在办公室尽头的桌旁，鼻梁上架着一副眼镜。皮埃尔走到他跟前。达武没有抬起眼睛，显然在处理文件。他没有抬起眼睛，只低声问：

“你是什么人？”

皮埃尔没吭声，因为他说不出话来。他知道，达武不只是一个法国将军，而且是一个以残酷闻名的人。皮埃尔望着达武冷冰冰的脸，觉得他好像一位严厉的教师不耐烦地等着学生的回答，因此稍一拖延就得付出生命的代价，但他不知道说什么好。像初审时那样说，他不敢；说出自己的姓名和身份，那是又危险又可耻的。皮埃尔默不作声。但没等皮埃尔拿定主意，达武就抬起头来，把眼镜推到额上，眯缝起眼睛看了看皮埃尔。

"我认识这个人。"他不慌不忙地冷冷地说，显然想吓唬吓唬皮埃尔。原先在皮埃尔脊梁上掠过的寒战，此刻像铁钳般夹住了他的头。

"将军，您不可能认识我，我也从来没见过您……"

"这是一个俄国间谍。"达武打断他的话，对屋里皮埃尔没注意的另一位将军说。达武转过身去。皮埃尔突然声音哆嗦地急急说。

"不，大人……"他说，突然记起达武是位公爵，"不，大人，您不可能认识我。我是个民兵军官，我没有撤离莫斯科。"

"你叫什么名字？"

"别祖霍夫。"

"谁能向我证明你没有说谎？"

"大人！"皮埃尔大声叫道，他的语气不是愤怒，而是恳求。

达武抬起眼睛，对皮埃尔仔细望望。他们对视了几秒钟，这种对视救了皮埃尔的命。这次对视排除了战争和审判等因素，两人之间建立了人与人的关系。在这一瞬间，他们思绪万千，懂得了他们都是人类的子孙，是兄弟。

达武刚从用号码标明的案件和人名的名单上抬起头来，在第一瞥中，皮埃尔只是其中的一个号码，达武满可以若无其事地枪毙他，但现在他觉得他也是一个人。他沉吟了一下。

"你怎么向我证明你说的是实话？"达武冷冷地问。

皮埃尔想起了伦巴尔，就说出他的姓名、部队和他所住的街名。

"你不是你所说的那个人。"达武又说。

皮埃尔声音发抖，结结巴巴地提出一些证据证明他说的是实话。

这时副官走进来，向达武报告什么事。

达武听了副官的报告，顿时容光焕发，扣上衣服纽扣。他显然把皮埃尔完全忘记了。

副官提醒他这里还有个俘虏，他皱起眉头，朝皮埃尔那边抬抬头，命令把他带走。至于要把他带到哪儿去，皮埃尔不知道：是回那个棚子，还是带到刑场。刚才经过圣母广场时，同伴已把刑场指给他看了。

他回过头去，看见副官在问什么。

“是的，当然！”达武说，但这“是的”究竟指什么，皮埃尔可不知道。

皮埃尔不记得他是怎样走的，走了多久，往哪儿走。他精神恍惚，头脑糊涂，对周围的一切视而不见，只跟着别人一起移动脚步，别人停下来，他也停下来。这段时间，皮埃尔头脑里只有一个念头：究竟是谁最后判了他死刑？不是委员会里那些审问他的人，因为他们中间看来没有一个人愿意这样做，也不能这样做。也不是达武，因为他望着他的眼神是那么富有人情。只要再一分钟，达武就会明白他们是在做蠢事，但副官一进来，就把这一分钟耽误了。这个副官显然也不愿做坏事，但他不进来就好了。那么，究竟是谁将处决皮埃尔，夺走他的性命，葬送他的一切回忆、志向、希望和思想？这一切都是谁干的？皮埃尔觉得找不出一个人来。

这是秩序，是形势使然。

是一种秩序杀害他皮埃尔，要了他的命，毁了他的一切。

11

俘虏们被押出谢尔巴托夫公爵公馆，经过圣母修道院左边的圣母广场，来到竖着一根柱子的菜地上。柱子后面挖了一个大坑，坑边的泥土是刚挖出来的，土坑和柱子旁边站着半圈人。这群人少数是俄国人，多数是不在值班的拿破仑军队，其中有穿着不同军服的德国人、意大利人和法国人。柱子两边站着法国兵，身穿蓝军服，佩红肩章，脚蹬短筒靴，头戴高筒帽。

犯人们按照名单次序排好，皮埃尔排在第六个，他们被带到柱子旁边。几只军鼓突然在两边敲起来，皮埃尔觉得他的一部分灵魂已经跟着鼓声被夺走了。他丧失了思维能力。他只能看和听。他只有一个愿望，就是让那要来的可怕的事快一点来。皮埃尔环顾他的同伴，仔细打量着他们。

头上两个是剃光头的囚犯。一个又高又瘦，另一个皮肤黧黑，鼻子扁平，毛发蓬松，肌肉发达。第三个是家奴，四十五岁光景，头发花白，肥胖的身体保养得很好。第四个是农民，相貌俊美，眼睛乌黑，蓄着一把浓密的褐色大胡子。第五个是工人，又黄又瘦，年纪十八九岁，穿着工作服。

皮埃尔听见法国人在商量怎样枪毙：一次一个还是一次两个。"一次两个。"一个校官若无其事地冷冷回答。士兵的行列调动了一下，大家都在匆忙行动，但不是为了一件大家都能理解的事，而是为了一件难以理解却又非做不可的不愉快的事。

一个佩武装带的法国军官走到犯人行列右边，用俄语和法语宣读判决书。

然后两对法国兵走到犯人跟前，遵照军官指示带走前头的两个战战兢兢的犯人。这两个犯人走到柱子旁站住，等法国人拿口袋来，他们默默地环顾四周，好像中弹的野兽等待猎人走近。一个犯人不断地画十字；另一个搔着背，翕动嘴唇，好像在微笑。士兵慌忙蒙住他们的眼睛，拿口袋套住他们的头，把他们捆在柱子上。

十二名士兵手里拿着枪，迈着平稳整齐的步伐从队伍里出来，在离柱子八步远的地方站住。皮埃尔转过脸去，免得看见即将发生的事。突然响起一阵噼噼啪啪的枪声，皮埃尔觉得比最可怕的雷声还响。他回头看了一眼。只见硝烟弥漫，那几个法国人脸色苍白，两手发抖，在坑旁干着什么。又有两个犯人被带出来。这两个也用同样的眼神望着大家，徒然用眼睛默默地乞求人家的庇护，显然不理解也不相信将要发生的事。他们不能相信，因为只有他们自己才懂得生命的价值，不理解也不相信人家可以夺走他们的生命。

皮埃尔不愿看，又转过脸去；但又响起了一阵惊心动魄的枪声，随着枪声他又看见了硝烟、人血、法国人吓得发白的脸，他们双手发抖，互相推挤，在柱子旁做着什么。皮埃尔重重地喘着气，环顾四周，仿佛在问：这是怎么一回事？皮埃尔看见所有人的目光都在这样问。

他在所有俄国人的脸上，在所有法国官兵的脸上，无一例外地看到和他心里所感受的同样的惊悸、恐怖和斗争。"这事究竟是谁干的？他们都像我一样难受。究竟是谁？究竟是谁？"这问题在皮埃尔心里闪了一下。

“八十六步兵团，开步走！”有人喊道。站在皮埃尔旁边的第五个人被带出去，这次只带他一个。皮埃尔还不知道他得救了，他同其余的人被押到这里只是陪绑。他越来越恐惧，面对眼前的景象，既不感到高兴，也不觉得宽慰。这第五个是穿工作服的工人。法国兵刚碰着他，他就吓得往旁边一跳，一把抓住皮埃尔。皮埃尔浑身打了个哆嗦，挣脱他的手。工人走不动，他们架着他的膀子走。他不断叫喊。一到柱子旁边，突然不叫了。他仿佛一下子明白是怎么回事。不知是他明白喊也无用呢，还是他认为人家不可能杀他，他在柱子旁站住，等待同其他人一样被蒙上眼睛，并且也像一头中弹的野兽，闪亮着眼睛环顾四周。

皮埃尔已不能转过脸去闭眼不看了。他和其他人的好奇和激动在这第五个人被杀害时达到了顶峰。这个犯人也和其他几个犯人一样，看上去似乎很镇定：他把工作服裹紧，用一只光脚擦擦另一只。

他被蒙上眼睛，整了整脑后勒得太紧的结子。然后他被推到血迹斑斑的柱子上，身子往后仰。他觉得这姿势不舒服，就调整了一下，平稳地摆好两脚，靠在柱子上。皮埃尔盯着他，不放过每个细小的动作。

照规矩应该发出一声口令，然后响起八支枪的枪声。但不管皮埃尔后来怎样竭力回忆，也回忆不起哪怕一声枪响。他只看见那个被绑着的工人突然蹲下来，血从两处涌出，绳子由于身体的重量松散了，那工人不自然地垂下脑袋，屈着一条腿坐下来。皮埃尔向柱子跑去，没有人拦阻他。几个脸色吓得发白的人在工人周围忙碌着。一个留胡子的法国老兵解开绳子时下巴颏直打哆嗦。尸体倒下来。士兵们笨手笨脚地把尸体迅速拖到柱子后面，把它推到坑里。

显然，大家都深信他们犯了罪，得赶快把他们犯罪的痕迹掩埋掉。

皮埃尔往坑里看了一眼，看见那个工人躺在那儿，膝盖朝上，贴近头部，一边肩膀比另一边高，高的一边的肩膀一上一下地抽搐着。但一铲一铲的土已撒满整个尸体。一个士兵怒气冲冲地对皮埃尔狂叫了一声，要他回到原地去。但皮埃尔不懂他的意思，站在柱子旁，也没有人来赶他走。

等坑被填平后，传出了口令声。皮埃尔被带回原地，站在柱子两边的法国兵作了个半转弯，就步伐整齐地从柱子旁边走过去，二十四名拿着空枪的步兵，原来站在圈子中央，此刻当连队走过他们身边时都跑回原来的位置。

皮埃尔目光茫然地望着这一对对从圈子里跑出来的步兵。大家都归了队，只有一个例外。留下的是个年轻士兵，他脸色惨白，高筒帽歪到脑后，放下枪，仍站在坑旁开枪的地方。他好像喝醉了酒，踉踉跄跄，前进几步，后退几步，以保持平衡，不至于跌倒。一个年老的军士从队伍里跑出来，抓住他的肩膀，把他拖到连队里。俄国人和法国人都走散了。大家都垂下头默默地走着。

“这是教训大家不准放火！”一个法国人说。皮埃尔回头看了一下说话的人，原来是个士兵，他想对所做的事说些聊以自慰的话，但他没把话说完，就摆摆手走开了。

12

那次行刑后，皮埃尔同其他犯人隔离，被单独关在一座肮脏破旧的小教堂里。

傍晚，看守的军士带着两名士兵走进教堂，向皮埃尔宣布，他被赦免了，现在转到战俘营去。皮埃尔不懂他说的是什么，站起来跟着士兵走。广场上端有几间用烧焦的木头搭成的棚子，皮埃尔被领进其中一间。在黑暗中，大约有二十来个形形色色的人把皮埃尔团团围住。皮埃尔望着他们，不知道他们是些什么人，他们来做什么，他们要他怎么样。他听着他们对他说的话，但不明白什么意思，因此作不出结论和判断。他回答向他提出的问题，并不注意谁在听他，他们怎样理解他的回答。他望着他们的脸和身子，觉得他们都同样毫无表情。

自从皮埃尔看见士兵被迫进行可怕的屠杀以后，他心中那个支持一切的强大弹簧突然断裂，于是一切变成一堆废物。他不清楚是怎么一回事，但在他的心目中，对世界的完美、人类的良心和自己的灵魂以及对上帝的信仰，全都破灭了。这种心境皮埃尔以前有过，但从未像现在这样强烈。以前皮埃尔有过怀疑，但这种怀疑起因于自己的罪过。他在心底里感到，要排除失望和怀疑，关键在于自己，然而，现在他眼看整个世界崩溃，变成一堆废墟，但责任不在他。他觉得他无力恢复对人生的信心。

在黑暗中，他周围站着一些人，他们对他显然很感兴趣。人家同他说话，提了些问题，然后把他带到一个地方，最后来到一个棚子的角落，那里有人在他旁边说笑。

“我说，伙计们……就是**那个**亲王（说到**那个**两个字特别加重语气）……”对面角落里有人说。

皮埃尔一动不动地坐在墙边的干草上，默不作声，眼睛一会儿睁开，一会儿闭上。他一闭上眼睛，面前就出现那个工人可怕的脸，由于朴实而显得格外可怕的脸，以及那些被迫行刑的刽子手因良心不安而显得更加可怕的脸。于是他又睁开眼睛，在黑暗中茫然望着周围。

皮埃尔旁边坐着一个弯着腰的矮小的人。皮埃尔最初发现他，是因为他一动身上就发出一股强烈的汗臭。这人在黑暗中摆弄他的脚，皮埃尔虽然看不见他的脸，却觉得这人一直在打量他。皮埃尔在黑暗中习惯了一点，发现这人正在脱靴子。皮埃尔对他脱靴子的姿势很感兴趣。

他解开一只脚上的带子，把它整整齐齐地卷好，立刻又解另一只，同时端详着皮埃尔。他一只手把带子挂起来，另一只手已在解另一只脚上的带子。他就这样有条有理、麻利地脱下靴子，把靴子挂在头上的橛子上，拿出一把小刀，割掉些什么，又把小刀合拢放到枕头底下，然后身子坐得舒服一点，双手抱住膝盖，眼睛直盯着皮埃尔。从他熟练的动作上，从他在角落里有条不紊的安排上，甚至从他身上的气味上，皮埃尔体会到一种愉快、宽慰和从容的感觉，不由得目不转睛地望着他。

“您吃过不少苦吧，老爷？”矮小的人突然问。他那悦耳的声音是如此亲切诚挚，皮埃尔想回答，可是下巴颏发抖，眼泪夺眶而出。矮小的人不让皮埃尔发窘，又用他那动听的声音说起来。

“喂，好兄弟，别难过。”他用俄国乡下老太婆的口气说，声音温柔、亲切而好听。“别难过，朋友，受苦一时，活命一世！就是这样，老弟！住在这里，感谢上帝，不用受气。这里的人也有好有坏。”他说。他一面说，一面灵活地一屈膝站起来，咳嗽着走开了。

"哼，小调皮来了！"皮埃尔听见那人亲切的声音从棚子尽头传来，"小调皮来了，它还记得我！哦，好啦，好啦！"那兵推开向他扑来的小狗，回到自己位置上坐下。他手里拿着一个破布包。

"来，吃吧，老爷！"他又恢复原先恭敬的语气说，打开包，递给皮埃尔几个烤土豆，"中饭吃过稀粥了。这土豆可好吃啦！"

皮埃尔一整天没吃过东西，觉得土豆特别香。他谢过那兵，吃起来。

"怎么样，不错吧？"士兵拿起一个土豆笑着说，"你得这么办。"他又拿出折刀，在手掌上把土豆切成两半，从布里捏点盐撒上，递给皮埃尔。

"烤土豆可好吃啦！"他又说，"你就这么吃吧。"

皮埃尔觉得，他从没吃过这么好吃的东西。

"唉，我倒无所谓，"皮埃尔说，"可是他们凭什么枪毙这些可怜的人！……最后那一个才二十岁呢。"

"嘘嘘……嘘嘘……"矮小的人说，"罪过啊，罪过啊……"他连忙补上一句，仿佛这话总是挂在嘴边，随时会脱口而出，接着又说："这是怎么搞的，老爷，您怎么留在莫斯科不走？"

"我没想到他们会来得那么快。我不是存心留下来的。"皮埃尔说。

"那他们是怎么把你抓住的，好兄弟，是在你家里抓的吗？"

"不，我去看火烧，他们就把我抓起来了，说我是纵火犯。"

"哪里有法庭，哪里就有伤天害理的事。"矮小的人插嘴说。

"你在这里待了很久啦？"皮埃尔一边问，一边嚼着最后一个土豆。

"我吗？我是上星期在莫斯科一家医院里给他们抓来的。"

"你是干什么的？是当兵的吗？"

"我们是阿普雪隆团的兵。发高烧，烧得半死。我们什么消息也没听到。我们二十来个人都病倒了。真是没想到。"

"怎么样，在这儿闷得慌吗？"皮埃尔问。

"怎么不闷，好兄弟。我叫普拉东，姓卡拉塔耶夫。"他补充说，显然要使皮埃尔容易称呼他。"在部队里大家都叫我'小鹰'。怎么不闷，好兄弟！莫斯科是众城之母。瞧着这光景，心里怎么不闷。老人们说得好：虫子钻进圆白菜，先把自己害。"他急急地添加说。

“什么，你说什么？”皮埃尔问。

“我吗？”普拉东问，“我说：人有千算，逃不了上帝裁判。”他说，仿佛在重复说过的话。他立刻又说下去：“您过得怎么样，老爷，领地有吗？房子有吗？这么说来，您挺富有！内当家的有吗？老人都在吗？”他问。在黑暗中，皮埃尔虽看不见，但感觉到，那兵在问这些时，抿着嘴忍住亲切的微笑。他听说皮埃尔没有老人，特别是没有母亲，很为他难过。

“有老婆好商量，有丈母娘有照顾，但都不及老娘亲！”他说。“那么，有没有孩子？”他继续问。皮埃尔的否定回答显然又使他难过，他连忙添加说：“不要紧，你们还年轻，上帝会赐给你们的。只要夫妻和睦……”

“现在都无所谓了。”皮埃尔情不自禁地说。

“不，你这个好人哪！”普拉东表示不同意，“讨饭也罢，坐牢也罢，永远别嫌弃。”他坐得舒服些，清清嗓子，显然要作长篇大论。“听我说，亲爱的朋友，当年我在家的时候，”他开始说，“我们老爷的领地很富，土地很多，庄稼人日子过得挺好，也有自己的房子，感谢上帝。我们一家七口，我爹亲自下地干活。日子过得挺不错。我们是规规矩矩的正教徒。没想到出了事……”于是普拉东详细讲了他的遭遇：有一天他到人家树林里砍柴，被看林人捉住，挨了一顿毒打，受到审判，然后被送去当兵。“嗨，好兄弟，”他含笑说，声音有点异样，“没想到因祸得福！我要是不犯罪，我弟弟就得去当兵。我弟弟有五个孩子，可我呢，只有一个老婆。有过一个丫头，可是在我当兵前就被上帝召回去了。不瞒你说，我请假回去过一次。到家一看，日子过得比原先还好。满院子都是牲口，娘儿们都在家，两个弟弟出去挣钱了。只有小弟弟米哈伊洛在家。我爹说：‘孩子都一样，十指连心，咬哪个指头都一样痛。要不是普拉东那次被抓去当兵。米哈伊洛就得去。’不瞒你说，我爹把我们都叫去，要我们站在圣像前。他说：‘米哈伊洛，过来，跪在他脚前，还有你，米哈伊洛的媳妇，也跪下，孙儿们也都跪下。你们明白吗？’他说，‘就是这样，我的孩子。’人拗不过命。可我们老是发牢骚：这个不行，那个不好。老弟，幸福好比网里水：拉的时候沉甸甸，拉上来却啥也没有。

就是这么一回事。”普拉东在干草堆上换了个座位。

沉默了一会儿，普拉东站起来。

“我看，你困了吧？”他说着迅速地画起十字，念着祷词：

“主哇，耶稣基督，圣尼古拉，圣福罗拉和圣拉夫勒，主耶稣基督，圣尼古拉！圣福罗拉和圣拉夫勒，主耶稣基督，饶恕我们，拯救我们吧！”他结束说，在地上叩头，然后站起来，叹了一口气，坐到原来的干草上，“就是这么一回事。主哇，但愿我睡得像石头一样沉，起来像面包一样轻。”他说着躺下来，把外套拉到身上。

“你这念的是什么祷词啊？”皮埃尔问。

“什么？”普拉东问，他刚要睡着，“念什么？祷告上帝。难道你不祷告吗？”

“不，我也祷告，”皮埃尔说，“但你说圣福罗拉和圣拉夫勒是什么意思？”

“那有什么？”普拉东迅速地回答，“他们是马神。畜生也要爱惜。”普拉东说。“瞧这贱货，缩成一团。它这样倒暖和，狗崽子。”他说着，摸摸脚边的狗，翻了个身就睡着了。

远处传来哭声和叫声，从棚子缝里看得见火光，但棚子里一片寂静和黑暗。皮埃尔好半天睡不着，他睁着眼睛躺在黑暗中，听着身边普拉东均匀的鼾声，觉得原来被破坏的世界又面目一新，重新牢固地出现在他的心中。

13

皮埃尔在棚子里蹲了四个星期。棚子里关着二十三名被俘的士兵、三名军官和两名文官。

后来，这些人在皮埃尔的记忆里都模糊了，唯有普拉东从此给他留下可贵的深刻印象，并且成了善良的圆圆的俄罗斯人的典型。进棚第二天早晨，皮埃尔看见这位邻人，最初留下的圆的印象完全得到了证实：普拉东身穿用绳子束腰的法军大衣，头戴军帽，脚穿树皮鞋，整个形象是圆的，头是滚圆的，背、胸、肩都是圆的，就连他那双随时准备拥抱什么的双手都是圆的，他那愉快的笑脸是圆的，还有他那双温和的栗色大眼睛也是圆的。

从普拉东讲到他当兵的经历来看，他该有五十出头了。他自己不知道也说不准他有几岁，但他爱笑，笑时露出一排完整的洁白坚实的牙齿，他的头发和胡子没有一根白，他的整个身体富有弹性，特别结实耐劳。

他的脸虽有细小的皱纹，但神情天真无邪。他的声音悦耳动听。他说话的特点是直率和自然。他显然从不考虑他说过什么和将要说什么，正因为如此，他那迅速而诚恳的语调具有一种不容反驳的说服力。

被俘初期，他体力过人，动作麻利，似乎根本不知道什么叫疲劳和病痛。每天早晨和晚上，他总是躺在那儿说："主哇，但愿我睡得像石头一样沉，起来像面包一样轻。"早晨起来总是耸耸肩膀说："躺下，缩成一团；起来，精神抖擞。"真的，他一躺下，就睡得像石头一样沉；他一起来，就精神抖擞，一秒钟也不耽误，立刻动手干活，就像孩子一起身就摆弄玩具那样。他什么事都会做，做得不好也不坏。也烤面包，烧菜，缝衣服，刨木头，补靴子，总是忙个不停，只有晚上才跟人说话（他喜欢说话），唱歌。他唱歌不像歌手，歌手知道人家在听才唱歌，他唱歌好像鸟儿，觉得需要发出这些声音，就像人需要伸懒腰和散步一样。他唱歌声音总是像女人一样尖细婉转，感伤动人，神情总是很严肃。

当了俘虏后，他留长胡子，抛弃了强加在他身上的当兵的规矩，恢复了原先农民的、老百姓的生活习惯。

"士兵一休假，衬衫露下摆。"[①]他常常说，他不愿谈当兵的生活，也不诉苦，但常说当兵期间他没有挨过一次打。他主要讲他所宝贵的当"基督徒"（他总是把"基督徒"和"农民"两词相混淆[②]）的往事。他的话里充满了俗语，但不是士兵下流粗鲁的俗语，而是民间格言。这种格言本身没有多大意义，但用得恰当却意义深长。

他说话常常前后矛盾，但说起来总是振振有词，像煞有介事。他爱说话，也善于说话，说话时常使用格言谚语。皮埃尔认为这些格言谚语都是他杜撰的，而他说话的主要魅力在于，那些皮埃尔看见但不加注意

---

① 农民习惯把衬衫下摆露在外面，当兵就得塞在裤子里。

② 俄语"农民"和"基督徒"两词读音接近。

的小事，经他一说，就变得意义深长、非同寻常。有个士兵天天晚上讲故事，讲的都是同样几个，但普拉东喜欢听，尤其喜欢听现实生活中的真事。他听这类故事，总是眉开眼笑，有时插几句嘴，提些问题，想把这类事理解得完美无缺。皮埃尔心目中的眷恋、友谊和爱情，普拉东是完全没有的，但他对周围的一切都充满爱心，特别是对人，不是对某一个人，而是对周围所有的人。他爱他的长毛狗，爱同伴，爱法国人，爱坐在他身旁的皮埃尔；但皮埃尔觉得，普拉东虽对他十分亲切（他这样做使皮埃尔内心感到很温暖），但一旦同他分手也丝毫不会惋惜。皮埃尔对普拉东也产生了同样的感情。

普拉东在其他俘虏的眼里只是一个普通的大兵，大家管他叫小鹰或者好普拉东，不怀恶意地取笑他，任意差遣他。但在皮埃尔的心目中，他第一夜给人的印象就是个朴实和真理的不可思议的永恒的浑圆化身，而且这个印象从此不变。

普拉东除了祈祷文外什么也背诵不出，他说话开了头，似乎就不知道怎样结束。

有时皮埃尔对普拉东的话感到惊奇，请他再重说一遍，可是普拉东已记不清刚才说过的话，同样，他也不能把他心爱的歌词说出来。譬如歌曲里唱道："亲爱的故乡，小白桦树，我心里烦恼。"但他说不出这些词的意义。他不理解，也不能理解话里单词的意义。他的一言一行都是他生活的不自觉活动的表现。而个人生活他觉得毫无意义。只有作为他经常感觉到的整体的一部分才有意义。他的言行从他身上表现出来，就像香气从花里散发出来一样均匀、必要和直接。他不能理解个别言行的价值和意义。

14

玛丽雅公爵小姐从尼古拉那里知道她哥哥和罗斯托夫一家同住在雅罗斯拉夫尔后，就不顾姨妈的劝阻，立刻准备动身，不仅自己去，而且带侄儿一起去。至于有没有困难，有没有可能，她不打听，也不想知道：她的责任是不仅亲自赶到可能生命垂危的哥哥身边，而且一定要把儿子给他带去。于是她准备动身。安德烈公爵没有直接通知她，她认为要么是他虚弱得不能写信，要么是他认为，长途跋涉对她和对他儿子来说都太艰难太危险了。

玛丽雅公爵小姐为出门做了几天准备。她的车队包括她坐到沃罗涅日的那辆公爵的大轿车、几辆篷车和行李车。随行的有布莉恩小姐、小尼古拉和他的家庭教师、老保姆、三个使女、季洪、一个年轻的男仆和姨妈派来护送她的跟班。

走平时去莫斯科的路根本不可能，因此玛丽雅公爵小姐得绕道经过利佩茨克、梁赞、弗拉基米尔和舒亚。这条路很长，也很难走，因为不是到处都能找到驿马，甚至有危险，因为据说梁赞附近已出现法国兵。

在这次艰难的旅行中，布莉恩小姐、德萨尔和仆人对玛丽雅公爵小姐的坚强意志和充沛精力都感到惊讶。她睡得最晚，起得最早，任何困难都难不住她。她的非凡意志和精力鼓舞了她的旅伴，到第二个星期末他们已抵达雅罗斯拉夫尔。

玛丽雅公爵小姐在沃罗涅日逗留的最后几天是她一生中最幸福的时刻。她对尼古拉的爱情已不再使她烦恼和不安。这爱情充满了她的整个心灵，成为她身上不可分割的一部分，她不再抗拒。近来，玛丽雅公爵小姐确信，她被人所爱，也爱上了人，尽管她从没对自己明确说过。她最后一次同尼古拉见面时，尼古拉告诉她，她哥哥同罗斯托夫一家人住在一起，那时她就确信这一点。虽然尼古拉只字未提一旦安德烈公爵康复，他和娜塔莎可能恢复关系，但玛丽雅公爵小姐从他的脸上看出，他知道这一点，并且考虑到了这一点。虽然如此，他对她那种谨慎、亲切和钟爱的态度不仅没有改变，而且很高兴，因为那样他们就有了亲戚关系，他可以更自由地向她表达他的友爱——玛丽雅公爵小姐有时这样想。玛丽雅公爵小姐知道这是她生平第一次也是最后一次恋爱，她发觉有人爱她，心里感到安慰和幸福。

这种精神上的幸福并不能冲淡她对哥哥病情的深切忧虑，相反，使她更加为哥哥伤感。她从沃罗涅日动身时，这种感情是那么强烈，以致送行的人望着她那沮丧憔悴的脸，都担心她会在半路上病倒；但玛丽雅公爵小姐一路上不断操劳，忧心忡忡，倒暂时忘记了悲伤，增添了力量。

正像旅行时常有的那样，玛丽雅公爵小姐一心只想着旅行，而忘记了旅行的目的。但当他们快到雅罗斯拉夫尔时，一想到面临的事情不是再过几天，而是当天晚上就要实现，她内心的激动便达到了极点。

跟班被先派去打听罗斯托夫家住在雅罗斯拉夫尔什么地方，安德烈公爵的情况怎样。他回来时在城门口遇见公爵的大轿车，看见公爵小姐从车窗里探出来的头，脸色苍白得厉害，不觉大吃一惊。

“什么都打听到了，公爵小姐：罗斯托夫一家住在广场旁商人勃朗尼科夫家。离这儿不远，就在伏尔加河畔。”跟班说。

玛丽雅公爵小姐惊疑地望着他的脸，不明白他对她说的话，不明白他为什么不回答她的主要问题：哥哥情况怎样？布莉恩小姐又替玛丽雅公爵小姐提了这个问题。

“公爵怎么样？”她问。

“公爵老爷同他们都住在那所房子里。”

“这么说，他还活着。”玛丽雅公爵小姐想，接着又低声问，“他怎么样？”

“仆人们说，还是那个样子。”

“还是那个样子”是什么意思，公爵小姐没有问，只偷偷地瞧了一眼坐在她面前欣赏市容的七岁的小尼古拉，低下头去，直到那辆沉重的轿车辘辘地响着，颠簸着，摇摆着，停下来，她才抬起头。车梯哐啷一声放下来。

车门打开了。左边是一条大河，右边是台阶。台阶上站着几个男仆，一个女仆，还有一个面色红润、梳着乌黑大辫子的姑娘。玛丽雅公爵小姐觉得她的微笑有点勉强。这是宋尼雅。公爵小姐跑上楼梯，那个勉强微笑的姑娘说：“这边走！这边走！”公爵小姐来到前厅，看见一个东方脸型的老妇人神情激动地向她迎面快步走来。原来是伯爵夫人。她拥抱了玛丽雅公爵小姐，吻着她。

“我的孩子！”她说，“我爱你，我早就知道你了。”

玛丽雅公爵小姐虽然心里很激动，但知道这位就是伯爵夫人，得同她说说话。她学着人家对她说话的腔调，脱口用法语说了几句客套话，然后问：“他怎么样？”

“医生说他没有危险。”伯爵夫人说，但说的时候叹了一口气，眼睛向上看。这个神态表示出同她说的话相反的意思。

“他在哪里？可以看看他吗？可以吗？”公爵小姐问。

“稍等一下，公爵小姐，稍等一下，我的朋友。这是他的儿子吗？”她对着同迪萨尔一起进来的小尼古拉说。“这里房子很大，大家都住得下。哦，真是个可爱的孩子！”

伯爵夫人把公爵小姐领到客厅。宋尼雅跟布莉恩小姐谈着话。伯爵夫人亲着小尼古拉。老伯爵走进来，对公爵小姐表示欢迎。自从公爵小姐上次见到伯爵以来，伯爵的模样大变了。当时他还是一个快乐活泼、信心十足的小老头，如今可变成一个茫然无所措的可怜人了。他在同公爵小姐谈话时，不断地东张西望，仿佛在问人家，他做得对不对。自从莫斯科被毁、他家破产以来，他脱离了生活常轨，显然觉得已失去生活意义，他在生活中的地位也没有了。

玛丽雅公爵小姐心情十分激动，一心想赶快看到哥哥，可是人家却同她应酬，装腔作势地称赞她的侄儿。但她注意到周围的情况，觉得暂时只能顺应这种局面。她知道这一切都是无法避免的，心里感到不痛快，但她并不生他们的气。

“这是我的外甥女，”伯爵介绍宋尼雅说，“您不认识她吧，公爵小姐？”

公爵小姐向她转过身去，竭力压下心头对这个姑娘的敌意，吻了吻她。但她发现周围人的心情离她的心情太远，感到很难受。

“他在哪里？”她又一次问大家。

“他在楼下，娜塔莎陪着他，”宋尼雅红着脸回答，“已经派人去打听情况了。我想您一定累了吧，公爵小姐？”

公爵小姐焦急得眼眶里涌出泪水。她转过身去，又想问问伯爵夫人怎样去他那儿，这时门外传来轻快急促的脚步声。公爵小姐回过头去，看见了几乎是跑进来的娜塔莎，就是好久前在莫斯科见面时她很不喜欢的那个娜塔莎。

但此刻公爵小姐一看见娜塔莎，立刻明白这是一位能与她共患难的真正伙伴，因此是她的朋友。她奔过去一把抱住她，伏在她的肩上哭起来。

娜塔莎坐在安德烈公爵床头，一听说玛丽雅公爵小姐到了，就悄悄走出他的房间，用玛丽雅公爵小姐觉得轻快的步伐向她跑来。

她跑进客厅，她那兴奋的脸上只有一种表情：爱，无限的爱，爱他，爱她，爱她心爱的人所亲近的一切，以及同情人，渴望为帮助人而献出自己的一切。此刻娜塔莎心里显然完全没有想到自己，没有想到她同安德烈公爵的关系。

玛丽雅公爵小姐很敏感，一看见娜塔莎的脸，便全明白了，她悲喜交集，立即伏在她的肩上哭起来。

"走，我们去看看他，玛丽雅。"娜塔莎说着把她领到另一个房间。

玛丽雅公爵小姐抬起头，擦干眼泪，面对着娜塔莎。她觉得可以从娜塔莎那儿了解到一切。

"那么……"她刚要问，立刻又停住。她觉得无法用语言来问答。娜塔莎的脸色和眼睛能更清楚更深刻地说明一切。

娜塔莎对她望望，似乎有顾虑：要不要把她所知道的一切全说出来。她仿佛觉得，面对着这双光芒逼人、能看透她内心深处的眼睛，她不能不把她看到的全部真相说出来。娜塔莎的嘴唇突然抖动了一下，嘴角出现难看的皱纹。她哭起来，用双手捂住脸。

玛丽雅公爵小姐全明白了。

但她仍抱着希望，就用自己也不相信的语言问道：

"他的伤势怎么样？总的情况怎么样？"

"您，您……就会看到的。"娜塔莎只说得出这样一句话。

她们在楼下他房间旁边坐了一会儿，以便止住哭泣，若无其事地进去看他。

"整个病情怎么样？恶化好久了吗？出现**这种情况**有多久了？"玛丽雅公爵小姐问。

娜塔莎说，最初因高烧和疼痛发生过危险，但到了圣三一修道院就过去了，医生只担心一件事：发生坏疽。但这种危险也过去了。来到雅罗斯拉夫尔后，伤口开始化脓（娜塔莎知道化脓是怎么一回事）。医生说，化脓可能平安过去。随后发烧了。医生说，发烧并不太危险。

"可是两天前，"娜塔莎说，"突然出现了**这种情况**……"她忍住哭泣说，“我不知道是什么缘故，但您会看到他变得怎样了。”

“他身子更弱了？更瘦了？……”公爵小姐问。

“不，不是的，情况还要糟。您会看到的。唉，玛丽雅，玛丽雅，他这人太好了，但他活不了，活不了……因为……”

15

娜塔莎熟练地打开他的房门，让玛丽雅公爵小姐走在前面，这时公爵小姐觉得喉咙已被一阵哽咽堵住。不论她怎样做好思想准备，竭力保持镇静，她知道见到他还是忍不住眼泪。

玛丽雅公爵小姐明白，娜塔莎说“**两天前出现了这种情况**”是什么意思。她明白，这是说他突然变得虚弱，而虚弱和感伤往往是死亡的征兆。她走到门口，就想象到她从小熟悉的安德烈那张温柔亲切的脸，这种神色他不常有，因此每次看见都使她感动。她知道他会悄悄地对她说些亲切的话，就像父亲临终时那样，她一定会受不了而放声大哭。但这事早晚总要发生，她只得硬着头皮走进屋去。她那双近视眼越来越看清他的身体和面貌，她越来越难以忍住即将爆发的恸哭，她终于看见他的脸，并且同他的目光相遇了。

他靠着枕头躺在沙发上，身穿一件灰鼠皮睡袍。他又瘦又白。他那瘦骨嶙峋的白蜡般的手，一只拿着手帕，另一只轻轻地摸弄着稀疏的胡子。他的眼睛望着进来的人。

玛丽雅公爵小姐一见他的脸，一遇到他的目光，立刻放慢脚步，觉得眼泪突然干了，哽咽也停止了。她看清他脸上的神态和目光，突然变得胆怯，并且感到内疚。

“我有什么事可以内疚的呢？”她问自己。“你活着，只想到活人的事，可是我！……”他那严厉冰冷的眼神这样回答。

他慢慢地抬起眼睛，瞧了瞧妹妹和娜塔莎，他那不是往外瞧而是向自己内心探视的深邃目光几乎带着敌意。

他照例同妹妹互相吻了吻手。

“你好，玛丽雅，你是怎么到这儿来的？”他说，声音同眼神一样平静而陌生。他要是绝望地尖叫，还不至于使玛丽雅公爵小姐感到这样惊心动魄。

“你把小尼古拉也带来了？”他仍旧那么平静而缓慢地说，显然在竭力回忆。

“现在你身体怎么样？”玛丽雅公爵小姐问，她这样问，连自己也感到吃惊。

“我的朋友，这事你得问医生。”他说，显然竭力想表示亲热。接着他又悄悄地说（他似乎根本没想到他在说什么）：“谢谢你来看我，亲爱的朋友。”

玛丽雅公爵小姐握了握他的手。她的握手使他微微皱起眉头。他不作声，她也不知道说什么好。她明白这两天来发生的变化。在他的话里，在他的语气里，特别是在他的眼神里，在他那冰冷的含有敌意的眼神里，有一种使活人感到害怕、同人世疏远的神色。看来，现在他很难理解活人的事，但同时使人觉得，他不理解活人的事并非因为他丧失理解力，而是因为他理解那种活人所不能理解而占据他整个身心的事。

“你看，多么奇怪，命运又把我们联系在一起！”他打破沉默，指指娜塔莎说，“她一直在照顾我。”

玛丽雅公爵小姐听着，但不明白他的话。这个聪明多情的安德烈公爵怎么能在这个为他所爱并爱他的人面前说这种话呢！他如果想活下去，怎么能用这种冷得使人难受的语气说这种话呢！他如果知道自己快死了，怎么能不可怜她，怎么能当着她的面说这种话呢！只能有一种解释，他对什么都无所谓，因为他已得到一种极其重要的启示。

谈话是冷淡的，不连贯的，而且常常中断。

“玛丽是取道梁赞到这儿来的。”娜塔莎说。安德烈公爵没注意她对他的妹妹用了爱称。而娜塔莎当着他的面这样称呼她，自己也是第一次注意到。

“那又怎么样？”他问。

“她听人说莫斯科烧光了，通通烧光了，仿佛……”

娜塔莎突然停住，她说不下去。他显然在用心听，但是听不见。

“是的，据说烧光了。”他说，“真是太可惜了！”他眼睛望着前面，心不在焉地用手指捋着小胡子。

“你遇到尼古拉伯爵了，玛丽？”安德烈公爵突然说，显然想说些使她们高兴的话。“他来信说他很喜欢你。”他继续若无其事地说，显然不能理解他的话对活着的人具有复杂的含义。“你如果也爱他，那就太好了……你们可以结婚。”他稍微快一点地添加说，仿佛因为找了许久终于找到这句要说的话而感到高兴。玛丽雅公爵小姐听到他的话，没有别的想法，只觉得他离开人世实在太远了。

“谈我的事做什么！”她平静地说，瞧了一眼娜塔莎。娜塔莎感到向她射来的目光，没有抬头看她。大家又不作声。

“安德烈，你要不要……”玛丽雅公爵小姐突然声音发颤地说，“你要不要见见小尼古拉？他一直在想念你。”

安德烈公爵第一次露出依稀可辨的笑容，但熟悉他表情的玛丽雅公爵小姐恐惧地看出，这微笑不是欢乐，不是表示对儿子的柔情，而是一种轻微的温和的嘲笑，嘲笑玛丽雅公爵小姐使用了自以为能激发他感情的最后一招。

“哦，小尼古拉来了，我很高兴。他身体好吗？”

小尼古拉被送到安德烈公爵跟前，他恐惧地望着父亲，但没有哭，因为没有一个人在哭。安德烈公爵吻了吻他，显然不知道同他说什么好。

小尼古拉被带走后，玛丽雅公爵小姐又走到哥哥面前，吻了吻他，再也忍不住，就哭起来。

他凝视着她。

“你这是为了小尼古拉吧？”他问。

玛丽雅公爵小姐一边哭，一边点点头。

“玛丽，你知道《福音书》……”他说到一半突然停住。

“你说什么？”

“没什么。别在这儿哭。”他说，仍旧用冷冷的目光望着她。

玛丽雅公爵小姐一哭，他明白她是哭小尼古拉要失去父亲了。他好不容易使自己回到人间，像她们一样看问题。

"是的，她们一定很伤心！"他想，"其实这事平常得很！"

"天上的飞鸟，也不种，也不收，也不积蓄在仓里，你们的天父尚且养活他，"[①]他自言自语，同时想把这句话说给公爵小姐听，"不，她们有她们的想法，她们不可能理解！这种事她们不能理解，而她们所珍重的那些感情，我们认为非常重要的那些思想，其实是**多余的**。我们不能相互理解。"于是他没再说什么。

安德烈公爵幼小的儿子才七岁。他刚学会认字，什么也不懂。这一天以后，他经历了许多事情，知识、观察力和经验都有了增长。但即使他当时具有后来的全部能力，也不能更深地理解他所看到的父亲、玛丽雅公爵小姐和娜塔莎三人演出的一幕。他懂得了一切，没有哭，走出房间，默默地走到随他出来的娜塔莎跟前，用他那双沉思默想的好看的眼睛害羞地瞧了她一眼。他那翘起的鲜红上唇抖动了一下，他把头靠在她身上哭起来。

从那天起，他回避德萨尔，回避抚爱他的伯爵夫人，不是独自坐着，就是胆怯地走到玛丽雅公爵小姐和娜塔莎跟前，羞怯地同她们亲近，而他喜欢娜塔莎似乎超过了姑姑。

玛丽雅公爵小姐从安德烈公爵屋里出来，完全明白了娜塔莎脸上的表情。她不再同娜塔莎谈挽救他生命的事。她和娜塔莎轮流守在他的沙发旁，不再哭泣，但用心灵不断向永恒的奇妙的上帝祷告。显然，上帝已降临到这个垂死的人身上。

16

安德烈公爵不仅知道自己要死，而且感觉到正在死去，已经死了一半。他有一种超脱尘世、轻松愉快的奇异感觉。他不慌不忙、平心静气地等待着即将降临的事。他一生时常感觉到的那种威严、永恒、遥远而不可知的东西，如今已近在咫尺，并且从那奇怪的轻松感上几乎已能理

① 见《新约全书·马太福音》第六章第二十六节。

解和接触到。

他以前害怕生命结束。他有两次极其痛苦地体验过死的恐惧，如今已不再有这样的感觉了。

那一次榴弹在他面前像陀螺似的打转，他望着留茬地、灌木丛和天空，知道他正面对着死神，那时他第一次产生这样的感觉。他负伤后清醒过来，精神上仿佛顿时卸下生活的重担，那朵永恒的、自由的、不受现实生活束缚的爱之花开放了，他不再怕死，也不再想到死。

在他负伤后处于孤独和半昏迷状态时，他越深入思考那向他启示的永恒的爱，他就越摈弃尘世的生活。爱世间万物，爱一切人，永远为了爱而自我牺牲，那就是说不爱哪个具体的人，不过尘世的生活。他越领会这种爱的精神，就越摈弃尘世生活，越彻底消除那不存在爱的生死之间的鸿沟。他第一次想到死的时候，他对自己说：死就死吧，死了更好。

但在梅基希村那一夜，他在半昏迷状态看见了那个他想看见的女人，他把嘴唇贴在她的手上，悄悄流着喜悦的泪水，对一个女人的爱又不知不觉潜入他的心坎，使他对人生又产生了眷恋。他心里又产生快乐和兴奋的念头。他回想他在急救站看见阿纳托里的情景，现在他已没有那种感情了，他渴望知道一个问题：他是不是还活着？但他不敢问。

他的病情按照生理规律发展着，但娜塔莎所说的**“他身上起了变化”**，那是玛丽雅公爵小姐到来前两天的事。这是生死之间的最后一次搏斗，而死占了上风。他意外地发现他仍然珍惜生命，那是对娜塔莎的爱唤起的，也是他最后一次对未知世界的恐惧。

一天傍晚，他饭后照例有点低烧，但思绪非常清楚。宋尼雅坐在桌旁。他打着瞌睡。突然他心里涌起一阵幸福感。

“哦，是她来了！”他想。

真的，宋尼雅的座位上坐着刚悄悄进来的娜塔莎。

从她来照料他那天起，他便从生理上感觉到她就在身边。她坐在安乐椅上，侧身给他挡住烛光，打着袜子（她学会打袜子，是因为安德烈公爵有一次对她说，谁也比不上老保姆会服侍病人，她们总是悄悄坐着打袜子，而这种活动最能使人心宽）。她那纤细的手指迅速地活动着，钢针有时相互碰撞，他清楚地看见她那低头沉思的侧影。她动了一下，线团从膝盖上滚下去。她打了个哆嗦，回头看了看他，手挡住烛光。她小心而灵活地弯下身，捡起线团，又照原来的姿势坐下。

他一动不动地瞧着她，发现她这样一动后需要深深喘一口气，但她不敢这样做，只小心翼翼地把气缓缓透过来。

他们在圣三一修道院谈到过往事。他对她说，他如果能活下去，他要永远感谢上帝使他负了伤，因为这伤使他同她重逢；但从此以后他们没再谈过未来的事。

“这事会不会有结果？”此刻他望着她想，同时倾听着钢针轻轻的相碰声。“难道命运这么奇怪地使我同她重逢，就是为了让我死吗？……难道向我启示人生的真谛，就是为了让我过虚伪的生活吗？我爱她胜过世上的一切。我爱她，可是叫我怎么办呢？”他自言自语。他突然不由自主地呻吟起来，这是他在痛苦中养成的习惯。

娜塔莎听见呻吟声，放下袜子，向他折过身去。她突然发现他眼睛发亮，就轻轻走到他面前，俯下身去问：

“您没睡着？”

“没有，我瞧了您好半天，您进来时我就发觉了。没有一个人像您这样使我心里平静……给我光明。我高兴得真想哭。”

娜塔莎向他挨得更近些。她的脸焕发着兴奋的光辉。

“娜塔莎，我太爱您了。我爱您胜过世上的一切。”

“那么我呢？”她转过身去一会儿，“为什么说太爱了？”

“为什么说太爱吗？……那么，您觉得怎么样，您心里觉得我还能活下去吗？您认为怎么样？”

“我相信，我相信您能活下去！”娜塔莎热情地握住他的双手，简直在大声疾呼。

他没作声。

“那太好了！”他拉起她的手吻了吻。

娜塔莎感到幸福和激动。她立刻想到，这样不行，他需要安静。

“可是您还没睡呢，”她克制着心头的喜悦说，“您快睡吧……快睡吧。”

他紧紧地握了握她的手，把它放下。她回到蜡烛前面，又照原来的姿势坐下。她两次回头看他，遇见他闪闪发亮的眼睛。她强使自己专心打袜子，不打完就不看他。

果然，没多久他就闭上眼睛睡着了。他睡了没多久，又突然出了一身冷汗惊醒了。

他在睡梦中还是念念不忘近来一直萦回脑际的问题：生和死。但想得更多的是死。他觉得自己离死更近了。

“爱？爱是什么？”他想，“爱阻止死。爱就是生。因为我爱，我才懂得一切，一切。因为我爱，世间才存在一切，一切。只有爱才能把一切联系起来。爱就是上帝，而死就是我这个爱的因子回到万物永恒的起源。”这些思想使他得到安慰。但这只是一些思想，其中缺乏些什么，偏于个人理性的成分，不够明确。仍然是忧虑和迷惘。他睡着了。

他做了一个梦，梦见他躺在现在躺着的房间里，但身体健康，没有负伤。他面前出现形形色色冷淡而渺小的人。他同他们谈话，争论一个无关紧要的问题。他们准备去什么地方。安德烈公爵模模糊糊地记得，这一切都是无关紧要的，他有其他重要得多的事要做，可他仍在说些空洞的使大家惊讶的俏皮话。这些人一个个悄悄地消失，只剩下一个关门的问题。他站起来向门口走去，想把门闩上。**一切**都决定于他是不是来得及把门锁上。他连忙向门口走去，可是两腿不听使唤。他知道来不及把门关上了，但还是拼命使出全身力气。他感到魂飞魄散。其实这就是死的恐惧：**它**就在门外。当他虚弱无力地向门口爬去时，那个叫人毛骨悚然的东西正在门外使劲地推，眼看着就要破门而入。那个非人间的东西——死神——正要破门而入，得挡住它。他抓住门把手，拼死命抵住门，即使来不及上锁，也得把门堵住，可是他的力气弱得可怜，那个叫人毛骨悚然的东西把门推开，接着门又关上了。

它再次在门外推，他使出最后所有的力气也没有用，两扇门被无声地打开了。**它**走进来，它就是**死神**。于是安德烈公爵死了。

但就在安德烈公爵死去的一瞬间，他记起他在睡觉；也就在他死去的一瞬间，他挣扎着醒过来。

“是的，这就是死。我死了，我也就醒了。是的，死就是觉醒！”他的心灵豁然开朗了，那张至今遮蔽着未知世界的帷幕在他心灵前面揭开了。他觉得内心被束缚的力量获得了解放，身上那种奇妙的轻松感也不再消失。

他出了一身冷汗醒过来，在沙发上动了动，娜塔莎走到他身边，问他怎么了。他没有回答，不明白她在说什么，只目光异样地对她望望。

这是玛丽雅公爵小姐到来前两天的事。据医生说，从那天起病情恶化，高烧耗尽了他的体力，但娜塔莎并没注意医生的话，她亲眼看到精神上可怕的症状，更加确信情况严重。

那天，安德烈公爵从睡梦中惊醒，也就是从人生中觉醒。他觉得，从人生中觉醒并不比从睡梦中惊醒来得慢。

不过，这种缓慢的觉醒并没有什么可怕和难受。

他的最后几天和最后时刻过得平淡而安静。玛丽雅公爵小姐和娜塔莎一直守着他，都有这样的感觉。她们没有哭，没有发抖，最后几天她们自己也觉得，他们不是在照顾他（他已不存在，他已离开她们了），而是在照顾最亲切的东西——他的躯体。她们俩的感情是那么强烈，以致死的可怕形式对她们已不起作用。她们觉得没有必要触动她们的悲伤。她们在他面前没有哭，背着他也没有哭，彼此之间也从不谈到他。她们觉得无法用语言来表达她们的感受。

她们俩都看到，他在缓慢而平静地离她们而去，越来越深地进入一个世界。她们俩明白，这是必然的结果，没有什么不好。

神父给他做了忏悔，授了圣餐；大家都来和他告别。他们把他的儿子领来，他吻了吻儿子的脸，接着就转过身去，并非因为他感到难过或者伤心（这一点玛丽雅公爵小姐和娜塔莎都明白），而是因为他认为要他做的就是这一些；但当他们要他给儿子祝福时，他也照办了。他还环顾了一下，仿佛在问还有什么事要他做。

当灵魂离开身体，身体作最后抽搐时，玛丽雅公爵小姐和娜塔莎都在场。

“过去了吧？！”他的身体一动不动地躺了几分钟，渐渐变凉，玛丽雅公爵小姐说。娜塔莎走上前去，瞧了瞧那双死去的眼睛，连忙给他合上。她给他合上眼睛，但没有吻他，而是把身子贴近那引起她最亲切回忆的身体。

“他到哪里去了？他现在在什么地方？……”

他的遗体洗好穿上衣服躺在桌上的棺材里。这时，所有的人都来向他告别，大家都哭了。

小尼古拉哭，是因为难堪的困惑使他心碎。伯爵夫人和宋尼雅哭，是因为可怜娜塔莎，而且从此失去了他。老伯爵哭，是因为他感到不久他也将迈出这可怕的一步。

娜塔莎和玛丽雅公爵小姐也在哭，但她们不是为自己的悲伤而哭。她们哭，是因为面对这简单而庄严的死的奥秘，内心充满了虔敬的感情。

第二部

1

人的智力无法理解各种现象的全部原因，但人的心灵却往往想探索它们。人的智力不深入了解无数错综复杂的条件（其中每一个条件单独看都像是原因），只随便抓住一个首先碰到的近似条件说：这就是原因。在历史事件中（人的行动在这里是观察对象），最原始的近似条件是神的意志，然后是站在历史显要地位的人的意志，也就是历史上英雄人物的意志。但是，只要深入了解每一历史事件的实质，也就是深入了解参与其事的全体群众的活动，就会相信历史上的英雄人物不仅没有引导群众的活动，而且常常处于被引导地位。不论怎样理解历史事件的意义，情况都是这样。有人说，西方人向东方进军，是因为拿破仑要这样做；另外有人说，这件事的发生是因为非发生不可。这两种人的差别就同下列两种人的差别一样：一种人说，地球固定不动，是行星围着地球转；另一种人说，他们不知道什么东西支持着地球，但知道，地球和行星的运动都是受一定规律支配的。一个历史事件不可能有多种原因，只能有一种原因。但支配事件的规律，有些是未知的，有些已被我们摸索出来。我们只有摈弃从某一个人的意志中寻求原因的方法，才能发现这些规律，就像人们只有摈弃地球固定不动的观念，才能发现行星运动的规律一样。

史学家认为，在一八一二年战争中，除了鲍罗金诺战役、莫斯科沦陷和被焚之外，最重要的事件就是俄军从梁赞大道来到卡卢加大道，然后直入塔鲁季诺营地，也就是所谓越过红帕赫拉河的侧翼进军。史学家把这一天才功勋的荣誉归于不同的人，并且争论究竟应该归功于谁。谈到这次侧翼进军，就连外国史学家，包括法国史学家在内，也都承认俄国统帅的天才。但是，为什么军事著作家以及他们的信徒都认为，这次侧翼进军是某个人深思熟虑的结果，从而使俄国得救、拿破仑失败。这种观点是难以理解的。首先，很难理解这次行动的深思熟虑和天才决策表现在哪里，因为，一支军队在不受攻击时，它的最有利位置就是粮草充裕的地方，这个道理是无须多费思索就能懂得的。任何人，就连一个不懂事的十三岁孩子，也能毫不费事地看出，一八一二年莫斯科失守后，军队最有利的位置是在卡卢加大道。因此，第一，无法理解，史学家凭什么认为这次行动是深思熟虑的结果。第二，更难理解的是，史学家怎样看出，这次军事行动对俄军是得救而对法军是致命打击？因为这次侧翼进军，如果在进军前、进军中和进军后发生其他情况，那么，对俄军就可能是致命打击而对法军则是得救。如果说，这次军事行动后，俄军的地位开始改善，那也绝不能说是这次行动促成的。

这次侧翼进军，如果没有其他条件配合，不仅不会给俄军带来什么好处，而且可能使俄军毁灭。如果莫斯科没有被毁，如果缪拉没有从视野中失去俄军，如果拿破仑没有按兵不动，如果按照别尼生和巴克莱的建议在红帕赫拉附近打一仗，那会怎么样？如果法军在俄军渡过红帕赫拉河后大举进攻，那又会怎么样？如果拿破仑在逼近塔鲁季诺时，用进攻斯摩棱斯克十分之一的兵力进攻俄军，那又会怎么样？如果法军进攻彼得堡，那又会怎么样？……这些假定如果有一条成立，那么，这次侧翼进军就会由救星变为灾星。

第三，最难以理解的是，研究历史的人不愿看到，这次侧翼进军不能归功于任何一个人，谁也没有预见到，这次军事行动也像撤出菲里时一样，没有一个人看见它的全貌，它的全貌是从无数错综复杂的条件中，一步一步，一个事件一个事件，一个瞬间一个瞬间地不断显现，直到行动完成并成为往事后，才豁露出来。

在菲里会议上，俄军将领多数认为，沿着下城大道一直退却是理所当然的事。大多数与会者都赞成这个意见，尤其是会后总司令同主管军粮的兰斯基那场著名的谈话都足以证明这一点。兰斯基向总司令报告说，军粮主要集中在奥卡河沿岸的图拉省和卡卢加省，要是向下城撤退，存粮将被广阔的奥卡河隔断，时令已交初冬，渡河是不可能的。这是必须放弃原先认为最自然的直下下城的想法的第一点理由。军队沿右边梁赞大道行进，离给养较近。后来，由于法军甚至不知道俄军在什么地方而按兵不动，俄军则要保护图拉的兵工厂，尤其是要接近粮草存放地，就进一步向南移动，来到图拉大道。俄军神速地过了红帕赫拉河向图拉大道行进的时候，将领们想在波多尔斯克停下来，根本没考虑塔鲁季诺阵地。但是无数情况，包括原先不知俄军去向的法军的重新出现，作战计划的改变，尤其是卡卢加的粮食充裕，促使俄军更向南移，移到粮食所在的交叉路，从图拉大道转到卡卢加大道，直奔塔鲁季诺。就像无法回答莫斯科是何时放弃的那样，人们也无法回答转移到塔鲁季诺究竟是谁的主意，直到俄军由于各种不同因素的巧合来到塔鲁季诺后，人们才像煞有介事地说，他们早就想这样做，早就预见到这一点了。

2

那次著名的侧翼进军其实只是，俄军在法军进攻下直线后退，等到法军停止进攻，就改变原来的路线，看到后面没有追击，自然转向粮草充裕的地区。

即使俄军没有英明的统帅领导，而是一支没有军官率领的军队，那么，这支军队也不会有其他办法，只能从粮草充裕、物产丰富的地区迂回到莫斯科。

从下城大道向梁赞大道和卡卢加大道转移，这是理所当然的事，就连俄军中的不法分子也纷纷朝那个方向逃跑，而彼得堡也要求库图佐夫朝那个方向转移。库图佐夫在塔鲁季诺接到皇帝近乎申斥的谕旨，责备他把军队引到梁赞大道，责令他占领卡卢加对面的阵地，其实他在接到圣旨时已到了那个地方。

俄国军队像个球，受整个战役和鲍罗金诺会战的推动，顺着推力向前滚，一旦推力消失而新的推力还没有出现，它自然就停止不动。

库图佐夫的功绩不在于所谓天才的战略行动，而在于只有他一人明白那次事件的意义，只有他一人明白当时法军按兵不动的意义，只有他一人始终认为鲍罗金诺会战是一次胜利，只有他一人竭力阻止俄军去作无谓的战斗，而就他总司令的身份来说，他是应该率领军队进攻的。

在鲍罗金诺受伤的那头野兽躺在跑开的猎人把它留下的地方。它是不是还活着，是不是还有力量，还是只躲了起来，猎人可不知道。突然，传来那头野兽的呻吟。

法军这头受伤野兽的呻吟预告着它的灭亡，具体表现为派洛里斯东到库图佐夫营地求和。

拿破仑刚愎自用，不考虑后果，凭心血来潮行事。他写信给库图佐夫，信手写来，想到什么就写什么。他写道：

> 库图佐夫公爵！现派我的侍从长官同您谈判诸多重大问题。请阁下相信他对您说的话，**特别是向您表达我对阁下怀抱已久的敬意和景仰之情**。我在此祈求上苍给您神圣的庇护。
>
> 莫斯科　一八一二年十月三十日
>
> **拿破仑**

“如果我被看作任何和谈阴谋的主谋，我将受到诅咒。**这就是我国人民的意志。**”库图佐夫这样回答，仍然竭力制止他的军队进攻。

法军在莫斯科抢劫了一个月，俄军在塔鲁季诺平静地驻扎了一个月，双方力量（士气和人数）的对比发生了变化，优势已转到俄军方面。俄军虽不知法军的情况和人数，但形势一旦发生变化，进攻的要求立刻从许多迹象上表现出来。这些迹象是：洛里斯东的前来求和，塔鲁季诺的充足粮草，法军闲散无事和纪律松弛的情报，我军部队的获得增补，良好的天气，俄军士兵长期休整后求战的迫切心情，以及想知道久未接触的法军情况的好奇心，俄军哨兵敢于在塔鲁季诺法军驻地附近放哨的勇气，农民和游击队轻易战胜法军的消息，由此而激发的羡慕之情，只要法军还占领莫斯科就无法克制的人人心头的复仇情绪。主要的是，每个士兵都模模糊糊地意识到，现在力量对比起了变化，优势在我们方面。实际力量对比起了变化，进攻就势在必行。就像分针走完一圈，时钟就准确地报一次钟点那样，随着实力的变化，军队上层的活动加强了，也像时钟那样发出了响声。

3

俄军受库图佐夫及其参谋部的指挥，同时又受彼得堡皇帝的指挥。在莫斯科失守消息传来之前，彼得堡就拟订好一个详细的全面作战计划，送交库图佐夫作为指导方针。这个作战计划虽是莫斯科仍在我们手里时拟订的，参谋部还是赞成这一计划，并准备执行。库图佐夫回文只说，远方制订的行动计划往往很难实行。于是彼得堡又发出新的指示以解决可能遇到的困难，还派出一批人监视库图佐夫的行动并随时向彼得堡报告执行情况。

此外，俄军参谋部又作了全面改组。补了阵亡的巴格拉基昂和愤而辞职的巴克莱的遗缺。又认真考虑人员的调动：把甲调到乙的位置上，把乙调到丙的位置上，或者把丙调到甲的位置上，等等，仿佛除了使甲乙满意外，这种调动还能起别的作用。

在参谋部里，由于库图佐夫和参谋长别尼生之间的对立，皇帝心腹的参与和人员调动，派系斗争比平时更加复杂：在各种调动和改组中，甲暗算乙，丁暗算丙，这类现象屡见不鲜。这些钩心斗角的斗争主要是为了军事行动，也就是说大家都想夺取指挥权。但军事行动不以他们的意志为转移，而是按照它本身的规律进行着，也就是说从来不按照他们的设想而是根据群众的基本态度进行着。所有这些错综复杂的倾轧，只不过真实地反映上层无可避免的矛盾罢了。

"库图佐夫公爵！"在塔鲁季诺战役之后，总司令接到皇帝十月二日的手谕，"九月二日莫斯科落入敌手。您上次报告是二十日发出的，在此期间，您不仅没有采取任何行动抗击敌寇，光复古都，甚至，如您上次报告所说继续后退。谢尔普霍夫已被敌军占领，拥有著名大兵工厂的图拉也面临危险。据文森海罗德将军报告，敌万人兵团正沿彼得堡大道前进。另一支数千人的军队也已逼近德米特罗夫。第三支法军正沿弗拉基米尔大道前进。第四支军队人数相当庞大，现驻在鲁扎和莫扎依斯克之间。拿破仑本人截至二十五日仍在莫斯科。根据上述情报，敌人分成几路大军，拿破仑及其近卫军仍驻在莫斯科，您是否因此认为敌军力量太大而无法出击呢？其实他们用来追击您的只有几个分队，或至多一个军，力量远不如您的部队。因此，根据这些情况，您可以有利地攻击比您弱的敌人并加以消灭，或至少迫使它退却，收复现被敌人占领的各省大部分土地，从而使图拉和内地城市摆脱危险。如果敌人派出大量军队威胁这个兵力剩下不多的京城彼得堡，您就得负责，因为您拥有交托给您的军队，只要行动果断有力，您完全能消除这一新的灾难。您要记住，您还要为莫斯科失守而对蒙受奇耻大辱的祖国负责。我会及时嘉奖您，这一点您是清楚的。我这种决心绝不动摇，但我和俄国有权要求您坚定不屈并取得成功，相信您的智慧、军事才能和您所统率的勇敢军队一定不会辜负我们的期望。”

但皇帝这封表明双方力量对比在彼得堡已得到反映的手谕还在路上，库图佐夫就已无法制止他的军队发动进攻，战斗已经开始了。

十月二日，一个叫沙波瓦洛夫的哥萨克在侦察时射死一只兔子，又打伤了另一只。沙波瓦洛夫追逐受伤的兔子，闯入树林，碰到没有任何警戒的缪拉左翼部队。哥萨克笑着对伙伴们说，他几乎落入法国人手里。哥萨克少尉听了这件事，就向指挥官报告。

沙波瓦洛夫被叫去询问。哥萨克指挥官想利用这个机会，从法国人手里夺回几匹马，但一个认识上级军官的指挥官把这件事报告了参谋部一位将军。最近，参谋部里情况极其紧张。前几天，叶尔莫洛夫去见别尼生，求他凭他对总司令的影响劝总司令发动进攻。

“如果我不认识您，我还会以为您并不真想实现您的要求呢。只要我提出一项建议，总司令准会作出相反的决定。”别尼生回答。

派出去的侦察兵回来证实了哥萨克的报告，表明时机已完全成熟。绷紧的发条松开来，时钟发出铛铛的响声。尽管库图佐夫拥有有名无实的权力、卓越的聪明才智、丰富的军事经验和识别人的本领，他不得不注意别尼生亲自呈送皇上的奏章、全体将军的一致愿望、他所估计的皇帝的愿望和哥萨克的报告，他已无法制止无可避免的行动，只得下令做他认为有害无益的事，勉强承认既成事实。

4

别尼生力陈进攻之利的奏章，以及哥萨克探明法军左翼未设防的情报，只是必须下进攻令的最后条件。于是决定于十月五日发动进攻。

十月四日早晨，库图佐夫签发了作战命令。托里向叶尔莫洛夫宣读了这个命令，并责令他作进一步部署。

“好，好，但我现在没有空。”叶尔莫洛夫说着走出小屋。结果作战命令就由托里起草。他写得很好，虽然像奥斯特里茨作战时一样，用的不完全是德语：

“第一纵队[①]向某地进发，第二纵队[②]向某地进发。”等等。所有这些纵队都在纸上按规定时间到达规定地点，把敌人消灭。就像一切作战计划一样，想得都很美妙，但结果没有一个纵队在规定时间到达规定地点。

当作战部署印成必要份数后，就派一个军官去叶尔莫洛夫那里，要他执行命令。这个年轻的近卫骑兵军官，库图佐夫的传令官，接到这个重要任务很高兴，立刻动身去叶尔莫洛夫寓所。

“他出去了。”叶尔莫洛夫的勤务兵回答。近卫骑兵军官就到叶尔莫洛夫常去的一位将军那里。

“不在，将军也不在。”

近卫骑兵军官又骑马到另一个地方。

“不在，他出去了。”

“但愿不要责怪我耽误了时机！真要命！”那个军官想。他跑遍整个营地。有人说看见叶尔莫洛夫同其他几位将军走过，有人说他多半回家了。那个军官一直找到傍晚六点钟，连饭都没吃。哪儿也找不到叶尔莫洛夫，谁也不知道他在什么地方。那个军官在同事那里匆匆吃了点东西，又到前卫去找米洛拉多维奇。米洛拉多维奇也不在家，那里的人告诉他米洛拉多维奇到基金将军那里去参加舞会，叶尔莫洛夫大概也在那里。

---

①② 原文是德语。

“那在什么地方？”

“喏，就在叶奇金那里。”一个哥萨克军官指着远处一座地主的房子，说。

“怎么，在防线外面吗？”

“他们派出两个团作前哨，今晚在那里大吃大喝，寻欢作乐，简直该死！有两个乐团，三个合唱团。”

那个军官就驰往前哨叶奇金那里。他还没有走近那座房子，老远就听见快乐和谐的士兵舞曲。

“在草地上……在草地上！……”口哨声和托尔班琴[①]声不时被叫喊声淹没。那个军官听到这声音心里也高兴起来，但同时有点担心，怕这么久没把重要命令送到会受处分。时间已过八点。他下了马，走进这座处于俄法两军之间而仍保存完好的地主住宅的门廊。在餐室和前厅，仆人正忙着端酒送菜。歌手们站在窗外。军官被引进门里，他看见军队中所有的重要将军，其中包括身材高大引人注目的叶尔莫洛夫。将军们都敞开上装，红光满面，眉飞色舞，站成半圆形，大声说笑。大厅中央，一位面目英俊、个儿不高的将军，满面通红，英姿勃勃地跳着特列帕克舞。

“哈，哈，哈！尼古拉真了不起！哈，哈，哈！……”

军官觉得，在这样的时刻带着重要命令进去，岂不是罪上加罪，他想等一会儿，但有位将军看见他，知道他的来意，就告诉了叶尔莫洛夫。叶尔莫洛夫皱着眉头走过来，听了军官的报告，一言不发，从他手里接过文件。

“你以为他走开是无意的吗？”那天晚上参谋部一个同事谈到叶尔莫洛夫，对骑兵军官说，“这是耍手腕，故意这样做的。他是要跟柯诺夫尼岑为难。等着吧，明天会有好戏看了！”

5

第二天一早，年老体衰的库图佐夫起身后做了祷告，穿好衣服，想

---

① 旧时流行于波兰和乌克兰等地的弹拨乐器。

到他得去指挥一场他不赞成的会战，心中烦闷，坐上马车，从离塔鲁季诺五俄里的列塔舍夫卡到进攻部队集合的地点去。库图佐夫坐在车里，睡睡醒醒，醒醒睡睡，听着右边有没有枪声，战斗是不是开始，但一直没听到动静。一个潮湿凄凉的秋天，曙光初露。快到塔鲁季诺的时候，库图佐夫看见一些骑兵牵着马穿过大路去饮水。库图佐夫对他们仔细瞧瞧，停住马车，问他们是哪个部队的。这些骑兵所属的纵队早该去远处埋伏了。“也许是弄错了吧。”老迈的总司令想。又走了一程，库图佐夫看见几个步兵团，他们架起枪，士兵们只穿着衬裤，有的在熬粥，有的在抱柴。他叫来一个军官。那军官报告说，他们没有接到进攻命令。

“怎么会呢？……”库图佐夫刚开口，又立刻停住，下令召唤一名高级军官。他爬下马车，垂着头，喘着气，默默地踱来踱去，等候着。总参谋部军官艾兴奉命跑来，库图佐夫脸涨得通红，并非因为这个军官犯了什么错误，而是因为他是个合适的出气对象。老头子浑身发抖，上气不接下气，愤怒得简直要在地上打滚。他冲到艾兴面前，挥舞双手，大声吆喝，骂着粗话。另一个无辜的人，勃罗津上尉，正好碰上，也遭到同样的命运。

“你这混蛋是怎么搞的？非毙了你不可！”他挥舞双手，身子摇摇晃晃，哑着嗓子叫道。他肉体上都感到非常痛苦。这位总司令大人，人人相信俄国从来没有人拥有像他这样大的权力，如今却落得成为全军的笑柄。“我白白为今天的局面祈祷，白白通宵不眠反复思考！”他想到自己，“如果我是个小小的尉官，谁也不会这样取笑我……可是现在！”他像受到体罚似的肉体上感到痛苦，忍不住发出疯狂的号叫，但很快就体力不支。他环顾四周，觉得自己已说了许多难听的话，就坐上马车，默默地回去。

怒气一发泄完就不再重来，库图佐夫虚弱地眨着眼睛，听取种种辩解和袒护的话（叶尔莫洛夫自己到第二天才来见他），以及别尼生、柯诺夫尼岑和托里坚持第二天发动进攻的要求。库图佐夫只好又一次表示同意。

6

第二天傍晚，军队在指定地点集合，当天夜里出发。这是一个阴云密布的秋夜，但没有雨。地面潮湿而并不泥泞，军队悄悄地行进着，只偶尔隐隐听到炮车的辘辘声。命令不准高声谈话、吸烟、打火；不让马嘶鸣。行动的神秘平添了它的魅力。士兵快乐地走着。有些纵队停下来，架起枪，躺在寒冷的地上，满以为已到达指定地点；有些纵队（大多数）走了一个通宵，显然走错了地方。

只有奥尔洛夫伯爵带领一队哥萨克（一支最无足轻重的分队）准时到达指定地点。这个分队停在树林边缘，斯特罗米洛夫村和德米特罗夫村之间的小路上。

天蒙蒙亮，正在打盹的奥尔洛夫伯爵被唤醒了。一名法军逃兵被带了进来。这人是波尼亚托夫斯基军的一名波兰士官。这名士官用波兰语解释说，他因受了委屈特来投奔俄军，其实他比谁都勇敢，照理早就该提升为尉官，所以他毅然离开法军，还要对他们进行报复。他说，缪拉就在离此一俄里处过夜，只要给他一百名卫兵，他就能把他活捉过来。奥尔洛夫伯爵和同僚们商量了一下。这个建议太有吸引力了，使人无法拒绝。个个都自告奋勇，跃跃欲试。经过激烈争论，最后决定由格列科夫少将带两团哥萨克跟那名士官前去。

“你记住，”奥尔洛夫伯爵放那个士官走时说，“你要是撒谎，我就把你像一条狗那样吊死；要是说的是实话，我赏你一百金币。”

那士官神态坚决，没有回答这话，骑上马，跟着格列科夫迅速集合的人马出发。他们没入树林。奥尔洛夫伯爵在料峭的晨寒中瑟缩着身子，对这个自作主张的行动感到兴奋。他送走格列科夫，走出树林，瞭望在熹微的晨光和残余的篝火中隐约可见的敌营。在奥尔洛夫伯爵右方，我军各纵队应该出现在开阔的斜坡上。奥尔洛夫伯爵向那边望去，虽然距离远，还是可以望得见，但是不见我们的纵队。在法军营地那边，奥尔洛夫伯爵觉得，特别是根据他那个眼睛很尖的副官的话，法国人开始行动了。

“哎哟，糟了，太晚了！”奥尔洛夫伯爵望了望敌营，说。就像我们所信任的人突然不见时那样，他顿时明白，那士官是个骗子，他撒了谎，使两团人马离开阵地，从而破坏了整个进攻计划。怎么能从这样庞大的队伍中活捉到总司令呢?

“不错，他撒了谎，这个骗子！”伯爵说。

“可以把他追回来。”有个侍从说，他望望敌营，同奥尔洛夫伯爵一样，觉得这次行动靠不住。

“哦？是吗？……您看怎么样，就让他们去，还是叫他们回来？”

“您看是不是下令追回来？”

“追回来，追回来！”奥尔洛夫瞧瞧表，断然说，“恐怕晚了，天大亮了。”

于是副官就骑马到树林里去找格列科夫。等到格列科夫回来，奥尔洛夫伯爵因为计划改变，等步兵一直没有等到，敌人又近在咫尺，心里十分焦急（他队里的人都很焦急），决定立刻发动进攻。

他低声命令道：“上马！”士兵们各就各位，画了十字……

“上帝保佑！”

“乌拉——拉！”喊声响彻树林。哥萨克端起长枪，一个连接着一个连，像口袋倒豆子，飞快地越过小溪，向敌营冲去。

第一个看见哥萨克的法国人吓得没命地狂叫。于是全营的人都衣冠不整，睡眼惺忪地弃下枪炮和马匹，落荒而逃。

哥萨克要是不顾周围和身后的一切，继续追击法军，他们甚至可以活捉缪拉，缴获全部物资。指挥官们也希望这样。但哥萨克获得战利品，俘虏了敌人，就无法调动了。谁也不听命令。这里共俘获了一千五百名敌军、三十八门大炮、许多旗帜，以及哥萨克最宝贵的马匹、鞍子、被子和其他物品。这一切都得处理，俘虏要安置，大炮要上缴，战利品要分配，大家你争我夺，相互斗殴，乱成一团。

法国人没有受到追击，渐渐醒悟过来，集合好队伍，射击起来。奥尔洛夫伯爵仍在等待各纵队到达，没有再进攻。

与此同时，按照“第一纵队向某地进发”[①]等部署，别尼生指挥和托里统率的几个迟到步兵纵队照规定出发，而且像战争中常有的情况那样，不是去指定的地点，而是去了别的地方。人们高高兴兴地出发，此刻又停下来，只听得怨声四起，一片混乱，部队向后退却。副官们和将军们骑马来回奔驰，生气，叫嚷，吵嘴，说走错了路，迟到了，骂着人，最后大家摆摆手，茫无目的地往前走去。“不论怎么走，总能走到！”果然走到了，但不是目的地，有几个纵队到是到了，但迟到了，到了也毫不起作用，只成了对方射击的靶子。托里在这次会战中扮演威罗特在奥斯特里茨会战中的角色，他竭力骑着马奔走，发现到处都是颠三倒四，杂乱无章。例如他跑到树林里巴戈乌特将军那儿，天已大亮，而这个军照规定早就应该跟奥尔洛夫的部队会合。托里因这个失误十分激动、愤怒，认为应该有人对此负责，策马找到军长，对他痛加训斥，说他应该枪毙。巴戈乌特是位久经沙场、镇定沉着的老将，由于一路停滞，队伍混乱，矛盾重重，感到精疲力竭，因此一反平时温和的脾气，暴跳如雷，对托里说了一大堆难听的话。

“我不愿听人家的教训，但我愿率领士兵和敌人决一死战，在这一点上绝不比谁差！”他说着，带领一师人马前进。

勇敢的巴戈乌特情绪激动，冒着法军的炮火向田野跑去，也不考虑现在这样投入战斗是否有益，就带着一师人往前冲到炮火底下。他怒火中烧，根本不顾危险、炮弹和枪弹。敌军第一批枪弹就把他打死了，接着几排枪弹打死了许多士兵。他的一师人在炮火下坚持了一会儿，但毫无结果。

7

与此同时，另一纵队应从正面攻击法军，可是库图佐夫就在这个纵队。他深知，这场违反他心意的战斗除了混乱，不会有任何结果，因此他竭力控制军队，按兵不动。

---

① 原文是德语。

库图佐夫默默地骑着他那匹灰马，有气无力地回答人家要他进攻的建议。

“你们口口声声要进攻，可就是没看到我们不会打复杂的运动战。”他对请求进攻的米洛拉多维奇说。

“我们没能一早活捉缪拉，及时到达指定地点，现在已经毫无办法！”他回答另一个人说。

有人向库图佐夫报告说，根据哥萨克送来的情报，法军后方空虚，现在有了两营波兰兵。库图佐夫瞟了叶尔莫洛夫一眼。他从昨天起没同他谈过一句话。

“你瞧，大家都在请求进攻，提出种种方案，可是一旦交手，却毫无准备，而敌人倒很警觉，他们及时采取了措施。”

叶尔莫洛夫听了这些话，眯细眼睛，微微一笑。他明白，对他来说一场暴风雨已经过去，库图佐夫只这样稍稍刺了他一下。

“他这是在取笑我。”叶尔莫洛夫用膝盖碰了碰站在旁边的拉耶夫斯基，悄悄说。

过了一会儿，叶尔莫洛夫走到库图佐夫面前，恭恭敬敬地报告说：

“总座，现在时间还不晚，敌人还没走。您不下令进攻吗？不然近卫军连硝烟都没有看见呢。”

库图佐夫没有回答，但当他听说缪拉军队已在撤退时，他就下令进攻，但每前进一百步就停三刻钟。

整个战斗只有奥尔洛夫的哥萨克出了点力，其余部队只白白损失了几百人。

由于这次战斗，库图佐夫得了钻石勋章，别尼生也得了钻石勋章和十万卢布，其他军人都按照级别得到许多奖赏。这次战斗后，参谋部人事再次作了调整。

“**我们办事总是**这样，颠三倒四的！”在塔鲁季诺战役后，俄国军官和将领都这样说。现在也有人这样说，仿佛是哪个蠢货把事情弄得颠三倒四，要是换了他们就不至于这样。但说这种话的人，要么不了解情况，要么是自欺欺人。其实所有的战役，包括塔鲁季诺战役、鲍罗金诺战役、奥斯特里茨战役，都不是按照部署进行的。基本情况就是这样。

无数不受约束的力（在生死搏斗中，人是最不受约束的）影响着战斗的趋势，而这种趋势永远无法事先知道，永远不会与任何一种力的趋势相一致。

如果有多种方向不同的力作用于一个物体，那么，这个物体的运动方向决不会同其中任何一种力的运动方向一致，而总是采取折中的最短方向，也就是力学上表示的平行四边形的对角线。

如果我们从史学家的著作，特别是法国史学家的著作中看到他们叙述，战争是按事先计划进行的，那么，我们从中只能得出一个结论：他们的叙述是不真实的。

塔鲁季诺战役显然没有达到托里预期的目的：军队没有按照计划依次投入战斗；也没有达到奥尔洛夫伯爵预期的目的：活捉缪拉；也没有达到别尼生等人希望一举歼灭敌方整个军的目的；军官没有达到参加战斗、荣立战功的目的；哥萨克没有获得比他们获得的更多的战利品，等等。但如果战斗的目的就是实现俄国人的共同愿望：把法国人驱逐出俄国，歼灭他们的军队，那么，塔鲁季诺战役由于本身错综复杂，正好符合那一阶段战争的需要。很难想出比这次战役结果更美满的结果了。在极其混乱的情况下，费力最小，损失最少，而取得了整个战役中最大的成功；俄军由退却转为反攻，使法军弱点暴露无遗，并且给了拿破仑军队一次沉重的打击，迫使他们逃跑。

8

拿破仑在莫斯科河[①]获得辉煌胜利后进入莫斯科，那场胜利是不容怀疑的，因为战场已掌握在法军手里。俄军后撤，放弃古都。莫斯科粮草丰裕，弹药充足，财富不计其数，如今都落入拿破仑手里。俄军人数只有法军一半，整整一个月里一次也没有试图进攻。拿破仑处境极其优越。他有双倍的兵力可以攻击俄军残余部队并加以歼灭，可以缔结有利的和约，万一媾和遭到拒绝，可以进军威胁彼得堡，而万一进军失利，

① 法军称鲍罗金诺战役为莫斯科河战役。

则可以回师斯摩棱斯克或维尔诺，或者留在莫斯科。总之，要保持法军的优越处境并不需要特殊的天才。要做到这一点可说轻而易举，只要禁止部队抢劫，准备过冬衣服（在莫斯科可以弄到全军过冬的衣服），用正当方法征集粮食，而据法国史学家叙述，莫斯科存粮可供全军食用半年。可是拿破仑，这个被史学家誉为天下最伟大天才的人，掌握着全部军权，在这些方面却没有任何行动。

不仅没有任何行动，而且相反，利用他的权力在可供选择的道路中挑选了一条最愚蠢最有害的道路。他可以在莫斯科过冬，可以进军彼得堡，可以进军下新城，可以向北或向南后撤，也就是库图佐夫后来走的那条路，但拿破仑却在莫斯科停留到十月，纵容军队抢劫这个城市，后来对于要不要驻军，又举棋不定，接着退出莫斯科，接近库图佐夫，却没有开战而往右转移，把部队直开到马洛雅罗斯拉韦茨，又不试行突破，不走库图佐夫走的那条路，而沿着被破坏了的斯摩棱斯克大道撤退到莫扎依斯克。正如结果所表明的那样，再也想不出比这更愚蠢、对军队更有害的行动了。如果说，拿破仑的目的是要毁灭法国军队，那么，即使最富有经验的战略家也想不出比这更有效的行为，而且与俄军的行动完全无关。

天才横溢的拿破仑就做了这样的蠢事。但如果说，拿破仑毁灭他的军队是出于他的心愿，或者说他太愚蠢了，那是不公正的。正如说，拿破仑把他的军队带到莫斯科是出于他的心愿，因此说他非常聪明和富有天才，同样是不公正的。

不论在哪种情况下，拿破仑个人行动并不比一个普通士兵更有力，只不过他的行动符合客观规律罢了。

史学家荒谬绝伦地告诉我们，拿破仑的才能在莫斯科衰竭了（只因结果没有肯定他的行为）。其实他同以前一样，也同以后一八一三年一样，为自己也为他的军队的利益用尽了聪明才智。拿破仑这一时期的行为并不比他在埃及、在意大利、在奥地利和在普鲁士逊色。我们不能确切知道，拿破仑在埃及把他的天才发挥到什么程度（"那里人们注视他的丰功伟绩将达四千年"①），因为这些丰功伟绩都是法国人给我们描写

① 暗指拿破仑在埃及向军队吹嘘他的功绩时说过的话。

的。我们也不能确切判断他在奥地利和普鲁士的天才行为，因为这些报道都出自法国和德国的文献资料。部队一个个不战而降，要塞一个个不攻自破，德国人感到莫名其妙，不能不把他的天才看作对德作战的唯一原因。但是，感谢上帝，我们可没有理由承认他的天才来给自己遮羞。我们为了获得正视问题的权利已付出了代价，我们可不愿放弃它。

拿破仑在莫斯科的行为，也像他在其他地方一样，天才横溢，令人叹服。从他进入莫斯科到退出莫斯科，他接二连三地制订计划，发布命令。莫斯科居民走光，没有派代表团来见他，莫斯科大火，这一切都没有使他惊慌失措。他没有忽略自己军队的利益，没有忽略敌人的行动，没有忽略俄国人民的利益，没有忽略巴黎的政务，也没有忽略有关缔结和约的外交上的考虑。

9

在军事方面，拿破仑一进莫斯科就严令塞巴斯蒂亚尼将军注视俄军的行动，各条大路都分兵把守，命令缪拉寻找库图佐夫，然后大力加强克里姆林宫防务，制订进军全俄的天才计划。在外交方面，拿破仑叫来遭到抢劫、衣衫褴褛、不知怎样才能逃出莫斯科的雅科武列夫上尉[①]，向他详细阐述自己的全部计划和宽大政策，并且写了一封信给亚历山大皇帝，说他有责任告诉他的朋友和兄弟，拉斯托普庆在莫斯科治理无方，情况很糟，因此他派雅科武列夫去彼得堡。他又向图托尔明[②]详细讲解他的计划和宽大政策，并把这个老头子也派往彼得堡谈判。

在司法方面，莫斯科大火后，立刻下令捉拿纵火犯并处以极刑。对恶棍拉斯托普庆的惩罚是下令烧掉他的公馆。

在行政方面，他恩赐莫斯科一部宪法，成立市政府，公布下列告示：

> 莫斯科居民们！
>
> 你们苦难深重，但皇帝兼国王陛下愿消除你们的苦难。他怎样

① 雅科武列夫上尉是著名作家亚历山大·赫尔岑的父亲。

② 图托尔明，退役少将，莫斯科孤儿院院长。

惩罚抗命和违法行为，已有可怕的事例给了你们教训。为了制止动乱，恢复治安，特采取严厉措施。由你们自己选出的元老将组成市政府或市政管理局。它将照顾你们，满足你们的需要，关心你们的福利。市政府官员将肩佩红色绶带，市长则外加一条白腰带。在公余时间，他们只在左臂佩一块红袖章。

市警察局已照原样重建，因此市内秩序已有好转。市政府已任命两名总监或警察局局长，并为各区任命二十名区监或警察分局局长。他们的标志是左臂佩白袖章。已有几个不同教派的教堂重新开放，教徒可自由前往礼拜。每天都有你们的同胞回到自己住所，他们并可得到救援和庇护。政府采取这些措施，就是要恢复秩序，改善你们的境况。但为此目的，你们必须与政府通力合作，忘记你们的苦难，寄希望于较好的命运，并请相信，那些胆敢侵犯你们的人身和残余财产之徒，决不能逃避可耻的死刑。最后，你们无须怀疑，你们的生命财产将得到保障，因为这是世界上最伟大的君主的意旨。任何国籍的士兵和居民！要使公众恢复信任，因为那是国家幸福之本。你们要像兄弟一样相亲相爱，互相帮助和庇护，联合起来挫败坏人的阴谋，服从军政当局，那时你们将不再流泪了。

在军粮方面，拿破仑指令全体官兵轮番抢劫莫斯科，以保证军队给养。

在宗教方面，拿破仑下令召回牧师，教堂恢复礼拜。

在商业和军粮供应方面，全城张贴如下布告：

布　告

安分守己的莫斯科市民、手艺人和工人，凡因战乱离城的人，以及因不必要的恐惧至今仍在田野里流浪的农民，请注意！京城已重归平静，秩序已告恢复。你们的同胞看到自己受到尊重，都勇敢地走出隐蔽场所。凡对其人身和财产行暴者，将立即受到严惩。皇帝兼国王陛下保护他们，除违抗其命令者外，均不被视为敌人。他要结束你们的灾难，让你们重返家园与家人团聚。请响应他的仁慈意愿，平安回归故里。居民们！放心返回你们的家宅吧，你们的需要不久将得到满足！手艺人和劳工们！返回你们的工作场所吧，房屋、店铺、卫兵都在等待你们，你们做工就能得到应得的报酬！此外，农民们，从你们躲藏的树林里出来吧，大胆地回到你们的住所，可以相信你们将得到保护。城里已开设许多粮店，农民可以把余粮和蔬菜运到那里出售。政府已采取下列措施以保证农民自由出售农产品：(一) 自即日起，农民和莫斯科郊区居民可以平安地把各种产品运到城里两家指定粮店，其中一家在莫霍夫街，另一家在猎品市场。(二) 产品由买卖双方议价交易，卖方如认为价格不合，可将产品运回乡下，任何人不得用任何借口加以留难。(三) 每星期日和星期三定为大集，为此，每逢星期二和星期六将派足够数量的军队在城外各条大路上保护货车。(四) 将采取同样措施，以保证农民回乡通行无阻。(五) 将立即采取措施恢复正常贸易。城乡居民们，任何国籍的工人和手艺人！我们呼吁大家实现皇帝兼国王陛下的仁慈意愿，协助陛下谋求公共福利。请匍匐在他的脚下向他表示敬意和信任，尽快同我们合作！

为了鼓舞士气，激励民意，接二连三地举行检阅和发奖。皇帝亲自骑马巡街，安抚居民；他不顾政务繁忙，仍然亲临他下令建立的剧院看戏。

在表现帝王最高德政的慈善事业方面，拿破仑也做了力所能及的一切。他下令在慈善会会所题写“吾母之家”，这样就把做儿子的孝心同君主的恩德结合起来。他参观孤儿院，让他所拯救的孤儿吻他那双白净的手，和蔼地同图托尔明谈话。再有，他听从伶牙俐齿的梯也尔的主意，把他伪造的俄国钞票发给他的军队作为饷银。为了扩大这种无愧于他和法军的措施，他下令给家园焚毁者以补助。但由于食物太宝贵，不能发给大都怀有敌意的外国人，拿破仑认为最好是给他们分发现钞，让他们自己去弄食物，因此他下令发给他们纸卢布。

在军纪方面，不断发出命令，严惩玩忽职守，禁止抢劫行为。

10

奇怪的是，这些指令、关怀和计划并不比类似情况下颁布的指令、关怀和计划差，但它们并没起实质性作用，就像钟的指针脱离了机件，没咬住齿轮乱走一样。

在军事方面，梯也尔谈到天才作战计划时说：他的天才从来没有发挥得如此淋漓尽致，令人叹服。梯也尔就这事同芬[①]先生争论时证明，这个天才计划的制订不是针对十月四日而是针对十月十五日的，那个计划没有实行，也永远不可能实行，因为离实际太远。为克里姆林宫设防而夷平清真寺（拿破仑这样称瓦西里升天大堂），结果毫无作用。在克里姆林宫布雷，只是要满足皇帝撤离莫斯科时炸毁此宫的愿望，就像小孩子跌了一跤，要打碰痛他的地板那样。拿破仑一心想追击俄军，结果却成为闻所未闻的怪事。法军将领找不到六万俄军的踪迹。据梯也尔说，全凭缪拉的英明才像大海捞针似的找到这支队伍。

在外交方面，拿破仑竭力在图托尔明和雅科武列夫（他关心的只是弄到一件军大衣和一辆大车）面前表明自己的宽大和公正，结果都毫无用处，因为亚历山大皇帝没接见这两位使者，对他们的使命置之不理。

在司法方面，处决了一批被冤枉的纵火犯后，莫斯科另一半城市也被焚毁了。

在行政方面，市政府的建立并不能制止抢劫，得利的倒是在市政府供职的人，他们借口维持秩序，不是抢劫城市，就是保护自己不受抢劫。

在宗教方面，拿破仑在埃及造访一次清真寺，就赢得了民心，但在这里却毫无结果。法军当局在莫斯科找到两三个神父，叫他们执行拿破仑的旨意，其中一个在做礼拜时被法国兵打了耳光，对另一个的情况法国军官报告如下：“我找到一名神父，请他主持礼拜。他把教堂打扫干净后把门锁上。当天夜里有人砸掉门和锁，撕毁典籍，并干了其他坏事。”

---

① 芬（1778—1837），拿破仑的秘书。

在商业方面，勤劳的职工和全体农民对贴出的布告毫无反响。城里没有一个勤劳的职工；农民捉住几个拿着布告走得太远的警官，并把他们杀死。

建立剧院使军民得到娱乐一事同样失败了。设在克里姆林宫的剧院和设在波兹尼亚科夫家的剧院开幕不久就关闭了，因为男女演员都遭到抢劫。

连慈善事业也没有取得预期的结果。真钞、伪钞充斥莫斯科，钞票一文不值。收集战利品的法国人只要黄金。不仅拿破仑赐给难民的伪钞分文不值，而且白银的价值也远远低于黄金。

但最令人吃惊的是，拿破仑制止抢劫和恢复纪律的最高命令亦不起作用。

军队长官作了下述汇报：

"城内抢劫虽已明令禁止，但仍不断发生。秩序尚未恢复，无一商人进行合法贸易。只有随军小贩敢做生意，但他们卖的都是抢劫来的东西。

"我区仍遭第三军士兵抢劫，他们不仅夺走不幸居民藏于地窖的少量浮财，还用佩刀残酷地把他们砍伤，这是我亲眼看见的。

"除士兵明抢暗盗外，别无报道。——十月九日。

"盗窃抢劫不止。我区有一盗窃团伙，必须采取有力措施予以制止。——十月十一日。

"虽经三令五申严禁抢劫，但近卫军仍三五成群抢劫后回克里姆林宫，皇帝对此极为不满。老近卫军中骚扰和抢劫事件愈演愈烈，昨今两天尤为严重。这些精选的护驾卫兵理应成为遵纪守法的模范，却目无法纪，哄抢存放军用物资的地窖和仓库，皇帝对此痛心疾首。有些士兵尤为堕落，甚至不听哨兵和卫兵劝阻，对他们进行辱骂和殴打。

"宫廷司礼长痛斥不法士兵，尽管一再发出禁令，他们仍在屋外甚至皇帝窗下大小便。"

这支军队就像一群无人看管的牲口，脚踩可以使它们免于饿死的饲料，待在莫斯科无所事事，士气低落，渐趋灭亡。

但这支军队待在原地不动。

直到斯摩棱斯克大道上辎重队被劫持，塔鲁季诺会战爆发，群情恐慌，这支军队才拔脚逃跑。据梯也尔说，拿破仑在阅兵时突然接到塔鲁季诺会战的消息，这才产生惩罚俄军的念头，于是发了同意全军要求应战的命令。

这支军队在逃出莫斯科时，随身带走劫得的财物。拿破仑也带走他的全部财宝。梯也尔还说，拿破仑看见行李车拖累军队，大吃一惊。但他凭军事经验，没下令焚毁多余车辆，像逼近莫斯科时对待元帅车辆那样，而是望了望士兵的车辆说："很好，这些车辆可以用来运送粮食、病号和伤员。"

这支军队有点像一头负伤的野兽，感觉到自己行将灭亡，但不知该怎么办。研究拿破仑及其军队进入莫斯科到全军覆没这个时期的巧妙策略和目的，就像研究一头受了致命伤的野兽临死前的挣扎和抽搐一样。一头受伤的野兽听见沙沙声，往往向开枪的猎人扑去，忽而前进，忽而后退，结果就加速了自己的死亡。拿破仑在全军的压力下也是这样。塔鲁季诺会战就像一阵沙沙声，惊动了这头野兽，它忽而前进，忽而后退，最后又顺着最不利、最危险但是熟悉的老路往回跑。

拿破仑使人觉得，他仿佛是这次军事行动的领导者（就像古时雕在船头上的神像往往被当作驾驶船只的力量一样），其实他这个时期的行动就像一个孩子，他拉住马车上的带子，自以为在驾车。

11

十月六日清早，皮埃尔走出棚子，回来时在门口停下，逗弄一只身长、腿短而弯曲的青灰色小狗。这只小狗住在他们的棚子里，老在他身边转来转去，晚上跟普拉东睡。它有时进城去，过后又回来。它大概是只野狗，没有人领养，也没有名字，法国人叫它阿佐尔，那个爱讲故事的兵叫它费姆加尔卡，普拉东和其他人叫它阿灰，有时叫它长耳朵。它没有主人，没有名字，品种不明，连毛色也说不清，但这并没使它的日子难过。它那蓬蓬松松的粗大尾巴像帽子上的翎子那样直立着，短短的罗圈腿非常灵活，它常常姿势优美地抬起一条后腿，麻利地用三条腿跑路。它对什么都感兴趣。它时而仰卧地上，快乐地尖叫；时而若有所思地晒太阳，现出像煞有介事的神气；时而欢蹦乱跳，玩弄一块木片或者一根干草。

皮埃尔现在只有一件又脏又破的衬衫（这是他剩下的唯一的一件衣服），一条士兵穿的裤子（他听从普拉东的劝告，用绳子扎住裤脚以保暖），一件农民穿的外衣和一顶农民戴的帽子。最近皮埃尔的身体有很大变化。他不像原来那样胖，但仍具有遗传的魁伟体格。他的下半部脸上长满胡子，蓬乱卷曲的头发生满虱子，像一顶帽子似的覆在头上。他的眼神镇定刚毅，充满生气，这副神气以前从来不曾有过。萎靡不振的眼睛现在变得坚毅有神，仿佛随时准备行动和反抗。他的脚上没有穿鞋子。

皮埃尔时而望望有大车和骑马人经过的田野，时而望望河对岸的远方，时而瞧瞧装出要狠狠咬他的小狗，时而瞧瞧他那双任意摆出各种姿势、动着粗大肮脏脚趾的光脚板。他每次注视自己的光脚板，脸上总现出兴奋和得意的微笑。他一看见这双光脚，就想起他最近所体会和理解的一切。这种沉思使他愉快。

最近一连几天风和日丽，早晨有点轻霜，正是所谓秋高气爽的日子。

户外阳光下还很暖和，这种温暖天气加上早晨沁人心脾的凉意，使人感到特别舒服。

大地万物，不论远近，都焕发着只有在这初秋时节才有的明净奇异的光辉。远远可以望见麻雀山以及山上的村庄、教堂和一座白色的大房子。光秃的树木、沙地、石头、屋顶、教堂的绿色尖塔、远处白房子的墙角，这一切在清澈的空中都线条分明，勾勒得异常清晰。近处是一座被法军占领的焚烧过的贵族庄院，靠墙的院子里还长着几棵叶子墨绿的丁香。就连这个在阴天使人觉得凄凉丑恶的废墟，此刻在明净的阳光下也显得宁静而悦目。

一个法军班长，戴着便帽，随便地敞着胸，嘴里叼着烟斗，从棚子角落里走出来，友好地挤挤眼，走到皮埃尔跟前。

“太阳真好，是吗，基里尔先生（法国人都这样称呼皮埃尔）？简直像春天。”班长身子靠在门上，把烟斗递给皮埃尔，尽管他每次让烟都被皮埃尔谢绝。

“要是在这样的好天气行军……”他刚开始说，皮埃尔就向他打听有没有军队开拔的消息。班长回答说，几乎所有的军队都出发了，今天应该有处理俘虏的命令下来。皮埃尔住的棚子里有个叫索科洛夫的士兵病危，皮埃尔对班长说，应该照料一下这个病员。班长叫皮埃尔放心，这里有一所野战医院，还有一所正规医院，都会照料病人。总之，凡是可能发生的情况，长官都考虑到了。

“再说，基里尔先生，您只要对上尉说一声就行，要知道……他这人……什么事都记在心上。等上尉来巡视时，您对他说一声，他什么都会替您办到……”

班长所说的那个上尉，常常同皮埃尔长谈，处处照顾他。接着班长又说：

“不瞒您说，圣·托马，他有一次对我说：基里尔是个有教养的人，会说法语。他是个落难的俄国贵族，但是个人物。他明白道理……不论他需要什么，你都不要拒绝他。人一旦有了学问，就爱好知识，尊敬有教养的人。基里尔先生，我这是在说您呢。前几天，要是没有您，事情就糟了。”

班长聊了一会儿就走了（班长刚才讲的是前几天俘虏同法国人打架的事，皮埃尔把同伴劝住了）。有几个俘虏听皮埃尔同法军班长谈话，立刻打听他说了些什么。皮埃尔告诉同伴，班长说法军开拔了。就在这时，一个衣衫褴褛、面黄肌瘦的法国兵来到棚子门口。他敏捷而胆怯地举起几个手指表示敬礼，问皮埃尔，替他缝补衣服的士兵普拉东是不是住在这个棚子里。

一个星期前，法国人弄到一批皮料和麻布，要俘虏缝制靴子和衬衫。

“好了，好了，老弟！”普拉东拿着一件叠得整整齐齐的衬衫走出来，说。

普拉东因为天气暖和和为了干活方便，只穿一条裤子和一件黑得像泥巴的破衬衫。他的头发像工人那样用树皮扎起来，他的脸就显得越发浑圆可爱。

“一诺千金嘛。说礼拜五做好，就礼拜五做好。”普拉东打开缝好的衬衫，含笑说。

法国人不安地回头看了一下，仿佛克服了疑虑，迅速脱下军服，穿上衬衫。他在军服里没有穿衬衫，又黄又瘦的上身只穿一件油渍斑斑带花点的长绸背心。他显然怕旁观的俘虏笑话他，赶快把头套进衬衫里。俘虏中谁也没有说什么。

“瞧，挺合身！”普拉东一面说，一面替他拉正衬衫。法国人把头和手臂都伸进去，没有抬起眼睛，打量着身上的衬衫，仔细察看了线脚。

“我说，老弟，我这不是裁缝铺，又没有像样的工具。俗话说，没有工具连虱子也弄不死。”普拉东说，脸笑得更圆，显然为自己的手艺感到很得意。

“好，好，谢谢，那么，剩下的布呢？”法国人说。

“你贴身穿还要合适，”普拉东仍为自己的手艺得意扬扬，说，“还要漂亮，还要舒服呢。”

“谢谢，谢谢，朋友，那么，剩下的布呢？……”法国人笑眯眯地重复说，掏出钞票交给普拉东，“把剩下的布给我……”

皮埃尔看出普拉东不想弄懂法国人的话，就冷眼旁观，不加干预。普拉东谢了谢给他的钱，继续欣赏自己的手工。法国人坚持要剩下的布，请皮埃尔把他的话翻译给普拉东听。

“他要零头布做什么？”普拉东说，“我们倒可以做一副像样的包脚布。好，算了吧。”普拉东突然沉下脸，从怀里掏出一卷碎布，眼睛没看法国人，递给他。“哼！有什么了不起！”普拉东说着就往回走，法国人看看那块碎布，沉思起来，疑问地瞧了瞧皮埃尔，皮埃尔的目光仿佛在向他表示什么。

“普拉东，普拉东！”法国人突然脸红起来，尖声叫道，“你拿去吧！”他说着把碎布递给普拉东，转身走了。

“瞧你这人真怪，”普拉东摇摇头说，“据说他不是基督徒，但他有良心。老人说得好：‘穷人慷慨大方，富人一毛不拔。’他身上一无所有，却把东西送人。”普拉东若有所思地含笑看着碎布，沉默了一会儿。“老弟，可以做一副出色的包脚布。”他说着回到棚子里。

12

皮埃尔被俘已有四个星期。虽然法国人说过要把他从士兵棚子转到军官棚子，他却一直留在第一天进的那个棚子里。

在遭到浩劫的莫斯科，皮埃尔尝到一个人可能尝到的极端困苦，但由于他一直没有意识到自己的强壮体格，更由于这种困苦是悄悄来到，说不出它是从什么时候开始的，他不但轻松地忍受过来，而且对自己的处境感到心满意足。就是在这个时期，他获得了以前追求而没有追求到的宁静和满足。长期以来他从生活各方面寻找这种精神的宁静和内心的和谐，寻找参加鲍罗金诺会战士兵身上所具有的优点，他还曾在慈善事业、在共济会、在上流社会的悠闲生活中、在酗酒、在自我牺牲的英雄事迹中、在对娜塔莎的浪漫爱情中寻找；他还曾在思想中苦苦寻找，结果都失败了。可是连他自己也没有想到，只有通过死的恐怖，通过重重苦难，通过他从普拉东身上得来的启示，才获得精神的宁静和内心的和谐。他临刑时所经历的恐怖时刻，仿佛把以前觉得很重要的一些骚乱思想和感情从他头脑里永远抹掉了。他再也没有想到俄罗斯、战争、政治和拿破仑。他显然觉得，这一切都同他无关，他不负有这个使命，因此对这一切不能作出判断。“俄国和夏天，两者不相干”，他想起普拉东的话，重复了一遍，心里感到很宽慰。现在他觉得，他原来企图谋杀拿破仑、推算神秘的数字和《启示录》中那头怪兽，都很荒诞，甚至可笑。原来他恨妻子，又担心自己名誉扫地，现在他觉得这一切都不足道，简直是滑稽可笑。这个女人爱在什么地方过她所喜欢的生活，跟他有什么相干？他们知道或者不知道他们有一个叫皮埃尔伯爵的俘虏，这跟谁，特别是跟他又有什么相干呢？

现在他常常想到同安德烈公爵的谈话，并且完全同意他的意见，只是对安德烈公爵的思想有了点不同的看法。安德烈公爵认为，幸福往往只会走向反面，但他说这话带有苦涩和嘲讽的意味。他本来想说的是，我们一心追求幸福，但得不到它，只是徒然折磨自己罢了。但皮埃尔毫无保留地认为他的话是对的。没有痛苦，各种需要都能得到满足，以及由此而来的选择职业的自由，也就是选择生活方式的自由，这一切皮埃尔现在认为就是人的最大幸福。只有在这里，皮埃尔才第一次尝到肚子饿时吃东西、口渴时喝水、要睡觉时能够入睡、寒冷时得到温暖、要谈话和听到人的声音时能谈话等快乐。山珍海味，整齐清洁，自由，这一切皮埃尔都已失去，只有这时，他才觉得这些原是极其完满的幸福。至于选择职业，也就是选择生活方式，现在完全受到限制，他觉得原是轻而易举的事。他忘记，生活条件过分优越，就会使人丧失需要得到满足时的幸福。而选择职业的最大自由，也就是教育、财富、社会地位所给予他的自由，使这种选择成为无法解决的难题，也取消了选择职业的需要和可能。

现在皮埃尔一心一意幻想着恢复自由的日子。然而后来，皮埃尔又极其兴奋地想到和谈到这一个月的俘虏生活。回味那一去不复返的强烈而快乐的感受，尤其是回味这个时期内心的完全平静和精神上的彻底自由。

俘虏生活的第一天，他清早起来，迎着曙光走出棚子，头一眼就看见新圣母修道院的阴暗圆顶和十字架，看见落满尘土的草地上的寒露，看见麻雀山的丘陵，看见隐没到紫色远方的树木丛生的曲折河岸。他还感觉到沁人心脾的新鲜空气，听见从莫斯科飞越田野的寒鸦的啼声，一会儿，东方突然迸发出金光，太阳庄严地从云层后面露出边缘，于是圆顶、十字架、露水、远方和河流都在欢乐的阳光中闪耀。这时，皮埃尔感受到一种从未体验过的生的欢乐和力量。

这种感觉在他整个被俘期间不仅没有离开过他，而且处境越困难，感受越强烈。

皮埃尔进棚子不久就受到同伴们的尊敬，他那种随遇而安和助人为乐的脾气更加突出。他通晓几种外语，法国人对他很尊敬，他朴实大方，有求必应（他每星期得到三卢布军官津贴），他力大无穷，士兵都看见他能把钉子按进棚子墙壁，他待同伴和蔼可亲，他能沉思默想地静坐半天，这都使士兵觉得他这人神秘莫测，不同凡响。他力大无穷，蔑视舒适的生活，落拓懒散，这些特点以前对他是有害的，使他感到拘束，如今在这些人中间他却几乎成了英雄。因此皮埃尔觉得，他们这种看法更增加了他助人的责任。

13

十月六日夜间，法军开始行动：拆掉厨房和棚子，装好车，部队和辎重就开拔了。

七日晨七时，法军押送队身穿行军装，头戴高筒帽，扛着枪，背着背包和大口袋，站在棚子前。队列里发出一片喧闹的法语谈话声，其中夹杂着咒骂。

棚子里所有的人都穿上衣服，束好腰带，穿上靴子，收拾停当，只等命令一到就出发。生病的士兵索科洛夫身体消瘦，脸色苍白，眼圈发青，独自坐在原地，没有穿衣着靴，两只瘦得鼓出的眼睛带着询问的神情望着不注意他的同伴，均匀地低声呻吟着。显然，他呻吟与其说是由于痛苦（他得了痢疾），不如说是害怕他一个人被留下来。

皮埃尔用绳子束腰，穿着普拉东用茶叶箱的包皮替他做的鞋（这块皮子是一个法国人拿来补靴底的），走到病人跟前蹲下来。

“我说，索科洛夫，他们并不是一去不回来！他们在这里还有一座医院。说不定你比我们谁都幸运呢！”皮埃尔说。

“哦，天哪！我要死了！哦，天哪！”那个士兵更加大声地呻吟起来。

“我这就再去求求他们。”皮埃尔说，站起来向棚子口走去。皮埃尔刚走到门口，昨天那个请皮埃尔抽烟的班长带着两个士兵从外面走来。班长和士兵都是行军装束，背着背包，戴着高筒帽，帽带闪闪发亮，扣住下巴。这使他们的相貌都显得同平时不一样。

班长是奉命前来关门的。出发以前要清点俘虏人数。

“*班长，病号怎么办？……*”皮埃尔说，但他刚开口就犹豫起来，不知对方是不是他所认识的班长，还是别的陌生人，因为此刻班长的模样大变了。此外，皮埃尔说话的时候，两旁突然响起咚咚的鼓声。班长听了皮埃尔的话皱起眉头，莫名其妙地骂了一句，砰的一声关上门走了。两边鼓声震天，淹没了病号的呻吟。

“来了！……又来了！”皮埃尔自言自语。脊背上不由得掠过一阵寒战。从班长变了色的脸上，从他的语气里，从震耳欲聋的紧张鼓声里，皮埃尔听出那强迫人们去残杀同类的无情的神秘力量，也就是上次行刑时他感受到的那种力量。害怕这种力量，竭力逃避它，向成为这种力量的工具的人哀求或劝告，都是没有用处的。这一点皮埃尔现在懂得了。只能等待，只能忍耐。皮埃尔没再走到病号跟前去，也没看他。他默默地站在棚子门口，皱紧眉头。

棚子门打开了，俘虏们像一群绵羊争先恐后地向门口挤去，皮埃尔抢到他们前面，走到上尉跟前。他就是班长说过愿为皮埃尔尽力的那个上尉。上尉也是一身行军装束。从他那冰冷的脸上，皮埃尔认出了班长的语气和鼓声里所表示的那种力量。

“走，走！”上尉说，板着脸，瞧着聚集在他旁边的俘虏。皮埃尔明知不会有什么结果，但还是走到上尉面前。

“哦，还有什么事？”上尉冷冷地回头瞧了瞧，仿佛不认识似的。皮埃尔提到那个病号。

“他也得走，真见鬼！”上尉说，“走，走！”他眼睛不看皮埃尔，继续说。

“不行，他快死了……”皮埃尔刚开口说。

“走开，走开！”上尉恶狠狠地皱着眉头，嚷道。

咚咚咚……咚咚咚，鼓声震天。皮埃尔明白，那种神秘的力量已完全控制了这些人，现在再说也没有用。

法军把被俘的军官从士兵中叫出来，让他们走在前面。军官有三十来人，包括皮埃尔在内，士兵有三百人左右。

从其他几个棚子里出来的被俘军官都是陌生的，穿戴都比皮埃尔好。他们望着皮埃尔，望着皮埃尔的鞋，露出怀疑和冷漠的神态。离皮埃尔不远有个胖少校，身穿喀山长袍，腰束一条手巾，脸色又肿又黄，怒气冲冲地走着。他在被俘同伴中显然得到普遍尊敬。他一手拿着烟荷包插在怀里，另一只手握着长烟管。少校气喘吁吁，鼓着腮帮，发着牢骚，生大家的气，仿佛他们都在挤他，他们没有急事，却都急急忙忙，没有怪事，却都大惊小怪。另一个瘦小的军官，老找人说话，猜测现在要把他们带到哪里去，今天能走多少路。一个穿毡靴和军需官制服的军官跑来跑去，瞭望大火后的莫斯科，大声说着他的观察结果：什么房子给烧毁了，那是莫斯科的什么区。又有一个军官，听口音是波兰人，同军需官争论着，向他说明，他把莫斯科的地区弄错了。

“还争什么呀？”少校怒气冲冲地说，“尼古拉区也好，弗拉斯区也好，还不是一样。瞧，都烧光了，全完了……挤什么呀，道路还不够宽吗？”他生气地对后面的人说，其实人家根本没有挤他。

“哎呀呀，糟蹋成什么样子了！”俘虏们望着周围的火烧场，不断地惊叹，“还有莫斯科河滨区，还有祖波夫区，还有克里姆林宫，瞧，剩下不到一半了……我不是对你们说了吗，莫斯科河滨区全完了，就是这么回事。”

“您知道烧了，还谈它做什么！”少校说。

在经过哈莫夫尼基区（莫斯科少数几个未烧毁的区之一）的教堂时，俘虏们突然闪到一旁，发出恐惧而恶心的呼叫。

“瞧，这些恶棍！这些异教徒！是个死人，是个死人……脸上还抹过什么了。”

皮埃尔听见叫声，也向教堂那里走去。他模模糊糊地看见教堂墙上靠着一个东西。他从眼力比他好的同伴嘴里知道那是一具尸体，竖着靠在墙上，脸上还抹过煤烟……

“走！走！……你们这些鬼东西……”押送队大声骂着，法国兵又凶相毕露，拔出短剑驱散围观尸体的俘虏。

14

俘虏们通过哈莫夫尼基的小街，只由押送队押送，后面跟着属于押送队的各种车辆，但一到粮店那里，他们就卷入夹杂着私人车辆的庞大而拥挤的炮兵队伍中间。

到了桥头，人马都停下来，等前面的人先过桥。俘虏们站在桥头上，可以望见前后都是没有尽头的行进的车队。右边，卡卢加大道经过聂斯库奇诺耶转弯的地方，部队和车辆伸展到望不见头的远方。这是先头部队波加尔涅军，后面河岸上和卡敏内桥上是奈伊的部队和车辆。

达武部队（俘虏归他们押送）通过克里木浅滩，部分已进入卡卢加街。但是车队拉得很长，波加尔涅军的车队还没走出莫斯科，奈伊的先头部队已走出大奥尔登卡。

俘虏们过了克里木浅滩，走几步就得停一下，然后再走，四面八方来的车辆和人马越来越拥挤。俘虏们在大桥和卡卢加街之间走了一个多小时，才走了几百步，然后来到莫斯科河滨街同卡卢加街交叉的广场上。他们在那里挤作一堆，停留了好几个小时。四面八方都是辘辘的车声，一刻不停，犹如大海的波涛，还有错杂的脚步声和不停的斥责声和咒骂声。皮埃尔靠在一座被焚毁的房子的墙上，听着那在他头脑中同咚咚的鼓声汇成一片的喧闹。

有几个被俘的军官想看得清楚些，爬到皮埃尔靠着的那座墙上。

"哦，这么多人！这么多人！……连大炮上都堆满了东西！瞧，毛皮衣服……"他们说，"瞧那些王八蛋抢了多少东西……瞧后面那辆车上的东西……那是从圣像上扯下来的饰品，错不了！……那准是德国人。还有我们的庄稼汉，可不是！……哼，王八蛋！……瞧那家伙背了多少东西，路都走不动了！瞧，把旅行马车也抢来了！……瞧那家伙竟坐在箱子上。老天爷！……他们打起来了！……"

"就是要这样打他耳光，打他耳光！照这样到天黑也走不了。瞧，你们瞧……那一定是拿破仑。瞧，多漂亮的马！瞧那皇冠，上面还有花体字母。就像一座活动房子。那家伙丢了口袋都不知道。又打起来了……一个女人抱着孩子，长得不错。可不是，这样的人准能通行……瞧，简直看不到头。有几个俄国姑娘，真的，是姑娘！坐着马车可舒服啦！"

又一阵众人好奇的浪潮，就像在哈莫夫尼基教堂旁边那样，把俘虏都冲到大路旁。皮埃尔凭着自己个儿高，越过别人的头看见引起俘虏们好奇的景象。在弹药车中间有三辆马车，车上紧挨着坐着几个女人，她们服装鲜艳，涂脂抹粉，嘴里发出尖声的叫喊。

自从皮埃尔意识到神秘的力量那一刻起，他对什么都不感到惊奇和害怕：不论是出于恶作剧而涂上煤烟的尸体，还是这些不知往哪里去的女人，或者莫斯科的瓦砾场。皮埃尔现在看到的一切，几乎没有给他留下什么印象，仿佛他的心灵正在准备一场艰苦的搏斗，不愿接受任何可能削弱他力量的印象。

载着女人的那几辆车过去了。后面又是大车、士兵、货车、士兵、弹药车、轿车、士兵、箱子、士兵，偶尔还有妇女。

皮埃尔没有看到一个单身人，只看见长长的人流。

所有这些人马仿佛被一种无形的力量驱赶着。皮埃尔观察了一个小时，只见人们从各个街道拥出来，谁都想赶快通过。他们你推我挤，怒气冲天，动手打架。他们龇牙咧嘴，皱着眉头，恶声对骂，个个脸上露出不顾死活、冷酷无情的神色，就像早晨擂鼓时皮埃尔在班长脸上看到的那样。

直到傍晚，押送队长召集他的队伍，又喊又骂地挤进辎重车队。俘虏们被团团围住，走上卡卢加大道。

大家急急地走着，也不休息，直到太阳落山才停下来。辎重车聚集在一起，准备过夜。人人怒气冲天，牢骚满腹。四面八方的咒骂声、吆喝声和打架声持续了好半天。一辆走在押送队后面的轿式马车撞在押送队的大车上，车辕把大车撞了个洞。几个押送兵从四面跑到大车前，有的把套轿车的马牵到一旁，动手打马的头，有的相互打起架来。皮埃尔看见一个德国人头部受了很重的刀伤。

在这寒冷的秋天黄昏，大家停留在田野中间，这时才懊恼地醒悟过来，他们何必这么匆匆忙忙赶路。他们一停下来才想到，他们还不知道要往哪里去，也不知道路上还将遇到多少困难。

这次休息，押送队对待俘虏的态度更坏。这一个月来，第一次给俘虏们吃马肉。

从军官到士兵，大家对每个俘虏仿佛都怀有私仇，不像原来那样亲切友好了。

在俘虏点名时，发现有个俄国兵从莫斯科出发时，假装肚子痛逃跑了。这样就使仇恨火上加油。皮埃尔看见，一个法国人殴打一名俄国兵，因为那俄国兵离开大路远了一点，又听见他认识的上尉斥责士官让一名俄国兵逃跑，并威胁说要把他送交军事法庭。士官推说那个兵生病走不动，军官说，上边有命令，掉队的都就地枪毙。皮埃尔觉得，那股在行刑时折磨他、在他被俘期间已销声匿迹的不祥力量，现在又控制了他。

他感到恐惧，但他觉得，随着那股欲置他于死地的力量的不断增强，他身上不受它影响的生命力也在不断增强。

皮埃尔吃着黑麦面糊和马肉，跟同伴们聊着天。

皮埃尔也好，他的同伴们也好，大家都避而不谈莫斯科见闻，不谈法国人的粗暴态度，也不谈向他们宣布的就地枪毙的命令，大家仿佛有意对抗恶劣的环境，显得特别活泼和快乐。他们谈着各人的往事，谈着在行军途中见到的可笑场面，就是不谈当前的处境。

太阳早已落山。空中稀稀落落地亮着几颗星星；初升的满月在天边倾泻出一片红光，它像一个巨大的红球，奇妙地荡漾在灰蒙蒙的暮霭中。天还很亮。黄昏已经结束，但夜还没开始。皮埃尔站起来，离开新的同伴，穿过一堆堆篝火向道路另一边走去。他听说，被俘的士兵都在那里。他想去同他们聊聊。路上有个法国哨兵把他拦住，叫他回去。

皮埃尔只得回去，但不是回到同伴们的篝火那儿，而是走到一辆卸套的马车旁边，那里一个人也没有。他盘腿坐在车轮旁冰冷的地上，垂下头，一动不动地坐了好一阵，想着心事。他坐了一个多小时，没有人来打扰他。他突然哈哈大笑。他那低沉而善良的笑声是那么响亮，引得周围的人都惊奇地回头去看那发出单独的古怪笑声的地方。

"哈哈哈！"皮埃尔笑着。他出声地自言自语："那个士兵不放我过去。他们把我抓起来，关起来，把我当作俘虏。我是什么人？什么人？我的灵魂是不朽的！哈哈哈！……哈哈哈！……"他笑得眼泪都流出来了。

有人站起来，走过去看看这个古怪的大胖子独自在笑什么。皮埃尔停住笑，躲开那个好奇心很重的人，向周围环顾了一下。

篝火哔剥作响、人声喧哗嘈杂的巨大宿营地此刻安静了；火红的篝火暗淡了，熄灭了。一轮满月高挂在明亮的空中。营地外原先看不见的树林和田野，此刻在远处出现。越过树林和田野可以望见那变幻不定、富有魅力的无边无际的明亮远方。皮埃尔望望天空，望望渐渐远去的闪烁的星星。"这一切都是我的，这一切都在我心中，这一切就是我！"皮埃尔想，"可是他们抓住这一切，关到板棚里！"他微微一笑，走到同伴那儿躺下睡觉。

15

十月初，又有一名军使带着拿破仑的议和信来见库图佐夫，谎称是从莫斯科来的，其实拿破仑当时已到了旧卡卢加大道，离库图佐夫不远。库图佐夫的回答同上次答复洛里斯东送来的第一封信一样：绝无和谈可言。

这以后不久，在塔鲁季诺左边一带行动的陶洛霍夫游击队送来一份报告，说在福明斯科耶出现了法军，属布鲁西埃师，这个师同其他部队失去联系，很容易加以歼灭。这时俄军官兵又要求行动。参谋部的将军们想到塔鲁季诺郊外轻易取得的胜利，头脑发热，坚决要求库图佐夫采纳陶洛霍夫的建议。库图佐夫仍认为没有必要发动进攻。无奈何，只得采取折中办法：派一支不大的队伍到福明斯科耶去袭击布鲁西埃。

这项任务（后来才知道，这是一项最困难最重要的任务）凑巧落在陶霍杜罗夫头上。陶霍杜罗夫个儿矮小，最不引人注目，谁也没有描写过他曾制订作战计划，在部队前面奔走忙碌，以及给炮兵连发十字勋章等事迹。大家认为他目光短浅，优柔寡断，但在整个俄法战争中，从奥斯特里茨会战到一八一三年，哪里形势吃紧，陶霍杜罗夫就在哪里指挥。在奥斯特里茨会战中，俄军逃的逃，死的死，后卫连一个将军也不剩，这时他仍集合部队，尽量挽救那些残兵败将，并在奥格斯特堤坝坚守，最后一个离开那里。他生病发烧，仍率领两万人马到斯摩棱斯克守卫城市，抗击拿破仑军队。在斯摩棱斯克，他在莫洛霍夫城门口热病发作，刚昏睡过去，就被攻城的炮声惊醒，结果在斯摩棱斯克坚守了一整天。在鲍罗金诺会战中，巴格拉基昂阵亡，我军左翼伤亡达十分之九，法军炮兵集中力量向那里轰击，而派到那儿去的不是别人，正是这个目光短浅、优柔寡断的陶霍杜罗夫。库图佐夫本来派别人去，后来赶快纠正自己的错误。矮小无名的陶霍杜罗夫被派到那里，结果鲍罗金诺会战给俄军赢得了最大的荣誉。诗歌和散文描写了许多英雄，可是对陶霍杜罗夫几乎只字不提。

陶霍杜罗夫又被派到福明斯科耶，又从福明斯科耶被派到马洛雅罗斯拉韦茨，在那里同法军打了最后一仗，而法军的溃败也就是从那里开始的。在这次会战中又有许多天才和英雄受到颂扬，但对陶霍杜罗夫还是只字不提，或者一笔带过，含混其词。人们避而不谈陶霍杜罗夫，反而清楚地证明他品德高尚。

机器运转时落进一片刨花，一个不懂机器的人以为它是机器的重要部件，其实它在里面跳动，妨碍机器运转。一个不懂机器的人无法理解，机器的重要部件之一不是那片碍事的刨花，而是那无声转动的小小传动齿轮。

十月十日，陶霍杜罗夫在去福明斯科耶的途中停留在阿里斯托伏村，准备正确执行接到的命令。就在那一天，法军全军以疯狂的速度急行军到缪拉阵地，似乎准备打一仗，却突然无缘无故向左转，到达新卡卢加大道，进入原来只有布鲁西埃驻扎的福明斯科耶。当时受陶霍杜罗夫指挥的，除了陶洛霍夫以外，还有费格纳和谢斯拉文两支不大的队伍。

十月十一日傍晚，谢斯拉文带着一名俘获的法国近卫军到阿里斯托伏村见司令官。那俘虏说，今天进入福明斯科耶的部队是法国大军的先锋，拿破仑就在里面，法军离开莫斯科已是第五天。当天晚上，有个家奴从博罗夫斯克来，说看见大批军队进城。陶洛霍夫游击队的哥萨克报告说，他们看见法国近卫军沿着去博罗夫斯克的大道行军。所有这些情报都表明，他们原以为那里只有一师法军，现在才发现全部法军从莫斯科倾巢而出，而且走了一条意想不到的路线——旧卡卢加大道。陶霍杜罗夫没有采取任何行动，因为他的任务现在还不清楚。他原奉命攻击福明斯科耶，但原以为只有一个布鲁西埃师的福明斯科耶，现在却盘踞着全部法军。叶尔莫洛夫想擅自行动，但陶霍杜罗夫坚持必须等库图佐夫命令。于是决定向总司令部请示。

为此，精明能干的军官波尔霍维季诺夫被选派出来，他除了递送书面报告，还要口头汇报全部情况。午夜近十二时，波尔霍维季诺夫接到书面报告和口头指示，带了一名哥萨克和几匹替换的马向总司令部驰去。

16

这是一个温暖而黑暗的秋夜。小雨已下了四天。波尔霍维季诺夫换了两次马，一个半小时在泥泞的道路上跑了三十俄里，子夜一点多钟到达列塔舍夫卡。他在一所篱笆上挂有“总司令部”牌子的农舍前下了马，就丢下马走进昏暗的门廊。

“值班将军，快！我有要事！”他对门廊里一个正在气喘吁吁地起身的人说。

“大人昨晚就不舒服，已有三天没睡觉了，”勤务兵低声求情说，“您还是先叫醒上尉吧。”

“我有要事，是陶霍杜罗夫将军派我来的。”波尔霍维季诺夫说，摸索着打开的门走进去。勤务兵走在他前面，唤醒一个人：

“大人，大人，有信使。”

“什么？什么？谁派来的？”一个人睡眼蒙眬地问。

“从陶霍杜罗夫和叶尔莫洛夫那里来的。拿破仑到了福明斯科耶。”波尔霍维季诺夫说，在黑暗中看不清是谁在问他，但听声音不是柯诺夫尼岑。

被叫醒的人打着呵欠，伸了伸懒腰。

“我可不愿去叫醒他，”他摸索着什么东西，说，“他病了！也许这是谣言。”

“这是报告，”波尔霍维季诺夫说，“我奉命立刻交给值班将军。”

“等一下，让我点上火。死鬼，你把蜡烛放到哪儿去了？”伸懒腰的人骂勤务兵说，原来他是柯诺夫尼岑的副官谢尔比宁。“找到了，找到了！”他添加说。

勤务兵打着了火，谢尔比宁摸到了烛台。

“哼，真脏！”他厌恶地说。

波尔霍维季诺夫凭着一星火光，看见手拿蜡烛的谢尔比宁年轻的脸，前面角落里还睡着一个人，那就是柯诺夫尼岑。

火绒点着硫黄木片，冒出青色火焰，然后变成红色火焰。谢尔比宁点着蜡烛，啃蜡烛的蟑螂纷纷从烛台上逃跑。他凭着火光瞧了瞧信使。波尔霍维季诺夫一身是泥，他用衣袖擦脸，又抹了一脸的泥。

“谁写来的报告？”谢尔比宁拿起信封，问。

“消息可靠，”波尔霍维季诺夫说，“俘虏、哥萨克、侦察兵，他们都这么说。”

“没办法，只好去把他叫醒了。”谢尔比宁说，站起来走到那个头戴睡帽、身盖军衣的人跟前。“柯诺夫尼岑将军！”他叫道。柯诺夫尼岑一动不动。“到总司令部去！”他含笑说，知道这句话一定能使他苏醒过来。果然，戴睡帽的头立刻抬起来。柯诺夫尼岑脸容英俊刚毅，双颊绯红，现出一副好梦未醒的神情，但他突然抖擞精神，脸上又恢复平时沉着坚毅的表情。

“嗯，什么事？谁派来的？”他立刻问，但语气仍从容不迫，因不习惯烛光而眨着眼睛。柯诺夫尼岑听着军官的报告，拆开公文，看了一遍。他一看完，就把穿毛袜的脚伸到地上，动手穿靴子。然后拉下睡帽，拢了拢鬓发，戴上军帽。

“你赶路了吗？我们去见总司令。”

柯诺夫尼岑立刻明白，送来的消息极其重要，不能耽搁。这消息是好是坏，他没有考虑，也没有问自己。他对这事并不关心。他看待整个战争不用头脑，也不作推理，而是用别的东西。他内心深信，一切都会顺顺当当，但不能依赖这一点，更不用说出口，而只要做好自己的一份工作就行。而对待自己的一份工作，他确实是全力以赴的。

柯诺夫尼岑也像陶霍杜罗夫一样，出于礼节被列入所谓一八一二年英雄的名单，与巴克莱、拉耶夫斯基、叶尔莫洛夫、普拉托夫、米洛拉多维奇等人并列。他也像陶霍杜罗夫一样，是个出名的知识不多、能力有限的人。他同陶霍杜罗夫一样，从来没有制订过作战计划，但总是在最困难的地方指挥战斗。自从被任命为值班将军以来，他总是开门睡觉，并吩咐不论谁来都可以叫醒他。战斗的时候，他总是冒着炮火，出生入死，为此库图佐夫常常责备他，并且不敢派遣他。其实，他也像陶霍杜罗夫一样，是个不声不响、不受人注意的齿轮，却是机器的主要部件。

柯诺夫尼岑离开农舍，走进潮湿的黑夜，皱起眉头，一半是由于头痛得更厉害，一半是由于头脑里浮起一个不愉快的想法：参谋部那帮有权有势的人物，特别是塔鲁季诺战役后同库图佐夫不共戴天的别尼生，听到这消息不知会怎样乱成一团。他们会怎样提出建议，相互争吵，发布命令，取消命令。这个预感使他不快，尽管他知道这是无可奈何的事。

果然，他顺路把这消息报告托里，托里立刻向同住的将军讲述他的想法。柯诺夫尼岑没精打采地默默听着，然后提醒他应该去见总司令。

17

库图佐夫也像一般老年人那样，晚上睡得很少。他白天常常突然打盹，但一到夜里，总是和衣躺在床上，大部分时间不睡觉而想着心事。

现在他就是这样躺在床上，一只胖鼓鼓的手托着他那受过伤的沉重的大脑袋，睁着他那只独眼凝视着黑夜，聚精会神地思索着。

自从别尼生同皇上通过信，在总司令部掌握最大的权力以后，他总是躲着库图佐夫，库图佐夫反而觉得安静些，因为再没有人逼他率领军队进行无益的进攻。库图佐夫想，塔鲁季诺战役和战役前夜的沉痛教训至今记忆犹新，对别人也一定同样起作用。

“他们应该明白，我们发动进攻，结果只会失败。忍耐和时间就是我的无敌英雄！”库图佐夫想。他懂得：苹果青，不要摘。苹果熟，自然落。采摘青苹果，糟蹋苹果又伤树，还要酸掉你的牙。他像一个经验丰富的猎人，知道野兽负伤了，是全俄国的力量使它负的伤，但伤势是不是致命，至今还不清楚。现在，根据洛里斯东和别尔捷列米的情报和游击队的报告，库图佐夫几乎可以断定，它受了致命伤。不过还需要证据，还得等待。

“他们急于要跑过去看看，野兽是怎样被杀死的。别忙，你们会看见的。老是运动战，老是进攻！”他想，“为了什么呀？就是想出风头。仿佛打仗有什么好玩似的。他们简直像孩子，什么也不懂，却老想卖弄本领。可现在不是卖弄本领的时候。

“他们向我提出过多少巧妙的运动战啊！他们只想出两三个偶然性

事件（他想起彼得堡的总体计划），就以为考虑周到了。事实上，偶然性事件是多得数不胜数的！”

敌人在鲍罗金诺负的伤是不是致命，这个未解决的问题盘旋在库图佐夫的头脑里已经整整一个月了。一方面，法国人占领了莫斯科。另一方面，库图佐夫全身心感觉到，他和全体俄国人民全力以赴的沉重打击对法军应该是致命的。但无论如何需要证据，他等待证据已有一个月，而时间过得越久，他越是不耐烦。他在失眠之夜躺在床上，头脑里所想的正是年轻将军们所要求而遭到他责备的事。他想到各种各样可能发生的事，其中包括拿破仑的死。他设想的各种偶然性事件同年轻人一样，差别只在于他不拿这些偶然性事件作为依据，而他想到的这种事不是两三件，而是成千上万件。他越想，可能出现的偶然性事件越多。他设想拿破仑军队（他的全部军队或部分军队）的各种行动：进军彼得堡，向他进攻，包抄他，也设想可能发生他所最害怕的事：拿破仑以其人之道还治其人之身，在莫斯科按兵不动，以逸待劳。库图佐夫甚至设想，拿破仑军队可能退到梅登和尤赫诺夫，但他不可能预见到一件事：拿破仑军队在离开莫斯科的头十一天里疯狂地到处乱窜。这使库图佐夫当时不敢想象的事成为现实：法军彻底溃败了。陶洛霍夫关于布鲁西埃师情况的报告、游击队关于拿破仑军队遭殃的消息、法军撤出莫斯科的传闻，这一切都证明法军已被击溃，准备逃跑；但这只是推测，青年人觉得重要，但库图佐夫并不这样看。他积六十年的经验知道这些传闻有多大价值，知道有些人别有用意，他们总是收集一些消息来证实他们的愿望，这样，他们往往忽视相反的消息。库图佐夫越是希望出现这种情况，就越不轻易相信它的真实性。这个问题占据了他的整个身心。其他一切在他只是例行公事。同参谋人员谈话啦，从塔鲁季诺给斯塔尔夫人[①]写信啦，读小说啦，颁发奖章啦，同彼得堡通信啦，诸如此类都是例行公事，而只有他一人预见到的法军溃败，才是他心中唯一的愿望。

十月十一日夜里，他用手支着头躺着，想着这件事。

---

① 斯塔尔夫人（1766—1817），法国女作家，积极浪漫主义前驱，受启蒙主义思想影响；被拿破仑放逐，1812年居住在俄国。

隔壁屋里有动静，传来托里、柯诺夫尼岑和波尔霍维季诺夫的脚步声。

“喂，谁啊？进来！进来！有什么消息？”总司令大声喊道。

跟班点上蜡烛，托里讲了这消息。

“是谁送来的消息？”库图佐夫问，在烛光下他脸色的冷峻使托里吃惊。

“这是无可怀疑的，大人。”

“叫他来，到这儿来！”

库图佐夫坐在床上，垂下一条腿，他那大肚子歪在另一条蜷起的腿上。他眯缝起那只独眼，想把信使看个清楚，仿佛要从他的脸上看出他所关心的事。

“说吧，说吧，老弟！”他用低沉苍老的声音对波尔霍维季诺夫说，把敞开在胸前的衬衫掩了掩，“过来，走近一点。你给我带来什么消息啦？啊？拿破仑从莫斯科逃走了？是真的吗？啊？”

波尔霍维季诺夫把他带来的情况从头到尾详细报告了一遍。

“说吧，快说，别折磨人！”库图佐夫打断他说。

波尔霍维季诺夫讲完，默默地等候指示。托里刚要说话，但被库图佐夫打断。库图佐夫想说些什么，但他突然眯起眼睛，皱起眉头，他向托里摆了摆手，转过身去，对着被神像遮暗的堂屋的正面。

“主哇，我们的造物主哇！你听到了我们的祷告……”他合拢手掌，声音发颤地说，“俄罗斯得救了。主哇，感谢你！”他哭了。

18

从得知法军撤出莫斯科到战争结束，库图佐夫的全部活动就是用权力、巧计和要求阻止军队做无益的进攻和打运动战，避免同行将灭亡的敌人发生冲突。陶霍杜罗夫去马洛雅罗斯拉韦茨，但库图佐夫却踌躇不前，下令撤出卡卢加，他认为这样做是可行的。

库图佐夫处处退却，但敌人不等他退却就往相反的方向逃跑。

拿破仑的史学家给我们描写了他向塔鲁季诺和马洛雅罗斯拉韦茨的

巧妙运动战，并作了推测，如果拿破仑深入富饶的南方各省，情况将会怎样。

但是，这些史学家避而不谈没有任何困难能够阻止拿破仑进入南方各省（因为俄军处处给他让路），他们忘记拿破仑的军队是无可挽救的，它自身已具备必然灭亡的条件。这支军队既然在莫斯科获得充足的粮草，却不能保住它而把它踩在脚下，这支军队既然在斯摩棱斯克不是征集粮草而是抢劫粮草，那么，这支军队怎么能在卡卢加省（这里住着同莫斯科一样的俄国人，有着同样可以放火的东西）恢复元气呢？

这支军队在任何地方都不能恢复元气。它自从打了鲍罗金诺战役和洗劫莫斯科后自身产生了腐化因素。

这支军队的士兵和长官一起逃跑，自己也不知道往哪里去，一心只想（从拿破仑到每个士兵）尽快摆脱这种虽不明确但人人都意识到的绝境。

就因为这个缘故，在马洛雅罗斯拉韦茨的军事会议上，将军们都装腔作势地进行讨论，提出各种意见，最后，还是憨直的士兵穆东说出了大家的心愿，就是“赶快逃跑”。结果没有一个人，甚至连拿破仑在内，能说出一句话来反对这个公认的真理。

不过，虽然大家都知道非跑不可，但仍羞于承认。这种羞耻心需要外力来加以克服。这种外力及时出现了。那就是法国人所说的“皇帝，乌拉！”[1]

会后第二天，拿破仑一早假装要视察军队，视察过去的战场和未来的战场，带着元帅和卫队，骑马从军队中间走过。那些到处找寻战利品的哥萨克遇到皇帝，差点儿把他活捉。这次哥萨克没有活捉拿破仑，救他一命的恰好是使法军毁灭的战利品，因为在塔鲁季诺也好，在这里也好，哥萨克都不去抓俘虏而扑向战利品。他们没注意拿破仑，却扑向战利品，拿破仑因此才得以脱身。

顿河的儿子们[2]既然差一点在法军中把皇帝本人捉住，那么，事情很清楚，拿破仑除了赶快沿着最近的熟路逃走之外别无他法。拿破仑到

① 俄军冲锋时常喊“皇帝，乌拉！”这里就是指俄军冲锋。

② 指哥萨克。

了四十岁的中年，已不像以前那样灵活和勇敢，这一层他是懂得的。他受到哥萨克的惊吓，立刻接受穆东的意见，像史学家说的那样，下令向斯摩棱斯克大道撤退。

拿破仑同意穆东的意见，军队撤退，但这并不证明他曾下令这样做，但是，促使法军全军取道莫扎依斯克大道后退的那种力量在拿破仑身上也起了作用。

19

一个人行动的时候总会想到行动的目的。人行千里，必定想到千里之外有什么好东西。要获得行动的力量，必须设想前面有天国乐土在等待着他。

法军进攻时，天国乐土是莫斯科；撤退时，是祖国。但祖国太遥远了，一个千里之行的人必须忘记终极目的，并对自己说："今天我要走四十俄里路，然后休息，过夜。"于是第一程的休息处就掩盖了终极目的，成了他全部的心愿和希望。个别人的憧憬往往会发展成为一大群人的憧憬。

对沿着斯摩棱斯克旧道后退的法国人来说，祖国这一终极目的太遥远，最近的目的是斯摩棱斯克，因此人群去斯摩棱斯克的心愿和希望就大大加强。倒不是因为他们以为斯摩棱斯克粮草丰富，生力军强大，也不是因为有谁对他们说过这种话（相反，高级将领和拿破仑本人都知道那里粮草很少），而是因为只有这样才能给予他们行动并忍受当前苦难的力量。他们，不管是不是知情，都同样自欺欺人，把斯摩棱斯克当作天国乐土，向那里疾行。

法军上了大路，就以惊人的精力和闻所未闻的速度奔向他们假想的目的。除了万众一心因而精力充沛这个原因外，法军这样齐心行动还有另一个原因，这另一个原因就是他们人数众多。人数众多就像按照物理学的引力定律，把人一个个像原子那样吸引在一起。他们千万个人就像一个国家那样行动着。

大家只有一个愿望：当俘虏，以摆脱各种恐怖和苦难。但是，一方面，奔赴斯摩棱斯克目的地这个共同的愿望把每个人吸引到同一方向；另一方面，一个军总不能向一个连投降，虽然法国人利用一切机会脱离队伍，借各种微不足道的理由投降，但这样的理由也不容易找到。法军人数的众多和密集的迅速撤退使他们无法投降，并使俄军难以阻止法军大量人马全力以赴的撤退。物体的机械断裂不能超过限度地加速它的解体。

一团雪不可能一下子融化。存在一定的时间限度，任何气温都不能早于这个限度使雪融化。相反，气温越高，残雪就结得越牢。

在俄国将领中除了库图佐夫谁也不懂这个道理。当法军沿着斯摩棱斯克大道逃跑时，柯诺夫尼岑十月十一日夜里预料的事就开始实现。高级将领个个都想立功，个个都想切断、截击、俘虏和歼灭法军，个个都要求进攻。

只有库图佐夫一人全力反对进攻，虽然每一个总司令的力量都是有限的。

他当时不能对他们说我们现在说的这些话：何必再打仗，何必封锁道路，何必牺牲自己的人，残酷屠杀不幸的人们？既然从莫斯科到维亚兹马，敌人不战就损失了三分之一，那么何必再打仗呢？但库图佐夫还是凭他老年人的智慧说些他们能懂的话，告诉他们对敌人要网开三面，可是他们却取笑他，诽谤他，他们大发雷霆，围着敌人那只死老虎大逞威风。

在维亚兹马附近，叶尔莫洛夫、米洛拉多维奇、普拉托夫等人离法军很近，他们按捺不住要切断并歼灭法军两个军的欲望。他们把自己的企图通知库图佐夫，信封里不装报告，却装一张白纸。

不管库图佐夫怎样制止军队，俄军还是发动了进攻，竭力堵截敌军。据说，几个步兵团进攻时，奏着军乐，打着军鼓，结果消灭了几千敌人，自己也损失了几千人。

至于切断，他们并没有切断任何敌人，也没有歼灭任何部队。法军在危险面前抱得更紧，沿途不断减员，继续走向那条通往斯摩棱斯克的灭亡之路。

第 三 部

1

鲍罗金诺战役，以及随后的莫斯科陷落和法军不战而逃，都是富有教训意义的历史事件。

史学家都同意，国家和民族在对外活动中，彼此之间发生冲突的表现形式就是战争，战争的成败直接影响到国家和民族政治力量的消长。

据史书记载，某某国王和皇帝同另一国国王或皇帝发生争执，他就召集军队同敌军厮杀，杀死了三千、五千、一万敌人，征服了一个有千百万人口的国家和民族，最后获得胜利。这是一种怪事。相当于人口百分之一的军队一旦战败，整个民族就不得不屈服。这也是一种难以理解的事。虽然如此，就我们所知，所有的历史事件都证明这样一个道理：一个民族的军队同另一个民族的军队打仗，其成败就成为民族力量消长的原因，至少也是这种消长的主要标志。军队一旦打了胜仗，战胜民族的权利顿时增加，而战败民族的权利就顿时受到损害。军队打了败仗，那个民族立刻按照失败的程度丧失权利，它的军队彻底失败，它也就彻底被征服。

据史书记载，自古至今，历来如此。拿破仑历次战争都证明了这个规律。按照奥军失败的程度，奥地利丧失了自己的权利，而法国则增加了自己的权利和力量，法国人在耶纳和奥尔施泰特的胜利使普鲁士丧失了独立。

不过，一八一二年法军在莫斯科城下打了胜仗，占领了莫斯科，以后再没有打过仗，但结果灭亡的不是俄国，而是拿破仑的六十万大军和拿破仑的法国。为了符合历史规律而编造历史，硬说鲍罗金诺战场仍在俄军手里，莫斯科沦陷后又打过几仗，从而消灭了拿破仑军队，那是行不通的。

法国人在鲍罗金诺打了胜仗后，不仅没有打过一次大仗，连一次像样的小仗都没有打过，而法军就灭亡了。这是怎么一回事？如果说这是中国历史上的一个事件，我们可以说这并非历史事实（当任何历史事件不合史学家尺度时，他们就采用这种编造的手法）。如果这只是少数军队之间的短暂冲突，我们可以说这是例外事件。但这次事件是父辈们亲眼看见的，关系到祖国的生死存亡，而且是所有战争中最大的一次……

一八一二年从鲍罗金诺战役到法军被逐出俄国的整个战争证明，打胜仗不仅不是征服的原因，甚至不是征服的必然标志；同时证明，决定民族命运的力量不在于征服者，甚至不在于军队和战斗，而在于其他因素。

法国史学家描述法军撤出莫斯科前的情形说，那支伟大的军队完整无损，只有骑兵、炮兵和辎重兵除外，因为没有草料喂马和其他牲口。这种灾难无法克服，因为郊区农民焚毁干草，不留给法国人。

会战胜利并未带来良好结果，因为像卡尔普、弗拉斯之流的庄稼汉在法军撤走后赶着大车进莫斯科抢劫，并没有表现出任何英雄行为。这样的庄稼汉不计其数，他们没有把干草运进莫斯科卖好价钱，而是把干草烧掉。

让我们想象，有两人按照击剑规则进行决斗，决斗持续了相当久；突然交手一方发觉自己负伤，他知道这不是儿戏，而是生死攸关的大事，就丢下长剑，顺手捡起一根大棒挥舞起来。可见这人为了达到目的，明智地使用了最好最简单的武器，同时他受骑士精神影响想掩盖事情真相，硬说他是按照全部击剑规则取胜的。但我们看到，这样描写决斗是多么荒唐可笑！

要求按照击剑规则决斗的击剑者是法国人；丢下长剑、抡起大棒的是俄国人；竭力按照击剑规则来解释的是叙述这场战争的史学家。

从斯摩棱斯克大火起，展开了一场不符合传统作战方法的战争。焚毁城市和乡村，且战且退，鲍罗金诺的受挫和退却，莫斯科的失守和大火，搜捕打劫的法国兵，拦截运输车，打游击战，这一切都是不符合战争常规的。

拿破仑感到这一点。他在莫斯科摆出正确的击剑姿势，看见对方举起的不是长剑而是大棒，就一再责怪库图佐夫和亚历山大皇帝不照规则作战，仿佛杀人也有什么规则似的。尽管法国人责怪俄国人不遵守规则，尽管俄国上层人士不知怎的认为用大棒作战是可耻的，而希望按照规则站好第四或第三姿势，摆出第一姿势，来一个巧妙的冲刺，等等，人民战争的大棒还是威风凛凛地举了起来，也不问合不合人家的口味和规则，动作粗鲁，目标明确，不顾三七二十一地举起来，打下去，打击法国人，直到侵略军全军覆没。

一个民族不像一八一三年法国人那样彬彬有礼地遵守击剑规则，调转剑柄，姿势优美地把剑交给宽宏大量的胜利者，这个民族有福了。一个民族在危急关头不管别人在这种时刻按照什么规则行事，朴实而灵活地顺手拿起大棒向敌人进攻，直到发泄完胸中的屈辱和仇恨，以轻蔑和怜悯对待敌人，这个民族有福了。

2

有一种违反所谓兵法的最明显和最有利的行动，那就是用分散的人群攻打挤成一团的人群。这类行动往往在人民战争中表现出来。这类行动不是一群人打一群人，而是一群人分散开来，单独出击，遇到对方大部队进攻就跑，一有机会再出击。西班牙游击队是这样做的，高加索山民是这样做的，一八一二年俄国人也是这样做的。

这种战争叫游击战，顾名思义就知道它是怎么一回事。这种战争不仅不符合任何兵法，而且违反公认的绝对正确的战术规则。兵法规定，攻击一方应集中兵力，使自己在战斗中比敌人强大。

游击战（历史证明，游击战总能取胜）就直接违反这条兵法。

它违反兵法，因为兵法规定，军队的力量是和军队的人数一致的。兵法说，兵越多，力量越大。*权力总是在人数多的一方*。

兵法有点像力学，力学研究物体运动，根据的是物体的质量，说两种运动物体的力是否相等，要看两者的质量是否相等。

力（运动量）等于质量和速度的乘积。

在军事上，军队的力也是质量和某种因素的乘积，也就是质量和未知数 X 的乘积。

军事科学发现历史上有无数军队的质与力不符的例子，也就是小部队打败大部队，于是不得不躲躲闪闪地承认有一种未知的因子存在，并竭力在几何图形、装备、统帅的天才（最常用的）中找寻这种因子。但用这些数值来代替因子，并不能得到符合历史事实的结果。

其实只要摒弃为讨好英雄而对最高当局战时指示作虚伪的吹捧，这个未知的 X 就可以找到。

这个 X 就是士气，也就是全体军队所具备的一定的斗志和冒险精神。这种斗志和冒险精神同指挥作战的将领有没有天才无关，同排成三路还是两路无关，同使用大棒还是使用每分钟三十发的步枪无关。斗志最强的人总是具有最有利的战斗条件。

士气是因子，乘上质量就得出力的积数。确定和表明这个未知因子——士气——的数值，这是科学的任务。

要解决这个任务，我们就不能用统帅命令、军事装备等显示力的条件当作因子的价值，任意用它来代替未知的 X，而应该毫无保留地承认这个未知数不是别的，而是一定的斗志和冒险精神。只有用方程式来表明已知的历史事实，通过比较这个未知数的相对价值，才能确定这个未知数。

十个人，十个营或者师，同十五个人，十五个营或者师战斗，他们把十五个人战败，也就是把对方全部打死或俘虏，自己只损失了四个人。结果一方损失了四个，另一方损失了十五个。因此，四等于十五，也就 4X=15Y。它的方程式就是：X ∶ Y=15 ∶ 4。这个方程式并没有表明未知数的值，但它表明了两个未知数的比例。我们可以把各种历史事件（战斗、战役、战争阶段）列成这样的方程式，从中求出各种数据，并从那种数据中发现一些规律。

军队进攻时要集体行动，退却时要分散行动，这个战术规则无形中证明一个真理：军队的力量在于士气。率领军队冒着炮火前进，比打退敌人的进攻需要更严格的纪律，而这样的纪律只有在集体行动中才能取得，但这项战术规则忽视士气，因此往往是不正确的，特别是在全民战争中，士气有时高涨，有时低落，这种规则同事实矛盾，就格外明显。

一八一二年，法军退却，按照战术，应该分散防御，但他们却挤成一团，因为士气低落，军队只有抱成一团，才能勉强维持。俄军正好相反，按照战术应该大兵团作战，但他们却把兵力分散，因为士气高涨，士兵不待命令就自发去打法国人，他们无须强迫，就不辞辛劳，甘冒危险。

3

所谓游击战是从敌人攻入斯摩棱斯克开始的。

早在游击战被俄国政府正式采用前，就有几千名敌军——掉队的抢劫兵和饲料采购员——被哥萨克和农民消灭。他们杀死这些人是不自觉的，就像群狗咬死一条疯狗那样。杰尼斯·达维多夫凭俄国人的聪明第一个懂得这种大棒的可怕作用，它不顾兵法消灭法军，因此最早使这种战争方式合法化的荣誉应该归于他。

八月二十四日，达维多夫建立第一支游击队，接着其他游击队也纷纷组成。战事向前发展，游击队的数目不断增加。

游击队分批消灭这支大军。他们收拾从枯枝上落下的叶子，有时还摇撼枯树。这棵枯树就是法军。十月份，当法军往斯摩棱斯克逃跑时，这种人数不等、性质各异的游击队有几百个，有些游击队犹如正规军，有步兵、骑兵、参谋部，还带着生活用品；有些游击队只有哥萨克骑兵；有些是小股的，有些由步兵和骑兵混合组成；有些由普通农民和地主组成。有一支游击队的队长是教堂执事，他在一个月里抓了几百名俘虏。有个村长的老婆叫瓦西里萨，她打死了几百名法军。

十月底，游击战达到高潮。游击队在最初阶段大胆杀敌，连自己都感到吃惊。他们随时都有被法军包围和俘虏的可能，常常马不卸鞍，人不下马，藏身树林，时刻担心有人追击。如今这个阶段已经过去。现在这场战争已成定局，大家都知道，对付法国人什么是可行的，什么是不可行的。现在只有那些带参谋部的大游击队长官照规矩远离法军，仍认为有许多事是办不到的。那些小股游击队则就近观察法军，早已开始行动。那些大游击队连想也不敢想的事，他们却认为是办得到的。哥萨克和农民潜入法军中间，他们认为现在什么都可以办到。

十月二十二日，杰尼索夫带领他的队伍打游击打得热火朝天。他带着队伍一早就开始行动。他整天守在大路旁的树林里，监视一支护送骑兵辎重和俄国俘虏的法军运输大队。据侦察员和俘虏说，这支运输大队远离其他部队，在强大的掩护下开往斯摩棱斯克。知道这支运输大队的不仅有杰尼索夫和带着一支不大的游击队、在杰尼索夫游击队附近活动的陶洛霍夫，还有几个设参谋部的大游击队。大家都知道有这样一支运输大队，而且像杰尼索夫所说的那样，都对它摩拳擦掌，跃跃欲试。其中有两个大队的队长，一个是波兰人，一个是德国人，几乎同时邀请杰尼索夫同他们的队伍联合起来袭击运输大队。

“不，老兄，我也不是娃娃！”杰尼索夫读完信，说。他给德国人回信说，尽管他甘愿在英勇无畏的名将麾下服务，但他不得不放弃这份荣幸，因为已接受波兰将军的领导。他又写了一封内容相同的信给波兰将军，通知他已归德国人领导。

杰尼索夫作了这样的安排，打算不向上级报告，就同陶洛霍夫一起，用他们不大的兵力袭击和拦劫这个运输大队。十月二十二日运输大队从米古林诺村转移到沙姆舍沃村。从米古林诺村到沙姆舍沃村的大路，左边是大树林，这些树林有些紧挨大路，有些离大路有一俄里或更远些。杰尼索夫骑马带着他的队伍整天在树林里转来转去，有时深入树林，有时走到林边，但眼睛一直盯住撤退的法军。一早，离米古林诺村不远，树林紧挨大路的地方，有两辆载着骑兵马鞍的大车陷进泥里，被杰尼索夫游击队截获带到林中。从那时起直到傍晚，游击队没有发动进攻，只监视着法军的行动。先不去惊动他们，让他们太太平平走到沙姆舍沃村，然后同陶洛霍夫联合起来，而陶洛霍夫傍晚要到离沙姆舍沃村一俄里的看林人小屋里来商谈，到黎明从两面夹攻，像雪崩一样压到敌人头上，把他们全部俘虏。

后面，在离米古林诺村两俄里、树林紧挨大路的地方布置六名哥萨克，要他们等新的法军纵队一出现立刻来报告。

在沙姆舍沃村前面，陶洛霍夫同样监视着大路，以便弄明白什么地方还有法军。运输大队估计有一千五百人。杰尼索夫有两百人，陶洛霍夫大约也有这么多人。敌军人数占优势并不能使杰尼索夫停止行动。他还需要弄明白一点：对方是什么兵种；为了这个目的，杰尼索夫需要抓一个**舌头**（就是从敌人纵队里抓一个俘虏）。早晨袭击那两辆法军大车，干得太匆忙，把跟车的法国人全部打死了，只活捉了一个掉队的小鼓手，可那孩子根本说不清他们是什么兵种。

杰尼索夫认为再次袭击有危险，会惊动整个纵队，因此派农民游击队队员季洪到前面沙姆舍沃村，尽可能抓在那里打前站的设营员，哪怕抓到一个也好。

4

这是一个温暖多雨的秋日。天空和地平线都现出黄浊的颜色。天一会儿起雾，一会儿又下起斜打的大雨。

杰尼索夫骑着一匹两肋凹陷的良种瘦马，雨水从他的毡斗篷和皮高帽上流下来。他和他的马一样，歪着脑袋，侧着耳朵，被斜雨打得皱起眉头，聚精会神地望着前方。他那长满浓密的乌黑短胡子的瘦脸怒形于色。

杰尼索夫旁边是他的助手哥萨克大尉。哥萨克大尉也披着毡斗篷，戴着皮高帽，但骑的是一匹高大肥壮的顿河马。

另一个哥萨克大尉洛华伊斯基也披毡斗篷，戴皮高帽，高个子，身子薄得像木板，脸色白净，头发淡黄，眼睛细而亮，脸部的表情和骑马的姿势都显得镇定自若。虽然说不出这匹马和骑者有什么特点，但只要对哥萨克大尉和杰尼索夫看上一眼，就可以看出，杰尼索夫浑身湿透，样子狼狈，只是个一般的骑马的人；而那个哥萨克大尉，依旧神态自若，漂亮洒脱，仿佛他不是骑在马上，而是人马一体，具有双倍力量的一种生物。

他们前面不远走着一个农民向导。他身穿灰色长袍，头戴白色尖顶帽，浑身上下都已湿透。

他们后面不远，一个身穿蓝色法军外套的年轻军官，骑着一匹吉尔吉斯瘦马，马的尾巴和鬃毛都很长，嘴唇磨得出血。

旁边是一个骑马的骠骑兵，马屁股上坐着一个身穿破烂法国军服、头戴蓝色尖顶帽的孩子。这孩子用冻得通红的双手抓住骠骑兵，不断摆动一双光脚以取暖，扬起眉毛，惊讶地环顾着四周。这就是早晨俘虏的法国小鼓手。

后面，骠骑兵三五成群，沿着林间狭窄的泥泞路走着；再后面是哥萨克，有的披着毡斗篷，有的穿着法军外套，有的头上顶着马衣。马匹，不论棕红还是枣红，一淋雨看上去都是乌黑的。鬃毛淋过雨，马脖子看上去格外细长。马匹散发着热气。衣服，马鞍，缰绳，全都是湿淋淋滑腻腻的，土地和路上的落叶也是这样。人们缩成一团一动不动，坐在马上，以便焐暖流到身上的水，同时不再让水从座位底下、从膝盖、从脖子后面流进去。哥萨克的队伍拉得很长，队伍中间有两辆套着法国马和哥萨克带鞍马的大车，在树桩和枯枝中间颠簸着，驶过路上积水的车辙，发出咕叽咕叽的声音。

杰尼索夫的马为了绕过路上的水洼，往旁边一拐，使杰尼索夫的膝盖撞在一棵树上。

“咳，活见鬼！”杰尼索夫怒骂道，他龇着牙把马抽了两三鞭，溅得自己和同伴一身泥。杰尼索夫心情不好，因为淋雨和饥饿（从早晨起谁也没有吃过东西），但主要是因为至今没有陶洛霍夫的消息，而派去抓“舌头”的人也没有回来。

“像今天这样袭击运输队的机会恐怕不会再有了。单独袭击太冒险，但要是推迟到明天，那就会让别的大游击队从我们鼻子底下抢走战利品。”杰尼索夫想，不断往前眺望，希望看见陶洛霍夫派来的人。

杰尼索夫来到林间小路，停了下来，从那里往右可以望得很远。

“有个人骑马跑来。”他说。

哥萨克大尉朝杰尼索夫指的方向望去。

“有两个：一个是军官，一个是哥萨克士兵。但不能**认定**是不是中校本人。”哥萨克大尉说，他喜欢用哥萨克们不懂的词儿。

两个骑马的人下了山坡消失了，几分钟后又出现。前面那个军官衣服褴褛，浑身湿透，裤脚卷到膝盖以上。他挥动鞭子，赶着那匹疲劳的大跑的马。他后面那个哥萨克站在马镫上，让马走着快步。军官是个年轻的孩子，阔脸膛，红脸颊，一双眼睛喜气洋洋。他驰到杰尼索夫面前，递给他一个湿透的信封。

"将军叫我送来的，"年轻的军官说，"对不起，有点湿了……"

杰尼索夫皱起眉头，接过信封，动手拆开来。

"大家总是说危险，危险。"杰尼索夫读信的时候，年轻的军官对哥萨克大尉说。"但我同柯马罗夫，"他指指哥萨克，"早有准备。我们都有两支手枪……这是怎么回事？"他看见法军小鼓手问，"是俘虏吗？你们已经打过仗了？可以同他谈谈吗？"

"哦，你是罗斯托夫！彼嘉！"杰尼索夫匆匆看完信，叫起来，"你怎么不说你是谁？"杰尼索夫含笑转过身去同年轻的军官握手。

这个军官就是罗斯托夫家的彼嘉。

彼嘉一路上考虑着他该怎样像一个大人，像一个军官那样对待杰尼索夫，不让人看出他们以前是相识的。但杰尼索夫对他微微一笑，彼嘉立刻容光焕发，快乐得满脸通红，忘记了事先准备好的军官架子，讲他怎样从法国人旁边走过，他接到这个任务很高兴，他在维亚兹马城下已参加过战斗，有个骠骑兵在那儿立了功。

"哦，见到你很高兴！"杰尼索夫打断他的话，脸上又露出忧心忡忡的神色。

"米哈伊尔·费奥克里迪奇，"他对哥萨克大尉说，"又是那个德国人送来的。他是他的部下。"杰尼索夫告诉哥萨克大尉信的内容，说德国将军再次要求联合袭击运输队。"如果明天我们不能拿下它，他就会从我们的鼻子底下把它抢走。"他结束说。

彼嘉因刚才杰尼索夫对他说话语气冷淡感到不快，以为杰尼索夫是看到他卷起裤脚不成体统才这样，就趁现在杰尼索夫同哥萨克大尉说话的机会，在军大衣底下把裤脚放下，竭力装出雄赳赳的样子。

"大人有没有什么命令？"他问杰尼索夫，把手举到军帽边敬礼，又摆出副官见将军的那种姿态，"我是不是应当留在大人身边？"

“命令？……”杰尼索夫若有所思地说，“你能留到明天吗？”

“哦，行……我可以留在您身边吗？”彼嘉大声问。

“那么将军是怎样吩咐你的，叫你马上回去吗？”杰尼索夫问。彼嘉脸红了。

“他什么也没有吩咐。我想可以留下吧？”他带着询问的口气说。

“那好吧。”杰尼索夫说。他对部下作了部署，派一队人到指定的看林人屋里休息，派骑吉尔吉斯马的军官（他执行副官之职）去找陶洛霍夫，打听他在什么地方，晚上来不来。杰尼索夫自己带着哥萨克大尉和彼嘉准备到靠近沙姆舍沃村的林边，侦察明天要袭击的法军驻地。

“喂，大胡子！”他对带路的农民说，“带我们到沙姆舍沃村去。”

杰尼索夫、彼嘉和哥萨克大尉在几名哥萨克和押送俘虏的骠骑兵陪同下，往左经过一个山谷，向林边走去。

5

雨停了，但天起雾了，树枝上滴着水珠。杰尼索夫、哥萨克大尉和彼嘉默默地跟着戴尖顶帽的农民。那农民迈着穿树皮鞋的八字脚，踩着树根和潮湿的落叶，悄悄地领他们向林边走去。

农民走到斜坡上站住，向周围眺望了一下，然后往树木稀疏的地方走去。他在一棵尚未落叶的大栎树下站住，神秘地招招手。

杰尼索夫和彼嘉骑马向他走去。原来从他站着的地方可以看见法国人。一走出树林，半坡上有一片春麦地。右边，经过一个陡峭的峡谷，望得见一个小村庄，那里有一座地主的房子，房顶都坍塌了。在这个小村庄里，在地主的房子里，在整个丘陵上，在花园里，在水井和池塘边，在从桥头到村庄四百米的上坡大路上，透过弥漫的雾气，到处可以看到成群结队的人，听见他们用非俄罗斯语吆喝拉车上坡的马，以及彼此的呼应声。

“把俘虏带过来。”杰尼索夫低声说，眼睛一直盯着法国人。

哥萨克跳下马，抱下孩子，带他到杰尼索夫跟前。杰尼索夫指着法国人，问他们是什么部队。那孩子把冻僵的双手插进衣袋，扬起眉毛，怯生生地望着杰尼索夫。他显然愿意把他知道的都说出来，但是回答得颠三倒四，不论杰尼索夫问他什么，他总是点头称是。杰尼索夫皱起眉头，转过身去，对哥萨克大尉讲自己的想法。

彼嘉迅速地转动脑袋，时而望望小鼓手，时而望望杰尼索夫，时而望望哥萨克大尉，时而望望村里和路上的法国人，唯恐错过什么重要的事。

"不管陶洛霍夫来不来，都要拿下！……是吗？"杰尼索夫快乐地眨眨眼，说。

"这是个合适的地方。"哥萨克大尉说。

"我们派步兵走沼泽地，"杰尼索夫继续说，"他们向花园那里爬；您带着哥萨克从那里出发，"杰尼索夫指指村庄后面的树林，"我带着骑兵从这儿走。枪一响就动手……"

"洼地走不得，那里有泥塘，"哥萨克大尉说，"马会陷下去的，得从左边绕过去……"

正当他们低声说话的时候，下面池塘旁的洼地上发出一声枪响，升起一团白烟，又响起一声枪响，山坡上几百名法国人立刻齐声欢呼。最初一刹那，杰尼索夫和哥萨克大尉后退了一步。他们离得很近，还以为枪声和喊声是由他们引起的。其实枪声和喊声同他们无关。有一个穿红衣服的人在下面沼泽地里跑过。法国人显然是对他开枪和呐喊的。

"那不是我们的季洪吗？"哥萨克大尉说。

"是他！就是他！"

"瞧这个机灵鬼！"杰尼索夫说。

"他跑了！"哥萨克大尉眯缝着眼睛说。

被他们称为季洪的人跑到小河边，扑通一声跳进河里，溅起了水花。他在水里躲了一会儿，又从水里爬出来，浑身湿透，继续向前跑。追捕他的法国人站住了。

"真机灵！"哥萨克大尉说。

"哼，这个骗子手！"杰尼索夫仍旧恨恨地说，"他到现在都在干些什么呀？"

"这是什么人？"彼嘉问。

“这是我们的探子。我派他去抓‘舌头’。”

“噢，原来如此！”彼嘉一听到杰尼索夫的话就点头，仿佛他全懂了，其实他什么也不懂。

季洪是游击队里最有用的人。他原是格沙特河畔波克罗夫斯科耶村的农民。杰尼索夫开始活动时来到波克罗夫斯科耶村，照例把村长找来，问他们知不知道法国人的情况。这个村长也像所有村长那样要撇清自己，回答说，他们一无所见，一无所闻。但杰尼索夫向他们解释说，他的目的只是要打击法国人，问他们有没有法国人流窜到这一带，村长回答说，确实来过**外国佬**，但村里只有季洪一人对付过他们。杰尼索夫吩咐把季洪找来，赞扬了他的行动，又当着村长的面说了几句人民应该效忠沙皇、效忠祖国、仇恨法国人的道理。

“我们对法国人没有干坏事，”季洪听了杰尼索夫的话显然有点害怕，说，“我们只是同那些家伙逗着玩。确实有二十来个**外国佬**被打死，但我们没有干坏事……”第二天，杰尼索夫已经把这个农民完全忘了，他离开波克罗夫斯科耶村时，有人向他报告说，季洪跟着游击队，不肯离开，要求把他留下。杰尼索夫就吩咐把他留下。

季洪起初只做些粗活，如生营火、挑水、剥马皮等，不久他对游击战表现出很大的兴趣，并显得很有才能。他常常夜里出去猎取战利品，每次都带回法军的衣服和武器。要是给他命令，他就把俘虏带回来。杰尼索夫不叫他干杂活，出去侦察总是把他带在身边，并把他编入哥萨克队伍。

季洪不爱骑马，总是步行，但从来不会落在骑兵后面。他的武器是火枪、长矛和斧子。他带着火枪主要是为了好玩，他使用斧子就像狼使用牙齿，狼用牙齿在皮毛里找跳蚤很容易，还可以啃粗大的骨头。季洪抡起斧子劈木头，握着斧背削小橛子，雕小勺子，同样感到得心应手。季洪在杰尼索夫游击队里占有一个独特的地位。遇到有特别困难和讨厌的活要干，如用肩膀把大车从泥里扛出来，抓住马尾巴把马从沼泽里拉起来，剥马皮，偷偷摸进法军营地，一天赶五十俄里路，这时大家就会笑着指指季洪。

“他才不在乎呢，强壮得像一匹骟马。”大家都这样说他。

有一次，季洪捉拿一个法国人，法国人拿手枪对他开了一枪，伤了他背部的肌肉。季洪只用伏特加治伤，又是内服，又是外擦，结果把伤治好了。这事成了全队最有趣的笑话，而季洪也高兴让人开玩笑。

"怎么样，老兄，以后不干了？给人家打成驼背了？"哥萨克取笑他。季洪就故意佝偻着腰，做了个鬼脸，装出生气的样子，用最可笑的话骂着法国人。这件事对季洪的影响只是他后来很少去抓俘虏。

季洪是游击队里最勇敢最有用的人，没有人比他找到的袭击机会更多，也没有人比他俘虏和打死的法国人更多；因为这个缘故，他成了全体哥萨克和骠骑兵逗乐的对象，他也乐意当这样的角色。这次，季洪就被杰尼索夫夜里派到沙姆舍沃村去捉"舌头"。但是，不知是他不满足于只捉一个法国人呢，还是自己在夜里睡过了头，他在白天钻进灌木丛，一直钻进法国人的心脏，结果就像杰尼索夫在山上看见的那样，被法国人发现了。

6

杰尼索夫同哥萨克大尉又谈了一下明天的袭击。他看到法国人距离这么近，似乎最后下了决心，这才拨转马头往回走。

"喂，老弟，现在我们去把衣服烘烘干。"他对彼嘉说。

到看林人小屋的途中，杰尼索夫停下来往树林里张望。树林里有个人，身穿短褂，脚穿树皮鞋，头戴喀山帽，扛着抢，腰里插一把斧子，摆动两条长手臂，迈着轻盈的大步走来。这人一看见杰尼索夫，慌忙把一件东西扔到灌木丛里，摘下帽檐下垂的湿淋淋的帽子，走到长官跟前。原来是季洪。他那布满皱纹的麻脸嵌着一双小眼睛，露出得意扬扬的神气。他高高地昂起头，仿佛忍住笑，眼睛盯住杰尼索夫。

"哼，你躲到哪儿去了？"杰尼索夫问。

"躲到哪儿去了？去抓法国佬呗。"季洪大胆地急急回答，声音沙哑而悦耳。

"你怎么大白天钻到那里去？蠢货！那么，没抓到吧？……"

"抓是抓到了。"季洪说。

“他在哪里？”

“天蒙蒙亮我就抓到一个，”季洪继续说，宽宽地叉开穿树皮鞋的扁平八字脚，“我就把他带到树林里。我一看，不行了。我想，我再去弄一个像样点儿的来。”

“你瞧这个骗子手！”杰尼索夫对哥萨克大尉说，接着又问季洪，“那你为什么不把那一个带来？”

“把他带来干什么？”季洪怒气冲冲地插嘴说，“他不中用。难道我不知道您要什么样的吗？”

“哼，这个滑头！……后来呢？……”

“我又去抓一个，”季洪接着说，“我就这样爬到树林里躺下来。”季洪突然麻利地趴下来，把当时的动作做了一遍。“又来了一个，”他继续说，“我就这样拦腰把他抱住。”季洪轻灵地跳起来，“我说，跟我去见团长。那家伙大叫起来。他们一下子来了四个人。他们拿着短剑向我扑来。我就这样拿着斧子迎上去：哼，你们要干什么，见你们的上帝去吧！”季洪挥动双手，威严地皱起眉头，挺起胸膛，大喝一声。

“可不是，我们从山上看见你穿过洼地逃跑。”哥萨克大尉眯缝着炯炯有神的眼睛，说。

彼嘉很想笑，但看见大家都忍住笑。他的目光迅速地从季洪脸上移到哥萨克大尉和杰尼索夫脸上，不明白是怎么一回事。

“你别装疯卖傻，”杰尼索夫怒气冲冲地咳嗽着说，“为什么不把第一个带来？”

季洪一只手搔头，另一只手搔背，突然他的麻脸拉得长长的，浮起得意的傻笑，使人看到他少了一颗门牙（因此他的绰号叫“缺牙”）。杰尼索夫微微一笑，彼嘉也发出快乐的笑声，季洪也跟着笑了。

“他可是个十足的废料，”季洪说，“他身上衣服破破烂烂的，怎么好把他带来。再说，大人，他是个大老粗。他说：‘哼，我是将军的儿子，我不去。’”

“咳，蠢货！”杰尼索夫说，“应该让我来问他……”

“我问过他了，”季洪说，“他说，他不**清楚**。他说，他们人很多，但都是废料，只是挂个名罢了。他说，只要大喝一声，他们就会乖乖投降的。”季洪结束说，快乐而果断地瞧了杰尼索夫一眼。

“我要好好抽你一百鞭子，看你还装不装糊涂！”杰尼索夫恶狠狠地说。

“你发什么火呀？”季洪说，“难道我没见过您要的法国人吗？等到天一黑，您要什么样的，我给您抓三个来都行。”

“得了，我们走吧！”杰尼索夫说，直至走到看林人小屋跟前，他都生气地皱着眉头，一言不发。

季洪走在后面。彼嘉听见哥萨克和他一起说说笑笑，还笑他把一双靴子扔到灌木丛里。

他们听了季洪的话发出一阵哄笑，彼嘉才明白是怎么一回事。原来季洪把那个人杀了，他心里感到不舒服。他回顾了一下小鼓手，他的心仿佛被什么东西刺痛了。但这种不舒服的感觉转瞬即逝。他觉得必须更高地昂起头，打起精神，一本正经地向他打听明天的计划，使人家不至于觉得他不配参加这个集体。

派去的军官在路上遇见杰尼索夫，报告说陶洛霍夫马上就到，他们那里一切都很顺利。

杰尼索夫顿时高兴起来，把彼嘉叫到跟前。

“好，现在你给我讲讲你自己的情况。”他说。

7

彼嘉在全家撤离莫斯科时同家人分手，回到自己的团里，不久就被派到一个指挥大游击队的将军那里当传令官。自从彼嘉升任军官，尤其是到作战部队参加维亚兹马战役后，常因自己长大成人而感到得意扬扬，并且兴奋地留神不放过任何冒险立功的机会。他对军队中的所见所闻感到很高兴，同时一直觉得他不在的地方此刻一定在完成英雄业绩。他总是急着赶往他没去过的地方。

十月二十一日，将军表示要派一个人到杰尼索夫部队去，彼嘉就苦苦哀求派他去，弄得将军不忍心拒绝他。不过将军派他去时，想起他上次在维亚兹马战役中的疯狂行动，那时他不走指定的路线，而擅自冒着法国人的炮火驰到散兵线上，开了两次手枪。将军想到这件事，就禁止彼嘉参加杰尼索夫部队的任何战斗。就因为这个缘故，当杰尼索夫问彼嘉能不能留下时，他涨红脸，不知所措。在到达林边之前，彼嘉认为他在严格执行任务之后，应该立刻回去。但当他看见法国人，看见季洪，听说当夜一定要进行袭击时，他那颗年轻善变的心就立刻认为，他一直很尊敬的德国将军只是一个废料，而杰尼索夫才是英雄，哥萨克大尉才是英雄，季洪才是英雄，在这紧急关头离开他们是可耻的。

杰尼索夫带着彼嘉和哥萨克大尉来到看林人小屋时，天色已经黑了。在苍茫的暮色中，可以看见备鞍的马，哥萨克和骠骑兵在林边空地上搭棚子，又在峡谷里生火，免得被法国人看见。在小屋门廊里，一个哥萨克正卷起袖子切羊肉。杰尼索夫队里的三个军官正在拿一块门板当桌子。彼嘉脱掉湿衣服交给人烘，自己动手帮军官摆饭桌。

十分钟后，铺着桌布的饭桌摆好了。桌上有伏特加、装着朗姆酒的军用水壶、白面包、烤羊肉和盐。

彼嘉同军官们一起坐在桌旁，撕着香喷喷的肥羊肉，弄得羊油从手上流下来。他一身孩子气，兴高采烈，热烈地爱着一切人，而且相信别人也同样爱他。

“您看怎么样，杰尼索夫队长，”他对杰尼索夫说，“我在您这儿待一两天，不要紧吧？”他不等回答，就自己解答说：“我是奉命来打听的，我要打听……只求您让我参加最……主要的行动。我不需要奖赏……我要……”彼嘉咬咬牙，头抬得高高的，环顾了一下，摆了摆手。

“最主要的行动……”杰尼索夫含笑重复他的话说。

“我只求您给我一个小分队，完全归我指挥，”彼嘉接着说，“这费您什么事呢？哦，您要小刀吗？”他问一个要切羊肉的军官。他把自己的折刀给了他。

军官很称赞这把折刀。

“那就请您留下吧。这样的小刀我有好几把……”彼嘉涨红脸说。“哦，老天爷！我完全给忘了！”他突然叫起来，“我有很好的葡萄干，你们知道吗，无核的。我们那儿新来了一个随军小贩，他的东西可好啦。我买了十斤。我吃惯甜东西。你们要尝尝吗？……”彼嘉说着跑到门廊里去找他的哥萨克，拿来几个口袋，里面装着五斤葡萄干，“各位，大家尝尝，大家尝尝。”

“您要不要咖啡壶？”他问哥萨克大尉，“我从我们的小贩那儿买了一把，挺不错！他有各种好东西。他人也规矩。这是主要的。我一定给您送来。还有，说不定你们的火石用光了，这是常有的事。我带来了，就在这里……”他指指口袋，“我有一百粒火石。我买得很便宜。你要多少就拿多少，全拿去也行……”彼嘉突然担心他是不是扯得太远，连忙打住，脸也红了。

他回想他有没有做过别的傻事。他逐一检查今天一天的事，想到了那个法国小鼓手。“我们过得挺不错，不知他怎么样？把他关到哪里去了？有没有给他吃过东西？有没有欺负他？”他想。他发现他扯到火石，不免有点害怕。

“这事可以问一问，”他想，“但他们会说：‘他自己也是个孩子，真是孩子怜惜孩子。’明天我可要让他们瞧瞧我是个怎样的孩子！如果我问问，是不是丢脸？”彼嘉想。“哼，管他的！”他想着立刻脸红了，怯生生地望望军官们，看他们脸上有没有嘲笑的神色，接着说：

“可不可以把那个被俘的孩子叫来？给他点什么吃的……说不定……”

“是啊，是个可怜的小家伙！”杰尼索夫说，显然并不认为彼嘉的提醒是可耻的，“把他叫来。他叫樊尚·博斯。去把他叫来。”

“我去把他叫来。”彼嘉说。

“去把他叫来，去把他叫来。可怜的小家伙！”杰尼索夫重复说。

杰尼索夫说这话的时候，彼嘉就站在门口。彼嘉从军官中间挤过去，走到杰尼索夫跟前。

“让我吻吻您，好人，”他说，“哦，您真好！真是太好了！”他吻了吻杰尼索夫，往屋外跑去。

“博斯！樊尚！”彼嘉站在门外叫道。

“您找谁，长官？”黑暗中有人问道。彼嘉回答说，找今天俘虏的那个法国孩子。

“噢！找维森尼吗？”哥萨克问。

樊尚的名字已被哥萨克叫成“维森尼”，被农民和士兵叫成“维谢尼”。这两种叫法在俄语里都同“春天”近似，用在小伙子身上正合适。

“他在营火那儿烤火。喂，维森尼！维森尼！维谢尼！”黑暗中传出几个人的呼唤声和笑声。

“那孩子可机灵了，”站在彼嘉旁边的骠骑兵说，“我们刚才给他吃过东西。他都快饿死了！”

黑暗中传来脚步声。小鼓手的光脚板啪嗒啪嗒地踩着泥浆来到门口。

“哦，原来就是你！”彼嘉说，“您想吃东西吗？别怕，不会拿你怎么样的，”他又说，胆怯而亲热地摸摸他的手，“进来！进来！”

“谢谢，先生！”小鼓手回答，声音发抖而带点童音，他在门口把泥脚擦干净。彼嘉有许多话要对小鼓手说，但他不敢说。他犹豫不决地站在门廊里小鼓手旁边。然后，在黑暗中抓住他的手，握了握。

“进来！进来！”他只是温柔地低声说。

“唉，我能替他做些什么呢！”彼嘉自言自语，打开门，让孩子先进去。

小鼓手走进屋里，彼嘉离他远一点坐下，认为太照顾他是有失身份的。他一只手插在口袋里摸钱，不知道给小鼓手一些钱是不是丢脸。

8

杰尼索夫吩咐勤务兵给法国小鼓手伏特加和烤羊肉，让他穿上俄国长袍，不把他同其他俘虏一起送走而把他留在队里。这时，由于陶洛霍夫的到来，彼嘉已不再关心小鼓手。彼嘉在部队里听到过许多有关陶洛霍夫作战勇敢和对法国人很残酷的故事，因此陶洛霍夫一进屋，彼嘉就一直盯住他。他抖擞精神，高高地昂起头，表示连陶洛霍夫这样的伙伴，他也有资格结交。

陶洛霍夫外表的朴素使彼嘉感到惊讶。

杰尼索夫身穿哥萨克上衣，留着大胡子，胸前挂着圣尼古拉像，他的谈吐举止都显得与众不同。陶洛霍夫正好相反，他以前在莫斯科总是一身波斯装，现在却是一副标准的近卫军军官装束。他把脸刮得干干净净，身穿一件近卫军棉大衣，纽襻上挂一枚圣乔治勋章，头戴一顶普通军帽。他在屋角脱下潮湿的斗篷，没跟谁打招呼，走到杰尼索夫跟前，立刻询问作战情况。杰尼索夫告诉他他们两支大游击队袭击法军运输队的计划、彼嘉送来的信件，以及他怎样回答两位将军。然后杰尼索夫讲了他所知道的法国部队的情况。

“事情就是这样，但我们必须知道对方是什么部队，有多少人，”陶洛霍夫说，“得去跑一趟。不确切了解他们的人数，不能贸然行动。我做事喜欢认认真真。我说，诸位，有谁愿意跟我到他们营地去一趟。我把法军军服也带来了。”

“我去，我去……我跟您一起去！”彼嘉喊道。

“根本不用你去。”杰尼索夫说。接着他又对陶洛霍夫说：“我说什么也不放他去。”

“哼，太好了！”彼嘉喊道，“为什么我不能去？……”

“因为你没有必要去。”

“啊，对不起，我要去，因为……因为……我要去，就是这样。您带我去吗？”他问陶洛霍夫。

“那有什么……”陶洛霍夫心不在焉地回答，凝视着法国小鼓手的脸。

“这个小东西在你这儿好久了吗？”他问杰尼索夫。

“今天才抓来的，可他什么也不知道。我把他留在身边。”

“那么，你把其余的俘虏弄到哪儿去了？”陶洛霍夫问。

“什么弄到哪儿去？我把他们送走，还要了收条！”杰尼索夫突然涨红脸，大声说，“我敢说，我没有背着良心害过一条人命。把三十个或者三百个俘虏押到城里，这事难道比——恕我直说——玷污军人的荣誉难吗？”

“哼，只有十六岁的伯爵少爷才会说出这种好心话来，”陶洛霍夫冷笑说，“你已经不是说这种话的时候了。”

“嗳，我可什么也没说，我只说我一定要跟您去。”彼嘉怯生生地说。

“老兄，我们该扔掉这种好心肠了，”陶洛霍夫继续说，仿佛他对这个激怒杰尼索夫的话题特别感兴趣。“你留着这个小东西干什么？”他摇摇头说，“是不是因为你可怜他？我们可知道你的收条是怎么一回事。你送去一百个，到达的却只有三十个。不是饿死就是被打死。那不等于白抓吗？”

哥萨克大尉眯缝起炯炯有神的眼睛，赞同地点点头。

“反正一样，没什么可说的。我不愿做亏心事。你说他们会死。嗯，就算是这样吧，只要不死在我手里就行。”

陶洛霍夫笑了。

“可是有谁会阻止他们一再下令来俘虏我呢？一旦他们把我们俘虏，那么，你和我，连同你的骑士风度，还不是统统会被吊到白杨树上去吗？”他停了一下，“我们还是干正经的吧。叫我的哥萨克把马褡子拿来！我有两套法军军服。怎么样，跟我一起去吧？”他问彼嘉。

“我？去，去，当然去！”彼嘉脸红得几乎掉下眼泪，同时注视着杰尼索夫。

当陶洛霍夫同杰尼索夫争论怎样对待俘虏时，彼嘉觉得很尴尬和狼狈，但他还是没有弄清楚他们在争些什么。“既然岁数大的有名人物都这么想，那就是对的，就是好的，”他想，“主要是别让杰尼索夫以为我是听他的，他可以对我发号施令，我一定要跟陶洛霍夫去法军营地。他能去，我也能去。”

不论杰尼索夫怎样劝说彼嘉，彼嘉总是说，他做事一向很仔细，决不会马马虎虎，而且他从来不考虑个人安危。

“因为，您也会同意的，如果不确切知道他们的人数，就可能关系到几百人的性命，而我们只有两个人。再说，我非常想去，我一定要去，一定要去，请您别拦阻我！”彼嘉说，“这样只会更糟……”

9

彼嘉和陶洛霍夫穿上法军大衣，戴上高筒军帽，就向杰尼索夫观察敌营的林间小路驰去，他们在一片漆黑中出了树林，来到洼地。到了下面，陶洛霍夫吩咐护送的哥萨克在那里等他，自己就沿着大路快步向桥头驰去。彼嘉同他并马前进，紧张得喘不过气来。

“万一落到敌人手里，我决不会让他们抓活的，我有手枪。”彼嘉低声说。

“别说俄语。”陶洛霍夫急急地低声说。就在这时，黑暗中传出吆喝声：“什么人？”以及扳枪机的声音。

血往彼嘉脸上直涌，他连忙抓住手枪。

“六团枪骑兵。”陶洛霍夫用法语回答，既不放慢也不加快马的步子。桥上屹立着哨兵黑黝黝的身影。

“口令？”陶洛霍夫勒住马，慢慢地走着。

“喂，热拉上校是不是在这里？”他问。

“口令！”哨兵没回答，挡住他的路。

“长官巡察前线，哨兵不问口令……”陶洛霍夫喝道，突然发起火来，策马直奔哨兵，“我问你上校是不是在这里？”

哨兵让了路，陶洛霍夫不等他回答，就缓步向山上驰去。

陶洛霍夫发现一个穿过大路的黑色人影，就拦住他问司令和军官在哪里。那个士兵肩上扛着一个口袋，站住，走到陶洛霍夫的马跟前，用手摸摸马，坦率而友好地说，司令和军官在山上，在右边农场（他把地主庄园称作农场）。

陶洛霍夫顺着大路走去，大路两边的篝火旁传出法国人的说话声。他拐进地主庄园。他进了大门，下了马，走到一堆熊熊燃烧的篝火那里。篝火旁坐着几个人，正在大声谈话。火上煮着满满一锅子东西。一个头戴尖顶帽、身穿蓝大衣的士兵跪在旁边，身子被火光照亮，拿通条搅和着锅里的东西。

“哼，你拿那个小鬼真没办法！”坐在篝火对面阴影里的一个军官说。

“他把他们狠狠教训了一顿……”另一个笑着说。听见陶洛霍夫和彼嘉牵着马走近篝火的脚步声，两个法国军官住了口，向黑暗中张望。

“先生们，你们好！”陶洛霍夫清楚地大声说。

军官们在篝火旁边动了动身子，其中一个高个儿、长脖子的军官绕过篝火，走到陶洛霍夫跟前。

“是你吗，克莱芒？”他说，“从哪里来，见鬼了……”他发现认错了人，说到一半住了口，微微皱起眉头，就像对待陌生人那样同陶洛霍夫打了个招呼，问他有什么事需要帮忙。陶洛霍夫说，他和同伴在追赶自己的部队，并问在场的军官是否知道六团的消息。谁也不清楚。彼嘉觉得，军官们带着敌意和疑虑打量着他和陶洛霍夫。大家沉默了几秒钟。

“你们要是想吃晚饭，那可来晚了！”篝火后面有人忍住笑说。

陶洛霍夫说他们吃饱了，夜里还得赶路。

他把马交给那个搅和锅子的兵，挨着那个长脖子军官在篝火旁蹲下来。这个军官对陶洛霍夫瞧个不停，再次问他是哪个团的。陶洛霍夫没有回答，仿佛没听见他的话，却从口袋里掏出一只法国烟斗抽起烟来。他问军官们，前面路上碰到哥萨克的危险有多大。

“到处都是那帮强盗。”篝火后面有个军官回答。

陶洛霍夫说，只有对他们这种掉队的人哥萨克才是可怕的，但哥萨克对大部队恐怕不敢袭击吧？他带着询问的口气说，但没有人搭理他。

“啊，这会儿他该走了！”彼嘉站在篝火前，听着他们说话，不断地想。

但陶洛霍夫又开始中断的谈话，单刀直入地问他们有几个营，他们营里有多少人，多少俘虏。在问到他们队伍里的俄国俘虏时，陶洛霍夫说：

“随身拖着这些死鬼真讨厌，还不如把他们全毙了。”接着他怪声大笑，彼嘉担心法国人会马上识破他们的骗局，不由得从篝火边后退一步。没有人搭理陶洛霍夫的话和笑。一个没有露面的法国军官（他盖着一件军大衣躺在那里）支起身来，对同伴咬了个耳朵。陶洛霍夫站起来，对那个牵马的士兵吆喝了一声。

“他们肯不肯给马呀？”彼嘉想，不由得靠近陶洛霍夫。

他们给了马。

“再见，诸位！”陶洛霍夫说。

彼嘉想说晚安，但他说不出口。军官们交头接耳说着什么。陶洛霍夫好半天才骑上那匹不肯站定的马，然后一步步走出大门。彼嘉骑马走在他旁边，很想回头看看法国人有没有追上来，但他不敢。

上了大路，陶洛霍夫不从田野回去，却穿过村庄。他在一个地方停下来，留神倾听。

“你听见了吗？”他问彼嘉。

彼嘉听出俄国人的说话声，看见篝火旁有俄国俘虏的黑影。彼嘉和陶洛霍夫下坡来到桥上，从哨兵身边走过。那个哨兵一言不发，板着脸在桥上来回踱步。他们来到哥萨克等着的洼地。

“好，再见了。你对杰尼索夫说，天亮第一声枪响为号。”陶洛霍夫说完要走，却被彼嘉抓住手臂。

“慢着！”他叫着，“您真是位英雄！嘿，太好了！干得真漂亮！我真喜欢您。”

“行了，行了！”陶洛霍夫说，但彼嘉不肯放掉他。陶洛霍夫在黑暗中看出彼嘉向他弯过身来。他要亲吻。陶洛霍夫吻了吻他，笑起来，拨转马头消失在黑暗中。

10

彼嘉回到看林人小屋，在门廊里遇见杰尼索夫。杰尼索夫心神不宁，后悔不该放彼嘉去，此刻正在焦虑地等待他。

“感谢上帝！”他喊道，“哦，感谢上帝！”他听着彼嘉激动的叙述，一再说。“你真该死，我为了你觉都没睡！”杰尼索夫说，“哦，感谢上帝，现在我要睡了。天亮以前还可以打个盹。”

“噢……不，”彼嘉说，“我还不想睡。我知道我这个人，一睡就醒不了。再说，我在战斗之前不睡觉已经习惯了。”

彼嘉在小屋里坐了一会儿，高兴地回味着这次出行的细节，同时生动地想象着明天的情景。后来，他发现杰尼索夫睡着了，就起身走到屋外。

天色还一片漆黑。雨停了，但树上还滴着水。在看林人小屋附近，可以看见黑魆魆的哥萨克棚子和拴在一起的马匹，屋后隐隐约约有两辆大车，旁边拴着几匹马，峡谷里有即将燃尽的篝火。哥萨克和骠骑兵没有全睡：除了滴水声和马的咀嚼声之外，有些地方还传来低低的说话声。

彼嘉走出门廊，在黑暗中张望了一下，然后向大车走去。有人在大车底下打鼾，大车旁边有几匹备鞍的马正在吃燕麦。彼嘉在黑暗中认出他的马。这马虽是乌克兰种，他却叫它卡拉巴赫[①]。他走到马跟前。

“喂，卡拉巴赫，明天我们就该出力了。”他说，闻闻它的鼻孔，又吻吻它。

“您怎么不睡，老爷子？”坐在大车底下的哥萨克说。

“不睡……你好像叫利哈乔夫吧？我刚刚回来，我们到法国人那儿去了。”于是彼嘉不仅详细讲了这次出行的经过，而且讲了为什么他要出去，为什么他认为宁可冒生命危险也不愿马马虎虎混日子的道理。

“您还是睡一会儿吧。”哥萨克说。

“不，我习惯了，”彼嘉回答，“那么，你们手枪里的火药都用完了吧？我带来了。你要不要？你拿去吧。”

哥萨克从大车底下探出身子，想把彼嘉看个清楚。

“我做什么事都是认认真真的，”彼嘉说，“有些人做事马马虎虎，事先不做准备，事后又后悔。我可不喜欢这样。”

“一点也不错。”哥萨克说。

“我还有一件事，伙计，你把我的马刀磨一磨；刀钝了……（彼嘉不喜欢撒谎，就改了口）这刀还没有开过口，你行吗？”

“那还用说，当然行。”

利哈乔夫站起来，在驮子里摸索了一阵。不多一会儿，彼嘉就听见嚓嚓的磨刀声。彼嘉爬到大车上，在车沿上坐下，哥萨克在大车底下磨刀。

“我说，弟兄们都睡了吗？”彼嘉问。

“有人在睡觉，有人像我们一样，没睡。”

“那个孩子怎么样？”

“维谢尼吗？他在门廊里睡觉。他受惊后睡着了。这下子他可高兴了。”

这以后彼嘉沉默了好一阵，倾听着各种声音。黑暗中传来脚步声，出现了一个黑影。

“磨什么呀？”那人走近大车问。

---

① 卡拉巴赫在阿塞拜疆，以产良种马著称。

"给老爷子磨刀。"

"好差事，"那人说，彼嘉觉得他是个骠骑兵，"我的茶杯是不是忘在您这儿了？"

"嗯，就在车轮旁边。"

骠骑兵拿起杯子。

"天大概快亮了。"他打着呵欠说，往别处走去。

彼嘉理应知道他是在树林里，在杰尼索夫的游击队里，离大路有一俄里，他坐在从法国人手里夺来的大车上，车旁拴着马，大车底下坐着哥萨克利哈乔夫，正在给他磨刀，右边一个大黑点是看林人小屋，左边下面一个发亮的小红点是即将燃尽的篝火，来拿杯子喝水的是个骠骑兵，但彼嘉什么也不知道，什么也不想知道。他处身在神仙世界，那里的一切同现实没有一点相同的地方。那个大黑点也许真是看林人的小屋，也许是直通地心的洞穴。那个红点也许是火，但也许是个庞然怪物的眼睛。此刻他也许真的是坐在大车上，但多半不是坐在大车上，而是坐在高得惊人的塔顶上，从那里掉下来，掉到地面需要一整天，需要整整一个月，甚至一直往下落，永远达不到地面。坐在大车下面的也许是哥萨克利哈乔夫，但也许是一个谁也不认识的天下最善良、最勇敢、最神奇、最卓越的人。也许真有一个骠骑兵来汲水，又到洼地去了，但也许他刚刚消失，消失得无影无踪，他这个人就此不复存在了。

现在彼嘉不论看到什么都不感到惊讶。他处身在神仙世界，什么都是可能的。

他望望天空。天也像地一样神奇。天色晴朗，云在树梢上飞卷，仿佛要拉开天幕，露出星星。有时他觉得天色晴朗，展现出一片黑漆漆的洁净天空。有时他觉得那些黑点是乌云。有时他觉得天空高高地浮在头上，有时又觉得天空低得伸手可及。

彼嘉闭上眼睛，身子摇摇晃晃。

水滴滴答答地落着，有人在低声耳语。马嘶鸣着，互相挤撞。有人在打鼾。

"嚓嚓，嚓嚓，嚓嚓……"马刀在磨刀石上作响。突然，彼嘉听见一阵和谐的音乐声，那是一曲陌生的庄严悦耳的赞歌。彼嘉同娜塔莎一样，比尼古拉有音乐天赋，但他从未学过音乐，也没想到音乐，因此听到这突如其来的旋律觉得格外新鲜，格外动人。音乐声越来越响。曲调逐渐扩展，从一种乐器转换到另一种乐器。奏的是赋格曲，虽然彼嘉根本不知道什么叫赋格曲。各种乐器，有时像小提琴，有时像小号，但比小提琴和小号更悦耳，更纯净。每种乐器都是各奏各的，但还没有奏完一个旋律，就同另一种乐器汇合，再同第三种、第四种乐器汇合，所有的乐器都汇合在一起，然后又分开，又合起来，时而合成庄严的教堂音乐，时而奏出雄伟的凯歌。

“哦，我这是在做梦吧！”彼嘉自言自语，身子向前一冲，“这只是在我的耳朵里响着。也许这只是我个人的音乐。又来了。我的音乐演奏吧！来吧！……”

他闭上眼睛。四面八方远远地传来颤音，渐渐合成和声，分开，汇合，又合成那个庄严悦耳的赞歌。“哦，真是太美妙了！我太喜欢这音乐了！”彼嘉自言自语。他试图指挥这个庞大的乐队。

“喂，轻一点，轻一点，现在停！”音乐仿佛服从他的指挥，“喂，现在高一点，活泼一点，更欢乐一点，更欢乐一点。”于是从不可知的深处传出越来越洪亮、越来越庄严的声音。“喂，声乐跟上来！”彼嘉命令。于是先传来男声，然后是女声。声乐逐渐加强，均匀而庄重地加强。彼嘉领略着这非同凡响的音乐，心里又害怕又快乐。

歌声伴随着一支庄严的凯旋进行曲。水滴滴答答地落着，刀嚓嚓地磨着，马又嘶鸣，又相互挤撞，但这些声音并没有破坏音乐，而是同音乐合成一片。

彼嘉不知道这情景继续了有多久：他欣赏个没完，对这样的享受一直感到惊讶，而且因为无人跟他同享而感到遗憾。利哈乔夫亲切的声音把他唤醒。

“磨好了，老爷子，您准能把法国人劈成两半。”

彼嘉惊醒了。

“天都亮了，真的，天都亮了！”他叫道。

原来看不见的马，现在连尾巴都看得清楚，从光秃的树枝间还看得见水珠的光。彼嘉振作精神，霍地跳起来，从衣袋里掏出一个卢布交给利哈乔夫，挥了挥马刀，试了试刀刃，插进刀鞘。哥萨克们解开马，收紧肚带。

“瞧，司令来了！”利哈乔夫说。

杰尼索夫从看林人小屋里出来，把彼嘉叫去，下令集合。

11

在熹微的晨光中，游击队队员迅速找到自己的马匹，收紧肚带，分成几个小队。杰尼索夫站在看林人小屋旁，发出最后的命令。步兵的几百只脚踩着泥地，沿大路前进，很快消失在晨雾弥漫的树林中。哥萨克大尉也向哥萨克发出命令。彼嘉拉着马缰，急不可待地等着上马的命令。他用凉水洗过脸，尤其是他那双眼睛，像火烧一样发烫，但背上却掠过一阵阵寒战，他全身迅速而均匀地打着哆嗦。

“喂，大家都准备好了吗？”杰尼索夫说，“带马！”

马牵来了。杰尼索夫因为马肚带太松而大为恼火，把哥萨克痛骂了一顿，骑上马。彼嘉登上马镫。那匹马照例想咬咬他的脚，但彼嘉却轻若鸿毛似的跃上马背，回顾了一下在薄暗中出发的骠骑兵，跑到杰尼索夫跟前。

“杰尼索夫队长，您给我一个任务吧！求求您……看在上帝分上……”他说。杰尼索夫似乎根本不记得彼嘉在场。他回头看了彼嘉一眼。

“我只求你一件事，”他严厉地说，“听我的话，不要乱闯！”

一路上杰尼索夫再也没同彼嘉说过话，一直默默地走着。他们来到林边，田野上天已大亮。杰尼索夫同哥萨克大尉低语了一会儿，哥萨克纷纷从彼嘉和杰尼索夫身边驰过。等全体人马都过去了，杰尼索夫才策马向山下驰去。马用后腿蹲着，出溜着，驮着骑手跑到洼地。彼嘉同杰尼索夫并肩前进。他全身哆嗦得越来越厉害。天色越来越亮，只有雾霭笼罩着远方的物体。杰尼索夫跑到山下，回顾了一下，向身旁的哥萨克点了点头。

“信号！”他说。

哥萨克举起手放了一枪。就在这一刹那，四面八方响起了奔腾的马蹄声、呐喊声和射击声。

就在马蹄声和呐喊声响起的一瞬间，彼嘉抽了马一鞭子，放松缰绳，不听杰尼索夫对他的吆喝，一个劲儿向前冲去。枪声一响，彼嘉突然觉得天色像正午一样明亮。他向桥头驰去。哥萨克们在前面大路上飞跑。他在桥上和一个落后的哥萨克碰了一下，又向前驰去。前面有一批人（多半是法国人）从大路右边跑向左边。其中有一个在彼嘉的马旁跌到泥地上。

一所农舍旁边聚集着一群哥萨克，正在做着什么。人群中响起了可怕的叫声。彼嘉向人群冲去，第一眼就看见一张苍白的下颚打战的法国人的脸，那法国人手里握着一杆长矛对着他。

"乌拉！……弟兄们……我们的人……"彼嘉叫着，给狂奔的马松开缰绳，沿着街道向前驰去。

前面响起枪声。哥萨克、骠骑兵和衣衫褴褛的俄国俘虏从大路两旁跑出来，大声乱叫乱嚷。一个剽悍的法国兵皱着通红的脸，穿着蓝色大衣，没有戴帽子，同骠骑兵拼刺刀。等彼嘉跃马赶到，那法国人已经倒下。"又晚了一步！"彼嘉头脑里闪过这样的念头。于是他向枪声密集的地方驰去。枪声就是从他昨夜同陶洛霍夫待过的地主庄园里发出的。法国人躲在灌木茂盛的花园里，隔着篱笆向聚集在大门口的哥萨克射击。彼嘉跑近大门，通过硝烟看见陶洛霍夫脸色灰白，正对士兵们吆喝。"绕过去！等一等步兵！"他喊道。这时彼嘉已跑到他跟前。

"等一等吗？……乌拉……拉！……"彼嘉叫道。他一停也不停，就向发出枪声和浓烟的地方驰去。响起一阵排枪声，子弹嘘嘘地呼啸着，啪嗒啪嗒打在什么地方。哥萨克和陶洛霍夫跟着彼嘉冲进庄园大门。在浓密的硝烟中，法国人有的扔掉武器，从灌木丛里向哥萨克跑来，有的向山下池塘逃去。彼嘉骑马穿过地主庄园，但没有拉住缰绳，却古怪地迅速挥动双臂，身子越来越往一边倾倒。马跑到在晨光中行将熄灭的篝火旁站住，彼嘉就沉重地跌到潮湿的泥地上。哥萨克们看见他的手脚迅速地抽搐起来，而他的头却一动不动。一颗子弹打穿了他的头。

一名法国高级军官从屋里走出来，用刺刀挑着一块白手帕，宣布投降。陶洛霍夫同他谈了一下，跳下马，走到一动不动、摊开双臂躺在地上的彼嘉身边。

“完了！”他皱起眉头说，接着向大门走去，迎接向他驰来的杰尼索夫。

“打死了？！”杰尼索夫老远看见彼嘉显然已失去生命的身体，嚷道。

“完了！”陶洛霍夫又说了一遍，仿佛说这话使他感到满足，他快步走向被哥萨克迅速包围的俘虏。“我们不收容这些人！”他对杰尼索夫大声说。

杰尼索夫没有理他。他跑到彼嘉旁边，下了马，双手哆嗦地翻过彼嘉沾满血和泥的苍白的脸。

“我吃惯甜东西。非常出色的葡萄干，你们全拿去吧！”——他想起彼嘉的话。哥萨克们听见类似犬吠的哭声都惊讶地回过头来：原来是杰尼索夫，他猛地转过身，走到篱笆旁边，紧紧地抓住篱笆。

杰尼索夫和陶洛霍夫救出的俘虏中间有皮埃尔伯爵。

12

皮埃尔所在的那队俘虏，自从撤离莫斯科以来没有接到法国长官的任何新命令。十月二十二日，和这队俘虏同行的已不是他们离开莫斯科时同行的那些人马和车队。走在他们后面的干粮车队，有一半遭哥萨克拦劫，另一半走到前头去了；原来走在前头失去马匹的骑兵已一个不剩；他们已影踪全无。头上几天走在前头的炮队，如今已为威斯特伐利亚人所押送的朱诺元帅的庞大车队所代替。走在俘虏后面的是骑兵车队。

从维亚兹马出发的法军三个纵队现在已乱成一团。皮埃尔在初离莫斯科时见到的混乱情景现在已达到顶点。

他们经过的大路两边到处都是死马。从各种部队掉队的衣衫褴褛的人，时而加入行进的纵队，时而又落在后面，不断地变换位置。

行军中有过几次虚惊。押送兵举枪射击，东西乱闯，相互推挤，但立刻又集合起来，为虚惊而相互咒骂。

这三股人——骑兵车队、俘虏押送队和朱诺的车队——走在一起，但多少还保持着独立性，也还算完整，虽然他们都在急剧减员。

骑兵车队原有一百二十辆大车，现在只剩下不到六十辆；其余的不是遭抢劫，就是被抛弃。朱诺的车队也有几辆被抛弃和被抢劫。有三辆大车遭到达武军掉队士兵的洗劫。皮埃尔从德国人的谈话中听到，押送车队的人比押送俘虏的人多，其中有一个德国兵被元帅下令枪毙，因为在他身上发现元帅的一把银匙。

这三股人中减员最多的要算俘虏押送队。离开莫斯科时的三百三十人，现在剩下不到一百了。押送队士兵觉得，俘虏比骑兵的马鞍子和朱诺的行李难对付。他们知道，马鞍子和朱诺的匙子多少还有点用处，但对于饥寒交迫的押送兵来说，看守同样饥寒交迫的俄国俘虏（其中有在路上死亡和掉队的，掉队的便就地枪毙），不仅难以理解，而且令人厌恶。押送队士兵处境悲惨，他们仿佛要克制对俘虏的同情，以免使自己的处境更糟，对待俘虏就格外冷酷严厉。

在多罗戈布日，押送队士兵把俘虏锁在马厩里，出去抢劫自己的仓库，有几名俘虏挖墙脚逃走，但被法国人抓住枪毙了。

在离开莫斯科时，把俘虏中的军官和士兵分别编队，但这项规定早已被打破。凡是能走的都走在一起。从第三天起，皮埃尔又同普拉东和那条雪青色矮脚狗合在一起。那条狗把普拉东认作主人，总是跟他形影不离。

在离开莫斯科的第三天，普拉东在莫斯科医院里患过的热病又发作了。由于普拉东身体虚弱，皮埃尔逐渐疏远他。皮埃尔自己也不知道为什么，但自从普拉东身体变得虚弱以来，皮埃尔要接近他，总觉得很勉强。皮埃尔每次接近他，听到他的低声呻吟（普拉东一到休息处就呻吟），闻到他身上越来越难闻的气味，就疏远他，也不去想他。

皮埃尔在俘虏棚里悟出了一个真理：人生下来是为了幸福，幸福就在自己身上，就在于满足人的自然需要，而一切不幸并不在于缺少什么，而在于过剩，不过他悟出这个道理并不是凭理智，而是用他的整个身心，用他的生命。可现在，在最近三个星期的行军中，他又悟出了一个新的令人欣慰的真理：天下没有什么可怕的东西。他认识到，世上没有哪个环境能让人过得幸福和完全自由，也没有哪个环境能让人过得不幸福和不自由。他认识到，痛苦有一个界限，自由也有个界限，而且两者非常接近。一个人睡在锦绣被褥里，因为被子有一个折角而感到难受，就像他现在睡在光秃秃的湿地上，一边身子冷一边身子热而感到难受一样。从前他曾为穿紧脚的舞鞋感到痛苦，就像他现在光着两只出血的脚（他的鞋早就穿破）感到痛苦一样。他认识到，当年他自以为出于自愿同妻子结婚，并不比现在晚上被锁在马厩里更自由。在他后来称作痛苦而当时几乎并不感觉到的事情中，最难受的是他那双磨得出血的伤痕累累的光脚。（马肉味美，富有营养，硝烟代替食盐，简直很好闻；天气不太冷，白天行军往往还有点热，晚上又有篝火；虱子咬得他浑身发热）初期唯一使他痛苦的就是那双脚。

第二天上路，皮埃尔在篝火旁察看自己出血的伤脚，心想无法走路了，但当大家都动身的时候，他还是跛着脚走起来。后来他走得身上发热，脚也就不觉得疼了，虽然到晚上那双脚看上去更可怕，但他不去瞧它，心里想点别的事。

皮埃尔现在才懂得，一个人具有强大的生命力和自救力量，足以转移他的注意力，就像气锅上的安全阀，每当蒸汽达到一定密度时，它就把过多的蒸汽放出来。

他没有看到也没有听到枪毙掉队的俘虏，虽然已有一百多人这样被杀害了。他不再去想日益衰弱的普拉东，因为他显然也逃不掉这样的厄运。皮埃尔更少想到他自己。他的处境越困难，前途越可怕，他就越容易产生超脱现实的欣慰的思想、回忆和幻想。

13

二十二日正午，皮埃尔沿着泥泞滑溜的道路上山，边走边瞧着自己的脚和崎岖不平的山路。有时他望望周围熟悉的人群，又瞧瞧自己的脚。人群也好，自己的脚也好，都是他所熟悉的。雪青色的矮脚狗阿灰快乐地在路旁跑着，偶尔提起一条后腿，用三条腿跳跃表示它的灵活和得意，然后又狂吠着，撒开四腿扑向落在死尸上的乌鸦。阿灰比在莫斯科时更活泼，皮毛更光亮了。地上到处狼藉着各种动物的肉，从人肉到马肉，大都不同程度地腐烂了。狼不敢接近有人走过的地方，因此阿灰可以吃个痛快。

天一早就下雨，此刻眼看就要雨过天晴，不料雨停了没多久，反而下得更大。道路已湿透，水再也渗不进去，就顺着车辙流泻。

皮埃尔一边走，一边向两旁张望，同时每走三步，就弯起一个手指。他在心里对雨说："下吧，下吧，下得更大些！"

他似乎觉得他什么也没有想，但他的内心深处却在回味一件重要而令人欣慰的事。这是他昨天从普拉东的谈话中所取得的最微妙的精神收获。

昨晚在宿营地，皮埃尔在熄灭的篝火旁觉得很冷，就站起来转移到附近烧得较旺的篝火旁。在那堆篝火旁，普拉东头上裹着军大衣，就像牧师裹着法衣那样，坐在那里，正用他那流畅悦耳但是虚弱有病的声音给士兵们讲皮埃尔熟悉的一个故事。时间已过午夜。这是普拉东通常退了烧精神特别好的时候。皮埃尔走到篝火旁，听见普拉东虚弱有病的声音，看见他那被火光照红的可怜的脸，心里感到一阵刺痛。他怕流露自己对这个人的怜悯，想走开，但没有别的篝火可以取暖。皮埃尔竭力不看普拉东，在篝火旁坐下。

"你身体怎么样？"他问。

"身体怎么样？如果有病就诉苦，上帝就不会赐给我们死了。"普拉东说，立刻又继续讲他的故事。

"……我说，老弟，"普拉东接下去说，苍白消瘦的脸上露出笑容，眼睛里闪耀着异样的快乐光辉，"我说，老弟……"

皮埃尔早就知道这个故事。这个故事普拉东单独对他讲过五六次，每次讲总是带着异样的快乐心情。但不管皮埃尔多么熟悉这个故事，他现在听着仍觉得新鲜，而普拉东讲故事时那种平静的欢乐显然也感染了皮埃尔。这个故事是讲一个老商人，他和一家人过着正派虔诚的生活，有一次他同一个有钱的商人一起到马卡里去。

两个商人投宿同一家客店。第二天发现有钱的商人被人谋财害命了。在老商人的枕头底下发现一把染血的刀。老商人因此受审判，挨鞭笞，撕破鼻子，一切都依法行事，最后被流放服苦役。

"对啊，老弟，"皮埃尔进来的时候，普拉东正讲到这里，"这事过去了十年，也许是十多年。那老头儿一直在服苦役。他安分守己，不做坏事。他只求上帝赐他一死。喏，有一天晚上苦役犯聚在一起，就像我们现在这样，老头儿也在那里。大家闲聊，谁为什么事受这份罪，什么地方冒犯了上帝。有人说他害了一条命，有人说他害了两条，有人说他放了火，有人说他是逃亡农奴，平白无故遭了殃。有人问老头儿：'老大爷，你为什么吃苦啊？'他说：'我的小兄弟们，我吃苦是为了自己的罪孽，也为了别人的罪孽。我没有害过一条命，没有拿过别人的东西，我还帮助过穷哥儿们。我的小兄弟们，我是个商人，我有很多财产。'他如此这般把事情从头到尾讲了一遍。他说：'我并不为自己伤心。这是上帝对我的惩罚。我只可怜我的老伴和孩子。'老头儿说着说着哭起来。没想到这伙人里有一个，正好是谋杀那个商人的人。他问：'老大爷，这事发生在什么地方？什么时候？几月份？'他问得很详细。这时，他的心难受极了。他就这样走到老头儿面前，扑通一声跪在地上。他说：'老人家，你代我受罪了，弟兄们，他说的全是事实，他被冤枉吃了苦。'他又说：'这事是我干的，刀子是我趁你睡着的时候塞在你枕头底下的。老大爷，请你看在基督分上饶恕我吧！'"

普拉东停了停，望着篝火，快乐地微笑着。他拨了拨劈柴。

"老头儿说：'上帝会饶恕你的，我们大家在上帝面前都是有罪的，我是为了我自己的罪孽吃苦。'说着，他自己已热泪盈眶了。老弟，您想不到吧！"普拉东越说，脸上越焕发出兴奋的笑容，仿佛他此刻所讲的事，包含着最动人最有意义的内容，"你想不到吧，老弟，这个杀人犯就去官府自首。他说：'我害过六条人命，罪大恶极，但我很可怜这个老头儿。让他别再怨恨我了。'他去自首，人家记下他的口供，送了公文，一切都依法办理。那地方很偏僻，法官审了案件，照例向上面写了一份份公文。这案子最后送到沙皇那里。沙皇下了一道谕旨：释放商人，发还没收的财产。公文下来了，到处找老头儿。那个无辜受罪的老头儿在哪里呀？沙皇谕旨下来，大家到处寻找。"普拉东的下巴颏哆嗦起来，"原来上帝已饶恕了他——他死了。就是这样，老弟。"普拉东结束了他的故事，默默地含笑望着前方，望了好半天。

这时皮埃尔心里隐约而快乐地感受到的不是这个故事本身，而是普拉东讲故事时脸上的快乐神情和这种快乐所包含的神秘意义。

14

“各就各位！”突然有人喊道。

在俘虏和押送队中间发生了一阵高兴的骚动，大家都在期待一件幸福和庄严的事。四面八方响起了口令声，一队服饰讲究、坐骑优良的骑兵，从左边绕过俘虏出现了。人人脸上显出紧张的神色，那是每逢最高当局来临时常出现的表情。俘虏被推到路旁，大家挤作一团。押送兵排起队来。

“皇帝！皇帝！元帅！公爵！”高大强壮的卫兵刚过去，就来了一辆由几匹灰马纵列牵引的马车。皮埃尔立刻看到一个头戴三角帽的人，那人神态端庄，相貌俊美，脸庞白皙。这是一位元帅。元帅向皮埃尔魁梧的身体望了一眼，皱起眉头，转过脸去，皮埃尔发现他流露出同情的神色，并竭力加以掩饰。

率领车队的将军神色慌张，满脸通红，骑着一匹瘦马，跟在马车后面奔驰。有几个军官聚集在一起，士兵们把他们团团围住。个个脸色兴奋而紧张。

“他说什么？他说什么呀？……”皮埃尔只听见一片询问声。

元帅经过的时候，俘虏们挤作一团，皮埃尔看见早晨还没见过的普拉东。普拉东穿着一件短小的军大衣，靠着一棵桦树坐在地上。他的脸上除了昨天讲无辜受罪的商人时那种快慰同情的神色，又增添了一种恬静庄重的表情。

普拉东用他那双善良含泪的大眼睛望着皮埃尔，显然在招呼他过去，他有话要对他说。但皮埃尔顾虑重重。他装作没有看见他的目光，慌忙走开。

俘虏们又上路了，皮埃尔回头望了望。普拉东坐在路边的桦树旁，有两个人俯身对着他说话。皮埃尔没再回头看他。他瘸着腿向山上走去。

后面普拉东坐着的地方发出一声枪响。皮埃尔清楚地听见了枪声，但就在听见枪声的一刹那，他记起他还没算出到斯摩棱斯克还有多少路程，他在元帅到来之前就开始计算了。于是他继续计算。那两个法国兵从皮埃尔面前跑过，其中一个提着一支冒烟的枪。两人都脸色发白，他们的脸色有点像那天那个行刑的年轻士兵的脸色，其中一个怯生生地瞧了皮埃尔一眼。皮埃尔看了看那个兵，记起前天他曾在篝火上烘衬衫，把衬衫烧掉，弄得大家都取笑他。

那条狗在后面普拉东坐过的地方哀嗥。“哭什么呀，傻东西？”皮埃尔想。

同皮埃尔一起往前走的俄国兵也像皮埃尔一样，没有回头去看那发出枪声和狗吠的地方，但人人脸上都显出严肃的神色。

15

骑兵车队、俘虏队和元帅的车队都停在沙姆舍沃村。大家都聚在篝火旁。皮埃尔走到篝火旁，吃了烤马肉，背对篝火躺下来，立刻睡着了。他又像鲍罗金诺战役后睡在莫扎依斯克村那样。

又是现实和梦幻交织在一起，又有人——不知是他自己还是别人——对他谈思想，而且就是莫扎依斯克村人家对他谈的那些思想。

“生命就是一切。生命就是上帝。一切都在变化，一切都在运动。这运动就是上帝。有生命，就有感知神圣的快乐。要爱生命，爱上帝。最困难和最幸福的事，就是在痛苦中，在无辜受苦时爱这个生命。”

“普拉东！”皮埃尔想到了他。

皮埃尔突然生动地想起了在瑞士教他地理的教师。那是个和蔼可亲的小老头，早已被他忘记了。“等一下！”那小老头说。他给皮埃尔看地球仪。这是一个没有大小比例而可以活动的球。球上密密麻麻地布满了点子。这些点子都在变动，改变位置，时而几个合成一个，时而一个分成几个。每个点子都在竭力扩张，多占点空间，而别的点子也要扩张，就排挤它，有时消灭它，有时和它合在一起。

“这就是生命。”小老头教师说。

“这事多么简单明了，”皮埃尔想，“可我以前怎么不知道呢？”

“中间就是上帝，每一个点子都在扩张，以便尽量反映上帝。它生长，汇合，收缩，从表面上消失，向深处下沉，然后又浮上来。普拉东就是这样，他扩张又消失。——你懂吗？”教师说。

“你懂吗，见鬼？”有个声音嚷道。皮埃尔就醒了。

他欠身坐起来。一个法国人刚把一个俄国兵推开，蹲在篝火旁，拿通条叉着肉在火上烤。他卷起袖子。一双青筋毕露、皮肤发红、长满茸毛、手指粗短的手利索地转动着通条。他那张双眉紧皱、神情阴郁的褐色脸庞在篝火光中清晰可见。

“他反正无所谓，”他迅速地转身对旁边的士兵嘟囔道，“……是个强盗，真的！”

那个兵转动通条，阴沉地瞧了皮埃尔一眼。皮埃尔转过身去，望着暗处。那个被法国人推开的俄国俘虏坐在篝火旁，用手拍打着什么。皮埃尔凑近一看，认出那条雪青色小狗，那狗坐在士兵旁边，摇着尾巴。

“哦，你来了！”皮埃尔说，“哦，普拉东……”他刚开口，但说不下去。突然，他的头脑里浮现出一连串往事：普拉东坐在树下望着他时的目光，从那里传来的枪声，狗的哀嗥，从他身旁跑过的两个法国人负疚的神色，那支冒烟的步枪，今天宿营的已没有普拉东，他只得相信普拉东被打死了，但就在这一刹那，不知怎的，他忽然想起夏天他在基辅庄园阳台上同一个波兰美女共度黄昏的事。皮埃尔终究没有把今天一天的事联系起来，并由此得出结论。他闭上眼睛，于是夏天的景色就同游泳、同活动的地球仪混合在一起，他的身子在往水里沉，直到没顶。

日出之前，皮埃尔被一阵响亮密集的枪声和呐喊声吵醒。好多法国人从他身旁跑过。

“哥萨克！”一个法国人喊道。一会儿，就有一批俄国人把皮埃尔围住。

皮埃尔好半天弄不懂是怎么一回事。他听见四面八方传来同伴们的欢呼声。

“弟兄们！亲人，宝贝！”老兵们一面拥抱哥萨克和骠骑兵，一面哭着喊道。骠骑兵和哥萨克围住俘虏们，连忙送东西给他们，有的送衣服，有的送靴子，有的送面包。皮埃尔坐在他们中间大哭，一句话也说不出来。他拥抱第一个走到他跟前的士兵，一面哭，一面吻他。

陶洛霍夫站在一座倒塌房子的大门旁，让缴了械的法国人进去。法国人因刚发生的事很激动，大声交谈着，但他们走过陶洛霍夫面前，看见他用马鞭轻轻抽打着靴子，他那玻璃般冰凉的眼睛没有丝毫善意，就都住了口。另一边站着陶洛霍夫的哥萨克，他在数俘虏，数满一百就在门上画一个记号。

“多少？”陶洛霍夫问数俘虏的哥萨克。

“一百多。”哥萨克回答。

“快走，快走！”陶洛霍夫不住地说，这是他从法国人那里学来的。他的目光一接触到俘虏的目光，他的眼睛就发出冷酷的光芒。

杰尼索夫摘下帽子，脸色阴沉，跟在抬彼嘉尸体的哥萨克后面，往花园里挖好的墓穴走去。

16

自从十月二十八日上冻以来，法军溃败的情况越发悲惨：许多人不是冻死就是在篝火旁烤死，而一批身穿裘皮衣服、乘坐马车的人，带着皇帝、国王和公爵劫得的财物继续赶路；不过，法军撤出莫斯科后逃跑和瓦解的局面丝毫没有改变。

从莫斯科到维亚兹马，法军原有七万三千人（近卫军不算在内，在整个战争过程中，近卫军除了抢劫什么事也不干），如今只剩下三万六千人，而在战斗中阵亡的不到五千人。这是第一项数据，其他各项就不难推算了。

从莫斯科到维亚兹马，从维亚兹马到斯摩棱斯克，从斯摩棱斯克到别列津纳，从别列津纳到维尔诺，法军按照这个比例减员和逐渐被消灭。这种变化同天气寒冷的程度、有无敌人追击、道路是否被阻等情况无关。到维亚兹马后，原先分成三路的法军混成一团，并一直维持到最后。贝帝埃向皇帝呈递了一份报告（这些官员所描述的军队状况离实际情况有多远，这是大家都知道的）。他写道：

最近三天在行军中视察各部队，我认为有责任向陛下报告。这些部队已几乎完全瓦解。只有四分之一士兵跟着军旗行进，其余恣意乱窜，寻找食物，逃避职责。大家只想到斯摩棱斯克休息。近日许多士兵抛弃枪支弹药。不论陛下如何部署今后行动，为陛下军事利益计，必须在斯摩棱斯克集结军队，剔除失去马匹的骑兵、丢失武器的士兵、多余的辎重和部分炮兵，因为这些炮兵同目前的兵力不相称。军队需要粮食，需要休整几天；士兵又饿又乏；近日有许多人死于途中和宿营地。此种情况愈益严重，使人不得不感到忧虑。如不及早采取措施加以制止，一旦发生战事，我们将无可用之兵。

写于十一月九日，离斯摩棱斯克三十俄里。

法国人拥进他们认为是天堂的斯摩棱斯克后，为争夺食物互相残杀，抢劫自己的仓库，把全市洗劫一空，又继续逃跑。

他们一个劲儿逃跑，自己也不知道往哪儿去，去做什么。天才拿破仑更是心中无数，因为没有人对他发号施令。但他和他周围的人仍保持根深蒂固的老习惯：拟命令，发公函，写日报表；彼此称呼："陛下，贤弟，埃克米尔亲王，那不勒斯王"，等等。但命令报告只是一纸空文，完全没有照办，因为不可能照办。他们虽然以陛下、殿下、贤弟相称，其实知道彼此都是些作恶多端如今受到报应的卑劣的可怜虫。尽管他们装出关心军队的样子，其实个个只关心自己，只想尽快逃命。

17

从莫斯科退到涅曼河的战斗中，俄法两军的行动就像在捉迷藏：两个游戏的人蒙住眼睛，其中一个不时摇摇铃，告诉捉的人他在哪里。起初，那个被捉的人不怕对方，不时摇铃，后来心里一紧张，就竭力悄悄地溜走，躲避对手，但常常心里想躲开，却一头撞到对方怀里。

起初，当拿破仑军队沿卡卢加大道撤退时，他们还让人知道他们在什么地方，但后来上了斯摩棱斯克大道，他们便按住铃舌逃跑，往往自以为可以逃掉，却迎面撞上俄军。

由于法军退却和俄军的追踪如此神速，又由于骑兵的马已筋疲力尽，侦察兵要确定敌军的位置已不可能。此外，由于双方军队的位置常常迅速改变，即使弄到情报也不及时。如果二号得到消息，说敌军一号在什么地方，三号能采取什么措施，那么，敌军那个部队已走了两程路，早已转移地方了。

一支军队跑，一支军队追。从斯摩棱斯克出发，法军面前摆着许多条路；法军停留了四天，似乎可以弄清敌人在什么地方，想出什么有利的办法，采取什么新措施。但在停留四天后，这群乌合之众既不向右也不向左，毫无主见和策略，又沿着那条最不利的老路向克拉斯诺耶和奥尔沙逃跑。

法国人以为敌人在后面而不在前面，在逃跑中拉开距离，前后相距二十四小时路程。跑在最前面的是皇帝，然后是国王，再后面是公爵。俄军估计拿破仑会向右渡过第聂伯河，因为这是唯一正确的路线。于是俄军也向右转，走上通往克拉斯诺耶的大道。这时，就像捉迷藏一样，法军碰上了我们的先锋。法军没想到在这里看见敌人，慌了手脚。他们吓呆了，接着便扔下后面追随的同伴继续逃跑。这时，法军各个部队，先是总督部队，然后是达武部队，然后是奈伊部队，一个接着一个，就像穿过俄军的队伍，一口气走了三天三夜。他们各走各的，丢下一切重东西，丢下大炮和一半人员，夺路逃跑，只在夜间向右兜个半圆圈避开俄国人。

奈伊走在最后，虽然他处境不妙，但也许正因为处境不妙，他要捶打使他们跌痛的那块地板，也就是说，他要炸毁对任何人都没有妨碍的斯摩棱斯克城墙。奈伊带着他那个军的一万人走在最后，等他跑到奥尔沙见拿破仑时，只剩下一千人了。他抛弃所有的人和所有的大炮，夜间穿过树林，偷偷渡过第聂伯河。

他们从奥尔沙沿着通往维尔诺的大道继续逃跑，又同追兵捉起迷藏来。他们在别列津纳河又乱作一团，许多人落水，许多人投降，那些渡过河的人又继续前进。那位主将身穿皮衣坐上雪橇，抛下同伴，只身狂跑。凡是能逃的都逃了，不能逃的就投降或者死掉。

18

在这场逃跑中，法国人是在千方百计毁灭自己。从转到卡卢加大道到统帅丢下军队逃跑，他们没有一个行动具有丝毫意义。对这一阶段的战事，史学家总不能把群众的行动归因于一个人的意志而对这次退却任意描写吧。但事实并非如此。关于这次战争，史学家的著作汗牛充栋，一再描述拿破仑的决策和他那深谋远虑的计划，他用兵的神奇本领，以及他的元帅们的天才部署。

从马洛雅罗斯拉韦茨退却时，他面前摆着一条通往粮草充足地区的道路，同时还有一条平行的道路可走，也就是后来库图佐夫追击他的那条路，但他却毫无必要地走一条贫困难行的道路，而史学家却认为这是深谋远虑的结果。他从斯摩棱斯克撤退到奥尔沙，也被说成是深谋远虑的行为。再有，他在克拉斯诺耶的行为则被说成是英雄之举，据说他准备在那里应战，亲自指挥战役，他曾举着桦树大棒说：

“我当皇帝已经当够，如今要做做将军了。”他说是这么说，但说完又继续逃跑，撇下他的残部听凭命运摆布。

其次，史学家又给我们描述元帅们的伟大精神，特别是奈伊，而他精神的伟大就在于他夜间穿过树林绕道偷渡第聂伯河，抛下军旗、大炮以及十分之九的军队向奥尔沙逃跑。

最后，史学家还对我们说，伟大的皇帝最后抛下英雄军队也是伟大的天才行动。就连那被人们称为卑鄙之至、连小孩子都认为可耻的逃跑行为在史学家笔下也得到了辩护。

每当历史评论这条富有弹性的线拉得不能再长时，每当人的行动显然违反人类公认为善甚至正义的准则时，史学家就乞灵于“伟大”这一概念。“伟大”似乎可以排除善恶的标准。伟人无恶行。伟人无被控犯罪之忧。

一旦史学家说“这很伟大”，就不再有善恶，而只有伟大和不伟大。伟大就是善，不伟大就是恶。在史学家看来，伟大是被他们称作英雄的特殊人物的本性。拿破仑身着轻裘回家，任凭那些不仅是他的伙伴而且是（据他看来）由他带到那里的人灭亡，他还觉得“他很伟大”，因此心安理得。

“崇高（他自认为很崇高）同可笑只有一步之隔。”他说。于是五十年来全世界都一再重复说：“崇高！伟大！拿破仑伟大！崇高同可笑只有一步之隔。”

可是谁也没有想到，承认没有善恶标准的伟大，就是肯定微不足道和极端渺小。

基督既给了我们善恶的标准，我们认为不可能衡量的东西是没有的。没有纯朴、善良和真实，就谈不到伟大。

19

读到一八一二年战争最后阶段的记载，有哪个俄国人不深深地感到懊丧、愤慨和困惑？有谁不提出这样的问题：既然俄国三路大军以优势兵力包围法军，既然法军饥寒交迫，溃不成军，大批投降，既然（历史告诉我们）俄国人的目的是要阻止、切断和俘虏全部法国人，那么，怎么没把他们俘虏和消灭呢？

既然人数少于法军的俄军能打一场鲍罗金诺战役，那么，这支军队已三面包围法军，而目的又是要俘虏他们，怎么没达到这个目的呢？难道法军真有那么厉害，我们以优势兵力包围他们也不能把他们击败吗？怎么会发生这样的事？

历史，所谓历史，回答这些问题说：所以发生这样的事，是因为库图佐夫、托尔马索夫、奇察戈夫等人没有采取某些措施。

那么，为什么他们没有采取这些措施呢？如果他们应负没有达到预定目的的罪责，那么，为什么不审判他们，处决他们呢？但即使认为俄军失利的责任应由库图佐夫、奇察戈夫等人承担，仍无法理解，俄国军队在克拉斯诺耶和别列津纳拥有那些优越条件（俄军兵力在那两地都占优势），为什么没有俘虏法国军队及其元帅、国王和皇帝，既然他们的目的就在于此？

这个怪现象用库图佐夫阻止进攻（俄国军事史家就是这样说的）来

解释是不能成立的，因为我们知道，库图佐夫在维亚兹马和塔鲁季诺无法阻止俄军的进攻。

既然俄军能以微弱的力量在鲍罗金诺战胜全部敌军，为什么在克拉斯诺耶和别列津纳拥有优势兵力，却败于溃不成军的法国人？

如果俄国人的目的是要切断和活捉拿破仑和他的元帅们，这个目的不仅没有达到，而且要达到这目的的企图每次都遭到最可耻的失败，那么，法国人认为战争最后阶段是他们获得一连串胜利，这种说法就是完全正确的，而俄国史学家认为那是我们的胜利，就完全错了。

尽管俄国军事史家们对俄军的勇敢和忠诚作了热情的歌颂，他们若遵守逻辑，就只能得出这样的结论，他们只得承认，法军退出莫斯科是拿破仑的一连串胜利，是库图佐夫的一连串失败。

不过，撇开民族自尊心不谈，我们也会感觉到，这个结论是自相矛盾的，因为法国人的一连串胜利却导致他们的彻底灭亡，而俄国人的一连串失败却导致他们完全消灭敌军和光复祖国。

这个矛盾的根源在于，史学家们根据两国皇帝和将军的通信，根据战报、报告、计划之类的文件研究当时的事件，从而确定一八一二年战争最后阶段的目的是要切断和活捉拿破仑及其元帅和军队，其实这样的目的是虚构的，从来不曾有过。

这样的目的从来不曾有过，也不可能有，因为它毫无意义，也完全不可能实现。

这样的目的毫无意义，因为第一，拿破仑的溃军以最快的速度逃出俄国，也就是他们做了每个俄国人所希望的事。既然法国人竭尽全力逃跑，为什么还要对他们大动干戈呢？

第二，拦住全力逃跑的人是没有意义的。

第三，法军没有外因也在迅速自行灭亡，即使没有堵截，他们也不可能在十二月间使更多的军队（全军百分之一）逃离俄国国境，因此为了消灭这样少量法军而损失自己的兵力是没有意义的。

第四，要俘虏皇帝、国王和公爵是没有意义的，因为就连当时最老练的外交家（如迈斯特尔等人）也认为，俘虏这帮人会给俄军带来极大的困难。而俘虏整个法国军队就更无意义，因为俄军到达克拉斯诺耶时自己就已减员一半，而押送这么多俘虏需要整师的人，再说当时俄军士兵也不能经常领到足够的粮食，已有的俘虏也正在饿死。

切断和俘虏拿破仑及其军队这一深思熟虑的计划，就像一个菜园主所制订的计划，他为了要驱逐践踏菜园的牲口，赶到菜园门口，迎头痛击那头牲口。唯一可以为菜园主行为辩护的理由是，他太气愤了。但这对制订计划的人来说也并不适用，因为他们不是菜园遭践踏的受害者。

但是，切断拿破仑及其军队是没有意义的，而且也是办不到的。

这事之所以办不到，因为，第一，经验证明，在一次作战中，纵队行动拉长到五俄里的距离，绝不符合计划的要求，要奇察戈夫、库图佐夫和维特根施泰因及时在指定地点会师，其可能性几乎等于零，而库图佐夫正是这样考虑的，他在接到这项计划时就说过，远距离牵制作战是不可能得到预期效果的。

第二，其所以办不到，因为要制止拿破仑军队撤退时的那股冲力，俄军必须拥有比现有力量大得多的力量。

第三，其所以办不到，还因为“切断”这个军事术语毫无意义。面包可以切断，而军队是切不断的。切断军队也就是堵截它的去路，是绝对办不到的，因为可以迂回的地方总是很多。再说，一到黑夜就什么也看不见，军事学家即使拿克拉斯诺耶和别列津纳的实例也可以证明这一点。只要对方不肯就范，你就无法俘虏，就像无法捉住一只燕子那样，除非它自愿落到你的手里。只有像德国人那样按照战略和战术投降的人才能加以俘虏。但法国人理所当然认为不值得这样做，因为逃跑和被俘结果都免不了一死，不是饿死就是冻死。

第四，也是主要的一点，其所以不可能，因为自古以来，从来没有一次战争像一八一二年战争那样艰苦卓绝，俄军追击法军已尽了全力，如越过这个限度，将自取灭亡。

俄军从塔鲁季诺到克拉斯诺耶行军途中，生病和掉队的达五万人，相当于一个大省城的人口。没有作战就减员一半。

在这一阶段的战争中，军队没有靴子和皮大衣，缺少粮食，没有伏特加，一连几个月露宿在零下十五度的雪地里；那时，白天只有七八个小时，其余时间都是黑夜，根本无法维持纪律；那时，人们不像在战斗中那样只有几小时处于不讲纪律的生死关头，那时人们一连几个月一直在同饿死和冻死搏斗；那时，一个月军队中就有一半人死掉。史学家讲到这一阶段的战争，对我们说，米洛拉多维奇应当向某地侧翼进军，托尔马索夫应当向某地进军，奇察戈夫应当向某地转移（在没膝深的雪地中转移），某某应当击溃和切断敌军，等等。

俄军死掉一半，他们为了无愧于人民的崇高目的已竭尽全力，因此，一般俄国人坐在暖和的屋子里，提出一些无法办到的建议，俄国军人对此可不能负责。

事实和历史记载之间所以发生令人难以理解的奇怪矛盾，就在于史学家写的不是历史事实，而是将军们的美好感情和豪言壮语。

他们感兴趣的是米洛拉多维奇的言辞，这个将军或那个将军所获得的奖赏和他们所作的推测。至于有五万人留在医院里和坟墓里，他们根本不关心，因为那不属于他们研究的范围。

其实，只要撇开那些报告和将军们的计划，而深入研究千百万人直接参加的行动，那么，那些原以为无法解决的难题就会迎刃而解，获得明确可靠的答案。

切断拿破仑及其军队这一目的，除了十来个将军的幻想外，从来就不曾有过。这个目的是不可能存在的，因为它毫无意义而又无法实现。

人民的目的只有一个：从侵略者手里光复自己的国土。这个目的达到了：第一，它是自然而然达到的，因为法国人逃跑了，只要不阻碍他们就行。第二，这个目的是靠消灭法军的人民战争达到的。第三，俄国大军紧跟逃走的法军，只要法军一停步，就对它施用武力。

俄国军队的行动应该像一条驱赶牲口的鞭子。有经验的赶牲口人懂得，最好是举起鞭子吓唬奔走的牲口，而不是迎头抽打它们。

第　四　部

1

一个人看见一只垂死的动物会感到恐怖，因为一个同样有生命的东西在他眼前渐渐死亡，就要不再存在。但如果垂死的是一个人，一个心爱的人，那么，除了恐怖之外，面对着生命的灭亡，你会感到肝肠寸断，心如刀剜。这种心灵上的创伤就像肉体上的创伤一样，有时致命，有时痊愈，但总是很疼，最怕外界的刺激。

安德烈公爵死后，娜塔莎和玛丽雅公爵小姐都有这种感觉。她们意气消沉，回避悬在头上的阴森森的死亡乌云，不敢正视人生。她们小心翼翼地保护尚未愈合的创伤，不让它受到痛苦的碰撞。不论是街上疾驰而过的马车，还是开饭的通知，或是使女准备什么衣服的请示，尤其是并无诚意的敷衍性同情，这一切都会刺痛伤口，好像一种侮辱，破坏她们谛听那严峻的无声合唱所需要的宁静，妨碍她们遥望刹那间展现在面前的虚无缥缈的远方。

只有她们两人在一起才不感到屈辱和难堪。她们难得谈话，即使谈，也只谈些无关紧要的琐事。她们避免谈未来的事。

如果承认还会有未来，她们认为就是对纪念他的亵渎。凡是可能涉及死者的事，她们谈话时尤其注意回避。她们觉得，她们所经历和感受的往事无法用语言表达。她们觉得，任何提到他生活细节的话，都会损害眼前展现的神秘现象的伟大和圣洁。

经常保持缄默，尽量避免可能使人想起他的话，处处不逾越禁忌的界限，这样，她们就觉得她们的感受更加纯洁和鲜明。

不过，天下没有十足的悲哀，就像没有十足的快乐一样。玛丽雅公爵小姐既是掌握自己命运的主人，又是侄子的监护人和教师，两星期后她首先被现实生活从悲哀中召唤出来。她收到一些家信，需要回复；小尼古拉住的屋子潮湿，使他咳嗽起来。阿尔巴端奇来雅罗斯拉夫尔报告账目，并劝她搬回莫斯科伏兹德维任卡街的住宅。这所住宅完整无损，只要稍加修缮就可居住。生活并没有停止，大家还要活下去。就玛丽雅公爵小姐来说，尽管离开那沉思默想的世界非常痛苦，撇下娜塔莎一个人感到内疚，她还是不得不去处理一系列生活琐事。她同阿尔巴端奇一起检查账目，同德萨尔讨论侄子的教育问题，并就搬回莫斯科一事作了安排和准备。

娜塔莎剩下独自一个。自从玛丽雅公爵小姐忙着准备搬家以来，娜塔莎就回避她。

玛丽雅公爵小姐向伯爵夫人提出，让娜塔莎一起去莫斯科。娜塔莎的父母眼看女儿的身体一天不如一天，认为易地疗养，再请莫斯科医生替她看病对她健康有益，就欣然同意。

"我哪儿也不去，"娜塔莎听到这个建议，回答说，"我只求你们别来管我。"她说着跑出屋子，竭力忍住眼泪。这眼泪与其说是出于悲伤，不如说是出于烦恼和气愤。

自从娜塔莎觉得她被玛丽雅公爵小姐抛弃，独自忍受悲伤以来，大部分时间就一个人待在屋里。她蜷起腿坐在沙发角上，用纤细的手指紧张地撕碎或者揉捏着什么东西，目光执拗地盯着一个地方。这种孤独使她虚弱，也使她难堪，却是她所需要的。只要一有人进来，她就立刻站起来，改变姿势和眼神，拿起一本书或者针线活，不耐烦地等待打扰她的人走开。

她总觉得，她马上就能弄懂她的心灵所注视但无力解答的可怕问题。

十二月底，娜塔莎有一天身穿黑色羊毛连衣裙，发辫随便绾一个结，苍白，消瘦，蜷起腿坐在沙发角上，紧张地把腰带末端揉皱又抚平，眼睛望着门角。

她望着他去的生命的彼岸。这个彼岸，她以前从没想到过，以前觉得那么虚无缥缈，如今却觉得比此岸更近，更亲切，更可理解，而此岸的一切不是空虚和幻灭，就是痛苦和屈辱。

她望着那个地方，她知道他就在那里，但她看到的他只能是原来的样子，她想象不出别的样子。她又看到他在梅基希村、三一修道院和雅罗斯拉夫尔时的样子。

她看见他的脸，听见他的声音，重述他的话和她对他说的话，有时还想象当时他们之间可能的交谈。

现在她看见他穿着丝绒睡袍躺在安乐椅上，瘦削苍白的手支着脑袋。他的胸脯深深凹陷，肩膀耸起，嘴唇紧闭，眼睛闪亮，苍白的额上皱纹时现时隐。他的一条腿在迅速地微微颤抖。娜塔莎知道，他正在同难以忍受的疼痛做斗争。"这疼痛是怎么回事？怎么会疼痛？他的感觉怎样？他多么疼啊！"娜塔莎想。他发现她在注意他，抬起眼睛，脸上不带笑容，说起话来。

"有一件事很可怕，"他说，"那就是把自己永远同一个受苦受难的人绑在一起。"他用试探的目光望了望她，而娜塔莎此刻就看到了这种目光。娜塔莎照例不假思索地回答说："不会老这样下去的，不会的，您会好的，会完全好的。"

现在她又看见他，又重新体验当时的种种感受。她想起他说这话时久久凝视她的忧郁而严峻的目光，发现这目光含有责备和绝望的意味。

"我同意，"此刻娜塔莎自言自语，"如果他老是这样受苦，那太可怕了。我当时那样对他说，因为这对他是很可怕的，可是他理解错了，还以为是**对我来说**很可怕的。那时他还想活，他害怕死。可我却对他说了这样粗暴愚蠢的话。我没想到这一层，我想的是另一回事。我要是把心里话说出来，我会说：'让他慢慢死去，在我面前慢慢死去，也比我现在这样幸福。'现在……我什么也没有，什么人也没有。他知道这一点吗？不，他不知道，永远不会知道。而这事如今可再也无法补救了。"他又对她说了同样的话，但现在娜塔莎在心里对他作了另一种回答。她拦住他说："可怕的是对您而不是对我。您要知道，我生活中少了您就一无所有，同您分享痛苦是我最大的幸福。"他拉起她的一只手紧紧地握着，就像他临死前四天那个可怕的晚上那样。于是她又在心里说出当时可能说的一些亲热的话。"我爱你……爱你……爱……"她痉挛地握紧双手，咬紧牙关说。

她心里又充满了一种甜滋滋的伤感，她的眼泪夺眶而出，但她突然问自己："我这是在对谁说话？他在哪里？他现在是个**什么样的人**？"于是一种冷冰冰、干巴巴的困惑又把一切遮掩了。她又皱紧眉头，瞧着他躺过的地方。她似乎觉得她马上就能打破那个生死之谜……但就在这一刹那，一阵响亮的门把手敲击声把她惊醒。使女杜尼雅莎神色惊惶，快步闯进来。

"请您马上到爸爸那儿去！"杜尼雅莎露出特别紧张的样子说。"真不幸啊……彼嘉少爷……有信来！"她呜咽着说。

2

娜塔莎觉得她和所有的人都有点疏远，而和自己家里的人尤其疏远。父亲、母亲、宋尼雅对她都那么亲近，和她那么融洽，一如往常，因此她觉得他们的言谈、他们的感情都是对她近来所处的那个世界的一种亵渎。她对他们不仅很冷淡，而且抱有敌意。她听杜尼雅莎谈到彼嘉，谈到不幸的消息，但不明白她说的是什么意思。

"他们有什么不幸？他们能有什么不幸？一切都是老样子，太太平平。"娜塔莎心里自言自语。

她走进客厅，只见父亲从伯爵夫人屋里急急地走出来。他满脸皱纹，老泪纵横。他从屋里跑出来，显然要发泄勉强忍住的恸哭。他一看见娜塔莎，就绝望地摆摆手，发出一阵阵呜咽，连他那松软的圆脸都变了形。

"彼……彼嘉……快去，快去……她在叫你……"他像孩子一般放声大哭，迅速地挪动衰弱的两腿，双手捂住脸，几乎倒在椅子上。

突然像有一股电流击穿娜塔莎的全身。她的心猛地受到一次强烈的冲击。她感到一阵剧痛，身上仿佛有样东西碎裂，她要死了。但疼痛过后，她顿时摆脱了禁锢的内心生活。她一看见父亲，一听到门里母亲疯狂的叫喊，立刻忘记了自己，忘记了自己的悲伤。她跑到父亲面前，父亲无力地摆摆手，指指母亲的房门。玛丽雅公爵小姐脸色苍白，下巴颏哆嗦，握住娜塔莎的手，对她说了句什么。娜塔莎却视而不见，也没听见她的话。她快步走进门里，停了一停，好像在进行自我斗争，然后向母亲跑去。

伯爵夫人躺在安乐椅上，不自然地伸着身子，头撞着墙壁。宋尼雅和女仆们按住她的双臂。

“叫娜塔莎来！叫娜塔莎来！……”伯爵夫人叫道，“这不是真的，不是真的……他撒谎……叫娜塔莎来！”她叫着，把周围的人推开，“都给我走开，这不是真的！把他给打死了！……哈，哈，哈！……这不是真的！”

娜塔莎屈起一条腿跪在安乐椅上，俯下身来搂着母亲，用异乎寻常的力气把她抱起来，转过她的脸，紧紧地偎依着她。

“妈妈！……好妈妈！……我在这儿，妈妈！好妈妈！”她一刻不停地喃喃说。

她没有放开母亲，温柔地同她挣扎着，要人拿枕头和水来，又解开和撕开母亲的衣服。

“妈妈，好妈妈！……妈妈，我的好妈妈！”她不停地低声呼唤，吻着母亲的头、手和脸，止不住的泪水像小溪般痒痒地沿着鼻子和双颊流下来。

伯爵夫人握紧女儿的手，闭上眼睛，安静了一会儿。突然，她迅速地坐起来，茫然四顾，一看见娜塔莎，就竭尽全力搂住她的头，然后把女儿疼得起皱的脸转过来，久久地凝视着她。

“娜塔莎，你爱我吗？”她用信任的语气低声说，“娜塔莎，你不会骗我吧？你把全部真相都告诉我，好吗？”

娜塔莎用饱含泪水的眼睛望着母亲，她的脸上现出要求饶恕和怜爱的神情。

“妈妈，好妈妈！”她反复叫道，竭力想用自己的爱来分担压在母亲身上的悲哀。

母亲同现实做着无力的搏斗。她不愿相信，她的爱子年纪轻轻被打死后她还能活下去。于是她又从现实逃进精神错乱的世界。

娜塔莎不记得那一天是怎样过的，也不记得那天夜里、第二天和第二天夜里是怎样过的。她没有睡觉，也没有离开母亲。娜塔莎的爱，顽强而执拗，不是劝解，也不是安慰，而是对生的召唤，一刻不停地拥抱着伯爵夫人。第三天晚上，伯爵夫人安静了几分钟。娜塔莎一手支着头，在安乐椅上闭一会儿眼睛。床吱咯一声，娜塔莎睁开眼睛。伯爵夫人坐在床上，悄悄地说：

“你来了，我很高兴。你累了，要喝点茶吗？”娜塔莎闻声走到母亲跟前。“你长大了，像个大男人了。”伯爵夫人拉住女儿的手说。

“妈妈，你在说什么呀！……”

“娜塔莎，他没有了，再也没有了！”伯爵夫人搂住女儿，第一次放声哭起来。

3

玛丽雅公爵小姐推迟了行期。宋尼雅和伯爵都想把娜塔莎替换下来，但是办不到。他们看出，只有她能使母亲不陷入疯狂的绝望。一连三星期，娜塔莎寸步不离地守在母亲身边，晚上就睡在她屋里的沙发上，给她喝水，喂饭，不停地同她说话，因为只有她那亲切温柔的声音能使伯爵夫人得到安慰。

母亲心里的创伤无法治愈。彼嘉的死夺去了她一半生命。她原是个精神饱满的五十岁女人，在彼嘉死讯传来一个月后，她走出卧室时已是个对生活冷漠、半死不活的老妇人了。但这个夺去伯爵夫人一半生命的创伤却使娜塔莎回生。

由精神崩溃引起的心灵创伤，虽然很奇怪，却完全像肉体创伤一样，很深的创伤也能愈合长好，不过心灵创伤也像肉体创伤一样，要靠自身的力量才能愈合。

娜塔莎的创伤就是这样愈合的。她以为她的生命完了，但是她对母亲的爱向她证明，生命的本质就是爱，而爱依旧活在她心里。爱复苏了，生命也复苏了。

安德烈公爵弥留的那几天使娜塔莎同玛丽雅公爵小姐结合在一起。新的不幸使她们进一步接近。玛丽雅公爵小姐推迟了行期，三星期来像照顾病孩那样照顾娜塔莎。娜塔莎在母亲房里待了几个星期，把她的体力都耗尽了。

一天中午，玛丽雅公爵小姐发现娜塔莎在打寒战，就把她领到自己屋里，让她躺在自己床上。娜塔莎躺下来，但当玛丽雅公爵小姐放下窗帘要走时，娜塔莎把她叫到跟前。

“我不想睡。好玛丽雅，你陪我坐一会儿。”

“你累了，睡一会儿吧。”

“不，不。你为什么把我带到这儿来。妈妈会找我的。”

“她好多了。她今天说话正常了。”玛丽雅公爵小姐说。

娜塔莎躺在床上，在昏暗的房间里打量着玛丽雅公爵小姐的脸。

“她像他吗？”娜塔莎想，“对，又像又不像。但她是个陌生、费解、特别的人。她爱我。她心里有些什么？只有善。但是怎样的善？她是怎么想的？她对我有什么看法？是的，她这人真好。”

“玛丽雅，”她怯生生地拉过她的手，说，“玛丽雅，你别以为我这人很傻。你不这么想吧？玛丽雅，好人儿。我真爱你。让我们做真正的好朋友吧。”

娜塔莎说着拥抱玛丽雅公爵小姐，吻她的手，吻她的脸。玛丽雅公爵小姐有点不好意思，但对娜塔莎的感情还是感到高兴。

从这天起，玛丽雅公爵小姐和娜塔莎建立了那种只有女人之间才有的热烈而温柔的友情。她们不停地亲吻，相互说着亲热的话，大部分时间都待在一起。如果一个出去，另一个就会感到不安，慌忙去找她。她们觉得两人在一起比单身独处安宁。她们之间的感情超过友谊，这是一种相依为命的感情。

有时她们一连几小时不作声；有时她们躺在床上谈话，一直谈到天亮。她们谈的多半是遥远的往事。玛丽雅公爵小姐谈她的童年，谈她的母亲，谈她的父亲，谈她的梦想。娜塔莎以前不理解那种温顺虔诚的生活，不欣赏基督徒自我牺牲的诗意，现在她十分依恋玛丽雅公爵小姐，爱她的过去，懂得了以前不懂的另一面的生活。她并不想在自己的生活中学会顺从和自我牺牲，因为她习惯于寻求其他欢乐，但现在她懂得了并且爱上了她以前所不理解的对方身上的美德。至于玛丽雅公爵小姐，她听了娜塔莎讲她童年和少女时候的事，也发现了她以前不理解的另一面的生活，发现了生活的信念，懂得了生活的乐趣。

她们仍旧不提他，以免因此破坏了心中崇高的感情，而缄口不谈他，她们竟渐渐把他淡忘了。

娜塔莎瘦了，脸色苍白，身子虚弱。大家经常谈到她的健康，这反而使她高兴。但有时她会突然害怕死亡，害怕生病，害怕衰弱，害怕丧失美貌。她情不自禁地察看自己的手臂，为它的消瘦吃惊。每天早晨还要照照镜子，瞧瞧她那瘦长得可怜的脸。她觉得她这样是理所当然的，但同时又觉得害怕和伤心。

有一次她快步上楼，累得上气不接下气。她立刻找个借口下楼，再跑上楼，试试自己的体力。

又有一次，她呼唤杜尼雅莎，她的声音发抖。尽管她听到了杜尼雅莎的脚步声，她还是用胸音再叫了一声，同时仔细听听自己的声音。

她不知道也不相信，从她那积着一层淤泥的心田里已钻出细嫩的幼芽，它会生根成长，用它那生气蓬勃的嫩叶压下她的悲伤，不久这种悲伤将会渐渐消失，创伤就会从内部痊愈。

一月底，玛丽雅公爵小姐动身去莫斯科。伯爵坚持要娜塔莎跟她一起去，以便在莫斯科就医。

4

库图佐夫已无法控制他的军队打垮和切断敌人的愿望，因此在维亚兹马打了一仗，此后逃跑的法国人和追击他们的俄军直到克拉斯诺耶便没有再打过一仗。法国人逃得那么快，俄军怎么也赶不上，骑兵和炮兵的马都走不动了，有关法军行动的情报往往是不确切的。

俄军一昼夜连续不停地走四十俄里，累得筋疲力尽，再也无法加快速度。

要了解俄军的消耗达到什么程度，只要看看以下的事实就可以明白：在塔鲁季诺战役以前，俄军伤亡总共不超过五千，被俘的不到一百人，但从塔鲁季诺出发的十万俄军，到达克拉斯诺耶就只剩下五万人。

俄军追击法军的急行军，像法军仓皇逃跑一样，损失惨重。区别只在于，俄军可以自由行动，不像法军那样面临死亡的威胁；再有，法军中掉队的病号要落在敌人手里，而掉队的俄国士兵仍留在自己国土上。拿破仑军队减员的主要原因在于行动过快，而俄军的相应减员就足以证明这一点。

库图佐夫的全部活动，不论在塔鲁季诺或在维亚兹马，就是尽量使用他的权力不阻碍法军自取灭亡的逃跑（彼得堡方面和军队中的将军们都希望这样），而且加速他们的行动，同时减慢俄军的进军。

不过，除了行动过快会招致军队过分消耗和大量减员外，库图佐夫放慢行军速度、等待时机还有另一个原因。俄军的目的是追踪法军。法军逃跑的路线难以捉摸，因此，俄军越是步步紧跟，跑的路就越多。只有保持一定距离跟踪，才能抄最近的路去切断法军的曲折路线。俄国将军们提出的各种巧妙战术只是频繁地调动军队，增加军队的行程，而减少这种行程则是唯一合理的目的。从莫斯科到维尔诺，库图佐夫的全部活动就是为了这个目的。他这样做不是偶然的，不是临时的，而是始终一贯的，从来不改变。

库图佐夫不是凭智慧或兵法，而是作为一个俄国人，同每个俄国士兵一样，知道和感觉到：法国人战败了，敌人在逃跑，必须把他们赶走，但同时他同士兵一样，感到在这种季节以空前速度行军是十分艰苦的。

然而将军们，特别是俄军中的外籍将军们，想出风头，想一鸣惊人，就希望俘虏一位公爵或者一位国王。其实，现在进行任何战斗都毫无意义，有弊无利，可是这些将军却认为现在是进行战斗、克敌制胜的大好时机。库图佐夫接二连三地接到他们的作战计划，他只耸耸肩，因为要执行这些计划，只能使用那些穿着破鞋、没有皮外衣、饿得半死的军队，这支军队在一个月里就已减员一半，而且即使能继续赶路，到达边境的路程也还超过已走过的路程。

他们这种想出风头，打一仗，打垮和切断敌人的愿望，在俄军和法军遭遇时表现得尤其明显。

在克拉斯诺耶就发生过这样的事。他们想在这里找到法军三个纵队中的一个纵队，却碰上带领一万六千士兵的拿破仑本人。虽然库图佐夫千方百计要避免毁灭性的遭遇战以保存实力，但是筋疲力尽的俄军还是连续三天在克拉斯诺耶聚歼溃不成军的法国人。

托里发了一项命令：第一纵队向某地行进[①]，等等。但结果照例不是按命令办理。符腾堡的叶夫盖尼亲王从山上枪击成群逃跑的法军并要求增援，但援军没有来。法国人在夜间避开俄国人分散逃跑，躲进树林，能逃的继续逃跑。

米洛拉多维奇说，他完全不想过问部队的给养，人家要找他也总是找不到。他自称为无所畏惧、完美无缺的骑士，一味想同法国人谈判，派出军使要法军投降，结果徒然浪费时间，他也没执行给他的命令。

"弟兄们，我把那个纵队交给你们。"他骑马来到骑兵跟前，指着法国人说。于是，骑着筋疲力尽的瘦马的骑兵就用马刺和马刀赶马，好不容易追上交给他们的那个纵队，也就是追上一群几乎冻僵、饿得半死的法国人。于是这个纵队就放下武器投降，而这正是他们巴望了好久的事。

俄军在克拉斯诺耶俘虏了两万六千名法国人，缴获了几百门大炮，弄到了一根据称是"元帅杖"的棍子，并且争论谁在哪里立了功，从而得意扬扬，但又因没有捉到拿破仑或者一个英雄、元帅而感到遗憾。他们为此互相责备，尤其责备库图佐夫。

这些感情用事的人只是盲目执行最可悲的必然规律，却自以为是英雄，还认为他们的所作所为就是最高尚最有价值的事。他们责备库图佐夫，说他从战争一开始就妨碍他们战胜拿破仑，说他总是只想满足自己的私欲，不愿离开亚麻布厂[②]一步，因为他在那里平安无事；说他在克拉斯诺耶停止前进，因为一知道拿破仑在那里，他就惊慌失措；说他很可能同拿破仑搞阴谋，他被拿破仑收买了[③]，以及诸如此类的议论。

当时不仅感情用事的人这样说，后代和史学家也都认为拿破仑伟大，至于库图佐夫，外国人说他是个狡猾、好色、软弱无能的宫廷老臣，俄国人则说他是个难以捉摸的人，是个傀儡，全靠有个俄国姓而占据要位……

① 原文是德语。

② 亚麻布厂地处卡卢加至维亚兹马线上，库图佐夫曾在此扎营。

③ 见威尔逊的笔记。——列夫·托尔斯泰

5

一八一二和一八一三年，人们公然指责库图佐夫犯了错误。皇帝对他不满。不久前按圣意撰写的历史，竟说库图佐夫是个老奸巨猾的宫廷骗子，他害怕拿破仑，在克拉斯诺耶和别列津纳犯了错误，致使俄军丧失全胜法军的光荣。①

这种命运不是那些不为俄国学者所承认的伟人的命运，而是那些领悟并服从天意的孤独而稀有的人才的命运。这些人由于领悟天意而受到俗众的憎恨和蔑视。

说来奇怪，拿破仑这个渺小的历史人物，在任何时候，任何地点，甚至在放逐期间，都没有表现出人的价值，而俄国史学家却认为他是个值得赞扬的人物，说他伟大。至于库图佐夫，他在一八一二年战争期间，从鲍罗金诺到维尔诺，一言一行从未改变初衷，始终是个历史上非凡的自我牺牲和洞察事件深远意义的典范。就是这样一位库图佐夫，在有些人的心目中却是难以捉摸的可怜虫。他们一谈到库图佐夫和一八一二年，总感到有点害臊。

然而，我们很难找到一个历史人物，他的活动始终为了实现同一个目标。我们很难想象一个同全体人民意志更一致更高尚的目标。我们更难在历史上找到一个人物，能像一八一二年的库图佐夫那样全力以赴而终于达到了既定目标。

库图佐夫从未说过“站在金字塔上瞻望四十世纪”②之类的话，不谈他对祖国所做的牺牲，也不说他将做什么或者已做了什么。他根本不谈自己的事，从不装腔作势，永远是个最普通最平凡的人，说着最普通最平凡的话。他给他的女儿们和斯塔尔夫人写信，读小说，爱同漂亮的女人交际，跟将军、军官和士兵说笑话，人家要向他证明什么，他从不使他们难堪。拉斯托普庆伯爵那天在亚乌扎桥上见到库图佐夫，追究莫斯科沦陷的责任说：“您不是答应不经战斗决不放弃莫斯科吗？”库图佐

① 见波格丹诺夫所著1812年历史：《评库图佐夫和令人不满的克拉斯诺耶战役结果》。——列夫·托尔斯泰

② 暗示拿破仑临战前在金字塔上对部队说的话。

夫回答说："我并没有不经战斗就放弃莫斯科。"尽管当时莫斯科已经放弃。阿拉克切耶夫奉圣旨跑来对他说，应当任命叶尔莫洛夫为炮兵司令，库图佐夫回答说："是啊，我刚才就说过这话。"尽管一分钟前他说的话完全相反。在众人糊涂他独清醒的情况下，拉斯托普庆伯爵把京城的灾难归咎于自己还是归咎于他，这对他有什么关系呢？至于任命谁当炮兵司令，这在他更是无所谓了。

这位老人不仅在这种场合这么说，而且凭生活经验确信，思想和表达思想的语言并不是人们行动的动力，因此他说话随便，总是想到什么就说什么。

但就是这个说话随便的人，在全部活动中，从没说过一句不符合他作战的唯一目标的话。显然，他因为人家不理解他而心情沉重，情不自禁地在各种场合反复阐述自己的想法。从鲍罗金诺战役起，他就同周围的人意见不合，他说：**鲍罗金诺战役是一个胜利**，他口头上这样说，在报告和呈文里也这样说，一直到死都这样说。他说：**失掉莫斯科不等于失掉俄罗斯**。他在回答洛里斯东的讲话和建议时说：**不能讲和，因为这是人民的意志**。在法军撤退时，他说：**我们所有的运动战都是不必要的，一切听其自然，结果会比我们所期望的更好，应该给敌人一条退路，塔鲁季诺战役、维亚兹马战役、克拉斯诺耶等战役都是没有必要的，到达边境时应该还保留点兵力，他不愿拿一个俄国人去换十个法国人。**

只有他一个人，这个被描写为向阿拉克切耶夫撒谎以讨好皇帝的宫廷宠臣，只有他一个人，在维尔诺说，**越过国境继续作战有害无益**，因此使皇帝不悦。

单是语言还不能证明他对当时事态的认识。他的行动始终对着一个目标，从来没有丝毫偏离，而这个目标包括以下三方面：第一，竭尽全力打击法国人；第二，把他们打败；第三，把他们赶出俄国，尽可能减轻人民和军队的苦难。

库图佐夫这个把"忍耐和时间"作为座右铭的慢性子老头，一向反对打硬仗，这次却以无比严肃的态度做好准备，发动了鲍罗金诺战役。也就是这个库图佐夫，在奥斯特里茨战役打响之前就说必败无疑，而在鲍罗金诺战役上，尽管将军们都认为这一仗打败了，而且打胜的军队后撤是史无前例的，他一个人却力排众议，至死坚持鲍罗金诺战役是一次胜利。只有他一个人，在敌军退却的整个时期坚持不进行当时已成为无益的战斗，不再挑起新的战争，不打到俄国国境之外。

只要不把十来个人头脑中的目标硬说成是群众行动的目标，要理解事件的意义现在已很容易，因为事件及其结果已摆在我们面前。

但是，这个与众不同的老头子当时怎么能清楚看出人民对事件的看法，并且在行动中始终坚持这种看法呢？

对当时事件洞若观火的非凡力量，就在于他对人民具有十分纯净和强烈的感情。

正因为人民承认他有这种感情，人民才违反沙皇的旨意，通过奇特的途径，推举这个不得宠的老头作为人民战争的代表。正是这种感情使他登上人间最高的地位，他这个总司令才能竭力避免屠杀和毁灭人而怜悯和拯救他们。

这个谦逊朴实因而真正伟大的人物，不属于历史所虚构的那种统治人民的欧洲英雄。

在奴才的心目中不可能有伟人，因为奴才对伟大这个词有奴才的理解。

6

十一月五日是所谓克拉斯诺耶战役的第一天。傍晚，在带错路的将军们互相争吵一通并派出一批带着互相矛盾的命令的副官之后，大家确定敌人已四散逃跑，不会再有战斗，库图佐夫就离开克拉斯诺耶去多勃罗耶，因为总司令部今天已转移到那里。

天气晴朗而严寒。库图佐夫骑着他那匹肥壮的小白马，带着一大群对他心怀不满、窃窃私语的将军向多勃罗耶进发。沿途都是当天俘虏的法国人（总共七千人），他们一堆堆聚在篝火旁烤火。离多勃罗耶不远，大批衣衫褴褛、胡乱拿些东西裹住身体的法国俘虏站在一长列卸下的大炮旁，喧闹地谈着话。总司令一走近他们，谈话就停下来，一双双眼睛盯住库图佐夫。库图佐夫头戴红箍白帽，身穿背部隆起的棉大衣，耸着肩，缓缓地沿大路走来。有一个将军向他报告，这些大炮和俘虏是在什么地方俘获的。

库图佐夫似乎在想心事，没听见将军的话。他不高兴地眯缝起眼睛，留神凝视着那些样子特别可怜的俘虏。大多数法国兵都冻坏了鼻子和面颊，眼睛红肿溃烂，面貌丑陋可憎。

有一堆法国人站在路边，两个士兵（其中一个满脸长着疮）撕着一块生肉。他们向过路人瞥了一眼，眼睛里射出可怕的兽性光芒，那个长疮的士兵恶狠狠地瞧了瞧库图佐夫，立刻转过身去继续做他的事。

库图佐夫对这两个士兵留神地看了好一会儿，眉头皱得更紧。他眯起眼睛，若有所思地摇摇头。他在另一处看见一个俄国兵笑着拍拍一个法国兵的肩膀，亲切地同他说话。库图佐夫又露出同样的表情摇摇头。

"你说什么？什么？"他问那个将军，将军继续报告，同时让总司令看摆在普烈奥勃拉任斯基团前的法国军旗。

"哦，军旗！"库图佐夫说，显然很难摆脱他头脑里的思绪。他漫不经心地环顾了一下。几千双眼睛望着他，等他说话。

他在普烈奥勃拉任斯基团前站住，深深地叹了一口气，闭上眼睛。一名侍从向拿着军旗的士兵招招手，要他们把军旗拿过来放在总司令周围。库图佐夫沉默了几秒钟，显然并不高兴，但由于自己的身份不得不抬起头来讲话。军官成群地围住他。他留神地扫视了一下周围的军官，认出其中的几个。

"我感谢大家！"他先对士兵们，再转脸对军官们说。在一片肃静中，可以清楚地听见他慢吞吞的说话声。"你们忠诚地完成了艰苦的任务，我感谢你们！我们完全胜利了，俄罗斯不会忘记你们。光荣永远归于你们！"他停了停，环顾四周。

"再放低些，把旗杆头再放低些！"他对那个手执法国军旗、无意间把它低放在普烈奥勃拉任斯基团军旗前的士兵说。"再放低些，再放低些，对了，就是这样。乌拉！弟兄们！"他迅速地把下巴颏向士兵们一摆，说。

"乌拉——拉——拉！"几千个声音吼叫起来。

当士兵们欢呼的时候，库图佐夫在马鞍上俯下身，低下头，他的独眼闪出和蔼而嘲弄的光芒。

“我说，弟兄们！”等欢呼声停下来，他说。

他的声音和脸色突然变了：说话的已不是总司令而是一个普通的老人，现在他显然想对伙伴们说几句最必要的话。

军官和士兵都向前挤了挤，大家想听得清楚些。

“我说，弟兄们！我知道你们很辛苦，可是有什么办法呢！大家忍耐一下吧，不会太久了。等我们送走客人，就可以休息了。你们立了功，沙皇是不会忘记你们的。你们都很辛苦，但毕竟是在自己的国土上；可是他们，你们瞧瞧他们的模样，”他说着，指指俘虏们，“简直比最可怜的叫花子还要糟。当他们强大的时候，我们不惜狠狠打击他们，但现在我们可以可怜他们了。他们也是人哪。对不对，弟兄们？”

他向周围扫视了一下，在向他投来的执着、恭敬、困惑和专注的目光中，他看出大家同意他的话。他容光焕发，露出老年人和蔼的微笑，嘴角和眼角漾起皱纹。他停了停，惶惑地低下头。

“但话也得说回来，是谁叫他们闯到我们这儿来的？他们这是活该……畜生……”他抬起头，突然说。他把鞭子一挥，自从开战以来第一次策马疾驰，离开快活地哈哈大笑、狂呼乌拉的解散的士兵。

库图佐夫的话士兵们未必懂得。谁也无法复述总司令那番开头庄严、结尾朴实的老年人的话，但这番肺腑之言不仅为大家所理解，而且从这种老年人善意的咒骂中流露出来的怜悯敌人而又自信正义的崇高感情，正反映了深藏在每个士兵心里的感情，并且通过经久不息的欢呼表达出来。随后，一个将军问总司令要不要备车，库图佐夫在回答时竟抽泣起来，显然他的内心十分激动。

7

十一月八日，克拉斯诺耶战役的最后一天，部队到达宿营地，天色已经黑了。从早到晚整天都是严寒无风的天气，空中飘着稀疏的雪花。傍晚天气渐渐放晴。透过飘落的雪花，看得出深紫色的星空。寒气越发凛冽了。

一个步枪团离开塔鲁季诺时有三千人，如今只剩下九百。这个团首先到达指定的宿营地——大路旁一个村庄。打前站的军需官迎接他们说，所有的房子都被死伤的法军、骑兵和参谋官占据，只剩下一座农舍可供团长住宿。

团长来到供他住宿的农舍。这个团经过村庄，在村边路上把枪架起来。

全团好像一只巨大的多足动物，动手为自己准备洞穴和食物。一部分士兵踏着没膝深的雪，闯到村右边的桦树林里，那里立刻传出丁丁的伐木声、树枝的断裂声和快乐的笑语声；另一部分士兵在团的车马集中处忙碌，取出锅子和干粮，拿草料喂马；第三部分士兵分散到村子里，为参谋官安排住处，把农舍里的法军尸体搬走，拖来木板、干柴和屋顶上的干草，以备生篝火和编挡风篱笆。

有十五六个士兵在村头的农舍后面嘻嘻哈哈地推着棚屋的一堵高篱笆，棚屋的屋顶已被掀掉。

"来，一、二、三，推！"士兵们叫喊着。那堵积雪上冻的篱笆在黑夜中发出咯咯的响声摇晃着。下面桩子的断裂声越来越响，那堵篱笆终于连同士兵一起倒下来。传出了一阵快乐粗野的笑声。

"两个人两个人分开搬！拿撬棒来！对了，就这样。你往哪里走？"

"来，一、二、三……等一下，弟兄们！……咱们唱个号子吧！"

大家都不说话。于是有个人低声唱起来，声音像天鹅绒一般柔软悦耳。唱到第三节结尾，最后一个音符刚完，就有二十个人齐声喊起来："哦——哟——哟！来呀！一起来呀！扛上肩呀，弟兄们哪！……"尽管大家一起用力，篱笆仍搬不动。在随着而来的沉默中，可以听见沉重的喘息。

"喂，六连！鬼东西！你们来帮一把！……也有用得着我们的时候的。"

六连二十来个人正走进村子，都来帮助搬篱笆。于是那堵五俄丈长、一俄丈宽的篱笆弯曲了，沉重地压在气喘吁吁的士兵们肩上，沿着村街往前移动。

“走啊，怎么啦……倒下了……干吗站住？哦……哦……”

快乐粗野的咒骂声一直不停。

“你们在干什么？”突然有个士兵向搬篱笆的人跑来，用长官一般的口气问。

“长官老爷都在这里，将军大人也在屋里，可你们这帮狗娘养的。我给你们点颜色瞧瞧！”司务长喝道，挥起拳头就向第一个遇到的士兵背上击去，“不能小点声吗？”

士兵们不作声。那个挨了司务长一拳的士兵撞在篱笆上，撞破了脸。他呼哧呼哧地喘着气，擦着脸上的血。

“哼，恶鬼，打得多狠！打得人家脸上都是血。”等司务长一走开，他胆怯地低声说。

“怎么，你不乐意吗？”一个人含笑说。士兵们压低嗓门说话，继续往前走。他们一出村子，又照旧大声说话，夹杂一些无聊的骂人话。

在士兵们经过的那座农舍里，聚集着高级长官。他们一面喝茶，一面热烈地谈论当天的事和明天运动战的设想。他们打算向左翼行动，切断总督[①]的路，把他活捉。

当士兵们搬来篱笆时，四面八方已燃起做饭的篝火。木柴噼啪作响，雪在融化，士兵们的身影在踩硬的雪地上来回飘动。

周围响起丁丁的斧头声和砍刀声。大家都不待命令自己行动。搬来过夜用的木柴，给长官搭帐篷，用大锅子烧饭，收拾步枪和装备。

八连搬来的篱笆在北面竖成半圆形，用枪架支住，篱笆前面生起篝火。部队打归营鼓，点名，吃晚饭，在篝火旁安顿下来过夜：有人补鞋，有人抽烟，有人脱光衣服在火上烤虱子。

8

俄国士兵当时处境的困难简直难以想象：没有暖靴，没有皮袄，没有房屋，处身在零下十八度的雪地里，甚至没有足够的粮食（给养供应

① 指缪拉。

跟不上前进的部队）。在这样的境况下，士兵们想来一定很痛苦和沮丧。

事实相反，即使在最好的物质条件下，军队也不可能这样快乐、生气蓬勃。这是因为军队每天都要淘汰一批意志消沉、体力不支的人。凡是身体衰弱、精神萎靡的人早就落伍，剩下的都是身强力壮、斗志昂扬的精华。

聚集在篱笆旁八连那儿的人最多。两个司务长也坐在那里，他们的篝火烧得比别处都旺。他们提出，只有带木柴来的才能坐在篱笆旁。

"喂，马凯耶夫，你怎么啦……迷路啦，还是给狼吃啦？快去搬点柴火来！"一个红头发红脸庞的士兵被烟熏得直眨眼，但没离开篝火，嚷道。"还有你，乌鸦，也去弄点柴火来！"他对另一个兵说。这个红脸的并不是军士，也不是上等兵，因此他能对身体比他弱的人发号施令。那被唤作"乌鸦"的个子瘦小，尖鼻子，顺从地站起来，要去执行命令，但这时火光中出现了一个修长漂亮的年轻士兵，正抱着一大捆柴火走来。

"拿到这儿来！嚯，好大一抱！"

士兵们把木柴劈开，扔进火里，用嘴吹，用大衣下摆扇。于是火焰发出噝噝声，爆裂声。大家凑近篝火，抽起烟来。那个抱柴火来的年轻漂亮的士兵双手叉腰，两条冻僵的腿在原地急速地踏步。

"啊，我的亲娘，露珠冰凉，晶晶发亮，我当上火枪兵啦……"他边唱边跳，每个音节都顿一顿。

"喂，鞋底都要跳掉了！"那个红脸的士兵发现跳舞人的鞋底耷拉着，叫道，"哼，跳得太妙啦！"

跳舞人停住了，撕下摇晃的鞋底，把它扔到火里。

"好了，老兄！"他说。他坐下来，从背包里拿出一块法国蓝呢子裹在脚上。"脚都冻麻了。"他把脚伸向火堆，添加说。

"快发新鞋了。听说，等打完仗，就要给我们发双份服装了。"

"你瞧，彼得罗夫这狗崽子，还是掉队了。"司务长说。

"我早就注意到他了。"另一个司务长说。

"哼，是个十足的老爷兵……"

"听说，三连昨天一天就少了九个人。"

"你瞧，人家脚都冻坏了，你叫他怎么走？"

“咳，废话！”司务长说。

“你是不是也想那样干？”一个老兵责备那个抱怨脚冻坏的人。

“那你说怎么样？”那个被称为乌鸦的尖鼻子兵突然从篝火旁欠起身来，声音尖细而颤抖地说，“胖的给拖瘦，瘦的给拖死。我就是这样，一点力气都没有了。”他突然口气强硬地对司务长说，“你把我送医院吧，我浑身疼痛，要不早晚会掉队的……”

“得了，得了。”司务长平静地说。

那小个子兵不再作声，但谈话还在继续。

“今天捉到的法国人也不少，可他们穿的靴子可说没有一双像样的，只剩下一个靴子的名称罢了。”有一个兵开始了新的话题。

“靴子都被哥萨克剥掉了。哥萨克给团长腾房子，搬走尸体，叫人瞧着都难受，弟兄们，”跳舞的人说，“搬动的时候发现有一个还活着，嘴里叽里咕噜地说着法国话。”

“他们那帮人真干净，弟兄们，”第一个兵说，“皮肤雪白，就像白桦树一样，相貌堂堂，看上去挺高贵。”

“你想怎么着？他们把各色人等都招来当兵。”

“可我们说话他们一点也不懂，”跳舞的人困惑不解地含笑说，“我问他：‘你们的皇帝是谁？’他却叽里咕噜地说他们的话。这个民族真怪！”

“说来奇怪，弟兄们，”那个对他们皮肤的白净感到奇怪的兵说，“在莫扎依斯克，老乡们说，在打过仗的地方收拾尸体时，发现那些尸体躺了有个把月了。他们躺在那里，像纸一样洁白干净，一点气味也没有。”

“那怎么会，大概是冻住了吧？”有人问。

“你倒聪明！冻住了！那时天气很热。要是天冷，我们的人也不会发臭的。他们说：‘到我们的人跟前一看，全烂了，还生了蛆。我们就用手巾把他们的脸包起来，再扭过头，才动手拖，简直受不了。可他们据说长得像纸一样白，一点气味也没有。”

大家都不作声。

“那准是因为吃得好，”司务长说，“都吃老爷吃的伙食。”

没有人反驳他的话。

“那个老乡说，在莫扎依斯克，那里打过仗，从十来个村子里召来人，运了二十天都没有把尸体运完。引得那些狼啊……”

“那一仗打得可厉害了，”那个老兵说，“只有那一仗才叫人忘不了，至于以后打的仗……只不过折磨人罢了。”

“可不是，大叔。前天我们向他们进攻，没等我们靠近，他们就赶快扔下枪，跪下来叫‘饶命’！这不过是一个例子。据说，普拉托夫有两次活捉拿破仑。他不懂法国话。捉是捉住了，可是想不到，他在他手里变成一只鸟飞了，飞掉了。杀也杀不死他。”

“咳，你真会吹牛，基谢廖夫，我可认识你。”

“什么吹牛？是千真万确的事。”

“要是落在我手里，我准会把他埋到土里，再钉上杨木橛子。谁叫他害了那么多人。”

“反正这事快要收场，他不能再横行了。”那个老兵打着呵欠说。

谈话停止了，士兵们躺下来睡觉。

“瞧天上的星星多亮！就像娘们展开花布一样。”一个兵欣赏着银河说。

“弟兄们，那是丰年的兆头。”

“还要点木柴。”

“背烤暖了，可肚子冻坏了。真怪！”

“主哇！”

“你挤什么呀？火是给你一个人烤的吗？瞧他把手脚伸得多开。”

在谈话停下的时候，传出几个熟睡的人的鼾声。其余的人翻着身子烤火，偶尔交谈几句。从百步外的一堆篝火那里传来一片友好的哄笑声。

“听，五连那里好热闹！”一个兵说，“他们那里人真不少！”

一个士兵站起来，向五连走去。

“他们真开心！”他回来说，“来了两个法国人。一个冻坏了，另一个挺神气，咳！还唱歌呢。”

“噢——噢？去瞧瞧……”有几个兵向五连走去。

9

五连就在林边宿营。一堆大篝火在雪地里烧得正旺，照亮了被冰雪压弯的树枝。

半夜里，五连士兵听见树林里有踏雪的脚步声和树枝的断裂声。

“弟兄们，有狗熊！”一个士兵说。大家抬起头来倾听，只见两个衣衫古怪、互相搀扶的人从树林里向明亮的篝火走来。

原来是两个藏在树林里的法国人。他们走到篝火跟前，声音嘶哑地说着士兵们听不懂的话。一个身材高些，头戴军官帽，看上去十分虚弱。走到篝火边，他想坐下，但扑通一下倒在地上。另一个矮小结实，脸上包着手巾，身体比较强壮。他扶起同伴，指指自己的嘴，说着什么。士兵们围着法国人，给病人铺了一件军大衣，又给他们拿来粥和伏特加。

身体虚弱的军官叫仑巴尔，脸上包手巾的是他的勤务兵莫列尔。

莫列尔喝了点伏特加，吃了一罐子粥，突然亢奋起来，喋喋不休地说着士兵们听不懂的话。仑巴尔不吃东西，默默地用臂肘支着头躺在篝火旁，一双红眼睛茫然望着俄国兵。他偶尔发出一声长长的呻吟，然后又安静下来，莫列尔指指他的肩章，向士兵们表示他是个军官，应该让他暖和一下。一个俄国军官走到篝火边，派人去问上校，可不可以让一名法国军官到他那里取暖。那人回来说，上校吩咐带法国军官。他们告诉仑巴尔，团长叫他去。仑巴尔站起来想走，但身子摇晃了一下，要不是站在旁边的士兵扶住，他就倒下了。

“怎么样？再不敢来了吧？”一个兵嘲弄地挤挤眼，对仑巴尔说。

“哼，傻瓜！你胡说八道什么呀！乡巴佬，真是个乡巴佬！”四面八方响起一片叫声，斥责那个戏谑的士兵。士兵围住仑巴尔，两个兵交叉手臂把他送到屋子里。仑巴尔搂住这两个兵的脖子。当他被抬起来的时候，他可怜巴巴地说：

“哦，好人哪！哦，朋友，我的好朋友！哦，好人哪！哦，我的好朋友！”他像小孩子一般，头靠在一个兵的肩上。

这时，莫列尔坐在篝火旁最好的位置上，周围都是士兵。

莫列尔这个矮小结实的法国人，眼睛红肿流泪，军帽上像女人一样扎着一条头巾，身上穿着一件女式皮袄。他显然喝醉了，一手搂着坐在旁边的士兵，声音嘶哑而断续地唱着法国歌。士兵们望着他，捧腹大笑。

“来吧，来吧，你教教我们怎么唱，好吗？我很快就能学会。好吗？……”被莫列尔搂着的那个滑稽歌手说。

亨利四世万岁，
勇敢的我王万岁！

莫列尔挤挤眼，唱道。

他是个魔鬼……

“万岁！我王万岁！他是个魔鬼……”那个兵挥挥手，果然合上调子，跟着唱起来。

“瞧，真灵活！哈——哈——哈！”四面八方响起一片粗野快乐的哄笑声。莫列尔皱起眉头也笑了。

“喂，再唱，再唱！”

他有三样本领：
喝酒，
打仗，
当情人……

“唱得蛮不错。喂，再唱，扎列塔耶夫！……”

“他……”扎列塔耶夫用劲唱着，“他——他有……”他费力地撮着嘴唇，拖长声音唱，“三样本领，喝酒，打仗，当情人！”

“哦，了不起！跟法国人一个样！哦……哈——哈——哈——哈！……怎么样，你还要吃点吗？”

“再给他吃点粥。饿坏的肚子一下子吃不饱。”

士兵们又给他粥。莫列尔笑着吃了第三罐粥。年轻的士兵瞧着莫列尔，个个脸上泛起快乐的笑容。年老的士兵认为这样不严肃，躺在篝火另一边，有时用臂肘支起身子，含笑望着莫列尔。

“他们也是人哪！”一个老兵身上裹着军大衣，说，“就是苦艾也是根上长的。”

“哦，主哇！主哇！满天都是星！天要大冷了……”大家都不作声。

星星仿佛知道现在没有人在望它们，在黑暗的天空中闪得更欢了。它们忽明忽灭，忽而颤抖，快乐而神秘地互相说着悄悄话。

10

法国军队按照数学级数逐渐消亡。强渡别列津纳河一战被大肆渲染，其实它只是法军溃败的一个过渡阶段，根本不是什么决定性的一仗。别列津纳河之战之所以被大书特书，从法国人方面说，那只是因为原先只遭受一般性损失，而在别列津纳河断桥上突然集中受到攻击，造成了令人难忘的悲惨景象。从俄国人方面说，别列津纳河之战之所以谈得很多和写得很多，只因为在远离战场的彼得堡制订了一项计划（又是普法尔制订的），要在别列津纳河上设下战略陷阱，捉拿拿破仑。大家都相信一切会按计划进行，因此都说正是强渡别列津纳河毁了法国人。其实，强渡别列津纳河对法军造成的武器和人员损失远不如克拉斯诺耶一役。这是有数字可以证明的。

强渡别列津纳河战役的唯一意义就在于，这次战役清楚地证明所有切断敌军的计划都是错误的，而库图佐夫和大部分军队主张跟踪敌军是唯一可行的正确行动。人数众多的法军为达到目的，拼命加速逃跑。他们像受伤的野兽一样狂奔，谁也无法拦住他们。可以证明这一点的，与其说是渡河的安排，不如说是桥上出现的情景。当河上几座桥断裂时，没有武器的士兵、莫斯科的居民、随法军运输队的妇孺，大家受惯性的影响走下小船，落到冰冻的河里，却没有人投降。

这种拼命逃跑的愿望是合乎情理的。逃跑的人和追逐的人，两者处境一样糟糕。每个落难的人同自己人在一起，可以指望得到同伴的帮助，在自己人中间可以占有一个固定的位置。如果向俄国人投降，处境虽然一样困难，但在分配生活用品上只能敬陪末座。法国人即使没有确切情报，也知道有半数俘虏冻饿而死，俄国人即使想拯救他们也束手无策。他们凭直觉知道，事情只能如此。最富有同情心的俄国长官和对法国人有好感的人，甚至在俄军中服役的法国人，对俘虏也爱莫能助。法军遭受的灾难，其实也是俄军遭受的灾难。总不能从那些饥寒交迫、还有用处的士兵手里夺下面包和衣服，送给那些没有害处、没有罪过、并不可恨但也毫无用处的法国人。也有些俄国人这样做，但只是少数。

后面是死路一条，前面却有希望。船已经翻了，法国人除了集体逃走，别无出路。于是他们就拼命逃跑。

法国人越往前跑，他们的残余部队处境越悲惨，特别是在按照彼得堡计划寄予厚望的别列津纳战役以后，而俄国司令官们相互责怪，尤其责怪库图佐夫，他们的情绪也更加激动。他们认为，彼得堡制订的别列津纳战役计划的错误应由他负责，因此对他的不满、蔑视和嘲弄就越来越厉害。当然，嘲弄和蔑视采取的是恭敬的方式，使库图佐夫无法质问为什么责怪他，他有什么可责怪的。他们同他说话，态度很不严肃；向他报告和请示，装出一副无可奈何的样子，背后却向他挤眉弄眼，处处欺骗他。

这些人正因为不了解他，就认为跟这个老头子没什么可谈的；他永远无法理解他们的计划的深长意义；说他要对他的“故人给一条退路”“带领一群乌合之众不能到国境外打仗”之类的话负责。这些话他们都从他嘴里听说过。他说的一切，例如要等粮草运到，士兵们没有靴子穿等，都很简单，而他们提出的建议都很英明奥妙。他们显然认为他又老又蠢，而他们虽没有当权，却都是天生的统帅。

在显赫的海军上将和彼得堡英雄维特根施泰因的军队会师以后，这种情绪尤其高涨，参谋部的流言蜚语也达到了无以复加的地步。库图佐夫见此情况，只是叹叹气，耸耸肩。只有一次，在别列津纳战役后，库图佐夫大发脾气，给单独向皇帝呈送奏章的别尼生写了如下一封信：

既然贵恙发作，接信后即去卡卢加，听候圣旨。

别尼生被打发走后，康斯坦丁亲王来到部队。他在战争初期参过战，后被库图佐夫调离部队。现在亲王来到部队，通知库图佐夫，说皇上对我军战绩微小、行动迟缓深为不满，日内将亲临部队。

库图佐夫，这个在朝政和军事上均富有经验的老人，这个在今年八月违反圣意被选为总司令的老人，他把皇储和亲王调离军队，并曾违反圣意放弃莫斯科，就是这个库图佐夫现在明白，他的时代结束了，他的角色演完了，连虚假的权力他也不再拥有了。这一点，他不仅从朝廷的态度上看出来，而且，他看到他在其中担任角色的军事活动结束了，他的使命完成了；再有，他那衰老的身体感到非常疲劳，他需要休息。

十一月二十九日，库图佐夫来到维尔诺，来到他所说的“我亲爱的维尔诺”。库图佐夫曾两度任维尔诺总督。在保持完好的富裕的维尔诺，库图佐夫除了享受失去已久的舒适生活外，还找到一些老朋友和足以使他忆起旧日的景物。他顿时抛开军务和政务的烦恼，尽情享受周围热情生活所能给予他的快乐，仿佛正在发生和将要发生的历史事件同他毫不相干。

奇察戈夫在库图佐夫进驻的城堡前第一个迎接他。奇察戈夫原来坚决主张切断和击溃敌人，最早提出要先在希腊、后在华沙实行佯攻，但绝不愿到派他去的地方，他又以敢于直言向皇上进谏而闻名。他认为库图佐夫还欠过他的情，因为一八一一年他背着库图佐夫同土耳其媾和，并认为和约已经缔结，但他向皇上报告说，缔结和约的功劳应归于库图佐夫。就是这个奇察戈夫，身穿海军文官制服，佩带短剑，腋下夹着帽子，向库图佐夫递交驻军报告和城门钥匙。奇察戈夫已知道库图佐夫受到谴责，就在他面前把年轻人那种对昏庸老人惯用的表面恭敬实则轻蔑的态度表现得淋漓尽致。

在同奇察戈夫谈话时，库图佐夫顺便告诉他，他在波里索夫的几车瓷器已被夺回，即将发还给他。

“您的意思是，我没有家伙盛饭吃，事实正好相反，您就是要举行宴会，我也可以提供全套餐具。”奇察戈夫涨红了脸说。他的每句话都想证明自己是正确的，并认为库图佐夫也跟他一样。库图佐夫露出洞察一切的微妙微笑，耸耸肩膀回答说：“我的话别无他意。”

在维尔诺，库图佐夫违反圣意，仍阻止大部分军队出动。据周围的人说，库图佐夫在维尔诺精神萎靡，身体衰弱。他不大过问军务，什么事都交给将军们去办，自己则过着闲散的生活，等待皇帝驾临。

皇帝率领托尔斯泰伯爵、伏尔康斯基公爵、阿拉克切耶夫和其他随从，十二月七日离开彼得堡，十二月十一日抵达维尔诺，坐着旅行雪橇直奔城堡。尽管天气严寒，百来个穿着礼服的将军和参谋人员，以及谢苗诺夫团仪仗队，都在城堡前恭候。

信使赶着由三匹汗沫淋漓的马拉的雪橇，在皇帝之前来到城堡，高呼：“皇帝驾到！”柯诺夫尼岑就冲进门厅，向等候在门房小屋里的库图佐夫通报。

一分钟后，高大肥胖的老人穿着一身大礼服，胸前挂满勋章，腰间束一条武装带，蹒跚着走到台阶上。库图佐夫戴着帽檐两边卷起的帽子，手里拿着手套，侧着身子吃力地走下台阶。走下后，他把呈交皇上的奏章拿在手里。

人们奔忙，低语。一辆三驾雪橇飞奔而来，一双双眼睛都盯住渐渐驶近的雪橇，可以看见雪橇上坐着皇帝和伏尔康斯基。

出于五十年的习惯，这情景使老将军感到有点紧张。他匆匆摸摸身子，整整帽子，就在皇帝走下雪橇、抬起眼睛看他的一瞬间，他抖擞精神，挺直身子，呈上奏章，开始用缓慢的奉承语气说话。

皇帝迅速地把库图佐夫从头到脚打量了一下，皱了皱眉头，但立刻镇定下来，伸开双臂拥抱老将军。又由于多年的习惯和内心的激动，这拥抱照例又对库图佐夫起了作用；他抽泣起来。

皇帝向军官们和谢苗诺夫团仪仗队问好，又握了握老头子的手，同他一起走进城堡。

皇帝同元帅单独在一起的时候，他对追击敌人迟缓，对克拉斯诺耶和别列津纳战役的错误表示不满，并讲了远征国外的设想，库图佐夫既不反对，也不表态。七年前在奥斯特里茨战场上聆听圣旨时那种茫然的顺从表情此刻又出现在他的脸上。

库图佐夫离开书房，垂下头，步伐沉重地走过大厅的时候，有个声音使他停下来。

“总座！”有人叫他。

库图佐夫抬起头，好一阵望着托尔斯泰伯爵的眼睛。托尔斯泰伯爵托着一个银盘站在他面前。盘子里放着一件小东西。库图佐夫似乎不明白要他做什么。

他仿佛突然省悟过来，他的胖脸上掠过一丝隐约的微笑。他恭恭敬敬地俯下身子，拿起盘里的东西。原来是一级圣乔治勋章。

11

第二天，元帅举行宴会和舞会，皇帝亲自驾临。库图佐夫荣获一级圣乔治勋章，皇帝赐予他最高荣誉，但皇帝对元帅的不满是众所周知的。礼节必须遵守，皇帝首先作出榜样，但大家都知道，老头子犯了错误，不中用了。在舞会上，遵照叶卡捷琳娜时代的传统，当皇帝走进舞厅时，库图佐夫吩咐把缴获的军旗扔到皇帝脚下，皇帝不高兴地皱了皱眉，嘴里咕噜着，有人听见他在说：“老丑角。”

在维尔诺期间，皇帝对库图佐夫越发不满，主要原因是库图佐夫显然不愿或者不能理解当前战争的意义。

第二天早晨，皇帝对应召前来的军官们说“你们不仅拯救了俄国，你们还拯救了欧洲”，这时大家懂得，战争并没有结束。

只有库图佐夫一人不愿理解这一点，公然表示，再进行战争不仅不能改善俄国处境，增加俄国荣誉，而且会使俄国处境更坏，损害俄国已经取得的最高荣誉。他竭力向皇帝证明无法再征募新兵，他谈到人民的艰苦，谈到可能遭到的失败，等等。

元帅怀有这样的心情，自然只能成为未来战争的绊脚石。

为了避免同老头子发生冲突，有人想出办法，就像在奥斯特里茨战役中对付他、在战争开始时对付巴克莱那样，既不惊动他，也不向他宣布，就夺了他的军权，并把它交给皇帝本人。

为了这个目的，司令部逐渐改组，库图佐夫司令部的实权被剥夺并移交给皇帝。托里、柯诺夫尼岑、叶尔莫洛夫等人被调离。大家公然谈论，元帅身体衰弱，健康欠佳，情绪低落。

为了把他的位置转交给别人，他的健康只能欠佳。他的健康也确实很差。

当年库图佐夫从土耳其被调到彼得堡财政厅招募民兵，然后又调到军队，这是出于当时的需要，因此这种调动是自然、简单和有步骤的。现在，库图佐夫演完他的角色，就需要合适的人来代替他，这同样是自然、简单和有步骤的。

一八一二年战争，除了俄国人所珍重的民族意义外，还具有其他意义，也就是欧洲意义。

既然有西方民族的东征，自然也就有东方民族的西征，要进行这样一场新的战争，就需要新的领导人，这个领导人要具有不同于库图佐夫的气质、观点，并受不同的动力所驱使。

为了东方民族的西征和恢复各国国界需要亚历山大一世，就像为了拯救俄国和挽回俄国的荣誉需要库图佐夫一样。

库图佐夫不懂得欧洲、均势和拿破仑的意义。他无法懂得这些。在敌人被消灭、俄国得到光复、俄国的荣誉达到顶峰后，一个俄国人民的代表，一个地道的俄国人，就无事可做了。留给人民战争的代表的就只有一条死路。于是他死了。

12

被俘期间的痛苦和紧张，皮埃尔直到俘虏生活结束后才深切地感受到。这种情况是常有的。被解救出来以后，他来到奥廖尔，打算去基辅，第三天病了，结果在奥廖尔躺了三个月。医生说他得了胆囊炎。医生给他治疗，放血，服药，最后总算康复。

从获救到得病这段时间，皮埃尔几乎什么都不记得了。他只记得阴沉沉、灰蒙蒙的天气，时而落雨，时而下雪，他心情忧郁，腿上和腰部疼痛。他只保留着人们受苦受难的总印象。他记得，军官和将军审问他时的好奇心使他困惑，记得自己东奔西走寻找车辆和马匹，尤其记得当时自己无力思索和丧失感觉。在他获释那天，他看见彼嘉的尸体。那一天他还得知，安德烈公爵在鲍罗金诺战役后又活了一个多月，不久前才在雅罗斯拉夫尔罗斯托夫家死去。那一天杰尼索夫把这消息告诉皮埃尔时，顺便提到海伦的死，他以为皮埃尔早就知道这件事。这一切当时只使皮埃尔感到惊讶。他觉得，他无法理解这些消息的意义。他当时一心想赶快离开人们互相残杀的地方，去一个安静的避难所，在那里静下心来，休息休息，好好思考一下最近的新奇见闻。但他一到奥廖尔就病了。皮埃尔从病中清醒过来，看见周围有两个莫斯科来的仆人——捷连基和华西卡，还有一向住在叶利茨皮埃尔庄园里的大公爵小姐。这位大公爵小姐听说皮埃尔获救和生病，就跑来侍候他。

康复期间，皮埃尔逐渐摆脱最近几个月萦回在他头脑中的印象，知道明天再也不会有人把他往什么地方赶，再也不会有人夺走他温暖的床铺，他定能获得午餐、茶点和晚餐。但很长一段时间，他还常常梦见自己过着俘虏生活。皮埃尔也逐渐明白他获救后听到的消息的意义：安德烈公爵的死，妻子的死，以及法国人的溃败。

自由——那种完全的、不可缺少的、天赋予人的自由——的快乐，皮埃尔在离开莫斯科后的第一个休息站上领略到了，这种感情在他康复期间一直注满他的心灵。这种不受环境影响的精神上的自由，如今还伴随着无限的外界自由，这使他感到惊讶。他独自住在陌生的城市里，举目无亲。没有人向他要求什么，也没有人打发他到什么地方去。他需要的一切现在都有了。以前一直折磨他的和妻子有关的烦恼再也不存在了，因为她已不在人世。

“啊，多么好哇！多么快乐啊！”当他面前摆上香气扑鼻的肉汤时，当他夜里躺在清洁柔软的床上时，或者当他记起妻子和法国人都已不存在时，他自言自语：“啊，多少好哇！多么快乐啊！”于是他照例问自己：“那么，以后怎么办？我该怎么办？”他立刻回答自己：“没关系。我要活下去。啊，多么快乐啊！”

以前他苦苦追求的东西——人生的目的，现在对他已不存在了。这种人生目的现在对他不是暂时不存在，而是根本不存在，也不可能存在。这种没有目的的人生使他快乐地感到充分的自由，而这种感觉就是他目前的幸福。

他不能有人生的目的，因为他现在有了信仰。不是信仰某种规则、某种言论、某种思想，而是信仰可以感觉到的永存的上帝。以前他在追求中找寻上帝。他所追求的目的其实就是上帝。他在被俘期间突然认识到，不是靠语言，不是靠推理，而是靠直觉认识到保姆早就对他说过的道理：上帝就在这里，上帝无所不在。他在被俘期间认识到，普拉东心目中的上帝比共济会所遵奉的宇宙更伟大，更高深，更无边无际。一个人极目远望毫无所得，却在自己脚下发现所找寻的东西。他觉得他就是这样的人。他一生都从人们的头顶上远望出去，其实用不着这样极目眺望，只要看看前面就行了。

以前他完全看不见那个伟大、神秘、无限的存在。他只觉得它一定在什么地方，于是努力找寻。在周围明显的现象中，他只看到有限的、渺小的、世俗的、无聊的东西。他借助心灵的望远镜向远方瞭望，觉得渺小世俗的东西之所以显得伟大和无限，只因为它在远方的迷雾中难以看清楚。欧洲生活、政治、共济会、哲学、慈善事业，在他看来就是这样。但即使在他自认为身体虚弱的时候，他的心灵也曾向远方眺望，但看到的仍然是渺小、世俗、无聊的东西。现在他已学会到处看见那伟大、永恒和无限的存在，因此要看见它，欣赏它，自然无须那种从人们头顶上瞭望远方的望远镜，而可以高高兴兴地观察永远变化着的，永远伟大、神秘和无限的生活。他越是就近观察，越觉得心平气和，十分幸福。以前一直使他伤透脑筋的问题："为什么？"现在对他已不再存在。现在对"为什么"这个问题，他心里总是简单地回答："因为有上帝，若没有上帝的意旨，人连一根头发也掉不下来。"

13

皮埃尔的外表几乎没有什么改变。他看上去同以前一样。他像以前一样神不守舍，关心的不是眼前的事，而是他自己特殊的事。他现在同以前的差别在于，以前他忘记眼前的事，忘记人家对他说过的话时，总是皱紧眉头，仿佛想看清而又看不清那离他很远的东西；现在呢，他仍旧忘记人家对他说过的话，忘记眼前的事，但他注视眼前的东西，倾听人家的话，总是带着嘲弄的微笑，虽然他看见和听见的完全是两回事。以前，他虽然心地善良，却连遭不幸，因此大家疏远他。现在他的嘴角经常挂着快乐的微笑，他的眼睛闪烁着同情人的光芒，仿佛在问：人家是不是像他一样满意？有他在场，大家都感到快乐。

以前他说话滔滔不绝，情绪激动，不大倾听人家的话。现在呢，他难得高谈阔论，而善于倾听人家说话，因此人家也乐意向他推心置腹。

大公爵小姐一向不喜欢皮埃尔，自从老伯爵去世后，尽管她得到皮埃尔的恩惠，对他却更加充满敌意。她来奥廖尔是要表明，尽管皮埃尔对她没有好感，她却有责任照顾他，但使她烦恼和惊奇的是，她来后不久就觉得喜欢上他了。皮埃尔从来不想讨取公爵小姐的欢心。他只是好奇地观察着她。以前公爵小姐觉得，他总是以冷淡和嘲弄的目光瞧着她，因此她在他面前也像在别人面前那样感到拘束，并只向他显示自己性格中好斗的一面。现在正好相反，她觉得他仿佛在探索她内心的秘密，她起先对他不信任，后来却怀着感激的心情向他显露性格中善良的方面。

即使最狡猾的人也不能像皮埃尔那样巧妙地取得公爵小姐的信任，唤起她对美好青春岁月的回忆，重温当年的欢乐。然而皮埃尔的诡计，只是在这位恶毒无情、具有特殊傲气的公爵小姐身上唤醒人类的感情，使自己得到满足而已。

"是的，他是一个好人，一个十分好的好人，但他不能受坏人的影响，而只能受像我这样的人的影响。"公爵小姐想。

皮埃尔身上发生的变化，他的仆人捷连基和华西卡也从各自的角度发现了。他们发现他平易近人了。捷连基给老爷脱衣服，常常手里拿着靴子和衣服，向他道了晚安，却迟迟不走，看老爷是不是还想说说话。皮埃尔看出捷连基想聊聊，往往把他留住。

"那么，你给我讲讲……你们怎么弄到吃的东西的？"他问。于是捷连基讲到莫斯科遭破坏的情况，讲到死去的伯爵，拿着衣服站在那里谈上好一阵，有时他听着皮埃尔讲，觉得老爷待他很亲切，他也很敬爱老爷，最后才回到前厅。

给皮埃尔治病的医生每天都来看他，尽管装出他的每分钟时间都是极其宝贵的神气，在皮埃尔那里却一坐就是几小时，讲着他喜爱的故事，以及他观察病人，特别是女病人的脾气得出的结论。

“是啊，同这样的人谈话才愉快，他跟我们这里的外省人不一样。”他说。

奥廖尔有几个被俘的法国军官，医生把其中一个年轻的意大利籍军官带了来。

这个军官常去看望皮埃尔。公爵小姐则取笑这个意大利人对皮埃尔的多情。

意大利人去皮埃尔那里谈谈，感到很幸福。他给皮埃尔讲他的经历，讲他的家庭生活，讲他的爱情，向他发泄他对法国人，特别是对拿破仑的愤慨。

“要是所有的俄国人都有一分像您就好了，”他对皮埃尔说，“同您这样的人打仗简直是罪过。您吃了法国人那么多苦，却一点也不恨他们。”

皮埃尔能赢得这个意大利人的热爱，就因为皮埃尔在他身上唤醒了心灵中美好的东西，并加以欣赏。

皮埃尔在奥廖尔逗留的最后几天里，共济会老会友维拉尔斯基伯爵来看望他。维拉尔斯基伯爵就是一八〇七年介绍皮埃尔入会的介绍人。维拉尔斯基娶了一个在奥廖尔省拥有几座大庄园的富有的俄国女人，他在本市军粮处担任一个临时职务。

维拉尔斯基得知皮埃尔在奥廖尔，尽管他们之间的交往并不密切，也跑来看他，并且流露出那种只有人们在沙漠里相遇才会有的亲热感。维拉尔斯基在奥廖尔很寂寞，如今遇到一个同一圈子并且他认为趣味相投的人，感到很高兴。

但使维拉尔斯基惊讶的是，他很快就发现皮埃尔大大落后于形势，并且照他心里的想法，皮埃尔变得冷淡而自私了。

“您太消极了，我的朋友！”他对皮埃尔说。虽然如此，维拉尔斯基同皮埃尔在一起觉得比以前愉快，他天天都去皮埃尔那里。皮埃尔呢，现在瞧着维拉尔斯基，听他说话，想到自己原来也是这样的，感到奇怪和难以置信。

维拉尔斯基结过婚，有了家，忙于管理妻子的田产，忙于他所担任的公职和家务。他认为这一切活动都妨碍生活，都很无聊，因为都只是为了个人和家庭的幸福。军事、行政、政治、共济会的事经常吸引他的注意。而皮埃尔并不想去改变他的观点，也不指责他，却经常带着隐约的嘲笑欣赏这种奇怪而熟悉的现象。

皮埃尔对待维拉尔斯基、公爵小姐、医生和他现在遇到的一切人，有一种新的特点，博得大家对他的好感。这就是承认每个人可以按照自己的方式思想、感觉和观察，承认语言改变不了人的思想。这种人人具有的合乎情理的特点以前使皮埃尔激动和恼火，现在却成为他同情人和关心人的基础。人们的观点同现实生活的分歧，他们之间的矛盾，使皮埃尔感到有趣，引起他不怀恶意的嘲笑。

在处理实际问题上，皮埃尔忽然发现他以前所没有的宗旨。以前，他这个富人遇到金钱问题，特别是人家向他讨钱时，常常感到惶惑不安，束手无策。"给还是不给？"他问自己，"我有钱，他需要钱，但别人比他更需要。究竟谁最需要呢？他们两个会不会是骗子？"以前他遇到这种情况总是毫无办法，只要他有钱，谁要就给谁。以前遇到钱财问题，有人说应当这么办，又有人说应当那么办，他同样不知所措。

现在，他惊奇地发现，他对这些问题不再犹豫和惶惑了。现在他心里有了一个法官，这个法官根据他所不知道的法则决定什么事应该做，什么事不应该做。

对金钱问题他像以前一样漠不关心，但现在他明确知道，什么是应该做的，什么是不应该做的。他运用这个新法官处理问题，例如一个被俘的法国上校来找他，讲了自己的许多功绩，最后要求皮埃尔给他四千法郎，让他寄给老婆孩子。皮埃尔毫不费力地拒绝了，事后他感到惊奇，这种以前无法解决的难题原来这样简单。他拒绝了上校的要求，同时决定在他离开奥寥尔时，设法使那个意大利军官接受他一些钱，因为那军官显然需要钱。皮埃尔对实际问题，例如处理妻子债务、要不要修复莫斯科住宅和别墅等事都有了主见。

他的总管到奥廖尔来找他。皮埃尔同他一起算了一笔收入的总账。据总管估计，莫斯科大火使皮埃尔损失了大约两百万卢布。

总管为了安慰皮埃尔，算了一笔账。他说，只要皮埃尔拒绝偿还妻子的债务（他没有义务偿还），不修复莫斯科的住宅和郊区别墅（每年要耗费八万卢布而毫无利益），他的收入不仅不会减少，反而会增加。

“对，对，这话有理！”皮埃尔快乐地笑着说，“对，对，我根本不需要那些房子。战争使我变得更有钱了。”

但在一月间，萨维里奇从莫斯科来，讲到莫斯科的情况，讲到建筑师为修复莫斯科住宅和郊区别墅的预算，他讲话时的语气仿佛这事已作了决定。在这期间，皮埃尔还收到华西里公爵和彼得堡其他熟人的来信，信里都提到妻子的债务。于是皮埃尔认定，原来他很赞赏的总管的计划是错误的，他得去彼得堡偿还妻子的债务，去莫斯科修理房子。为什么要这样做，他说不出，但他认为非这样做不可。由于这个决定，他的收入减少了四分之三，但他觉得应该这样做。

维拉尔斯基要去莫斯科，他们约定结伴同行。

皮埃尔在奥廖尔休养期间享受着生活的自由和欢乐，而当他在旅行时置身于自由天地之间，看到成百个陌生人，这种感觉就越发强烈。他在旅行期间一直像小学生度假一样快乐。马车夫、驿站长、路上和乡下的农民，所有这些人都使他产生一种新鲜感。维拉尔斯基一路上不断抱怨俄国贫穷、愚昧，比欧洲落后，但这样只能使皮埃尔感到有趣。维拉尔斯基觉得死气沉沉，皮埃尔却在茫茫雪野中看出蓬勃的生气，这种生气支持着这个统一、完整、独特的民族。他不反对维拉尔斯基，仿佛同意他的意见（假装同意是避免争论的最简单方法），快乐地含笑听他说话。

14

蚁穴一旦遭到破坏，有些蚂蚁就拖着食物粒屑、蚁卵和蚁尸爬出洞穴，有些返回蚁穴，为什么它们这样忙碌，互相冲撞、追逐和搏斗，原因很难解释。同样，法国人撤退后，俄国人为什么又聚集到原来叫作莫斯科的地方，原因也很难解释。我们观察麇集在被毁蚁穴周围的蚂蚁，看到蚁穴虽被彻底破坏，但从蠕动的群蚁那股坚忍不拔的毅力上可以看出，除了被毁的一切之外，那构成蚁群的坚不可摧的非物质力量依旧存在。莫斯科也是这样，十月间虽然没有官府，没有教堂，没有圣物，没有财富，没有房屋，莫斯科还是同八月间一样。一切都毁掉了，但那非物质的坚不可摧的强大力量依旧存在。

莫斯科的敌人被肃清后，人们出于形形色色的个人动机（起初多半是野蛮的、兽性的）从四面八方拥向莫斯科。只有一种动机是共同的，那就是奔向以前叫作莫斯科的那个地方，开展各自的活动。

一星期后，莫斯科已有一万五千居民；两星期后，就有两万五千人了。人口不断增加，到了一八一三年秋天，数字已超过一八一二年。

首批进入莫斯科的是文森海罗德部队的哥萨克、附近村庄的农民和暂时逃出莫斯科隐藏在郊区的居民。进入被毁的莫斯科的俄国人，发现莫斯科遭到抢劫，也动手抢劫起来。他们继续干法国人干过的勾当。农民赶着大车来到莫斯科，把丢在破屋里和街上的一切东西运到乡下。哥萨克把能搬的东西都搬到他们的营地；房东从别人屋里抢走一切东西，谎称那是他们的财物。

但抢劫者不断拥来，来了一批又一批，随着抢劫人数的不断增加，抢劫越来越困难，方法也更固定不变。

法国人进入莫斯科，虽发现它是一座空城，但看到那里仍存在城市的各种组织形式，有商业和手工业，有奢侈品，有政府机关和宗教团体。这些机构虽缺乏生气，但仍然存在。这里有商场、小铺、粮店、集市，大部分都有商品；这里有工厂、作坊；这里有充满奢侈品的皇室、豪门；这里有医院、监狱、政府机关、大小教堂。法国人待得越久，城市生活的面貌就被毁得越厉害，最后变成一片被洗劫一空的死气沉沉的废墟。

法国人的抢劫继续得越久，莫斯科的财富损失就越大，抢劫者的精力消耗得也越多。而俄国人收复京城后的抢劫继续得越久，抢劫的人数越多，莫斯科的财富和正常生活却恢复得越快。

除了抢劫者之外，形形色色的人被吸引到莫斯科。有的出于好奇心，有的为了公务，有的为了个人利益。房主、神职人员、大小官吏、商人、手工业者、农民，像血液流入心脏那样从四面八方流入莫斯科。

一星期后，赶着空车来运东西的农民被官府扣留，并被迫把尸体运到城外。其他农民听说伙伴买卖失利，运了粮食、燕麦、干草进城，就相互竞争，把价格压得比战前还低。木匠希望挣大钱，每天成群结队进入莫斯科，到处盖新房，修建烧坏的房子。商人搭起棚子，开始营业。饭店和客栈在火烧过的房子里开张。神职人员在未烧毁的教堂里恢复礼拜。信徒们给被盗的教堂送来财物。官吏在小房间里摆开铺着粗呢的桌子和文件柜。市政长官和警察分配法国人劫余的财物。那些从别人家里搬来许多东西的房主抱怨把东西集中到多棱宫不公平；另一些人则坚持说，法国人把从许多人家抢劫来的东西存放到一个地方，把这些东西发给存放的人家是不公平的。人们咒骂警察，贿赂警察，对烧掉的东西以十倍估价，要求补助。拉斯托普庆伯爵正在起草告示。

15

一月底，皮埃尔来到莫斯科，在一间没有烧毁的厢房里住下。他拜访了拉斯托普庆伯爵，拜访了几个回到莫斯科的熟人，打算第三天去彼得堡。人人欢庆胜利，劫后复苏的京城到处生气蓬勃。大家都欢迎皮埃尔，都想见见他，都想听听他的见闻。皮埃尔觉得他对所有遇见的人都特别友好，但现在他对什么人都存有戒心，唯恐受到什么牵连。人家不论问他什么，不论事情是不是重要，他总是回答得模棱两可，例如问他：他准备住在哪里？他要盖房子吗？他什么时候去彼得堡，能不能带一个箱子去？他总是回答：“是的，也许是吧，我想。”等等。

关于罗斯托夫一家，他听说他们在科斯特罗马。他偶尔想到娜塔莎。即使想到，也只是愉快地回忆起久远的往事罢了。他觉得他不仅摆脱了日常琐事，而且摆脱了自作多情的情绪。

他到莫斯科后第三天，从德鲁别茨基家得知玛丽雅公爵小姐在莫斯科。安德烈公爵的死、他的痛苦和临终的情景常常萦绕在皮埃尔的心头，如今则更生动地浮现在他的脑海里。他在午餐时得知玛丽雅公爵小姐在莫斯科，住在伏兹德维任卡她那座没有烧毁的房子里，当天晚上就登门拜访。

在去玛丽雅公爵小姐家的路上，皮埃尔不断地想念安德烈公爵，怀念他们的友谊和每次见面的情景，特别是在鲍罗金诺的最后一次见面。

“难道他真的是在恶劣心情中死去的吗？难道他临终时还没有领悟生命的真谛吗？”皮埃尔想。他想起普拉东，想起他的死，不由得拿这两个人作比较。这两个人截然不同，但他对他们同样敬爱，而且两个人都在世上生活过，而现在又都死了。

皮埃尔心情沉重地坐车去老公爵的住宅。这座住宅还算完整，虽也有破坏的痕迹，但总的面目依然如旧。一个老仆神态严肃地迎接皮埃尔，仿佛要让客人感觉到，老公爵虽已不在，家规并没有改变。他说公爵小姐已进房，她每逢星期日接待客人。

“你通报一下，也许她会接见的。”皮埃尔说。

“是，老爷，”仆人回答，“请您在画像室[①]等一下。”

几分钟后，仆人和德萨尔一起走出来。德萨尔向皮埃尔传达公爵小姐的话说，公爵小姐很高兴见他，但请他原谅，劳驾他到楼上她的房间。

在一个只点着一支蜡烛的又矮又小的房间里，玛丽雅公爵小姐同一个穿黑衣服的人坐在那里。皮埃尔记得，玛丽雅公爵小姐身边经常有女伴。但这些女伴是什么人，皮埃尔不知道，也记不清。“这准是她的女伴。”他瞧了一眼穿黑衣服的女人，想。

公爵小姐连忙站起来迎接他，伸出一只手。

“是啊，”他吻过她的手后，她审视着他那张变了样的脸，说，“我们又见面了。他临终还多次谈到您呢。”她说，同时羞怯地把目光从皮埃尔身上移到女伴身上。这种羞怯的神情使皮埃尔吃了一惊。

“听说您终于平安无事，我真是高兴。这是我们好久以来得到的唯一好消息。”公爵小姐更加不安地回顾了一下女伴，想再说些什么，但被皮埃尔打断了。

“不瞒您说，他的情况我一点不知道，”他说，“我原以为他阵亡了。他的情况我是从第二手、第三手得到的。我只知道他遇见了罗斯托夫一家……这真是命！”

皮埃尔兴奋地急急说。他瞧了一下那女伴的脸，看见一道亲切、好

① 贵族人家挂祖宗画像的房间，类似外客堂。

奇、专注的目光向他投来。他不知怎的觉得（他谈话时常有这样的情况）这穿黑衣的女人是个亲切、善良、可爱的人，她不会妨碍他同公爵小姐的谈心。

但当他提到罗斯托夫一家时，玛丽雅公爵小姐脸上的窘态越发厉害。她的目光又从皮埃尔脸上移到黑衣女人的脸上，她说：

“难道您没认出来吗？”

皮埃尔又看了看女伴眼睛乌黑、嘴巴异样的苍白清瘦的脸。那双专注地瞧着他的眼睛，含有一种他久已忘记的亲切而十分可爱的神情。

“不，这不可能！”他想，“这张清瘦、苍白、严肃、见老的脸会是她吗？不，这不可能是她。这只是我心里想到她。”但这时玛丽雅公爵小姐说了一声：“娜塔莎。”于是这张眼神专注的脸就像打开一扇生锈的铁门，费力地勉强微微一笑，并从这扇门里散发出一阵幸福的气息。这种幸福皮埃尔早已淡忘，而此刻更没有想到。幸福的气息散发着，弥漫开来，包围了他的整个心灵。他微微一笑，这时已没有任何疑问：她就是娜塔莎，他爱她。

最初一瞬间，皮埃尔情不自禁地向她、向玛丽雅公爵小姐，主要是向自己泄露了连他自己都不清楚的秘密。他又快乐又痛苦地涨红了脸。他想掩饰自己的激动。但他越是想掩饰，就越是明显地——比语言更明显——向自己、向她、向玛丽雅公爵小姐泄露了他对她的爱。

“哦，真是太意外了！”皮埃尔想。但他刚要同玛丽雅公爵小姐继续刚才的谈话，他又瞧了瞧娜塔莎，他的脸涨得更红了，他的心灵越发激动地充满快乐和恐惧。他语无伦次，说到一半又停住。

皮埃尔起先没有看出娜塔莎，因为他怎么也没想到会在这里见到她，但他之所以没有认出她，那是因为自从上次见到她以来她的变化太大了。她瘦了，脸色白了。但这倒不是认不出她的原因。他刚进来时认不出她，那是因为她脸上的那双眼睛一向闪耀着生之欢乐的微笑，现在却连一丝影子也没有了，他看到的只是一双专注、善良、忧郁而疑惑的眼睛。

皮埃尔的窘态并没使娜塔莎慌乱，她的脸上焕发出一丝不易察觉的快乐。

16

“她在我这儿做客，”玛丽雅公爵小姐说，“伯爵和伯爵夫人这两天就到。伯爵夫人的情况很糟。不过娜塔莎也需要看医生。他们强迫她跟我一起来。”

“是啊，哪个家庭没有伤心事啊？”皮埃尔对自己说，“不瞒您说，那事就发生在我们得救的那一天。我见到他了。他是个多好的孩子！”

娜塔莎瞧着他，没有回答，只是眼睛睁得更大，显得更亮。

“有什么话可说？又想得出什么办法来安慰您呢？”皮埃尔说，“没有。这样一个生气蓬勃的可爱孩子为什么要死？”

“是啊，在我们这个时代没有信仰是很难活下去的……”玛丽雅公爵小姐说。

“对，对，这是千真万确的真理！”皮埃尔慌忙插嘴说。

“为什么？”娜塔莎凝视着皮埃尔的眼睛问。

“怎么说为什么？”玛丽雅公爵小姐说，“只要想到那边等着我们的……”

娜塔莎没等玛丽雅公爵小姐说完，又用询问的目光对皮埃尔瞧瞧。

“那是因为只有相信有主宰我们的上帝存在，才能经受住她那种丧失……和您那种丧失。”皮埃尔说。

娜塔莎刚张开嘴想说话，但突然停住。皮埃尔连忙转过身去，接着向玛丽雅公爵小姐打听朋友临终时的情景。皮埃尔的窘态几乎没有了，但他觉得他的自由也失去了。他觉得现在有一个法官监视着他的一言一行，这个法官的裁判现在对他来说比什么都重要。他现在说话，就考虑会留给娜塔莎什么印象。他并不故意说些使她喜欢的话，但不论说什么，他总是用她的眼光来评判自己。

玛丽雅公爵小姐照例不太愿意讲她见到安德烈公爵的情形。但皮埃尔的问题、他那焦急不安的眼神、他那激动得发抖的面颊使她越来越详细地叙述她害怕回忆的那段往事。

“对，对，是的，是的……”皮埃尔说，整个身子俯向玛丽雅公爵小姐，专心听她讲述。“是的，是的，那么他平静了？安心了？他总是一心一意追求一个目标：做一个完美无缺的人，一个不怕死的人。他身上的缺点（如果他有缺点的话）都不是由他自己造成的。那么他平静了？”皮埃尔说。“他能见到您，这是多大的幸福！”他突然向娜塔莎转过身去，热泪盈眶地望着她说。

娜塔莎的脸颤动了一下。她皱起眉头，垂下眼睛。她犹豫了一下：“说还是不说？”

“是啊，这是幸福，”她用胸音低声说，“对我来说这确实是幸福。”她停了停，“他……他……我进去的时候，他说他希望见到我……”娜塔莎说不下去。她涨红了脸，握紧双手撑住膝盖，显然在竭力克制感情。她抬起头，又急急地说：

“我们离开莫斯科时什么也不知道。我不敢打听他的情况。突然宋尼雅告诉我，他在我们这里，我没有想，也不敢想象他的情况怎样。我只想看到他，和他在一起。”她浑身哆嗦，呼吸急促地说。她不让人家打断她的话，讲了从没对谁讲过的事：他们在旅途中和在雅罗斯拉夫尔生活三个星期的情形。

皮埃尔听着她讲，张开嘴，饱含泪水的眼睛一直注视着她。他听她讲，没有想到安德烈公爵，也没有想到死，也没有想她所讲的事。他听她讲，只怜惜她讲这些事时所感受的痛苦。

公爵小姐皱紧眉头忍住眼泪坐在娜塔莎旁边，第一次听到哥哥临终前同娜塔莎相爱的情景。

这种又痛苦又快乐的讲述显然是娜塔莎所需要的。

她的讲述交织着详情细节和内心秘密，仿佛永远也讲不完。有几次她把讲过的事又讲一遍。

这时门外传来德萨尔的声音，他问小尼古拉可不可以进来道晚安。

“就是这些了，没有了……”娜塔莎说。小尼古拉一进来，她连忙站起来，急急向门口走去，头撞在挂着帘子的门上，不知是由于疼痛还是由于悲伤，她呻吟着跑了出去。

皮埃尔望着她走出去的那扇门，不明白整个世界怎么只剩下他一个人了。

玛丽雅公爵小姐叫他注意进来的侄子，他才从发愣中惊醒过来。

小尼古拉的脸很像父亲，使此刻动了感情的皮埃尔越发伤心。他吻了吻小尼古拉，慌忙站起来，掏出手帕，向窗口走去。他向玛丽雅公爵小姐告辞，但她把他留住。

"您别走，我和娜塔莎不到两三点钟是不睡的。您请坐一会儿。我吩咐他们开饭。您先下去，我们回头就来。"

皮埃尔走出房间以前，公爵小姐对他说：

"她这样讲起他，可还是第一次呢。"

17

皮埃尔被领到灯火通明的餐厅。几分钟后传来脚步声，公爵小姐和娜塔莎走进来。娜塔莎心里平静了。虽然脸上又出现没有笑容的严肃神色。在一场严肃的谈心后，玛丽雅公爵小姐、娜塔莎和皮埃尔照例都有点局促不安。继续原来的谈话已不可能，谈些琐事又不好意思，而沉默更加难受，因为大家都想说话，沉默就有点不自然。他们默默地走到饭桌旁，侍仆拉开椅子，又把它们推拢。皮埃尔打开冰凉的餐巾，决心打破沉默，对娜塔莎和玛丽雅公爵小姐瞧了一眼。她们显然也有同感：两人的眼睛都闪耀着满足的光辉，表示生活中除了悲伤，还有欢乐。

"您喝伏特加吗，伯爵？"玛丽雅公爵小姐问。她这句话顿时驱散了往事的阴影。

"讲讲您的事吧！"玛丽雅公爵小姐说，"人家都说您经历了不可思议的奇迹。"

"是啊！"皮埃尔露出现在常有的温和冷笑回答，"人家甚至对我说过我连做梦都没有见过的奇迹。玛丽雅·阿勃拉莫夫娜请我到她家里，对我说我遇到的事，或者说我应该遇到的事。斯吉邦·斯吉邦内奇也教我应该怎样讲。总之，我发觉做一个受人注意的人挺有意思（我现在就是一个受人注意的人），人家都请我，还给我讲我的事。"

娜塔莎微微一笑，想说些什么。

"我们听说，"玛丽雅公爵小姐插嘴说，"您在莫斯科损失了两百万。这是真的吗？"

"其实我的财产增加了三倍。"皮埃尔说。虽然妻子的债务和房子的修建使他增加开支，但他还是说，他的财产增加了三倍。

"不过我真正获得的是自由……"他认真地说起来，但觉得这样说太自私，就住了口。

"您在盖房子吗？"

"是的，萨维里奇要我这样做。"

"请问，您在莫斯科时还不知道伯爵夫人去世吗？"玛丽雅公爵小姐说完立刻脸红了，觉得在他说了获得自由的话之后提这样的问题，等于给他的话添上原来没有的含义。

"不知道，"皮埃尔回答，显然不觉得玛丽雅公爵小姐使他联想到自由的话会使他尴尬，"我是在奥廖尔才知道的。您准不能想象，这消息使我多么吃惊。我们不是模范夫妻。"他急急地说，瞟了娜塔莎一眼，发觉她对他谈到妻子的话感到好奇，"但她的死使我大为震惊。两个人吵嘴，总是双方都有错。但一旦有一个去世，另一个就会觉得自己的过错特别严重。何况又是那样的死……没有朋友，没有安慰。我替她难过，非常难过。"他说完，看到娜塔莎脸上赞赏的表情，感到高兴。

"是啊，您又成为单身汉，孤零零一个人。"玛丽雅公爵小姐说。

皮埃尔顿时满脸通红，好久不敢看娜塔莎。他鼓起勇气看了她一眼，觉得她的脸色冷淡、严肃，甚至有点轻蔑。

"人家说，您见到过拿破仑，还同他谈过话，这是真的吗？"玛丽雅公爵小姐问。

皮埃尔笑起来。

"没有，从来没有。大家总以为当俘虏就成了拿破仑的座上客。我不但没见过他，甚至没听人讲起过他。我周围都是些下层人物。"

晚饭结束了。皮埃尔起初不愿谈他当俘虏的经过，但慢慢谈开了。

"您留在那里是不是打算行刺拿破仑？"娜塔莎微笑着问，"我们在苏哈列夫塔楼遇见您的时候，我就猜到了。您记得吗？"

皮埃尔承认有这回事。于是从这个问题开始，在玛丽雅公爵小姐，特别是娜塔莎的提问下，皮埃尔就详细讲述他的冒险经过。

起初他带着嘲笑别人，尤其是嘲笑自己的温和眼神讲述，但后来，当他讲到目睹的恐怖和痛苦的情景时，不知不觉入了迷，勉强克制住人们在回忆强烈印象时常有的激动。

玛丽雅公爵小姐带着和蔼的微笑时而望望皮埃尔，时而望望娜塔莎。在整个讲述过程中，她只看见皮埃尔的为人和他的善良。娜塔莎一手支着头，脸部表情随着所讲的事而不时变化。她一刻不停地凝视着皮埃尔，显然同他一起感受着他所经历的事。不仅她的眼神，而且她的惊叹和简短的提问都向皮埃尔表示，她从他的讲述中所感受的，正是他要表达的，显然，她不仅懂得他所讲述的事，而且理解他想表达而无法用语言表达的东西。在讲到因抢救孩子和妇女而被俘这一情节时，皮埃尔是这样说的：

"那景象真是可怕，孩子被抛弃，有的留在大火里……我眼看一个孩子被拖出来……妇女的东西被抢去，耳环被扯掉……"

皮埃尔脸红了，迟疑了一下。

"这时来了巡逻队，把所有的男人、所有没有抢劫过的人都抓走。我也被抓了。"

"您一定没有全讲出来，您准是做了……"娜塔莎说到这里停了停，"做了好事。"

皮埃尔继续讲下去。当他讲到行刑时，他想跳过可怕的细节，但娜塔莎要求他什么也别遗漏。

皮埃尔讲起普拉东的事（他已从饭桌旁站起来，在屋里来回踱步，娜塔莎的目光紧随着他），但又停住。

"不，你们不能理解我从这个没有文化的粗人那里学到了多少东西。"

"能，能理解，您说说：他在哪里？"娜塔莎说。

"他简直是在我面前被打死的。"皮埃尔讲到他们撤退的最后一些日子，讲到普拉东的病（他的声音不停地哆嗦）和他的死。

皮埃尔讲他的经历，他还从来没有对人家讲过，自己也没有回忆过。他现在觉得他所经历的事有了新的意义。现在，当他把这一切讲给娜塔莎听时，他领略到女人在听男人讲话时给人的少有的快乐。这里说的不是那种所谓聪明女人，她们听讲时竭力记住人家的话以充实自己的头脑，一有机会就照搬不误，或者使听来的东西适合自己的想法，然后立刻把自己小脑袋里构思出来的俏皮话告诉别人。这里所说的快乐，只有真正的女人才能提供，她们有本领选择和吸收只有男人才有的一切美好的东西。娜塔莎不觉全神贯注地听着和看着，不漏掉皮埃尔的每一句话、他的声音的每一次颤动、他的每一道目光、脸部肌肉的每一下跳动和他的每一个手势。她揣测皮埃尔内心的秘密活动，捕捉他还没有说出口的话，立刻收进她敞开的胸怀。

玛丽雅公爵小姐领会他所讲的事，同情他，但她现在看到了另一种情况，这种情况吸引了她的全部注意力，她看到娜塔莎和皮埃尔之间可能产生爱情，获得幸福，这第一次产生的想法使她心里充满快乐。

已是深夜三点钟了。侍仆们脸色阴沉地进来换蜡烛，但谁也没注意他们。

皮埃尔结束了他的讲述。娜塔莎仍用明亮而兴奋的眼睛凝视着皮埃尔，仿佛想知道他也许没说出来的话。皮埃尔露出得意的羞怯而窘惑的神态，偶尔对她瞧瞧，考虑着再说点什么以转变话题。玛丽雅公爵小姐不作声。谁也没想到已是深夜三点钟，应该睡觉了。

“人家说，这是不幸，这是苦难。”皮埃尔说。“如果现在有人对我说：‘你愿意像被俘之前那样过呢，还是把这一切再经历一遍？’看在上帝分上，让我再当一次俘虏，再吃吃马肉吧。我们总以为一旦离开走惯的道路，一切就都完了；其实美好的新东西才刚刚开始呢。有生活，就有幸福。来日方长。这话我是对您说的。”他转身对娜塔莎说。

“对，对，”她答非所问地说，“我没有别的希望，就希望把一切重新经历一遍。”

皮埃尔留神地对她瞧瞧。

“是的，没有别的希望。”娜塔莎重复说。

“不，不，”皮埃尔叫道，“我活下来，而且还要活下去，我没有错；您也没有错。”

娜塔莎突然低下头，两手捂着脸哭起来。

“你怎么啦，娜塔莎？”玛丽雅公爵小姐问。

“没什么，没什么。”她含泪对皮埃尔微笑了一下，“再见，该睡觉了。”

皮埃尔起身告辞。

玛丽雅公爵小姐和娜塔莎像平时一样，一起走进卧室。她们谈了一会儿皮埃尔讲的事。玛丽雅公爵小姐没有说她对皮埃尔的看法。娜塔莎也没有说。

“哦，再见，玛丽雅，”娜塔莎说，“不瞒你说，我们不谈**他**（安德烈公爵），仿佛怕伤害我们的感情，但我常常害怕，我们会把他给忘了。”

玛丽雅公爵小姐深深地叹了口气。这声叹息表示同意娜塔莎的话，但口头上她并不这样说。

“怎么会忘呢？”她说。

“今天我把一切都说出来，觉得很痛快，应该说，心里又沉重，又难受，又痛快。很痛快，”娜塔莎说，“我相信安德烈公爵确实喜欢他。所以我都对他讲了……我对他讲了，不要紧吧？”她忽然涨红脸问。

“对皮埃尔讲吗？不要紧！他实在是个好人。”玛丽雅公爵小姐说。

“我说，玛丽雅，”娜塔莎说，脸上露出调皮的笑，这样的笑容玛丽雅公爵小姐好久没在她脸上见到了，“他变得干净、光滑和新鲜了，仿佛刚洗过澡，你懂得我的意思吗？我是指精神上洗过澡。你说是吗？”

“是的，”玛丽雅公爵小姐说，“他大有收获。”

“短短的礼服，短短的头发，真像刚从澡堂子里出来一样……爸爸有时……”

“我明白为什么**他**（安德烈公爵）原来最喜欢他。”玛丽雅公爵小姐说。

“是的，他们俩完全不一样。据说，不一样的男人往往很要好。他们一点也不相像，是吗？”

“是的，他真是个出色的人。”

“好了，再见吧！”娜塔莎回答。她的脸上停留着调皮的微笑，好一阵没有消失。

18

那天晚上，皮埃尔久久不能入睡；他在屋里来回踱步，时而皱紧眉头，思考什么难题，突然耸耸肩膀，浑身打战；时而露出幸福的微笑。

他想到安德烈公爵，想到娜塔莎，想到他们的爱情，时而嫉妒他们原来的关系，时而因此自责，时而又原谅自己。已是早晨六点了，他还一直在屋里踱步。

"唉，我该怎么办？这事看来已无法避免了！怎么办？看来非进行不可！"他自言自语，连忙脱衣上床。他感到幸福和激动，但没有疑虑和犹豫。

"不管这种幸福是多么奇怪，多么困难，都得去争取，一定要千方百计同她结为夫妻。"他自言自语。

皮埃尔几天前就决定星期五去彼得堡。星期四他醒来后，萨维里奇就来向他请示准备行装的事。

"怎么去彼得堡？彼得堡怎么啦？谁在彼得堡？"他不由自主地问，虽然问的是自己。"对了，那是好久好久以前的事，那事还没发生，我为什么要去彼得堡？"他竭力回忆。"究竟为了什么事？也许我得去一下。他这人真是善良、细心，什么都记在心里！"他望着萨维里奇苍老的脸，想，"他笑得多开心！"

"萨维里奇，你怎么还不想取得自由？"皮埃尔问。

"老爷，我要自由干什么？老伯爵——愿他在天上平安！——在世的时候也好，现在侍候您老爷也好，我可从来没受过委屈。"

"那么你的孩子们呢？"

"孩子们也都过得去，老爷！跟着这样的东家日子好过。"

"那么我的后代会怎么样？"皮埃尔说，"一旦我结了婚……这是有可能的。"他说着不由得笑了。

"我敢说，老爷，这是件好事。"

"他把这事想得多轻松，"皮埃尔想，"他不知道这事多么可怕，多么危险。不是太早，就是太晚……可怕！"

“您有什么吩咐？明天动身吗？”萨维里奇问。

“不，我要推迟几天走。我到时候告诉你。对不起，我给你添麻烦了。”皮埃尔说。他望着萨维里奇的笑容，想：“真怪，他还不知道，现在已顾不上彼得堡了，首先得决定那件事。不过，他多半知道那件事，只是假装不知道罢了。跟他谈谈吗？他会怎么想？不，以后再说吧。”

早餐时，皮埃尔告诉公爵小姐，他昨天在玛丽雅公爵小姐那里，“您猜我在那里遇见了谁？遇见了娜塔莎·罗斯托娃。”

公爵小姐那副神气表示，这消息同皮埃尔见到安娜·谢苗诺夫娜没什么两样。

“您认识她吗？”皮埃尔问。

“我见到过玛丽雅公爵小姐，”她回答，“我听说，有人在替她和尼古拉·罗斯托夫做媒呢。这对罗斯托夫家来说可是件大好事。听说，他们完全破产了。”

“不，我是问您认识娜塔莎·罗斯托娃吗？”

“我以前听说她出了那件事。真替她可惜。”

“噢，她不知道，或者假装不知道，”皮埃尔想，“还是别对她说好。”

公爵小姐也给皮埃尔准备了路上吃的东西。

“他们都很厚道，”皮埃尔想，“他们现在做这些事大概不会感兴趣，他们都是为了我，这真叫人惊讶。”

同一天，警察局局长来见皮埃尔，请他派人到多棱宫去领回今天要发还原主的东西。

“这个人也是这样，”皮埃尔望着警察局局长的脸想，“他是个多么漂亮可爱的警官，心地又多么好！现在还在干这种琐碎的事。还说他不规矩，假公济私。真是荒唐！不过，他为什么不会假公济私呢？他就是这样教养出来的。大家都在那样干。他的脸多么和蔼可亲，还对着我笑呢。”

皮埃尔去玛丽雅公爵小姐家吃饭。

他经过两旁都是瓦砾场的街道，欣赏着废墟的美。房屋烟囱和断垣残壁相互掩映，伸展在火灾后的街区，使人如临其境地想到莱茵河和古罗马斗兽场。他所遇见的车夫、乘客、木匠、女商贩和小店主个个容光焕发，喜气洋洋，望着皮埃尔仿佛在说："瞧，他来了！让我们瞧瞧他会怎么样。"

皮埃尔走进玛丽雅公爵小姐家的时候，忽然不敢相信他昨天是不是真的到过这里，是不是真的见到过娜塔莎，同她说过话。"也许这只是我的幻觉。也许我现在进去一个人也看不见。"但没等他走进屋子，他立刻身不由己，整个身心都感觉到她的存在。她还是穿着那件带软褶的黑色连衣裙，头发梳得同昨天一样，但她完全换了个人。如果昨天他进来时她就是这个样子，他会一下子就认出她来的。

她还是同他认识的她小时候和后来成为安德烈公爵未婚妻时一个模样。她的眼睛里闪耀着快乐的询问光芒，脸上现出又亲切又调皮的神气。

皮埃尔在她们那里吃了饭，他真想再坐上一个晚上，但玛丽雅公爵小姐要去做通宵礼拜，皮埃尔只得跟她们一起去。

第二天，皮埃尔一早就来了，吃了饭，在她们那里消磨了一个黄昏。尽管玛丽雅公爵小姐和娜塔莎显然都很欢迎客人，尽管皮埃尔的生活兴趣如今全部集中在这个家里，到了晚上他们话都谈完了，只得从一件琐事谈到另一件琐事，而且常常中断。这天晚上，皮埃尔坐得那么晚，玛丽雅公爵小姐和娜塔莎不断交换眼色，显然等着他快点走。皮埃尔看出这一点，但他不能走。他感到尴尬，难受，但他一直坐着，因为他**不能**站起来，**不能**走。

玛丽雅公爵小姐看出这样没有个完，第一个站起来，借口偏头痛，告辞回房。

"那么您明天去彼得堡吗？"她问。

"不，我不去，"皮埃尔连忙说，仿佛感到惊讶和恼火，"不，去彼得堡吗？明天吗，我还不告别。我还要来看看有什么事要我办的。"皮埃尔站在玛丽雅公爵小姐面前说，脸涨得通红，但还不想走。

娜塔莎向他伸出一只手，然后走了出去。玛丽雅公爵小姐却相反，不但没有走，反而坐到安乐椅上，用她那明亮深沉的目光严肃而专注地对皮埃尔瞧瞧。刚才出现的倦容显然已消失。她深深地叹了一口气，仿佛准备作一次长谈。

娜塔莎一走，皮埃尔的尴尬和窘态顿时消失，他变得兴奋而活泼。

他敏捷地把椅子拉到玛丽雅公爵小姐跟前。

“是的，我有话要对您说，”他说，回答她的话，也回答她的目光，“公爵小姐，请您帮助我。我该怎么办？我有希望吗？公爵小姐，我的朋友，您听我说。我什么都知道。我知道我配不上她。我知道现在还不能谈这件事。但我愿意做她的哥哥，不，我不要……我不能……”

他停住，双手擦擦脸和眼睛。

“我说，”他继续说，竭力想把话说得连贯些，“我不知道我是什么时候爱上她的。但我这辈子只爱她，只爱她一个，而且是那么爱她，我无法想象没有她我将怎样生活。向她求婚我现在还不敢，但一想到她也许能成为我的……而我错过了这个机会……这个机会……这太可怕了。您说，我有希望吗？您说，我该怎么办？亲爱的公爵小姐。”他停了停，碰碰她的手说，因为她没有回答。

“我在思考您对我说的话，”玛丽雅公爵小姐回答，“我要对您说，您现在向她表白爱情，您做得对……”公爵小姐停住了。她原想说：现在不能向她表白爱情，但她停住话头，因为三天来她看出娜塔莎突然变了样，如果皮埃尔向她求爱，娜塔莎不仅不会感到屈辱，而且她正希望这样呢。

“但现在向她表白……不行。”玛丽雅公爵小姐终于说。

“那么我该怎么办？”

“这事就交给我吧，”玛丽雅公爵小姐说，“我知道……”

皮埃尔瞧着公爵小姐的眼睛。

“怎么样，怎么样……”他说。

“我知道她爱……她会爱您的。”玛丽雅公爵小姐更正说。

没等她说完这句话，皮埃尔就一跃而起，神色惊惶地抓住玛丽雅公爵小姐的手。

“您为什么这样想？您认为我有希望吗？您这样认为吗？！”

“是的，我这样认为，”玛丽雅公爵小姐含笑说，“您给她父母写封信。这事就交给我吧。等到适当机会，我对她说。我希望这件事能成功。我心里感觉到，这事会成功的。”

“不，这不可能！我真幸福！但这不可能……我真幸福！不，不可能！”皮埃尔说，吻着玛丽雅公爵小姐的双手。

“您到彼得堡去吧，这样更好些。我写信给您。”她说。

“到彼得堡？去彼得堡？好的，我去。但明天我能再来一次吗？”

第二天皮埃尔来辞行。娜塔莎不像前几天那样活跃；但这天皮埃尔有时望望她的眼睛，觉得他自己在消失，他和她都不再存在，只剩下一种幸福的感觉。“这是真的吗？不，不可能。”他自言自语，她的每道目光、每个姿势、每句话都使他心里充满欢乐。

当他握住她那瘦小的手向她告别时，他不由得把她的手握得比平时长久些。

“难道这双手、这张脸、这双眼睛，所有这一切我觉得新鲜的女性魅力的瑰宝，难道这一切将永远属于我，就像天生是我的一样？不，这不可能！……”

“再见了，伯爵，”她对他大声说。“我等您，您早点儿回来！”她又轻声添加说。

这句普通的话，以及说这句话时的眼神和脸部表情，在以后两个月中成了他无限思念、反复琢磨和幸福幻想的内容。“我等您，您早点儿回来……对，对，她怎么说来着？是的，我等您，您早点儿回来。哦，我多么幸福！我多么幸福，这是怎么一回事！”皮埃尔自言自语。

19

皮埃尔现在的心情跟他向海伦求婚时的心情截然不同。

他绝不像当年那样羞愧难当地自怨自艾：“唉，我为什么不这样说，我为什么当时要说‘我爱你’？”正好相反，现在他在心里仔细回忆娜塔莎的音容笑貌，重温他们说过的每句话，既不增，也不减，只想照原样回味。他对现在的所作所为是好是坏，没有丝毫怀疑。只有一种可怕的疑虑有时掠过他的头脑。这一切是不是在做梦？玛丽雅公爵小姐有没有弄错？我是不是过于自负自信？我这样相信，但万一玛丽雅公爵小姐对她说了，她却笑着回答：“真是怪事！他准是弄错了。难道他不知道，他是一个普通人，一个平庸的人，可我呢？……我完全不同，我要崇高得多。”

只是这种疑虑常常袭上皮埃尔的心头。现在他不作任何计划。他觉得当前的幸福不可思议，只要能实现，就万事大吉。

皮埃尔简直高兴得发疯，这在他有点意外，以前他是不敢这样想望的。生活的全部意义，不仅对他个人，而且对整个世界，就在于他对她的爱情，在于她会不会爱他。有时他觉得人人都在忙着一件事：他未来的幸福。有时他觉得人人都像他一样高兴，只不过他们竭力掩饰这种心情，假装在忙别的事。他觉得，大家的一言一行都在暗示他的幸福。人家遇见他，都为他那意味深长的眼神和微笑感到惊讶，仿佛他同他们之间有什么心照不宣的秘密。但当他明白人家不可能知道他的幸福时，他就满心为他们感到惋惜，并且想对他们说，他们所忙碌的事十分荒谬，毫无意义，不值一提。

当有人建议他出来任职，或者讨论什么国家大事和战事，认为某件事的结果会影响到大家的幸福时，他总是带着同情的微笑听着，并且发表一些怪论，使同他说话的人吃惊。皮埃尔觉得，不论是那些懂得生活意义的人，也就是理解他感情的人，还是那些不明白此事的不幸者，在这个时期里，人人都被他幸福的光辉照得透亮，不论遇到谁，他都会毫不费力地立刻从他们身上看到美好和值得爱的东西。

他处理亡妻事务，查阅有关文件，但对她没有丝毫怀念之情，只是可怜她不知道他现在所体验的幸福。华西里公爵现在谋得了新的位置，获得了一枚勋章，更加自命不凡，但皮埃尔却觉得他只是一个和蔼可怜的老头子。

皮埃尔后来常常回忆起这个时期疯狂的幸福。他在当时形成的对人和对事的看法，他认为是永远正确的。他后来不仅不摈弃这种对人对事的看法，而且相反，每当他内心发生怀疑和矛盾时，他总是采用这疯狂时期的看法，认为这种看法是永远正确的。

“也许我当时的确有点古怪可笑，”他想，“其实我并不像看上去那样疯狂。相反，我当时比任何时候更聪明，更有眼光，凡是生活中有价值的东西我都了解，因为……我很幸福。”

皮埃尔的疯狂就在于，他不像过去那样要在人们身上找到个人优点才爱他们，现在他的内心充满爱，他无缘无故地爱人们，并且总能找到值得爱的理由。

20

皮埃尔走后那天晚上，娜塔莎带着快乐的嘲笑对玛丽雅公爵小姐说，他理了发，穿着礼服，简直像从澡堂子里出来一般。从此以后，一种潜在的连自己都不清楚但又无法克制的感情在娜塔莎心里觉醒了。

面容、步态、眼神、声音，她身上的一切都突然变了样。蓬勃的生命力和对幸福的渴望，连她自己都没想到，突然冒出来，要求得到满足。从那天晚上起，娜塔莎仿佛忘记了她所遭遇的一切。从此她不再抱怨她的处境，只字不提往事，不怕制订未来的美好计划。她很少谈到皮埃尔，但当玛丽雅公爵小姐一提到他，她眼睛里久已熄灭的火焰便又燃烧起来，嘴唇也浮出古怪的微笑。

娜塔莎身上发生的变化起初使玛丽雅公爵小姐惊讶，但当她明白这种变化意味着什么时，她感到伤心。“难道她对我哥哥真的这样薄情，这么快就把他忘记了？”玛丽雅公爵小姐独自思考这种变化时想。但当她同娜塔莎在一起时，她没生她的气，也没责怪她。娜塔莎身上复苏的生命力是那么难以遏止，那么出乎她自己的意料，以致玛丽雅公爵小姐在娜塔莎面前觉得无权责备她，哪怕是在自己心里。

娜塔莎全心全意沉浸在这种新的感情里，她也不想掩饰，她现在没有悲伤，只有快乐和欢欣。

那天晚上，玛丽雅公爵小姐同皮埃尔谈心后回到自己屋里，娜塔莎在门口等候她。

“他说了？是吗？他说了？”她反复问。娜塔莎脸上露出又快乐又可怜的神色，仿佛为自己的这种心情请求原谅。

“我本想在门外偷听，但我知道你会告诉我的。”

尽管玛丽雅公爵小姐理解娜塔莎瞧她的目光，并受到感动，尽管她很同情娜塔莎激动的心情，娜塔莎的话最初还是使玛丽雅公爵小姐感到不快。她想起了哥哥，想起了他的爱情。

"但有什么办法呢！她也是无可奈何。"玛丽雅公爵小姐想。于是她带着感伤而有几分严肃的神色把皮埃尔的话都告诉了娜塔莎。听说皮埃尔要去彼得堡，娜塔莎感到惊讶。

"去彼得堡？"她问，仿佛没有听懂。但她审视玛丽雅公爵小姐脸上的感伤神情，明白她所以感伤的原因，突然哭起来。"玛丽雅，"她说，"你教教我，我该怎么办。我怕出丑。你说怎么办，我就怎么办。你教教我……"

"你爱他吗？"

"是的。"娜塔莎低声说。

"那你哭什么呀？我为你高兴。"玛丽雅公爵小姐说，眼泪使她完全原谅了娜塔莎的快乐。

"这事不会很快，但总有那么一天的。你想想，我做了他的妻子，你嫁给尼古拉，那将多么幸福！"

"娜塔莎，我求你别谈这件事。我们只谈你的事。"

她们沉默了一会儿。

"但他究竟为什么要去彼得堡？"娜塔莎突然问，但立刻又自己回答，"对，对，他应该去……玛丽雅，你说是吗？应该去……"

尾　声

第　一　部

1

从一八一二年起又过了七年。欧洲汹涌澎湃的历史海洋平静了。它表面上风平浪静，但推动人类的神秘力量（其所以神秘，是因为它们的运动规律我们还不知道）还在起作用。

尽管历史海洋表面上是静止的，人类却像时间的推移一样在不断前进。各种各样的集团组成又解散，国家形成、瓦解以及民族迁移的原因正在酝酿中。

历史海洋不像以前那样从此岸猛烈冲击彼岸，而是在深处沸腾翻滚。历史人物也不像以前那样被浪潮从此岸冲到彼岸，而是仿佛在原地打转。以前，历史人物带领军队，下令作战、出征和厮杀，以此反击群众运动；现在则用政治和外交手段，用法律和条约来对付汹涌澎湃的群众运动。

历史人物的这种活动被史学家称为反动。

史学家在叙述历史人物的活动时，往往对他们严加谴责，认为他们是**反动**的根源。当时的名人，从亚历山大和拿破仑，到斯塔尔夫人[①]、福蒂[②]、谢林[③]、费希特[④]、夏多布里昂[⑤]等人，都受到史学家的严正裁判，按照他们对**进步**和**反动**所起的作用而宣告无罪或进行谴责。

---

① 参见第 1045 页注释。

② 福蒂（1792—1838），诺夫哥罗德修道院院长，于 1820 年发动对不同教派的迫害。

③ 谢林（1775—1854），德国古典唯心主义哲学家，著有《自然哲学体系初探》《先验唯心主义体系》等。

④ 费希特（1762—1814），德国古典哲学家，著有《知识学基础》《人的天职》等。

⑤ 夏多布里昂（1768—1848），法国浪漫主义作家，著有《基督教真谛》、小说《阿达拉》等。

在俄国，按照史学家的论述，这个时期也有反动，而反动的罪魁祸首就是亚历山大一世。正是这个亚历山大一世（仍按照他们的论述）首先倡导自由主义，鼓吹拯救俄国。

在现有俄国文献中，从中学生到学识渊博的史学家，没有一人不因亚历山大一世在位时的错误行为而向他投掷石子。

“他本应如此这般行事。他在这件事上做得好，在那件事上做得糟。他在登位初期和一八一二年干得漂亮；但后来给波兰制订宪法，成立神圣同盟，把大权授予阿拉克切耶夫，鼓励高里岑，支持神秘主义，又鼓励希施科夫和福蒂，这就做得很糟。他过问前线军队，做得不对；他解散谢苗诺夫团，也是处理不当……”

史学家根据他们对人类利益的观点，对亚历山大一世进行谴责，如果要一一列举，就得写上整整十页纸。

这些谴责意味着什么呢？

亚历山大一世受史学家表扬的行为，如登位初期的自由主义创举、抗击拿破仑、一八一二年所表现的强硬态度、一八一三年的出征，同那些遭史学家谴责的行为，如成立神圣同盟、波兰复国、二十年代的反动行为等，不都是从形成亚历山大一世个性的血统、教育、生活等条件的同一源泉产生的吗？

那么，这些谴责的实质究竟是什么呢？

在于：亚历山大一世是个达到人类权力顶峰、处于夺目的历史光辉焦点上的历史人物，像他这样的人物，无法避免伴随权力而来的阴谋、欺诈、阿谀、自欺等世上最强大的影响，像他这样的人物，每时每刻都感到自己应对欧洲所发生的一切负责；这个人物不是虚构的，而是有血有肉的活人，他像所有的人那样有自己的习惯、情欲、对真善美的渴望；这个五十年前的人物，并非缺乏美德（史学家也没有在这方面责备他），但他不抱有当代教授——他们从青年时代起就研究学问，读书，阅读讲义，并做笔记——对人类幸福所持的观点。

但如果说，五十年前亚历山大一世对人类幸福的观点是错误的，那么，当然也可以认为，批评亚历山大的史学家对人类幸福的观点，若干年后也将被认为是不正确的。这种假定之所以合乎情理，是因为我们只要注意一下历史的发展就会看到，对人类幸福的观点，随着时代的不同，随着作家的不同，在不断地改变，因此，本来认为是福，十年后就会变成是祸，反之亦然。不仅如此，即使在同一时间，我们也可以看到历史上对于祸福的看法有时也截然相反，例如：有人认为波兰制订宪法和缔结神圣同盟是亚历山大的功绩，有人却因此谴责他。

对亚历山大和拿破仑的行为，不能简单地说有益或有害，因为我们说不出它为什么有益和为什么有害。如果有人不喜欢这种行为，那是因为它不符合他们狭隘的幸福观。不论是一八一二年我父亲在莫斯科的房子得到保存，还是俄国军队的光荣，或者彼得堡大学或其他大学的繁荣，或者波兰的自由，或者俄国的强大，或者欧洲的均势，或者欧洲的文明进步，对这些现象不论我是否认为是福，我都得承认，历史人物的行为，除了这些目的之外，还有其他我所不理解的更带有普遍性的目的。

但我们假定，所谓科学能调和一切矛盾，而对历史人物和历史事件都具有不变的善恶标准。

我们假定，亚历山大可以采取另一种行为。我们假定，他可以按照那些指责他的、自命深知人类活动终极目标的人的意志行事，同时遵循现在指责他的人所提供的自由、平等和进步的纲领（再没有其他纲领）治国。我们假定，可能有这样一个纲领，这样的纲领已经拟好，而且亚历山大也在按照它办事。那么，反对当时政府方针政策者的行为，那些被史学家认为是好的和有益的行为，又该作何解释呢？这样的行为是不会有的，也不会有这样的生活，什么都不会有。

如果说，人类的生活可以受理性支配，那就不会有生活了。

2

如果像史学家那样认为，是伟大人物引导着人类达到一定的目的，如俄国或法国的强大、欧洲的均势、革命思想的传播、普遍的进步，等等，那么，不用**机会**和**天才**这两个名词，就无法解释历史现象了。

如果十九世纪初欧洲历次战争的目的在于实现俄国的强大，那么，没有战争和侵略也能达到这个目的。如果目的是为了法国的强大，那么，不进行革命，不建立帝国，这个目的也能达到。如果目的是传播思想，那么，出版书籍就比动用武力有效得多。如果目的是为了文明进步，那么，显而易见，除了使用屠杀生命和销毁财富的手段之外，还有其他更适宜于传播文明的途径。

那么，为什么事情是这样而不是那样呢？

历史说：“**机会**创造时势，**天才**加以利用。”事情就是这样。

但什么是**机会**？什么是**天才**？

机会和**天才**并不表示什么具体的东西，因此无法下定义。这两个词只表示对现象的一定程度的理解。我不知道某种现象怎么会发生。我无法知道，因此也不想知道，我就说：这是**机会**。我看到一种力量，这种力量产生同人类本性不相称的行为。我不明白怎么会发生这样的事，只好说：这是**天才**。

羊群中有一头公羊，每天晚上牧羊人把它赶进一个单独的羊圈，结果这头羊长得比别的羊肥一倍，它似乎就成了天才。这头羊每天晚上不进普通的羊圈，而到特殊的羊圈里去吃燕麦，于是这头羊长得特别肥，被作为肉羊送去屠宰。这种情况应该说是天才与一系列机会的奇妙结合。

但羊群只要不再认为，它们所遭遇的一切不仅是为了达到它们羊的目的，它们只要认为，周围所发生的一切可能具有它们所不理解的目的，它们就会立刻明白，那头养肥的公羊的遭遇是连贯而统一的。即使它们不知道喂肥这头公羊的目的何在，它们至少知道，那头公羊的遭遇绝非偶然，因此它们也无须知道**机会**和**天才**这些名词。

只要不去探索眼前容易理解的目的，并承认终极目的是无法知道的，我们就能看出历史人物一生的连贯性和合理性；我们就能发现他们那种不合人类本性行为的原因，我们也就不需要**机会**和**天才**这些名词了。

只需承认我们不知道欧洲各国动乱的目的是什么，我们只知道以下事实：起初在法兰西，后来在意大利，在非洲，在普鲁士，在奥地利，在西班牙，在俄罗斯发生屠杀事件，西方向东进军，东方向西进军，所有这些事件决定了它们本身的性质和目的。这样我们就无法从拿破仑和亚历山大的性格中去寻求特点和**天才**，而且不能把他们看得与众不同。同时，我们也无须用**机会**来解释这些人的琐事而会明白，这些琐事都一定会发生。

放弃对终极目的的探索，我们就会清楚地看到，一种植物有一种植物的花朵和种子，我们无法想象更适合于这种植物的其他花朵和种子。同样，我们也无法想象其他两个有各自经历的人能比拿破仑和亚历山大更合适、更细致地完成他们天赋的使命。

3

十九世纪初，欧洲事件的基本内容在于欧洲各国自西向东后来又自东向西的黩武行为。这种行为是从自西向东的进军开始的。西方各国为了实行直捣莫斯科的黩武行为，必须做到下列各点：第一，建立一个足以对付东方军事集团的大军事集团；第二，摈弃一切传统和习惯；第三，要有一个首领，他既能为他们也能为自己的欺诈、抢劫和屠杀等行为进行辩护。

随着法国革命的爆发，旧的不够强大的集团逐渐崩溃，旧习惯和旧传统逐渐消亡，规模较大的新集团、新习惯和新传统逐步形成，一个领导未来运动并承担全部责任的人物应运而生。

一个没有信仰、没有习惯、没有传统、没有名望，甚至祖籍不是法国的人，凭借极其偶然的机会，在冲击法国的党派矛盾中，不依附任何党派，居然爬上显赫的地位。

同僚的浅薄无知、对手的软弱无能、本人的撒谎本领和刚愎自用使他成为军队的首脑。意大利士兵的优良素质、敌人的缺乏斗志、孩子般的鲁莽和自信使他获得军事上的声誉。他到处遇到无数的所谓机会。他在法国执政者面前失宠反而给他带来好处。他企图改变命运，但没有成功：他投奔俄国军队，没有被录用；要求去土耳其参军，也没有被批准。在意大利战争期间，他几次处于死亡边缘，但每次都意外地得救。俄国军队，就是那后来使他身败名裂的俄国军队，由于外交上的种种考虑，在他离开之前一直没有进入欧洲。[①]

① 指1799年俄将苏沃洛夫率兵远征意大利，当时拿破仑正在埃及。

他从意大利回国，发现巴黎政府分崩离析，凡是参与政府的人无不遭到清洗和毁灭。他盲目远征非洲，自然就摆脱了这种危险的处境。他又碰上了所谓机会。无法攻克的马耳他岛不战而降，最轻率的计划取得了胜利。敌人的舰队事后连一条船也不放过，当时却让拿破仑军队全军通行。在非洲，他对手无寸铁的居民犯下一系列罪行。而犯下这些罪行的人，特别是他们的首领，自欺欺人，认为这样干很好，很光荣，他们的行为就像恺撒和马其顿王一样。

不仅不认为自己的行为卑劣，而且以所犯种种罪行自豪，并赋予它莫名其妙的超自然意义，就是这种**光荣**与**伟大**的理想促使这个人和他周围的人在非洲脱颖而出。他马到成功，无往不利。瘟疫没有传染给他。屠杀俘虏的暴行没有归咎于他。他像孩子一般撇下患难中的伙伴，若无其事地从非洲随便溜走，并且连这也成为他的功绩，敌人舰队又两次放他通行。他陶醉于自己侥幸取得成功的罪行，准备演出自己的角色，茫无目的地来到巴黎。这时一年前可能使他毁灭的共和国政府更加腐败，简直达到顶点，他这个超然于各党派之外的新人自然就身价百倍。

他没有任何计划，他害怕一切，但各个党派都拉拢他，要他参加。

他在意大利和埃及培养了光荣和伟大的理想，他疯狂地自我崇拜，他大胆地犯下罪行，他毫无顾忌地撒谎，只有他这样的人才能为所发生的事辩护。

那个需要他的位置在等待他，因此，不管他意志如何，不管他犹豫不决，缺乏计划，屡犯错误，他还是被拉入以攫取权力为目的的阴谋活动中，而且取得了成功。

他被拉去出席政府会议。他惊慌失措，想要逃走，认为必死无疑，他假装晕倒，胡言乱语，本来可能送掉性命。但是，原来那么精明老练、骄傲自大的法国统治者觉得他们的戏现在已经演完，显得比他更加狼狈，说话语无伦次，既不能保住政权，又不能把他消灭。

机会，成千上万个**机会**，给了他权力，而所有的人，像是商量好似的，都努力确立这个权力。**机会**造成法国统治者的性格，情愿服从他；**机会**造成保罗一世的性格，甘心承认他的权力；**机会**使反对他的阴谋不仅对他无害，反而巩固了他的权力。**机会**使当甘公爵落入他的手中，并无辜遭到杀害。这一切比任何手段都更使人信服他有权有势。**机会**使他把全力远征英国的意图（远征英国肯定会使他毁灭，而且永远无法实现）突然改为进攻麦克和他率领的不战而降的奥地利军队。**机会**和**天才**给了他奥斯特里茨战役的胜利，又是**机会**使所有的人，不仅法国人，而且全体欧洲人，除了未参与当时事件的英国人之外，不管原先对他罪行的恐惧和厌恶，现在也都承认他的权力，承认他自封的称号，以及他那伟大与光荣的理想，并认为这理想是美好和合理的。

西方列强在一八〇五、一八〇六、一八〇七、一八〇九年几次东进，不断加强和发展力量，仿佛在测试实力，做好未来大规模行动的准备。一八一一年，法国组成的队伍同中欧各国的军队会合成一个庞大的集团。随着队伍的不断壮大，替行动首领进行辩护的力量也不断增强。在准备大规模行动前的十年中，这位领袖人物纠集了欧洲所有头戴王冠的人。世界各国的统治者原形毕露，无力对抗拿破仑的**光荣**与**伟大**的理想，虽然这理想毫无意义，没有理性。他们一个个在他面前卑躬屈节，奉承拍马。普鲁士国王派自己的妻子向这个伟人阿谀谄媚；奥地利皇帝认为，这位大人物把公主请进床帏是莫大的恩宠；教皇，各国人民的神圣保护者，利用宗教来抬高这位伟人的身份。与其说拿破仑自己给自己准备好扮演的角色，不如说周围的人让他承担正在发生和将要发生事件的全部责任。他所干的每件事、每个罪行和小小的诈骗行为，无不被他周围的人说成是丰功伟绩。日耳曼人为他想出的最好庆典是耶纳和奥尔施泰特的庆祝活动。不仅他是个伟人，连他的祖先、兄弟、养子和妹夫都很伟大。一切都要他丧失最后一点理性去扮演最可怕的角色。等他准备好了，兵力也准备好了。

侵略军向东方推进，到达终极目的地莫斯科。京城沦陷，俄军的损失比敌军以前从奥斯特里茨到瓦格拉姆历次战争中所受的损失更加惨重。然而，使他从一系列胜利走向既定目标的**机会**和**天才**突然消失，出现了无数相反的**机会**——从他在鲍罗金诺着凉伤风到天气严寒和焚毁莫斯科的火星；**天才**也不见了，表现出来的是史无前例的愚蠢和卑劣。

侵略军纷纷逃跑，不停地往回跑，如今一切机会都不是帮助他而是同他作对。

自东向西的行动开始了，它同原来自西向东的运动十分相似。在大规模行动发生之前，一八〇五、一八〇七、一八〇九年也发生过自东向西的行动，也组成大集团，也有中欧各国参加行动；也有中途动摇，也是越接近目的地速度越快。

巴黎这个终极目的地达到了。拿破仑政府和军队垮台了。拿破仑本人已没有什么意义，他的一切行动都显得可怜和可憎。但又出现了莫名其妙的偶然机会：盟国憎恨拿破仑，认为他是他们遭受苦难的祸根。拿破仑被剥夺了权力，他的罪恶和欺诈遭到揭露，人们理应像十年前和一年后那样，看出他是个无法无天的强盗。由于奇怪的偶然机会，谁也没有看出这一点。他的戏还没有演完。这个十年前和一年后被认为无法无天的强盗，被遣送到离法国两天航程的小岛上，并把这小岛划归他管辖，又给了他卫队，不知为什么还送给他几百万金钱。

4

各国之间军事行动的波涛平息了。大规模军事行动的浪潮退落下去，平静的海面上形成一个个漩涡，外交家们在漩涡里打转，自以为动乱是他们平息的。

但平静的海面突然又动荡起来。外交家认为这次风浪骤起的原因是他们之间发生意见分歧，他们预料他们的君王之间又要发生战争，这种局势是无法解决的。但是这次风浪并不来自他们预料的方向。这次风浪仍来自行动的出发点——巴黎。来自西方的行动遇到了最后一次逆流。这股逆流必须解决外交上似乎无法解决的难题，结束这一时期的军事行动。

这个使法国遭到浩劫的人，没有施展任何阴谋，不带一兵一卒，独自来到法国。每一个卫兵都可以逮捕他，但由于奇怪的偶然机会谁也没有抓他，大家还热烈地欢迎这个一天前还遭到咒骂、一月后仍将被咒骂的人。

这个人还要为最后一次集体行动辩护。

戏收场了，最后一个角色演完了，演员奉命卸妆，洗去粉墨，他再也没有用处了。

几年过去了。在这期间，这个独处孤岛的人，还自我欣赏着他演的悲喜剧，他欺诈，说谎，徒然为自己的行为辩护，并向全世界表明，当那只无形的手指挥他的时候，所谓权力究竟是什么东西。

戏收场了，演员卸妆了，舞台监督把演员指给我们看。

“大家瞧吧，你们相信的是什么！这就是他！现在你们明白了吧？感动你们的不是他，而是**我**！”

但人们被这些行动搞得头晕目眩，好久不明白这个道理。

亚历山大一世，这个领导自东向西的行动的人，他的一生就显得更有连贯性和必然性。

这个凌驾于众人之上、领导这自东向西的行动的人，他需要什么呢？

他需要主持正义，关心欧洲事务，不是关心琐碎微利而是长远利益；他在精神上要超越合作共事的各国君王；他要有温和而富有魅力的人品；他对拿破仑要怀有私仇。这一切亚历山大一世都具备，这一切是由他经历的许多**机会**造成的，例如教育啦，自由主义创举啦，周围的谋士啦，以及奥斯特里茨战役、蒂尔西特会谈和埃尔富特会议。

在全民战争时期，这个人没有什么作为，因为用不着他。但一旦需要进行欧洲全面战争，这个人就显露头角，得其所哉，他联合欧洲各国，领导他们奔向目的。

目的达到了。一八一五年最后一场战争结束后，亚历山大处在个人可能达到的权力顶峰。他怎样运用他的权力呢？

亚历山大一世这个平定欧洲的人，从青年时代起就立志为民族谋福利，首先在国内倡导自由主义改革，现在他似乎拥有最大的权力，因此能为民族谋福利，就在此时，拿破仑在流放中竟还痴人说梦，扬言如果他再度掌权，就能造福人类。这时，亚历山大一世在完成他的使命后，受到上帝启示，突然省悟这种虚假的权力渺不足道，就摈弃它，把它交给他所蔑视的小人。他只说：

“光荣不属于我们，不属于我们，而属于你的圣名！”[①]我也是一个

① 亚历山大一世下令制造一种勋章，表彰1812年卫国战争的胜利，上面刻有这句话。

人，像你们一样，让我像一个人那样生活，思考自己的灵魂和上帝吧。

太阳和太空的每个原子本身都是球体，同时又是大得人类无法理解的那个整体中的一个原子。同样，每个人都有自己的目的，而这种目的又是为那人类无法理解的总目的服务的。

一只落在花上的蜜蜂蜇了一个孩子。孩子怕蜜蜂，说蜜蜂活着就是为了蜇人。诗人欣赏采花的蜜蜂，说蜜蜂吸蜜就是为了吸取花香。养蜂人看见蜜蜂，说蜜蜂采集花粉，带回蜂房，目的是要采蜜。另一个养蜂人更仔细地研究蜂群生活，说蜜蜂采集花粉是为了养育幼蜂，供奉蜂王，目的是要传宗接代。植物学家看到，蜜蜂飞来飞去把异株花粉带到雌蕊上，使雌蕊受粉，因此就认为蜜蜂活着是为了传送花粉。另一个植物学家观察植物的迁移，看到蜜蜂有助于这种迁移，因此说蜜蜂活着的目的就在于此。但蜜蜂的终极目的并不限于人类智慧所能揭示的这个、那个或第三个目的。人类揭示这些目的的智慧越高，也就越加难以解释终极目的。

人类所能达到的，只是观察到蜜蜂生活和其他生活现象的对应关系罢了。对历史人物和各国人民的活动目的的理解，也是这样。

5

一八一三年娜塔莎同皮埃尔结婚，这是老罗斯托夫家最后一件喜事。就在这一年，罗斯托夫伯爵去世。他一死，这个大家庭照例也就解体了。

去年发生的几件事——莫斯科大火、从莫斯科逃难、安德烈公爵的死、娜塔莎的绝望、彼嘉的死、伯爵夫人的悲伤，接二连三地给老伯爵以沉重打击。他似乎不了解也无法了解这些事件的意义，他在精神上一蹶不振，只要再来一次打击，就会一命呜呼。他时而惊惶不安、不知所措，时而精神亢奋、雄心勃勃。

他为娜塔莎的婚礼忙了一阵子。他预订酒席，竭力装出快乐的样子，但他的快乐已不像以前那样能感染人，反而使爱他的熟人觉得可怜。

皮埃尔夫妇走后，他安静下来，感到寂寞。过了几天，他病倒在床。从他生病时候开始，虽经医生一再劝慰，他自知从此一病不起。伯爵夫人和衣坐在安乐椅上，在他床头守了两个星期。她每次给他递药，他总是抽泣，默默地吻着她的手。临终那天，他痛哭失声，请求妻子和不在跟前的儿子宽恕他自己感觉到的主要罪孽：荡尽家产。领过圣餐，行过终敷礼后，他平静地死了。第二天，在罗斯托夫家所租用的住宅里，亲戚朋友挤满了屋子，向他的遗体告别。所有这些经常在他家吃饭跳舞并且嘲笑他的人，现在都怀着悔恨的心情，仿佛在向谁作自我辩解："是啊，不管怎么说，他是个极好的好人。如今再也找不到这样的人了……再说，为人在世，谁没有弱点？……"

就在伯爵山穷水尽，无法想象怎样再熬上一年的时候，他突然死了。

尼古拉接到父亲去世的噩耗时，正随着俄国军队驻在巴黎。他立刻提出辞职，不等批准，就请假回莫斯科。伯爵去世一月后，家里经济情况就弄清楚了。虽然谁都知道伯爵负债累累，但其数额之大令人吃惊。负债总数比家产大上一倍。

亲友都劝尼古拉不要接受遗产。但尼古拉认为拒绝接受遗产是对亡父孝心的亵渎，因此没有听取劝告，毅然承担起还债的义务。

伯爵在世时，由于他生性善良、待人厚道，债主们慑于他那难以捉摸的强大影响一直没有开口，如今都上门来讨债了。债主们照例争先恐后前来讨债，像米嘉等持有赠予期票的人，现在就成了最凶的讨债人。他们不给尼古拉期限和喘息的机会，那些原来可怜老伯爵（似乎他使他们受到损失）的人，现在也毫不留情地向那个显然没欠他们账却自愿承担债务的年轻人逼债。

尼古拉所设想的周转办法没有一种获得成功，他以半价拍卖地产，但还有一半债务未还。尼古拉接受妹夫皮埃尔借给他的三万卢布，先偿还到期的债款。为了不致因余下的债务坐牢（债主们以此威胁他），他重新去官府当差。

重返部队可以首先补上团长的空缺，但他不能去，因为母亲现在把儿子看作最后的一根救命稻草，抱住他不放，因此尽管他不愿留在莫斯科熟人中间，尽管他厌恶文职，他还是在莫斯科找了一个文官职务。这样，他就脱下心爱的军服，同母亲和宋尼雅住到西夫采夫·符拉日克一所小住宅里。

娜塔莎和皮埃尔这时住在彼得堡，不太了解尼古拉的处境。尼古拉向妹夫借了钱，但竭力掩饰他的窘境。尼古拉处境之所以特别糟，因为他不仅要用一千二百卢布养活自己、宋尼雅和母亲，而且还要使母亲不感到他们十分穷困。伯爵夫人无法想象缺乏她从小过惯的奢侈条件也能生活，不知道儿子有多艰难，不断提出各种要求：时而要雇马车去接熟人（他们家已没有自备马车），时而要为自己买佳肴美食，为儿子买美酒，时而要买高级礼品送给娜塔莎、宋尼雅和尼古拉。

宋尼雅料理家务，侍奉姑妈，给她朗诵，忍受姑妈对她的专横和厌恶，并帮助尼古拉向她隐瞒他们的窘况。尼古拉因宋尼雅替他照顾母亲，对她感激不尽，又赞赏她的耐性和忠心，却竭力疏远她。

他在心里责怪她，就因为她十全十美，无懈可击。她具有一切可贵的美德，可就是无法使他爱她。他觉得，他越尊重她，就越不爱她。她曾经写信给他让他自由，他就抓住这一点竭力表示往事如烟，再也无法挽回。

尼古拉的处境每况愈下。从薪金里攒点钱，显然是不切实际的幻想。他不仅不能攒钱，而且为了满足母亲的要求，又借了几笔小债。他找不到摆脱困境的办法。亲戚们给他提一门亲，劝他娶一位有钱的姑娘，他大为反感。摆脱困境的另一种可能——母亲去世——他从没想到过。他没有任何心愿，不抱任何希望，不发牢骚，没有怨言，独自忍受着寂寞和凄凉。他竭力避免与熟人交往，避开他们的同情和令人屈辱的帮助，摆脱一切娱乐消遣，甚至在家里也不做什么，只同母亲摆摆牌阵，在屋里默默地来回踱步，一袋接一袋地吸烟。他竭力保持忧郁的心情，仿佛只有这样才能忍受他的处境。

6

初冬时节，玛丽雅公爵小姐来到莫斯科。她从城里传闻中得知罗斯托夫家的情况。“儿子为母亲做出牺牲。”——城里人都这样说。

“我知道他就是这样一个人。”玛丽雅公爵小姐说，高兴地感觉到她还是爱他的。她想到她同他们的交情简直亲如一家，觉得她应当去看看他们。但一想到在沃罗涅日她同尼古拉的关系，不禁又有点顾虑。不过在莫斯科待了几个星期后，她还是鼓足勇气去拜访罗斯托夫一家。

第一个迎接她的人是尼古拉，因为去伯爵夫人那儿必须经过他的房间。尼古拉一看见玛丽雅公爵小姐，他脸上的表情不是她所期待的高兴，而是她从未见到过的冷淡和高傲，尼古拉向她问了好，把她领到母亲屋里，自己坐了五分钟就走了。

公爵小姐从伯爵夫人屋里出来，尼古拉又遇见她，一本正经地把她送到前厅。她提到伯爵夫人的健康，他一句话也没有搭理。“这关您什么事？别来打扰我！”他的眼神似乎这样说。

“她闯到这里来干什么？她要干什么呀？我真受不了这些阔小姐和她们的客套！”等公爵小姐的马车一走，他就当着宋尼雅的面大声说，显然克制不住怒气。

“哦，尼古拉，你怎么可以这样说！”宋尼雅勉强忍住心中的快乐，说，“她是那么善良，妈妈又那么爱她。”

尼古拉没有回答，他根本不想再谈到公爵小姐。但自从公爵小姐来访后，伯爵夫人每天都要几次提到她。

伯爵夫人夸奖她，要儿子到她那儿去一次，并表示想常常看见她；但一提到她，他心里就不痛快。

做母亲的一提起公爵小姐，尼古拉总是不作声，而他的沉默总使伯爵夫人生气。

“她可是个贤惠的好姑娘，”她说，“你应该去看看她。你总得去见见人，要不老跟我们在一起会憋死的。”

“我一点也不想去见人，妈妈。”

“你原来说要见见人，现在又不要见人了。我真弄不懂你，宝贝。你一会儿闷得慌，一会儿又不要见人。”

“我又没说过我闷得慌。”

“什么？你不是说你连见都不愿见她吗？她可是个好姑娘，你一向喜欢她，可现在不知什么缘故，什么事都瞒着我。”

“一点也没有，妈妈。”

“如果我求你做什么不痛快的事，倒也罢了，可我只要你回访一次。这只是尽礼数罢了……我求过你了，既然你有事瞒着母亲，我就再不过问你的事了。”

“既然您一定要我去，我去就是了。”

“我无所谓，我都是为你着想。”

尼古拉咬咬胡子叹了口气，摆开牌阵，竭力转移母亲的注意力。

第二天，第三天，第四天，一再重复这样的谈话。

自从到罗斯托夫家访问受到尼古拉意外的冷遇后，玛丽雅公爵小姐暗自承认，原先她不想去罗斯托夫家是对的。

“我又没有什么别的用意，”她借助她的傲气安慰自己，“我同他毫无关系，我只是想去看看老太太，她一向待我很好，我欠了她不少情。”

但这些想法并不能安慰她，她一想到那次访问，就感到后悔。尽管她决定不再去罗斯托夫家，把那一切忘掉，但她总觉得自己好像没有着落似的。她问自己，什么事使她烦恼，她不得不承认是她同尼古拉的关系。他对她彬彬有礼的冷淡态度并非出于他的本意（这一点她是知道的），这种态度掩盖着什么。这一点她需要弄清楚，她的心情因此一直不能平静。

仲冬的一天，她在教室里看侄儿做功课，仆人通报尼古拉来访。她决定不动声色，竭力保持镇定，请布莉恩小姐同她一起去客厅。

她第一眼就从尼古拉的脸上看出，他只是来回拜一下，于是她就决定采取同他一样的态度。

他们谈到伯爵夫人的健康，谈到一些共同的熟人，谈到最近的战讯。这样的应酬通常需要十分钟，过后客人就可以起身，尼古拉也就站起来告辞。

公爵小姐在布莉恩小姐协助下谈得很顺利，但就在他起立的最后一分钟，她感到敷衍性交谈很疲劳，又想到她一个人生活实在枯燥乏味，她突然感到心神恍惚，她那双明亮的眼睛凝视着前方，没注意他已起立，她仍坐在那儿不动。

尼古拉对她看看，假装没发现她的心情，跟布莉恩小姐说了几句话，又看了一眼公爵小姐。她依旧坐在那儿不动，和善的脸上现出痛苦的神色。他忽然可怜起她来，并模模糊糊地意识到，可能是他伤了她的心。他想帮助她，对她说些愉快的话，但不知说什么才好。

“再见，公爵小姐！”他说。她省悟过来，脸涨得通红，深深地叹了一口气。

“哦，对不起！”她说，仿佛刚苏醒过来，“您要走了，伯爵，那么，再见！那么给伯爵夫人的枕头呢？”

“等一下，我这就去拿。”布莉恩小姐说着，走出屋去。

两人都不作声，偶尔对视一下。

“是啊，公爵小姐，”尼古拉终于露出苦笑，说，“我们在保古察罗伏初次见面仿佛还是不久前的事，可是发生了多少变化！我们都不走运，我真愿意不惜一切代价挽回这段时光……可是挽回不了。”

尼古拉说话时，公爵小姐那双明亮的眼睛凝视着他，她仿佛竭力想从他的话里听出他对她的感情。

“是的，是的！”她说，“但您不必为往事感到惋惜，伯爵。我认为，您将永远愉快地回忆现在的生活，因为您现在的生活充满自我牺牲……”

“我不能接受您的赞扬，”他慌忙打断她的话，“相反，我一直在责备自己，不过说这些太乏味，太没意思了。”

他的眼神又像原来一样冷淡。但公爵小姐又从他身上看到原来那个熟悉而心爱的人，而她现在就在同这个人谈话。

“我想我这样说您不会见怪吧！”她说，“我同您……同您一家那么亲近，我想您不会认为我的同情是不适当的，但我想错了。”她说，声音突然颤抖了一下。“我不知道为什么，”她镇定下来说，“您以前不是这样的……”

“**为什么**，理由就有上千条（他特别强调**为什么**三个字）。谢谢您，公爵小姐！”他低声说，“有时真难受。”

“原来如此！原来如此！”玛丽雅公爵小姐心里说。“对，我爱他，不光爱他那快乐、善良和开朗的眼神，不光爱他俊俏的模样，我看到他有一颗高尚、刚强和不惜自我牺牲的心。”她对自己说，“是啊，他现在很穷，可我有钱……是啊，就是因为这个……是啊，如果情况不是这样……”她想起他原来的柔情，此刻望着他那善良而忧郁的脸，顿时明白他冷淡的原因。

“这是为什么呀？伯爵，为什么呀？”她突然情不自禁地大声说，向他走近些，“您告诉我，为什么？您一定要说。”他不作声。“我不知道您的**为什么**，伯爵，”她继续说，“但我感到难过，我……我不瞒您说。您为什么要使我失去我们原来的友谊，这使我痛心。”她喉咙里哽咽着，眼里含着泪，“我的生活里本来就很少有幸福，因此失去任何东西都使我难过……请您原谅，再见。”她突然哭起来，走出屋去。

“公爵小姐！看在上帝分上，等一下，”他喊道，竭力拦住她，“公爵小姐！”

她回顾了一下。他们默默地对望了几秒钟，于是那遥远而不可能的事，顿时变得接近、可能，甚至无法避免了……

7

一八一四年秋天，尼古拉和玛丽雅公爵小姐结了婚。尼古拉带了妻子、母亲和宋尼雅迁居童山。

三年里，他没有变卖妻子的田产，就还清了余下的债务。一个表姐去世后，他继承了一笔不大的遗产，把欠皮埃尔的债也还清了。

又过了三年，到一八二〇年，尼古拉理好财，在童山附近买了一处不大的庄园，又在谈判买回父亲在奥特拉德诺的住宅，这可是他梦寐以求的事。

起初，他管理家务是出于需要，但不久就迷上这种事，把它当作唯一的爱好。尼古拉是个普通地主，不喜欢新办法，特别不喜欢当时流行的那套英国办法，嘲笑经济理论著作，不喜欢办工厂，不喜欢贵重产品，不喜欢种贵重作物，不搞单一农业。他心目中只有一个统一的**庄园**，而不是其中某一部门。在庄园里，主要的东西不是存在于土壤和空气中的氮和氧，不是特别的犁和粪肥，而是使氮、氧、粪肥和犁发生作用的主要手段，也就是农业劳动者。尼古拉着手管理庄园，深入了解它的各个方面，尤其注重农民。他认为农民不仅是手段，而且是目的和法官。他先是观察农民，竭力了解他们的需要，了解他们对好坏的看法，表面上他在发号施令，其实是在向农民学习他们的工作方法、语言和对是非的判断。直到他了解农民的爱好和愿望，学会用他们的语言说话，懂得他们话里潜在的意思，感到自己同他们打成了一片，直到这时他才大胆地管理他们，也就是对农民尽他应尽的责任，这样，尼古拉的农业也就取得了最辉煌的成就。

尼古拉着手管理庄园，凭他天赋的洞察力立刻指定合适的村长和工长（如果让农民自己选举，他们也会选这两个人的），而且再也不更换。他首先做的不是研究粪肥的化学成分，不是钻研**借方**和**贷方**（他爱说这种俏皮话），而是弄清农民牲口的数目，千方百计使牲口增加。他支持农民维持大家庭，不赞成分家。他对懒汉、二流子和软弱无能的人一概不姑息，竭力把他们从集体里驱逐出去。

在播种、收割干草和作物上，他对自己的田地和对农民的田地一视同仁。像尼古拉这样播种和收割得又早又好，收入又这么好的地主很少。

他不喜欢管理家奴，称他们为**吃白食**的。大家却说他姑息他们，把他们惯坏了。每当需要对某个家奴作决定，特别是作出处分的时候，他总是犹豫不决，同家里所有的人商量。只有在可以用家奴代替农民去当兵的时候，他才毫不犹豫派家奴去。在处理有关农民的问题上，他从来没有一点疑虑。他知道，他的每项决定都得到全体农民的拥护，最多只有一两个人不赞成。

他不会随便为难或处罚人，也不会凭个人好恶宽恕人和奖赏人。他说不出什么事该做和什么事不该做，但两者的标准在他心里是明确不变的。

遇到挫折或混乱，他常常生气地说："**我们的俄国老乡**真没办法。"他总觉得他对农民无法忍受。

但他又全心全意爱**我们的俄国老乡**，爱他们的风俗习惯，正因为这样，他才能掌握和采用唯一富有成效的经营方式。

玛丽雅伯爵夫人妒忌丈夫对事业的热爱，惋惜她不能分享这种感情，但她也不能理解他在他的小天地里感受到的快乐和烦恼。她不能理解他天一亮就起身，在田野或打谷场上消磨整个早晨，在播种、割草或者收获后回家同她一起喝茶时，怎么总是那样兴高采烈，得意扬扬。他眉飞色舞地谈到精明的富裕农户马特维同家里人通宵搬运庄稼，人家还没有收割，可他已垛好禾捆了。她不能理解他讲这种事的时候怎么会这样兴致勃勃。当温暖的细雨落在干旱的燕麦苗上，他从窗口走到阳台上，眨着眼，抿着留小胡子的嘴笑。她不能理解他怎么会这样高兴。在割草或者收庄稼的时候，风吹散满天乌云，他的脸晒得又红又黑，汗水淋淋，身上满是苦艾和野菊的味儿。她不能理解他为什么高兴地搓着手说："再有一天，我们的粮食和农民的粮食都可以进仓了。"

她更不能理解，为什么这个心地善良、事事顺她意的尼古拉，一听到她替农妇或农夫求情免除他们的劳役就大为生气，坚决拒绝她，并叫她不要过问不是她的事。她觉得他有一个心爱的特殊天地，但她不懂那里的规章制度。

她有时竭力想了解他，对他说他的功劳在于为农民做好事，他却又生气地回答："根本不是，这一点我从来没想到过，我也没有为他们做过好事。什么为他人谋幸福，全都是说得好听，全都是娘们的胡言乱语。我不愿让我们的孩子上街去要饭；我活一天，就要理好我的家业，就是这样。为了这一点，我需要秩序，需要严格……就是这样！"他激动地握紧拳头说。"当然也要公平合理，"他添加说，"因为，如果农民缺衣少食，家里只有一匹瘦马，他既不能为自己干活，也不能为我干活。"

也许正因为尼古拉没有想到他是在为别人做事，做好事，所以他做的一切才富有成效，他的产业才迅速增加，附近的农奴才来求他把他们买去，他死后很久农奴们还念念不忘他的治理。"他是个好东家……把农民的事放在前头，自己的事放在后头。他也不姑息人。一句话，是个好东家！"

8

尼古拉在管理家务上有一个苦恼，那就是性子暴躁，再加上骠骑兵的老习惯，动不动就挥动拳头。起初他并不觉得这有什么不好，但在婚后第二年，他对这种惩罚方法的看法突然改变了。

夏天里，有一天他把顶替保古察罗伏已故村长德龙的新村长叫来，因为他被控营私舞弊和玩忽职守。尼古拉走到门口见他，村长刚回答了几句，门厅里就传出了吆喝声和拳打声。尼古拉回家吃早饭，走到低着头正在绣花的妻子跟前，照例把早晨的活动讲给她听，顺便提到保古察罗伏村长的事。玛丽雅伯爵夫人脸上一阵红，一阵白，抿紧嘴唇，一直低头坐着，对丈夫的话没有搭腔。

"这个无法无天的混蛋，"尼古拉一想到他就生气，"他要是对我说喝醉酒倒也罢了，真没见过……你怎么了，玛丽雅？"他突然问。

玛丽雅伯爵夫人抬起头来想说话，但立刻又低下头，抿紧嘴唇。

"你怎么了？你怎么了？亲爱的？……"

玛丽雅伯爵夫人长得并不美，但她一哭就显得楚楚动人。她从来不为痛苦和烦恼而哭泣，却常常由于感伤和怜悯而落泪。她一哭，那双明亮的眼睛就具有令人倾倒的魅力。

尼古拉刚拉起她的手，她就忍不住哭起来。

"尼古拉，我知道……是他不是，但你，你为什么要那样！尼古拉！……"她说着，双手捂住脸。

尼古拉不作声，脸涨得通红，从她身旁走开，默默地在屋里踱步。他明白她为什么哭，但要他把从小就习惯的事看作错误，一下子还办不到。

"这是她心肠软，习惯于婆婆妈妈，还是她对呢？"尼古拉在心里问自己。他不能断定这个问题，又瞟了一眼她那痛苦而可爱的脸。他顿时省悟，她是对的，而他早就错了。

"玛丽雅！"他走到她面前，轻声说，"以后再也不这样了，我向你保证。再也不会了！"他像一个讨饶的孩子，声音打战地说。

伯爵夫人的泪水流得更多了。她拉起丈夫的一只手吻了吻。

"尼古拉，你什么时候把这个头像打碎了？"为了改变话题，她望着他手上那只带拉奥孔[①]头像的戒指说。

"今天，就是那件事。唉，玛丽雅，你别提那件事了。"他的脸又红

① 据希腊神话，拉奥孔是特洛伊的祭司，因警告特洛伊人不要中木马计而触怒天神，连同其两个儿子被巨蟒缠死。

起来。“我保证，以后再不会这样了。就让这戒指经常提醒我吧！”他指指打碎的戒指说。

从此以后，每逢尼古拉同村长和管家发生争执，血往脸上直涌，双手攥起拳头的时候，他就转动手上打碎的戒指，在那使他生气的人面前垂下眼睛。不过，一年中他还是有一两次忘乎所以，这时他就走到妻子面前认错，并保证以后决不再犯。

“玛丽雅，你一定瞧不起我了？”他对她说，“我这是自作自受。”

“如果你觉得自己不能克制，你就走开，赶快走开。”伯爵夫人忧愁地说，竭力安慰丈夫。

在本省贵族圈子里，尼古拉受人尊敬，却不讨人喜欢。他对贵族利益不感兴趣，因此有人认为他高傲，有人认为他愚蠢。整个夏天，从春播到秋收，他都忙于农事。秋天他带着猎人和猎犬外出打猎，像从事农业一样认真，一去就是一两个月。冬天他视察各地村庄，或者读书。他主要读历史书，每年买书花的钱不少。他收藏了不少正经书，凡是买来的书照例都要读完。他一本正经地坐在书房里读书，起初是作为一种任务，后来养成习惯，从中体验到特殊的乐趣，并觉得读书是件正经事。冬天他除了出门办事之外，大部分时间都待在家里，同母亲和孩子一起做些琐事，享受天伦之乐。他同妻子的关系越来越亲密，每天都在她身上发现新的心灵美。

尼古拉婚后，宋尼雅一直住在他们家里。结婚以前，他就把他同宋尼雅的关系告诉了未婚妻，一面责备自己，一面称赞宋尼雅。他请求玛丽雅好好对待表妹。玛丽雅伯爵夫人觉得责任都在丈夫身上，自己对宋尼雅也感到内疚。她明白，她的财产对尼古拉的选择起了作用，她不能责怪宋尼雅，而只应该爱她，但事实上她不仅不爱宋尼雅，心里还常常恨她，而且无法克服这种感情。

有一次，她同她的朋友娜塔莎谈到宋尼雅，谈到自己对她的不公正。

“你听我说，”娜塔莎说，“你熟读《福音书》，其中有一处正好是对宋尼雅说的。”

“什么？”玛丽雅伯爵夫人惊讶地问。

“‘凡有的，还要加给他；没有的，连他所有的，也要夺过来。’[①]你记得吗？她就是那个没有的，为什么，我不知道，也许因为她没有私心，我不知道，但她所有的，全被夺走了。有时我非常可怜她，以前我真希望尼古拉同她结婚，但我总有一种预感，这件事不可能实现。她是一朵**谎花**，不结果子，你知道吗？有时我很可怜她，有时又觉得她不会像我们那样感到这一点。”

玛丽雅伯爵夫人虽对娜塔莎说，《福音书》上那段话不该这样理解，但她一见宋尼雅，就又同意娜塔莎的解释。宋尼雅似乎真的不为自己的处境难过，而安于自己**谎花**的命运。看来，与其说她爱人，不如说她爱整个家庭。她像一只猫，依恋的不是人而是这个家。她伺候老伯爵夫人，抚爱和宠惯孩子们，总想为别人做些力所能及的事，别人若无其事地接受她的照顾，却不怎么感激她……

童山庄园又翻修了一番，但规模已不能与老公爵在世时相比。

在经济拮据时翻修房子，总是因陋就简。巨大的房子建在原来的石基上，全部木结构，内部抹上灰泥。房子很宽敞，地板没有油漆，家具很简单：几只硬沙发、几张桌子和几把椅子，都是家里的木匠用自己家里的桦木做的。房子很宽敞，有下房，有客房。罗斯托夫家和保尔康斯基家的亲戚，有时带着十六匹马和几十个仆人，全家来到童山，一住就是几个月。此外，逢到男女主人的命名日和生日，每年四次就有上百个客人到童山来聚上一两天。一年的其余时间，生活方式一成不变，每天准时喝茶，用庄园自产的食品准备早餐、午餐和晚餐。

9

这是一八二〇年十二月五日，冬圣尼古拉节前夜。那年初秋，娜塔莎就同孩子和丈夫住在哥哥家。皮埃尔有事去彼得堡，他说要去三个星期，可现在已在那里待了六个多星期。他随时都可能回来。

十二月五日那天，除了皮埃尔一家外，还有尼古拉的老朋友退役将

---

① 见《新约全书·路加福音》第十九章第二十六节。

军杰尼索夫。

六日是圣尼古拉节，有许多客人要来。尼古拉知道他得脱下短棉袄，换上礼服，穿上尖头皮靴，到他新建的教堂里去，然后回家接受祝贺，谈谈贵族选举和收成，但节日前夜他认为可以像平时一样过。午饭前，尼古拉检查管家做的内侄名下梁赞庄园的账目，写了两封事务信，巡视了谷仓、牛栏和马厩。他对明天过节大家可能喝醉酒一事采取了预防措施，然后去吃午饭。他没有机会同妻子私下谈几句，就在长餐桌旁坐下。桌上摆着二十副餐具，一家人围坐桌旁。这里有尼古拉的母亲、陪伴母亲的别洛娃老婆子、妻子、三个孩子、男女家庭教师、内侄和他的家庭教师、宋尼雅、杰尼索夫、娜塔莎和她的三个孩子、他们的家庭教师，以及在童山养老的已故公爵的建筑师米哈伊尔·伊凡内奇老人。

玛丽雅伯爵夫人坐在餐桌另一端。丈夫一坐下来，就拿起餐巾，迅速地推开面前的玻璃杯和酒杯。玛丽雅伯爵夫人从这一举动中看出丈夫心情不佳。这种情况是常有的，特别是他从农场回来吃饭，在没有喝汤之前。玛丽雅伯爵夫人深知他的脾气，遇到她自己心情好，她就耐心等待，等他喝完汤，然后同他说话，让他自己承认发火是没有来由的，但今天她完全忘记这样观察。她心里难过，因为他无缘无故对她发脾气，她感到委屈。她问他到哪里去了。他回答了她。她又问他农场里是不是正常。他听出她的腔调有点不自然，不高兴地皱起眉头，连忙作了回答。

“我又没有错，”玛丽雅伯爵夫人想，“他为什么对我发脾气？”从他回答的腔调上，玛丽雅伯爵夫人听出他对她不满，不愿跟她谈话。她也觉得自己说话有点不自然，但还是忍不住要再问几问。

多亏杰尼索夫的引导，餐桌上的谈话才变得热闹起来。玛丽雅伯爵夫人没再同丈夫说话。当大家离开餐桌去向老伯爵夫人道谢时，玛丽雅伯爵夫人伸出一只手，吻了吻丈夫，问他为什么生她的气。

“你总是胡思乱想，我根本没有生气。”他说。

但玛丽雅伯爵夫人觉得他说**总是**两个字就表示：不错，我是生气，但我不想说。

尼古拉同妻子和睦相处，就连宋尼雅和老伯爵夫人出于妒忌希望他们不和，也找不到借口指摘他们，但他们之间也有不融洽的时候。有时，在他们过了一段非常愉快的日子后，他们之间会突然出现隔膜和敌对情绪。这种情况常常发生在玛丽雅伯爵夫人怀孕的时候，现在她正是怀孕了。

“哦，先生们，女士们！”尼古拉大声说，似乎很高兴（玛丽雅伯爵夫人觉得他这是故意要气气她），“我从六点钟起就没有歇过。明天还得忙一阵，我现在要去休息了。”他对玛丽雅伯爵夫人再没说什么，就走进小起居室，在沙发上躺下来。

“他总是这样，”玛丽雅伯爵夫人想，“跟大家说话，就是不跟我说话。我看得出，看得出，他讨厌我。特别是我怀了孕。”她瞧瞧自己隆起的肚子，对镜子照照她那又黄又白的瘦脸，她的眼睛显得比平时更大。

不论是杰尼索夫的叫声和笑声，还是娜塔莎的说话声，尤其是宋尼雅匆匆向她投来的目光，一切都使她感到不舒服。

宋尼雅总是玛丽雅伯爵夫人的第一个出气筒。

玛丽雅伯爵夫人跟客人坐了一会儿，一点也没听懂他们在谈什么，就悄悄地到育儿室去。

孩子们把椅子排成火车，玩旅行莫斯科的游戏，请她也一起玩。她坐下陪孩子们玩了一阵，但心里一直想着丈夫，想着丈夫无缘无故生气，她感到很难过。她站起来，费力地踮着脚尖走到小起居室。

“也许他没睡着，我去同他讲讲清楚。”她自言自语。她的大孩子安德留沙学她的样，踮着脚尖跟着她走，但玛丽雅伯爵夫人没有发觉。

“亲爱的玛丽雅，他大概睡着了，他累坏了，”宋尼雅在大起居室里说（玛丽雅伯爵夫人觉得到处都会碰上她），“安德留沙，别把他吵醒了。”

玛丽雅伯爵夫人回头看见安德留沙跟在后面，觉得宋尼雅说得对，然而正因为如此，她脸涨得通红，好不容易忍住，没说出难听的话来。她什么也没说，但为了表示不听宋尼雅的话，只做了个手势叫安德留沙别出声，还是让他跟在后面，宋尼雅从另一道门出去。尼古拉睡觉的房间里传出均匀的呼吸声，这声音做妻子的是很熟悉的。她听着他的呼吸声，瞧着他那光滑漂亮的前额、小胡子和整个脸庞；她常常在夜深人静他熟睡的时候久久地凝视着这张脸。尼古拉突然动了一下，干咳了一声。这时，安德留沙就在门口嚷道：

“爸爸，妈妈在这儿呢。”

玛丽雅伯爵夫人吓得脸都白了，连忙向儿子做做手势，尼古拉没有作声，沉默了一会儿，玛丽雅伯爵夫人感到胆战心惊。她知道尼古拉最不喜欢人家把他吵醒。屋里突然又传来干咳声、翻身声。尼古拉不高兴地说：

“一分钟也不让人安静。玛丽雅，是你吗？你怎么把他带到这里来了？”

“我只是来看看，我没注意……对不起……”

尼古拉咳嗽几下，不作声了。玛丽雅伯爵夫人从门口走开，把儿子带到育儿室。过了五分钟，三岁的黑眼睛娜塔莎，爸爸的宠儿，听哥哥说爸爸睡在小起居室里，就背着母亲，悄悄地走到父亲跟前。她大胆地咯吱一声打开门，粗壮的小脚沉重地走到沙发旁边，打量着爸爸背对她睡觉的姿势，踮着脚尖吻了吻他枕着头的手。尼古拉转过身，脸上露出慈爱的微笑。

“娜塔莎，娜塔莎！”玛丽雅伯爵夫人在门外恐惧地低声叫道，“爸爸要睡觉。”

“不，妈妈，他不要睡了，”小娜塔莎蛮有把握地回答，“他在笑呢。”

尼古拉垂下腿，站起来，抱起女儿。

“进来吧，玛丽雅。”他对妻子说。玛丽雅伯爵夫人走进屋来，在丈夫旁边坐下。

“我没看见安德留沙跟着我跑来，”她怯生生地说，“我只是……”

尼古拉一手抱住女儿，望了望妻子，看见她脸上的歉意，就用另一只手搂住她，吻了吻她的头发。

“可以亲亲妈妈吗？”他问娜塔莎。

娜塔莎羞怯地微微一笑。

“再来一次！”娜塔莎指指尼古拉吻过的地方，命令似的说。

“我不明白，你为什么认为我心情不好呢？”尼古拉说，仿佛猜透妻子的心事。

“你无法想象，每次你这样，我心里有多难过，多孤单。我总觉得……”

“玛丽雅，别糊涂了。你真不害臊。”他快乐地说。

“我总觉得你不会爱我，我这么难看……总是……而现在又是这个样……”

“嗨，你这人真可笑！人不是由于美才可爱，而是由于可爱才美。只有马尔维纳之类的女人才靠姿色迷人。要是问我爱不爱妻子？我说不，可我不知道怎么对你说才好。你不在，或者我们之间有什么不高兴，我就六神无主，什么事也做不成。譬如问：我爱不爱自己的手指？我不爱，可要是把它割掉……”

“不，我不会那么做，但我心里是明白的。那么你不生我的气了？”

“气得要命！”他笑着说，站起来掠掠头发，在屋里踱步。

“玛丽雅，你知道我在想什么吗？”他们和解了，他立刻把自己的打算告诉妻子。他也不问问她愿不愿意听，他什么都不在乎。他有一个想法，自然也就是她的想法。他告诉她，他想劝皮埃尔在他们家待到开春。

玛丽雅伯爵夫人听丈夫说完，讲了自己的意见，然后讲她的打算。她想的是孩子们的事。

“她现在已经像个大人了。”她指指娜塔莎，用法语说。“你们总是说我们女人缺乏逻辑性。她就是我们的逻辑专家。我说，爸爸要睡觉，可她说：‘不，他在笑呢！’还是她说得对。”玛丽雅伯爵夫人幸福地笑着说。

“对，对！”尼古拉用强壮的手臂抱起女儿，把她举得高高的，让她坐在肩上，抓住她的两只小腿，掮着她在屋里走来走去。父女俩脸上都现出傻乎乎的得意神气。

“要知道，你也许有点不公平。你太宠她了。”玛丽雅伯爵夫人用法语低声说。

“是的，可是有什么办法呢？……我已经竭力不表现出来……”

这时，门廊和前厅里传来门的滑轮声和脚步声，好像有人来了。

“有人来了。”

“那准是皮埃尔。我去看看。”玛丽雅伯爵夫人说着走出屋去。

她一走，尼古拉就扛着女儿急急地在屋里兜圈子。他气喘吁吁，一下子把哈哈大笑的女儿放下，紧紧地搂在怀里。他的跳跃使他想到了跳舞。他望着女儿快乐的小圆脸，不禁想，等他变成老头子了，他将像去世的父亲当年同女儿跳丹尼拉·库波尔舞那样，同娜塔莎跳玛祖卡舞，到那时她会长成什么样子呢？

“是他，是他，尼古拉，”几分钟后，玛丽雅伯爵夫人回来说，“我们的娜塔莎这下子可高兴了。你该去看看她那副开心的模样，他因为迟来挨了多少骂。喂，快去，快去！你们也该分手了。”她含笑望着偎依在爸爸身上的女儿，说。尼古拉拉着女儿的手走出去。

玛丽雅伯爵夫人留在起居室。

“我从没想到会这样幸福！”她低声自言自语，她笑逐颜开，但同时叹了一口气，她那深邃的眼神里流露出淡淡的哀愁，仿佛除了她此刻体验到的幸福之外，她不禁又想到今世不可能得到的另一种幸福。

10

娜塔莎在一八一三年早春结婚，到一八二〇年已有三个女儿和一个儿子。这个儿子她想望已久，现在由她亲自喂奶。她发胖了，身子变粗了，从现在这位强壮的母亲身上很难认出当年那个活泼苗条的娜塔莎。她的面孔定型了，神情娴静，温柔而开朗。她的脸上已没有青春的魅力。现在只能看到她的相貌和体态，完全看不出她的内心活动。她只是一位强壮、美丽和多子女的母亲，难得看到她原来热情的火焰。现在，只有当丈夫回家，孩子病愈，或者跟玛丽雅伯爵夫人一起回忆安德烈公爵（她在丈夫面前从不提安德烈公爵，认为他会吃醋），或者偶尔兴致突发唱起歌来（她婚后已不再唱歌），只有在这些时候，她才会重新燃起热情。而当原有的热情偶尔在她那美丽丰满的身体里重新燃烧时，她就显得格外富有魅力。

娜塔莎婚后同丈夫一起在莫斯科、彼得堡、莫斯科郊区和娘家，也就是尼古拉家里住过。年轻的皮埃尔伯爵夫人难得在交际场中露面，见到她的人对她也没有好感。她一点也不亲切可爱。并不是娜塔莎喜欢孤独（她自己也不知道是不是喜欢孤独，多半是不喜欢），她是因为接二连三地怀孕，生育，喂奶，时刻参与丈夫的生活，无暇参加社交活动。凡是在娜塔莎婚前就认识她的人，看到她这种变化，无不像看到什么新鲜事那样感到惊讶。只有老伯爵夫人凭着母性的本能懂得，娜塔莎的热情都出于她需要家庭，需要丈夫，就像她曾在奥特拉德诺一本正经地说过的那样。做母亲的看到人家不了解娜塔莎，感到惊奇，她总是说娜塔莎是个贤妻良母。

"她爱丈夫和孩子爱到极点，"伯爵夫人说，"简直有点傻。"

聪明人，特别是法国人，都宣扬：一个姑娘婚后不应该不修边幅，疏于打扮，而应该更注意自己的仪表，使丈夫更为她着迷。但娜塔莎却没有遵守这条金科玉律。她正好相反，立即收起自己所有的魅力，而唱歌则是她最迷人的活动。她不再唱歌，就因为唱歌最能使人入迷。她确实变得落拓不羁，既不注意自己的言谈举止，也不向丈夫献媚，更不讲究梳妆打扮，毫不顾忌地向丈夫提出种种要求，什么事都满不在乎。她的行为都违反那条金科玉律。她一开始就把整个身心无保留地奉献给丈夫，因为她认为以前向丈夫施展魅力是出于本能，现在再这样做就只会显得可笑。她觉得她同丈夫的联系，现在靠的不是以前那种充满诗意的感情，而是另一种模糊而牢固的东西，就像自己的心灵同肉体的结合那样。

她认为，梳上蓬松的鬈发，穿上时髦的连衣裙，唱唱抒情歌曲来讨丈夫的欢心，这就像自得其乐地梳妆打扮一样可笑。现在，为讨人喜欢而梳妆打扮，她也许会觉得有趣，但她实在没有工夫。她不唱歌，不打扮，说话不注意措辞，主要是因为她顾不上这些。

当然，人能把全部精力贯注于一件事，不管这件事是多么微不足道。而一旦全神贯注，不论什么微不足道的事就会变得极其重要。

娜塔莎全神贯注的就是家庭，也就是丈夫。她要使他完全属于她，属于家庭。另外，她还要生育、喂养和教育孩子。

她投身于她所从事的活动，不仅用全部智慧，而且用整个心灵。她陷得愈深，那件事就显得愈大，她就愈感到力不从心，因此，即使她全力以赴，还是来不及做完她应该做的事。

妇女权利、夫妻关系、夫妻的自由和权利，当时虽然还没有被当作**问题**，但已像现在一样存在。不过，娜塔莎对这些问题不仅不感兴趣，而且根本不能理解。

这些问题在当时也同现在一样，只对那些把夫妇关系纯粹看成某种满足的人才存在。他们只看到婚姻的开端，而没有看到家庭的全部含义。

这些议论和现在存在的一些问题就像怎样从吃饭中获得最大满足一样，但对于那些认为吃饭的目的是取得营养，结婚的目的是建立家庭的人来说，这种问题是不存在的。

如果吃饭的目的在于使身体得到营养，那么两顿饭一起吃的人也许会感到很大的满足，然而不能达到吃饭的目的，因为胃容纳不了两顿饭。

如果婚姻的目的是建立家庭，那么，希望娶许多妻子或嫁许多丈夫的人也许能得到许多满足，但绝不能建立家庭。

如果吃饭的目的在于得到营养，结婚的目的在于建立家庭，那么，要达到目的，进食就不能超过胃的容量，一个家庭里的夫妻也不能超过需要，就是说只能是一夫一妻。娜塔莎需要一个丈夫，她有了一个丈夫，丈夫给了她一个家庭。另外再找一个丈夫，她不仅认为没有必要，而且由于她全心全意为丈夫和家庭操劳，她不能想象另一种情况，对此也毫无兴趣。

一般说来，娜塔莎不爱交际，但她很重视亲戚关系，珍惜同玛丽雅伯爵夫人、哥哥、母亲和宋尼雅的关系。她会穿着睡袍，披头散发，喜气洋洋，从育儿室大步跑出来，把不再沾着绿色屎斑而是沾着黄色屎斑的尿布给他们看，听他们安慰她说孩子身体好多了。

娜塔莎不修边幅，她的衣着、她的发型、她那不合时宜的谈吐、她的嫉妒心（她嫉妒宋尼雅，嫉妒家庭女教师，嫉妒任何女人，不管她是美是丑）常常成为她周围人们的笑柄。大家都认为皮埃尔被老婆管得服服帖帖，事实也真是这样。娜塔莎婚后一开始就提出她的要求。她认为他生活中的每一分钟都应该属于她和家庭。娜塔莎的这一崭新观点使皮埃尔大吃一惊。皮埃尔对妻子的要求虽然感到惊讶，但又沾沾自喜，完全听从她的话。

皮埃尔对妻子俯首帖耳，表现在他不仅不敢向别的女人献殷勤，而且不敢露出笑容同别的女人谈话，不敢去俱乐部吃饭**作为消遣**，不敢随便花钱，不敢长期出门，除非去办正经事。妻子把学术活动算作正经事，尽管她对此一窍不通，却很重视。作为交换条件，皮埃尔在家里有权处理自己的事，也可以随自己的意思安排全家的事。娜塔莎在家里甘当丈夫的奴隶。皮埃尔工作时，也就是在书房里读书写作时，全家人都踮着脚尖走路。只要皮埃尔表示喜欢什么，他的愿望总能得到满足。只要他一提出什么希望，娜塔莎就立刻跑去加以实现。

全家都遵照实际上并不存在的皮埃尔的吩咐，也就是遵照娜塔莎竭力猜测的丈夫的愿望行事。全家的生活方式、居住地点、社交活动、娜塔莎的工作、孩子的教育，无不遵照皮埃尔的心意，而且娜塔莎还竭力从皮埃尔的言谈中揣测他的意思。她总能准确地猜出皮埃尔的真实心意，一旦猜透，她就坚决去办。如果皮埃尔改变主意，娜塔莎就以他原来的想法反驳他。

他们生活中一度遇到过的困难，皮埃尔永远不会忘记。当时，娜塔莎生下第一个瘦弱的孩子后，先后换了三个奶妈。娜塔莎急坏了。有一天，皮埃尔把他信奉的卢梭思想讲给她听，说请奶妈喂奶违反自然规律，而且对母子都有害。于是娜塔莎在生第二个孩子后，不顾母亲、医生和丈夫的反对，违反当时的风俗习惯，坚持自己喂奶，而且从此以后所有的孩子都由她亲自喂奶。

常常有这样的事：两口子在气头上争吵起来，但在争吵一阵后，皮埃尔常常又惊又喜地发现，不仅是妻子的言谈，而且是她的行动，都反映出他原来的想法。他不仅发现他原来的想法，而且她避而不提他在争吵中说过的偏激话。

过了七年夫妇生活后，皮埃尔高兴地深信自己不是一个坏人，他之所以有这种想法，是因为他从妻子身上看到了自己。他觉得自己内心有善有恶，两者互相遮掩。但在妻子身上只反映出他身上真正善的一面，那些不完善的东西都被抛弃了。这种情况不是通过逻辑思维而是神秘地直接反映出来的。

11

两个月前，皮埃尔已住在罗斯托夫家，他接到费多尔公爵来信，说彼得堡有个协会将讨论重要问题，要他去参加，因为皮埃尔是这个协会的主要创办人之一。

娜塔莎一向阅读丈夫所有的信件，也读了这封信。尽管丈夫出门使她难受，她还是主动劝他去彼得堡。丈夫所从事的脑力劳动她虽然一窍不通，但她还是很重视，唯恐妨碍丈夫的工作。皮埃尔读完信，用胆怯和询问的目光瞧了娜塔莎一眼，娜塔莎答应他去，但要他定下归期。娜塔莎给了他四星期假。

皮埃尔已超假两个星期，娜塔莎一直处于提心吊胆、忧郁烦躁的状态中。

杰尼索夫现在已是一位退役将军，对现状不满，正好这时来到他们家。他看到娜塔莎，就像看到一幅一度心爱的人的不像的画像，感到惊讶和感慨。忧郁无神的目光，答非所问的言谈，关于孩子的谈话，这就是他在原来的天仙身上见到和听到的一切。

这段时间娜塔莎一直忧心忡忡，烦躁不安。母亲、哥哥、玛丽雅伯爵夫人都安慰她，竭力替皮埃尔的迟迟不归寻找原因，为他辩护，但反而使她更加烦躁。

"都是胡说，都是废话，"娜塔莎说，"他的胡思乱想不会有什么结果，那些团体都愚蠢透顶。"她说到他所从事的活动，而原来她却认为这种活动是极其重要的。她到育儿室去喂她的独子彼嘉。

她抱起三个月的小东西，感到他的小嘴在吮吸，小鼻子在呼哧，她获得的安慰超过任何人的劝解。这个小东西仿佛在说："你生气了，你妒忌了，你要向他算账，你又怕了，可我就是他，我就是他……"她无言以对，因为他说的是实话。

在这烦躁不安的两星期里，娜塔莎常常跑到孩子那里去寻求安慰，不断摆弄他，结果奶喂多了，孩子病了。孩子一病，她惊慌失措，但又愿意这样。因为一照顾孩子，就可以分心，不再那么替丈夫担忧。

那天，娜塔莎正在给孩子喂奶，门口传来皮埃尔的雪橇声。保姆知道怎样使女主人高兴，就满面笑容，悄悄地快步走进来。

“他回来了？”娜塔莎连忙低声问，身子不敢动弹，唯恐吵醒刚睡着的孩子。

“回来了，太太。”保姆低声说。

血涌上娜塔莎的脸，她的脚不由自主地动起来，但她不能奔出去迎接，婴儿又睁开眼睛看了一下。“你在这儿。”他仿佛这么说，接着又懒洋洋地咂起嘴来。

娜塔莎轻轻地抽出奶头，把婴儿摇了摇交给保姆，快步向门口走去。但她在门口站住，仿佛由于太高兴而匆忙地放下孩子有点内疚。她又回顾了一下。保姆正抬起臂肘，把婴儿放到小床上去。

“您去吧，去吧，太太，您放心好了！”保姆含笑低声说，主仆之间的关系显然很融洽。

娜塔莎轻快地跑进前厅。

杰尼索夫衔着烟斗从书房来到大厅，这时他才第一次认出娜塔莎的本来面目。她又容光焕发，喜气洋洋。

“他回来了！”她一边跑，一边说。杰尼索夫并不怎么喜欢皮埃尔，但这时他也因皮埃尔回来而感到高兴。娜塔莎一跑进前厅，就看见一个穿皮大衣的休格魁伟的人正在解下围巾。

“是他！是他！真的，是他！”她自言自语，跑过去拥抱他，把他的头贴到自己胸前，然后又把他推开，瞧了瞧他那结着霜花的红润快乐的脸。“对，是他，真高兴，真快乐……”

娜塔莎突然想起等待他两个星期的苦恼，脸上的喜悦顿时消失。她眉头一皱，就向皮埃尔尽情发泄心中的怒气。

“哼，你倒好！你很得意，很开心……可我呢？你至少也得疼疼孩子啊。我自己喂奶，可是我的奶坏了。彼嘉差点儿死掉。你倒开心，是啊，你很开心。”

皮埃尔觉得自己没有错，因为他不可能提前回来。他知道她这样发脾气是不对的，知道过两分钟就会烟消云散，但主要是他心里觉得很高兴，很得意。他想笑，又不敢笑，就装出一副怯生生的可怜相，低下头。

“我没有办法早回来，真的！彼嘉怎么样？”

“现在没什么，我们走吧。你真不害臊！你真不知道你不在我有多难受……”

“你身体好吗？”

“走吧，走吧！”她说，没有放开他的手。他们一起走到屋里。

尼古拉夫妇来找皮埃尔，皮埃尔正在育儿室，用他巨大的右手托着刚睡醒的儿子逗着玩。孩子没有长牙的宽脸上浮起愉快的微笑。风暴已经过去，娜塔莎含情脉脉地望着丈夫和儿子，脸上焕发出快乐明朗的光辉。

“你同费多尔公爵都谈好了吗？”娜塔莎问。

“是的，谈得很好。”

“你看，他抬起头来了。哦，他可把我吓坏了！”

“你看见公爵夫人没有？她是不是真的喜欢他了？……”

“是啊，你可以想象……”

这时，尼古拉伯爵夫妇走进来。皮埃尔没有放下孩子，俯身吻了吻他们，回答他们的问题。不过，尽管有许多趣事要谈，那戴着睡帽、摇晃着脑袋的婴儿显然吸引了皮埃尔的全部注意。

“多么可爱！”玛丽雅伯爵夫人望着孩子说，同时逗着他玩。“尼古拉，我真不懂，”她对丈夫说，“你怎么不懂得这小宝贝有多可爱。”

“我不懂，我看不出来，”尼古拉说，冷冷地瞧着婴儿，“一块肉罢了。我们走吧，皮埃尔。”

“其实他是个慈祥的父亲，”玛丽雅伯爵夫人替丈夫辩解说，“但要等孩子满一周岁……”

“皮埃尔可是很会带孩子，”娜塔莎说，“他说，他的手生来就是为了抱孩子的。你们瞧。”

“不，不就是为了抱孩子。”皮埃尔忽然笑着说，抱起孩子，把他交给保姆。

12

童山庄园也像一切正常的家庭那样有几个不同的圈子，每个圈子保留着各自的特点，但互让互谅，因而形成一个和谐的整体。家里发生的每件事，不论是悲是喜，对所有的圈子都同样重要，但每个圈子的悲喜都有自己的原因。

譬如皮埃尔的归来是一件大喜事，大家都有这样的感觉。

仆人们往往是东家最可靠的评判员，因为他们作评判不是根据东家的谈话和表情，而是根据他们的行动和生活方式。他们看见皮埃尔归来感到高兴，因为知道只要皮埃尔在家，尼古拉伯爵就不会天天去巡视田庄，他还会变得快乐些，和气些，过节时他们还可以得到好礼物。

皮埃尔回来，孩子和女教师也很高兴，因为谁也不像皮埃尔那样常常带他们去参加社交活动。只有他会在古钢琴上弹苏格兰舞曲（他只会弹这一支舞曲），他说用这支舞曲伴奏可以跳各种舞。此外，他准会给所有的人带来礼物。

小尼古拉如今已有十五岁，是个瘦弱聪明的孩子，生着一头淡褐色的鬈发和一双美丽的眼睛。他看见皮埃尔回来也很高兴，因为皮埃尔叔叔（他这样称呼他）是他所崇敬和热爱的人。其实谁也没有教他去特别喜欢皮埃尔，他也难得见到皮埃尔。抚养他的玛丽雅伯爵夫人则竭力要小尼古拉像她那样热爱她的丈夫，而小尼古拉也确实爱姑父，但对姑父多少有点蔑视。他非常喜欢皮埃尔。他不想当尼古拉姑父那样的骠骑兵，也不想得圣乔治勋章，他想做一个像皮埃尔叔叔那样聪明善良而又有学问的人。他在皮埃尔面前总是眉飞色舞，容光焕发。皮埃尔一同他说话，他就脸红，呼吸急促。他听皮埃尔说话总是一字不漏，过后就同德萨尔一起或者独自玩味皮埃尔的每句话。皮埃尔的经历、他在一八一二年以前的不幸遭遇（小尼古拉根据听到的事构思了一幅朦胧的富有诗意的图画）、他在莫斯科的历险、俘虏生活、普拉东的事（他从皮埃尔那里听到的）、他对娜塔莎的爱情（小尼古拉对娜塔莎也有一种特殊的爱），特别是他同小尼古拉记不清的父亲的友谊——这一切使皮埃尔在小尼古拉的心目中成为英雄和圣人。

从皮埃尔谈到他父亲和娜塔莎的片言只语中，从皮埃尔谈到小尼古拉亡父时的激动心情中，从娜塔莎谈到他时审慎而虔诚的态度中，这个初次意识到爱情的孩子猜想他的父亲爱过娜塔莎，临终时又把她托付给朋友。小尼古拉虽然不记得父亲，但父亲是他神秘的崇拜对象，他一想到父亲就心里发紧，又悲又喜，泪水盈眶。因此，皮埃尔回来，小尼古拉也很高兴。

客人们欢迎皮埃尔，因为他一来大家都感到热闹快乐。

家里的成年人欢迎他（更不用说他的妻子了），因为有他在，生活就显得轻松平静。

老太太们欢迎他，因为他带来礼物，还因为他使娜塔莎又变得活泼可爱。

皮埃尔发觉不同的人对他有不同的看法，他总是竭力满足每个人的愿望。

皮埃尔原是个神不守舍、十分健忘的人，如今却根据妻子开的单子，买全了所有的东西。他没有忘记岳母和内兄的委托，没有忘记送给别洛娃的衣料，也没有忘记送给侄儿们的玩具。他刚结婚时，妻子嘱咐他别忘了买这买那，他感到奇怪。而他第一次出门就把这些忘记得一干二净，使妻子十分伤心，他却不明白为什么会这样。后来他习惯了。他知道娜塔莎自己什么也不要，而给别人买礼物，只有他提出来，她才同意他买。现在他给全家人买礼物，感到像孩子一般快乐，而且再也不会忘记这种事。如果娜塔莎责怪他，那只是因为他买得太多，价钱太贵。而娜塔莎的缺点，多数人认为是不修边幅，落拓不羁（皮埃尔却认为是优点），如今又增加了一条，就是吝啬。

皮埃尔成家后，人口多，开支大，但使他惊异的是，他发现实际的开销比原来减少一半，他那陷入困境的经济状况（主要由于前妻的债务）已开始好转。

生活方式变了，钱也用得少了。皮埃尔不再挥金如土，没有随时破产的危险，他再也不愿像以前那样过日子。他觉得他的生活方式从此确立，至死不会改变，而且他也无权改变这种简仆的生活方式。

皮埃尔满面春风地理着他买回来的东西。

“怎么样！”他像店员一样抖开一块印花布说。娜塔莎坐在对面，把大女儿抱在膝盖上，亮晶晶的目光从丈夫身上移到那块衣料上。

“这给别洛娃吗？太好了！”她摸摸衣料说。

“这大概要一卢布一尺吧？”

皮埃尔说了价钱。

“太贵了！”娜塔莎说，“哦，孩子们会高兴的，妈妈也会喜欢的。只是你何必给我买这个！”她又说，忍不住笑，欣赏着一把镶珍珠的金梳。当时这种梳子刚流行。

“是阿迪尔鼓动我买的，她说，买吧，买吧！”皮埃尔说。

“我什么时候戴啊？”娜塔莎把梳子插在发辫上，说，“等我们的玛申卡参加舞会时用吧，说不定到那时又会时兴的。好了，我们走吧！”

他们收拾起礼物，先到育儿室，然后去见老伯爵夫人。

皮埃尔和娜塔莎夹着一包包礼物走进客厅时，老伯爵夫人照例在跟别洛娃摆牌阵。

伯爵夫人已六十多了。她一头白发，戴着睡帽，荷叶帽边围住她的脸，脸上皱纹累累，上唇瘪着，双目无神。

她的儿子和丈夫接连去世，她觉得自己在这个世界上是个被遗忘的人，活着没有任何目的和意义。她吃、喝、睡，身体没病，但没有生活。生活没有给她丝毫印象。她对生活别无所求，只图平静，而平静只有死才能获得。但在死神降临前她还得活下去，也就是还得消磨时间和生命。她身上具有小孩和老人才有的特征。她活着没有任何目的，只需满足身体各种机能的自然要求。她要吃，要睡，要想，要说，要哭，要做事，要生气，等等，只因为她有胃，有脑子，有肌肉，有神经，有肝脏。她做这一切，不是由于客观条件的推动，不像人在精力旺盛时那样集中力量追求一个目的。而忽略其他目的。她说话，只是因为她生理上需要运动肺和舌头。她像婴儿那样哭，是因为她需要擤鼻涕，等等。精力旺盛的人看作目的的事，在她只是一种借口。

例如，她在早晨或头天吃了油腻的东西，要发脾气，于是她首先就把别洛娃耳背作为借口。

她在屋子另一头小声对别洛娃说话。

“今天好像暖和些，老姐妹。”她低声说。别洛娃回答说：“是啊，他们来了。”于是她气愤地咕噜说：“天哪，她又聋又笨！”

另一个借口是鼻烟，她嫌鼻烟不是太干，就是太潮，或者磨得不细。

她发过脾气就脸色蜡黄。使女们一看她的脸色就知道，别洛娃又耳背了，鼻烟又潮了，因此她的脸色又发黄了。就像她需要发脾气一样，她有时也需要动动她那变得迟钝的脑筋，因此摆牌阵成了她的借口。她要哭，就借口哭去世的伯爵。她要惊慌不安，尼古拉的健康就成了借口。她要说说刻毒话，就找玛丽雅伯爵夫人的岔子。她需要动动发音器官（多半是在晚饭后六七点钟，在阴暗的屋子里），就对同一些听众重复讲同一些故事。

老太太的这种心情全家人都知道，尽管谁也不说，而且大家都竭力满足她的愿望。尼古拉、皮埃尔、娜塔莎和玛丽雅之间只偶尔变换一下眼色，相对苦笑，彼此理解，但心照不宣。

不过这些眼色还有另一层意思，就是说她已尽了人生的职责，他们看到的已不是她的全部，有朝一日大家都会像她那样，因此甘愿迁就她，并且为她这个原来很可爱，原来像我们一样充满活力，如今却变得如此可怜的人而克制自己。她不久于人世了[①]——他们的目光这样表示。

家里只有冷酷和愚蠢的人以及孩子不懂得这一点，他们疏远她。

13

皮埃尔夫妇来到客厅，老伯爵夫人照例正在摆牌阵以活动脑筋，因此，她虽然也像皮埃尔或儿子每次出门回来时那样说："是该回来了，是该回来了，宝贝，大家都等急了。哦，这下可好了。"在送她礼物时，她也照例说："可贵的不是礼物，朋友，谢谢你没有忘记我这个老太婆，还带……"皮埃尔这时进来，她显然不高兴，因为她正在摆牌阵，他使她分心。等她摆完牌阵，她才接受礼物。礼物包括：一只精致的牌盒；一只浅蓝色塞夫勒茶杯，杯上绘有几个牧羊女；一只绘有伯爵遗像的金鼻烟壶，遗像是皮埃尔请彼得堡一位微型画家绘制的（伯爵夫人早就想要一只这样的鼻烟壶了）。她此刻不想哭，因此只冷冷地瞧了瞧遗像，专心摆弄那只牌盒。

---

① 原文是拉丁文。

“谢谢你，我的朋友，你使我高兴！”她像往常一样说，“你总算回来了。她也太不像话，你该骂骂你的媳妇。成什么体统！你不在，简直要发疯了，什么也不顾，什么也不记得！”她说着她的那一套，“你瞧瞧，别洛娃，他给我们带来一个多好的盒子。”

别洛娃称赞礼物，也很喜欢送给她的衣料。

皮埃尔、娜塔莎、尼古拉、玛丽雅和杰尼索夫虽有许多话要说，但他们不愿当着老伯爵夫人的面说，倒不是有什么事要瞒着她，而是因为老伯爵夫人许多地方落后了，如果当着她的面谈话，就得回答她一些不合时宜的问题，重复对她说过几次的话——某人去世了，某人结婚了，但她还是记不住。他们照例在客厅里围着茶炊喝茶，皮埃尔回答老伯爵夫人的问题，例如华西里公爵有没有见老，马莉娅·阿列克谢耶夫娜伯爵夫人有没有向她问候，有没有惦记她，等等。这些问题她其实并不关心，别人也不感兴趣。

这种谁也不感兴趣但又无法避免的谈话，在喝茶时始终进行着。全家成年人都围着圆桌喝茶，桌上放着一个茶炊，宋尼雅坐在茶炊旁边。孩子们和男女家庭教师都已喝过茶，从隔壁起居室里传来他们的谈笑声。喝茶时大家都坐在固定的位子上，尼古拉坐在炉边的小桌旁，桌上放着茶。米尔卡是第一代猎犬的崽子，它那双乌黑的大眼睛睁得比平时更大，满脸白毛，此刻躺在尼古拉旁边的安乐椅上，杰尼索夫鬈曲的头发和络腮胡子都已花白，他敞开将军服，坐在玛丽雅伯爵夫人身旁。皮埃尔坐在妻子和老伯爵夫人中间。他讲着他认为老太太会感兴趣并且听得懂的事。他谈到社会上的一些事，谈到老伯爵夫人的一些同辈人，他们当年也很活跃，可如今天各一方，像她一样安度着晚年，收获着早年种下的庄稼的最后一批残谷。老伯爵夫人认为他们才是真正正经的一代。娜塔莎从皮埃尔活跃的言谈上看出，他这次旅行一定很有趣，他有许多话要说，但不敢当着老伯爵夫人的面说出来。杰尼索夫不是家庭成员，因此不明白皮埃尔为什么这样拘谨，再说他对时局不满，又很关心彼得堡的情况，就不断怂恿皮埃尔讲讲谢苗诺夫团刚发生的事，讲讲阿拉克切耶夫的情况，讲讲圣经会[①]的事。皮埃尔有时讲得津津有味，忘乎所以，尼古拉和娜塔莎就把话题拉到伊凡公爵和纳雷施金娜伯爵夫人的健康上来。

“那么，高斯涅尔和塔塔利诺娃[②]还在那么疯疯癫癫地干他们那一套吗？”

“还在干他们那一套吗？”皮埃尔嚷道，“干得比什么时候都卖力。圣经会如今就是政府。”

“这是怎么一回事，我亲爱的朋友？”伯爵夫人问，喝完茶，显然想饭后找个借口发脾气，“你说什么政府，我不明白。”

“哦，是这样的，妈妈，”尼古拉说，知道怎样把话译得让母亲听懂，“就是高里岑公爵创办了一个会，据说，他很得势。”

“阿拉克切耶夫和高里岑，”皮埃尔脱口而出，“如今大权在握，可他们啊，看到到处是阴谋，草木皆兵。”

“哼，高里岑公爵有什么过错？他这人德高望重。我当年在纳雷施金娜家见到过他。”老伯爵夫人生气地说。大家都不作声，她就越发生气，继续说：“如今对谁都说长道短。福音书的团体有什么不好？”她站起来（大家也都站起来），板着脸，向起居室里她的桌旁姗姗走去。

在难堪的沉默中，隔壁屋里传来孩子的笑语声。孩子们那里准有什么开心事。

“好了，好了！”在一片欢乐的笑声中传出小娜塔莎的叫声。皮埃尔同玛丽雅伯爵夫人和尼古拉交换了一个眼色，快乐地笑了。他一直盯住娜塔莎。

“这音乐真是美妙！”他说。

“准是安娜·玛卡罗夫娜把袜子织好了。”玛丽雅伯爵夫人说。

“哦，我去瞧瞧，”皮埃尔跳起来，说，“你知道吗，”他在门口站住说，“我为什么特别喜欢这种音乐？因为它让我知道一切平安。我今天

① 圣经会于1812年由高里岑建立，具有浓厚的政治色彩；后因高里岑失势，于1826年被沙皇尼古拉一世封闭。

② 两人都是神秘主义者，高斯涅尔曾任圣经会会长，塔塔利诺娃是精神协会创始人，后来两人都失败了。

回家，离家越近，就越是担心。我一走进前厅，听见安德留沙的笑声，我就知道家里平安……”

“我懂，我懂得这种感情，”尼古拉附和说，“但我不能去，她织的袜子是给我的一件杰作。”

皮埃尔走到孩子们那里，笑声和叫声更热闹了。“啊，安娜·玛卡罗夫娜，”皮埃尔说，“你到这儿中间来，听好口令，一,二，我说三，你就站到这里来，我来抱你。好，一,二……”传来皮埃尔的声音，接着是一片沉默。“三！”屋里传来孩子们的欢叫声。

“两只，两只！”孩子们叫道。

他们说的是两只袜子。安娜·玛卡罗夫娜有一个绝招，能用一副针织出两只袜子，而且织好后总是当着孩子们的面，得意扬扬地从一只袜子里抽出另一只袜子来。

14

过了一会儿，孩子们来道晚安。他们同所有的人一一吻别，男女家庭教师行过礼也都出去了。只有德萨尔和他的学生小尼古拉留下来。他低声叫小尼古拉下楼去。

“不，德萨尔先生，我要求姑妈让我待在这儿。”小尼古拉低声回答。

“姑妈，让我待在这儿吧！”小尼古拉走到姑母面前说。他脸上露出激动、兴奋和恳求的神色。玛丽雅伯爵夫人瞧了瞧他，对皮埃尔说：

“只要您在这儿，他就不愿离开……”

“德萨尔先生，我回头把他送到您那儿去，晚安！”皮埃尔把手伸给瑞士人，接着笑眯眯地对小尼古拉说：“我们还没见过面呢。玛丽雅，他长得真像……”他转身对玛丽雅伯爵夫人说。

“像爸爸？”孩子说，脸涨得通红，用充满敬意的亮晶晶的眼睛从脚到头打量着皮埃尔。皮埃尔向他点点头，继续他那被孩子打断的话题。玛丽雅伯爵夫人在十字布上绣花；娜塔莎目不转睛地望着丈夫。尼古拉和杰尼索夫要了烟斗抽烟，他们向没精打采地一直坐在茶炊旁的宋尼雅要茶喝，又向皮埃尔打听消息。生着一头鬈发的病弱的小尼古拉坐在不受人注意的角落里，细长的脖子露在翻领外，生着鬈发的脑袋转向皮埃尔，他偶尔打个哆嗦，显然体验到什么强烈的感情。

谈话转到来自最高当局的一些流言蜚语，其中多数是人们很感兴趣的内政问题。杰尼索夫因官场失意而对政府不满，听到彼得堡最近一些丑闻很高兴，对皮埃尔说的事发表了一通尖刻的评论。

“过去被迫当日耳曼人，如今又得跟着塔塔利诺娃和克留德涅尔夫人[①]团团打转，还得读艾加特豪森[②]之流的著作。哼，真该把波拿巴这宝贝放出来！他会让大家头脑清醒的。把谢苗诺夫团交给施瓦茨这样的士兵指挥，像话吗？”他怒吼道。

尼古拉虽然不像杰尼索夫那样专门挑岔儿，但也认为议论政府是大事，而甲当大臣，乙任总督，皇帝说什么话，大臣说什么话都很重要。他认为这一切都应该关心，并向皮埃尔提出各种问题。不过，他们两人问到的不外乎政府高级部门的一些传闻。

娜塔莎深知丈夫的心思和脾气，看出皮埃尔早想转换话题，谈谈他的隐秘思想（他去彼得堡，就是为此要同他的新朋友费多尔公爵讨论一番），于是她问他：他跟费多尔公爵的事[③]进行得怎样了？

“什么事？”尼古拉问。

“就是那些事，”皮埃尔环顾左右说，“大家都看到，情况糟得不能再糟了，一切正派人都有责任尽力挽救局势。”

“正派人又有什么办法呢？”尼古拉微微皱起眉头说，“他们能做些什么呢？”

“听我说……”

“我们到书房里去吧。”尼古拉说。

娜塔莎早就想到该喂孩子了，听见保姆呼唤，就到育儿室去。玛丽雅伯爵夫人跟着她去。男人们到书房里去，小尼古拉乘姑父不注意，也来到书房，坐在靠窗写字台旁的暗角里。

---

① 克留德涅尔夫人（1764—1825），女作家，生于里加，宣扬神秘主义，亚历山大一世曾受她影响。

② 艾加特豪森（1752—1803），德国神秘主义作家。

③ 指十二月党人的革命活动。

“那么，你想怎么办呀？”杰尼索夫问。

“都是些空想。”尼古拉说。

“听我说，”皮埃尔没有坐下，时而在屋子里踱步，时而停下来，一面含糊不清地说，一面迅速地打手势，“听我说。现在彼得堡的形势是，皇帝不问国事。他迷信神秘主义（任何人迷信神秘主义，皮埃尔都不能原谅）。他一味贪图安宁，而安宁只有那些伤天害理、乱砍乱杀如马格尼茨基和阿拉克切耶夫之流才能提供……如果你不亲自过问经济，只贪图安宁，那么，你的管家越厉害，你就越容易达到目的，你同意吗？”他问尼古拉。

“嗯，你说这话干什么？”尼古拉说。

“咳，国家会灭亡的。法庭里盗窃案累累，军队里只用大棒：出操，军屯，人民遭殃，教育荒废。凡是新生的正经的事物统统遭扼杀！谁都明白，再这样下去不行。弦绷得太紧准会断裂，”皮埃尔说（自有政府以来，人们观察政府行为都这么说），“我在彼得堡只对他们说了一点。”

“对谁？”杰尼索夫问。

“这您知道，”皮埃尔皱着眉头，意味深长地望着他说，“我是对费多尔公爵他们那一帮说的。热心教育和慈善事业，固然很好。动机很好，如此而已，而当前形势却需要别的东西。”

这时尼古拉发现内侄在场，就沉下脸向他走去。

“你待在这儿干什么？”

“什么？让他待在这儿吧！”皮埃尔拉住尼古拉的手臂说下去，“这还不够。我对他们说，现在需要别的东西。现在大家都在等待绷紧的弦断裂，大家都在等待不可避免的变革，这时就更应该加强团结，手挽着手来应付普遍的灾难。凡是年富力强的都被拉了过去，腐化堕落。有的沉迷女色，有的醉心名位，有的追求权势金钱，他们都投奔那个阵营。像你我这样还能独立自主的人根本就找不到一个。我说：要扩大我们的圈子。我们的口号是：不能光谈道德，要独立和行动。”

尼古拉离开内侄，怒气冲冲地挪过一把椅子坐下，听皮埃尔说话，不以为然地干咳着，眉头越皱越紧。

“那么，行动的目的是什么呢？”他叫道，“你对政府抱什么态度？”

“抱这样的态度！助手的态度。我们的组织本来无须保密，如果政府允许的话。我们的组织不仅不同政府为敌，而且是个地道的保守派。这是一个纯粹的绅士组织。我们的目的只是不让普加乔夫杀害我们的孩子，不让阿拉克切耶夫把我送去屯垦。我们就是为了这个目的要手挽手地保卫共同的幸福和安全。”

“噢，但秘密组织总是敌对和有害的，它只会产生恶果。”尼古拉提高嗓门说。

“为什么？难道拯救欧洲（当时还不敢妄想由俄国来拯救欧洲）的道德同盟[①]有什么害处吗？道德同盟是一种美德的结合，是一种爱，是一种互助；也就是基督在十字架上所宣扬的。”

娜塔莎在谈话中途走进来，高兴地瞧着丈夫。她并不是因为听了他的话而高兴。她甚至对他的话不感兴趣，因为她觉得这一切太平凡，这一切她早就知道了（她有这样的感觉，因为她知道皮埃尔的心思）。她看到皮埃尔那副兴奋的样子，就感到高兴。

不过，更兴致勃勃地望着皮埃尔的，则是那个从翻领里露出细脖子的被人遗忘的男孩子。皮埃尔的每句话都触动他的心，他无意识地把姑父桌上的火漆和鹅毛笔都捏断了。

“完全不是像你所想的那样，德意志的道德同盟就是这样，我的建议就是这样。”

“哦，老弟，道德同盟只对德国佬有利。这个组织我可不了解，连说都说不上来，”杰尼索夫坚决地大声说，“一切都很糟，很可恶，这我同意，可是道德同盟我不了解，也不喜欢。什么道德，什么同盟！无非是要我听你的！”

皮埃尔微微一笑，娜塔莎也笑起来，但尼古拉的眉头皱得更紧，他竭力向皮埃尔说明，不会发生任何变革，他所说的危险完全是他想象出来的。皮埃尔进行反驳，他的思想更活泼，思路更敏捷，使尼古拉陷入窘境。这使尼古拉更加恼火，因为他不是凭推理，而是凭比推理更有力

① 道德同盟，1808年在普鲁士成立的秘密政治团体，宗旨是反对拿破仑法国，于1810年被法国政府下令解散。俄国十二月党人最初的组织章程曾参考“道德同盟”的政治纲领。

的直觉认为自己的看法是完全正确的。

“我要向你直说，”他说着站起来，神经质地把烟斗推到嘴角，又把它拿下，“我无法向你证明。你说一切都很糟，要发生一场变革，可我看不出来，但你说，宣誓是有条件的。关于这件事我要对你说，你我是至交，这你也知道，但你们要是组织秘密团体反对政府，不管是什么样的政府，我有责任维护政府。如果现在阿拉克切耶夫下令，要我带领一连骑兵讨伐你们，我将毫不犹豫，立刻出动。至于你要怎么说，你就怎么说好了。”

接着是一阵难堪的沉默。娜塔莎终于先开口。她替丈夫辩护，攻击哥哥。她的辩护是笨拙无力的，但她达到了目的。谈话恢复了，但已没有尼古拉刚才说话时那种敌对的气氛。

大家站起来去吃晚饭，这时小尼古拉走到皮埃尔面前。他脸色苍白，眼睛炯炯有神。

“皮埃尔叔叔……您哪……我说……要是爸爸活着，他会同意您的意见吧？”他问。

皮埃尔顿时想到，当他们谈话时，这个孩子身上一定发生过独特的感情波澜和复杂的思想活动。他想到孩子一定听到了他的话，感到懊恼。但不管怎样他得回答他。

“我想他会的。”他勉强说着，走出书房。

孩子低下头，仿佛这时才发现自己弄坏了桌上的东西，他涨红脸，走到尼古拉面前。

“姑父，原谅我，我不是有意这样做的。”他指着折断的火漆和鹅毛笔说。

尼古拉气得身子打了个哆嗦。

“好，好！”他说着把火漆和鹅毛笔扔到桌子底下。他显然勉强忍住怒气，转过身去。

“你根本就不该待在这里！”他说。

15

晚饭时，大家不再谈政治和社团问题，而转到尼古拉最感兴趣的话题：回忆一八一二年。这话题是由杰尼索夫引起的，皮埃尔一谈到这件事，就显得格外可爱和可笑。最后，这几个亲戚在友好的气氛中走散。

饭后，尼古拉在书房里宽衣，对等待已久的管家吩咐了几句，穿着睡袍走进卧室。他发现妻子还坐在写字台旁写字。

“你在写什么呀，玛丽雅？”尼古拉问。玛丽雅伯爵夫人脸红了。她担心她写的东西丈夫不会理解，也不会赞成。

她本不想让他看到她所写的东西，但现在既已看到，她也乐于如实告诉他。

“这是日记，尼古拉。”她说，把一本写满笔迹豪放的文字的淡蓝笔记本递给他。

“日记？……”尼古拉含着嘲弄的口气说，接过笔记本。日记是用法语写的。

“十二月四日。今天大儿子安德留沙醒后不肯穿衣服，路易小姐派人来叫我。这孩子任性而固执。我吓唬他，他更加发脾气。我就假装不理他，同保姆一起帮其他几个孩子穿衣服。我对他说，我不喜欢他。他似乎感到惊讶，好半天不作声；后来他穿着一件衬衣扑到我身上，哇的一声大哭起来，我好不容易才把他哄好。显然，他因为使我伤心而感到难过；后来，晚上我给他单子，他吻着我又伤心地哭了起来。待他温存体贴，一切都能办到。”

“什么单子呀？”尼古拉问。

“我每天晚上给几个大孩子成绩单，看他们品行怎样。”

尼古拉瞧了瞧那双凝视着他的闪闪发亮的眼睛，继续翻阅日记。日记里记的都是做母亲的认为重要的事，反映出儿童的性格和有关儿童教育的想法。大部分都是些鸡毛蒜皮的小事，但在母亲看来并非如此，而此刻初次读到日记的父亲也有同感。

十二月五日的日记写着：

“米嘉吃饭时淘气，爸爸说不给他馅饼吃。他没有吃，眼巴巴地看着别人吃，怪可怜的！我想，罚孩子不准吃馅饼，只会使他们更贪吃。要告诉尼古拉。”

尼古拉放下日记，望望妻子。一双亮晶晶的眼睛带着询问的神情瞧着他，不知道他是不是赞成她的日记。毫无疑问，尼古拉不仅赞成，而且很钦佩妻子。

“也许不必这样苛求，也许根本不需要这样做。”尼古拉想，但她这种孜孜不倦培养孩子品德的精神使他钦佩。尼古拉若能意识到自己的感情，他准会发现，他之所以这样坚定、温柔和自豪地爱着妻子，是因为她有一个崇高的精神世界，这是他所无法达到的。

他以妻子的贤惠善良为荣，面对妻子的精神世界自惭形秽，而他尤其感到高兴的是，她不仅属于他，而且是他的一部分。

“我完全赞成，完全赞成，我的朋友。”尼古拉意味深长地说。他停了停，又说：“可我今天表现不好。刚才你不在书房里。我同皮埃尔争论发了脾气。我忍不住，他真是个孩子。要不是娜塔莎管住他，我真不知道他会怎样。你知道他去彼得堡干什么……他们在那里组织了……”

“噢，这我知道，”玛丽雅伯爵夫人说，“娜塔莎告诉我了。”

“那么，你可知道，”尼古拉一想起他们的争论就很激动，“他要我相信，凡是正直的人，其职责就是反对政府，而宣誓效忠……可惜你当时不在场。要知道他们围攻我，包括杰尼索夫和娜塔莎……娜塔莎挺可笑，她平时把他管得紧紧的，可是一遇到争论，她就没有了主见，而只会重复他的话。”尼古拉添加说，他忍不住想议论议论最亲近的人。他没有想到他说娜塔莎的那些话，完全可以用在他妻子身上。

“是的，这点我注意到了。”玛丽雅伯爵夫人说。

“我对他说宣誓效忠高于一切，可他一味胡扯。可惜你不在，不然你会怎么说呢？”

“照我看，你是完全对的。我对娜塔莎也是这么说的。皮埃尔说，大家都在受苦受难，腐化堕落，我们有责任帮助亲人。他的话当然不错。”玛丽雅伯爵夫人说，“但是他忘了上帝给我们的启示，我们还有其他更迫切的责任，我们自己可以冒险，但不能让孩子们去冒险。”

“对啊，对啊，我就是这样对他说的。”尼古拉附和说，他真的认为他这么说过，“可他还是坚持要爱他人和基督教，而且这一切都是当着小尼古拉的面说的。这孩子当时悄悄溜进书房里，把东西都弄坏了。”

"唉，尼古拉，你要知道，这孩子总是使我担忧，"玛丽雅伯爵夫人说，"他是一个非同寻常的孩子。我怕我忙着照顾我们自己的孩子而把他忽略了。我们大家都有孩子，都有亲人，可他一个亲人也没有。他总是一个人在那儿想心事。"

"但我看你也不用为他而责备自己。一个最慈爱的母亲能为自己孩子做的一切，你都为他做了，而且还在做。对此我当然感到很高兴。他是个好孩子，是个很好的孩子。今天他听皮埃尔说话听得出了神。你真不会想到，我们去吃晚饭，我一看，他把桌上的东西都弄坏了，而且马上向我坦白。我从没见他说过一句谎话。他真是个好孩子，真是个好孩子！"尼古拉一再说，他从来不喜欢小尼古拉，但总认为他是个好孩子。

"我到底不是他的亲娘，"玛丽雅伯爵夫人说，"我感觉到这一点，心里很难过。他是个好孩子，但我很替他担心。他要是有个伴就好了。"

"不要紧，时间不会久的。到夏天我就把他带到彼得堡去，"尼古拉说。"皮埃尔永远是个梦想家，"他继续说，又回到书房里的话题上来，这话题显然使他很激动，"至于阿拉克切耶夫不好，以及诸如此类的问题，那都关我什么事？我结婚时，负债累累，可能被抓去坐牢，可是母亲看不到，她也不了解。那些问题关我什么事。后来有了你，有了孩子，有了事业。我从早到晚坐在账房里，忙这忙那，难道我喜欢这样吗？不，我明白我应该工作，好奉养母亲，报答你，不让孩子们像我过去那样受穷。"

玛丽雅伯爵夫人想对他说，人活着不是单靠食物，他过分看重事业，但她知道没有必要这样说，说也没有用。她只拉起他的手吻了吻。他认为，妻子这一举动是表示赞同他的想法，想了一会儿，继续讲他的想法。

"你知道吗，玛丽雅，"他说，"今天伊里亚·米特罗方内奇（他的管家）从坦波夫乡下回来，说有人肯出八万卢布买那片树林。"尼古拉得意扬扬地说，不久他就能赎回奥特拉德诺庄园，"再过十年，我就能让孩子们过上优裕的生活了。"

玛丽雅伯爵夫人听着丈夫的话，明白他的意思。她知道，每当他说出他的想法时，他会问她，他说了些什么，如果发现她在想别的事，他就会生气。但她总是竭力勉强听着，因为对他的话一点不感兴趣。她眼睛望着他，不是想着别的事，而是感觉到别的什么。她对这个永远不理解她思想的人怀着无限柔情，百依百顺，而且就因为他不理解她的思想而越发爱他。她完全沉浸在这种感情中，因此从不考虑丈夫的计划，她的头脑里还掠过一些与他的话毫不相干的念头。她想到她的侄儿（丈夫说到他在听皮埃尔的谈话时很激动，这很使她吃惊），想到他那多愁善感的性格。她想到侄儿，也想到自己的孩子。她没有拿侄儿和自己的孩子作比较，但她拿她对他们的感情作比较，发现她对小尼古拉的感情有点欠缺。她感到内疚。

有时她认为这种差别是由于孩子们年龄不同，但她对他感到内疚。她暗暗下决心要加以纠正，做她做不到的事，也就是要像基督爱人类那样，一视同仁地爱丈夫，爱孩子，爱小尼古拉，爱一切人。玛丽雅伯爵夫人一直在追求那无限的、永恒的和完美的境界，因此心灵永远得不到安宁。她脸上总是现出一种严肃的表情，反映她那被肉体拖累的心灵崇高而隐秘的痛苦。尼古拉对她望望。

“天哪！她脸上露出这样的神色，我觉得她会死，要是她死了，叫我怎么办？”他想着，然后站在圣像前做起晚祷来。

16

娜塔莎同丈大单独在一起，谈话也像一般夫妻那样，直率地交换想法，不按照逻辑，不发空论，不下断语，而是用与众不同的方式交谈。娜塔莎惯于用这种方式同丈夫谈话，如果皮埃尔把话说得很有逻辑，那就表明夫妻之间有点不和谐。只要他一心平气和地说理，她也学他的样，她就知道他们准要吵架了。

剩下他们两人在一起，娜塔莎就睁大一双幸福的眼睛，悄悄地走到他身边，一把搂住他的头紧摁在胸前，说：“现在你可属于我了，完全属于我了！你逃不掉了！”接着就开始谈话，完全不合逻辑，各谈各的话。他们同时谈论许多问题，这不仅不妨碍彼此理解，而且清楚地表明他们彼此完全理解。

就像做梦一样，梦境里的一切都是荒谬的、无聊的、矛盾的，只有感情是真实的，他们的相处也违背一切常理，语言模糊，不相连贯，只有感情在支配他们的交谈。

娜塔莎对皮埃尔讲到她哥哥的生活，讲到丈夫不在时她多么痛苦，生活多么空虚，讲到她比以前更爱玛丽雅，玛丽雅各方面都比她强。娜塔莎说这些话时，诚恳地承认玛丽雅比她强，但同时又要求皮埃尔喜欢她，而不要喜欢玛丽雅或别的女人，特别是皮埃尔在彼得堡见到许多女人之后，她又一次提醒他。

皮埃尔回答娜塔莎说，他在彼得堡参加许多晚会和宴会，见到那些太太小姐，实在受不了。

"我已经不习惯同那些太太小姐谈话了，"他说，"简直无聊。再说，我自己的事也忙不过来。"

娜塔莎凝神对他看看，继续说：

"玛丽雅真了不起！"她说，"她真理解孩子。她仿佛把孩子的心都看透了。譬如说，米嘉昨天淘气……"

"哦，他真像他父亲！"皮埃尔插嘴说。

娜塔莎明白，皮埃尔为什么说米嘉像尼古拉，他一想到他同内兄的争吵就不痛快，他很想知道娜塔莎对这件事的看法。

"尼古拉就是有这个毛病，凡是大家不赞成的事，他决不同意。不过，我明白你很重视*开拓新局面*。"她重复皮埃尔以前说过的这句话。

"不，主要是，"皮埃尔说，"尼古拉认为思想和推理只是消遣，只是消磨时间。譬如，他收藏图书，而且定下一条规则，不把买来的书（西斯蒙第[①]、卢梭、孟德斯鸠的著作）读完，决不再买新书。"皮埃尔含笑添加说，"你知道，我怎样把他……"他想把语气放缓和些，但娜塔莎打断他，使他感到不必这样说。

"你说，思想对他只是消遣……"

"可是对我来说其他一切都是消遣。现在彼得堡看到所有的人，就像在做梦一样。当我在想一个问题时，其他一切就都只是消遣罢了。"

"唉，你刚才去看孩子，可惜我不在，"娜塔莎说，"你觉得哪一个

① 西斯蒙第（1773—1842），瑞士经济学家和历史学家。

最可爱？一定是丽莎吧？”

“是的，”皮埃尔说，继续想心事，“尼古拉说，我们不该思想，但我办不到。何况我在彼得堡感觉到（我可以告诉你），没有我，事情就完了，各人坚持各人的一套。但我能把大家团结起来，再说我的想法简单明了。我并没有说，我们要反对这个，反对那个。这样我们可能做错事。我只说，凡是喜欢行善的人都联合起来，我们只有一面旗帜，就是积极行善。谢尔基公爵是个好人，也很聪明。”

娜塔莎毫不怀疑，皮埃尔的思想是伟大的，但有一点使她困惑，就是他是她的丈夫。“难道这样一个对社会有用的人就是我的丈夫吗？这是怎么一回事？”她想把她的疑问告诉他。“哪些人能够肯定他比大家都聪明呢？”她问自己，并且逐个想到皮埃尔所尊敬的人。根据他的话判断，他最尊敬的人要算普拉东了。

“你知道我现在在想什么吗？”她问，“我在想普拉东。他怎么样？要是他在，他会赞成你的行为吗？”

皮埃尔对这个问题一点也不感到惊讶。他理解妻子的思路。

“普拉东吗？”他说，沉吟了一下，显然在认真考虑普拉东对这事的看法，“他也许不能理解，不过我想他会赞成的。”

“我真爱你！”娜塔莎突然说，“非常非常爱你！”

“不，他不会赞成的，”皮埃尔想了想说，“他会赞成我们的家庭生活。他希望看到处处是一片高雅、幸福、安宁的景象，我会自豪地让他看看我们。噢，你说到离别，你真不知道我们离别后我对你怀着多么特殊的感情啊……”

“是啊，还有……”娜塔莎说。

“不，不是那个意思。我一直是爱你的，爱得不能再爱，尤其是……是啊……”他没有把话说完，因为他们目光相遇，把没有说完的话都表达了。

“说什么度蜜月开头最幸福啦，都是胡扯，”娜塔莎突然说，“相反，现在才是最幸福。只要你不出门就好。记得我们怎样吵嘴吗？每次都是我不对，都是我不对。我们吵什么，我已记不起来了。”

“都是为了一件事，”皮埃尔含笑说，“吃醋……”

“别说了，我不要听。”娜塔莎嚷道，眼睛里露出冰冷的凶光。“你见到她了？”她停了停，问。

“没有，即使见到也不认识了。”

他们沉默了一会儿。

“哦，你知道吗？你在书房里说话的时候，我一直望着你，”娜塔莎说，显然想竭力驱散在他们之间升起的阴云，“那孩子跟你简直一模一样（她是指儿子）。哦，我该到孩子那儿去了……奶来了……真舍不得离开你。”

他们又沉默了一会儿。然后两人同时转过身来面对着面，同时说起话来。皮埃尔得意扬扬，娜塔莎满面春风。他们同时开口，接着又同时住口，让对方先说。

“你说什么？说吧，说吧！”

“不，你说，我只是随便说说。”娜塔莎说。

皮埃尔继续他的话题，就是得意扬扬地谈他在彼得堡取得的成功。这当儿，他觉得他负有使命，要向全俄和全世界指明新的方向。

“我只是想说，凡是具有伟大影响的思想都是很简单明了的。我的全部思想只是，如果坏人结合成一股势力，那么好人也应该这样做。这道理很简单。”

“对。”

“那么你想说什么？”

“我只是随便说说。”

“不，你究竟要说什么？”

“没什么，只是点小事，”娜塔莎说，笑得更加容光焕发，“我只想说说小彼嘉，今天保姆把他从我手里抱过去，他笑了，眯起眼睛，紧紧贴在我怀里，他准以为这样就可以躲起来了。真可爱。哦，他在哭了。好了，再见！”她说着走了出去。

这时，楼下小尼古拉的卧室里照例点着一盏小灯。这孩子怕黑，这个毛病总是改不掉。德萨尔高枕着四个枕头睡着了，他那挺拔的高鼻子发出均匀的鼾声。小尼古拉刚醒来，出了一身冷汗，睁大眼睛坐在床上，瞪着前方。他做了一个噩梦，梦见他跟皮埃尔都戴着普鲁塔克[1]著作插图中的那种头盔。他和皮埃尔叔叔率领一支大军，这支大军由白色的斜线组成。这种斜线有点像秋天里飘荡的蛛丝。德萨尔曾把它称为游丝。前面是光荣，也是飘忽不定的丝线，只不过稍微粗一点。他同皮埃尔轻松愉快地跑去，离目标越来越近。突然，牵引他们的线松弛了，纠缠在一起，停住不动。尼古拉姑父站在他们面前，神态威严可怕。

"这是你们干的吗？"他指着断裂的火漆和鹅毛笔说，"我爱过你们，但阿拉克切耶夫命令我，谁前进，就干掉谁。"小尼古拉回头看看皮埃尔，皮埃尔已不在了。皮埃尔变成他父亲安德烈公爵，父亲的形象不清楚，但他在那里。小尼古拉看见父亲，对他无限眷恋，但觉得自己软弱无力，萎靡不振。父亲亲他，疼他。但尼古拉姑父越来越逼近他。小尼古拉大吃一惊，就醒来了。

"父亲，"他想，"父亲（尽管家里有两张画得很像的安德烈公爵像，但小尼古拉并没有把他想象成一个人的形象），父亲同我在一起，他疼我。他称赞我，称赞皮埃尔叔叔。不论他说什么，我一定照办。穆西乌斯·赛沃[2]烧了他的手。为什么我在生活中就不会遇到这样的事？我知道他们要我学习。我会学习的。等学习完了，我就去做事。我只求上帝一件事，让我遇到像普鲁塔克英雄们遇到的那种事，我一定像他们一样去做。我会做得比他们更好。大家都会知道我，爱我，称赞我。"小尼古拉突然感到胸口揪紧，失声痛哭起来。

"您不舒服吗？"他听见德萨尔在问。

"没有。"小尼古拉回答，又躺到枕头上。"他是个好人，那么和气，我喜欢他，"他想到德萨尔，"还有皮埃尔叔叔！他是个多好的人哪！还有父亲呢？父亲！父亲！我一定要做得连他都满意……"

---

① 普鲁塔克是古希腊史学家，著有《希腊罗马伟人传》。

② 古罗马传说中的英雄，他为拯救罗马烧手以表决心。

第　二　部

1

历史是研究各民族生活和人类生活的科学。要直接掌握和叙述人类的生活，即使是一个民族的生活，也是不可能的。

古代史学家都用同一种方法叙述和探索那几乎无法探索的一个民族的生活。他们叙述统治一个民族的个别人的活动，认为他们的活动反映了整个民族的活动。

至于个别人怎样使整个民族按照他们的意志行动，他们的意志又是受谁支配的，对这两个问题古人回答说：第一个问题，是神的意志使各民族服从一个特选的人的意志；第二个问题，还是神指引特选的人去达到既定的目标。

对古人来说，要解答这些问题就必须相信，是神直接干预了人类的事。

近代史在理论上否定了这两个论点。

古人认为是神支配着人类，是神指引着各个民族去追求既定的目标。近代史既然否定了这两点，那么，它就不应该研究形成政权的表面现象，而应该研究形成政权的原因。但近代史并没有这样做。它在理论上否定了古人的观点，在实践中却跟着古人走。

近代史否定前人提出的赋有神权和直接受神意引导的人物，代之以天赋非凡的英雄，或者领导群众的各种人物，从帝王到记者。近代史否定以前符合神意的犹太、希腊、罗马等民族的目标（古人认为这就是人类活动的目标），代之以自己的目标，那就是法国人、德国人、英国人的福利，并极其抽象地提出全人类文明的福利，而所谓全人类就是指占欧洲大陆西北角一小块地方的几个民族。

近代史否定了古人的信仰，却没有提出新的观点，而现实的逻辑却迫使表面上否定帝王赋有神权和古人服从天命的观点的史学家走到老路上去，那就是：第一，承认各民族是由个别人物领导的；第二，各民族和全人类都朝着某种既定的目标行动。

从吉本[①]到巴克尔[②]的近代史学家，他们之间表面上似乎存在分歧，他们的观点似乎新颖，其实他们的全部著作仍以这两个无法避免的陈旧论点为基础。

第一，史学家描写的是个别人物的活动，而且照他看来，这些个别人物是领导着人类的（有人认为帝王将相是这样的人物，有人则认为除了帝王和演说家，学者、改革家、哲学家和诗人都是这样的人物）。第二，史学家知道人类所追求的目标（有人认为这个目标就是罗马、西班牙、法国的国力强盛，有人则认为这个目标就是世界上一小块叫作欧洲的土地的自由、平等和某种文明）。

一七八九年巴黎发生了一场骚动，它扩大，蔓延，发展成为自西向东的民族运动。这个运动几次向东推进，同自东向西的相反运动发生冲突，一八一二年达到极限——莫斯科；然后，出现了一个完全对等的自东向西的运动，并且同第一次运动一样，中欧各民族都卷入了。这次相反的运动达到它的西方极限——巴黎，然后平息下来。

在这二十年间，大量田地荒芜，房屋焚毁，商业改变方针，千百万人破产，千百万人发财，千百万人流离失所，千百万宣扬爱人精神的基督徒互相残杀。

这一切表明什么呢？为什么会发生这样的事？是什么促使这些人焚烧房屋、残杀同类？这些事件的原因是什么？是什么力量促使人们这样做？人们接触到那个时期运动的遗迹和传说，不禁要提出这些天真而合理的问题。

要解决这些问题，人们向历史学求教，因为历史学是认识民族和人类的科学。

如果历史学仍保持陈旧的观点，它就会说：神要奖赏或惩罚人民，

① 吉本（1737—1794），英国史学家，著有《罗马帝国衰亡史》等。

② 巴克尔（1821—1862），英国社会学家，实证论者，著有《英国文明史》等。

就赋予拿破仑权力，并以神的意志引导他达到神的目标。这个答案可说是明确圆满的。拿破仑赋有神意，这一点可信可不信，但对相信的人来说，那个时期的历史是可以理解的，其中不可能有任何矛盾。

但近代史不能这样回答问题。科学不承认神直接参与人类活动的陈旧观点，因此得另作解答。

近代史回答这些问题说：你们要知道这个运动的意义吗？它怎么会发生？什么力量造成这些事件？请听：

“路易十四是个狂妄自大的人，他有哪几个情妇，有哪几个大臣，他把法国治理得很糟。路易的继承人也是些软弱无能之辈，他们也不会治理法国。他们有哪几个宠臣，有哪几个情妇。有些人当时就写了书。十八世纪末，巴黎聚集了二三十人，他们宣扬人人平等和自由。从此所有的法国人相互残杀起来。这些人杀了国王和其他许多人。这时法国出了一个天才人物拿破仑。他无往而不胜，也就是说杀了许多人，因为他赋有天才。后来他找了个借口去屠杀非洲人，杀了许许多多人。他又聪明又狡猾，回到法国，就要大家听他的命令。大家都服从他。他当上皇帝，又到意大利、奥地利、普鲁士杀人。他在那里又杀了许多人。俄国当时有个亚历山大皇帝，他决心要恢复欧洲秩序，因此就同拿破仑打起来。但在一八〇七年，他突然同拿破仑交好，而到一八一一年两人又翻脸，他们又杀了许多人。后来拿破仑带领六十万人马到俄国，占领了莫斯科；后来他又突然从莫斯科逃走。于是亚历山大皇帝听取斯坦因等人的劝告，把全欧洲的力量联合起来，对抗破坏欧洲和平的人。拿破仑的盟国突然都变成他的敌人，这支大军就去攻打拿破仑新集合起来的武装力量。盟军打败了拿破仑，进入巴黎，迫使拿破仑退位，把他流放到厄尔巴岛，但没取消他的皇帝称号，各方面对他表示敬意，虽然五年以前和一年以后大家都认为他是个无法无天的强盗。后来路易十八即位，但对此人法国人和盟国人一直加以嘲笑。拿破仑则挥泪向老近卫军告别，被迫退位流放。然后，精明老练的政治家和外交家（特别是塔列兰，他抢先占据首位，从而扩大法国领土）在维也纳举行谈话，这些谈话使有些国家得益，有些国家吃亏。外交家和君王突然又差点争吵起来，他们又准备命令军队互相残杀，不料这时拿破仑又带领一营人回到法国，仇恨他的法国人立刻又向他屈服。但盟国君王们因此大为震怒，又同法国人打起来。他们把天才的拿破仑打败，又立即把他称作强盗，把他放逐到圣赫勒拿岛。这个流放者离开他心爱的人们和心爱的法国，在孤岛岩石上慢慢死去，把他伟大的业绩留给后代。于是反动势力又在欧洲抬头，各国君王又继续欺凌他们的人民。”

你们别以为这是嘲弄，是对历史著作的讽刺。相反，这是对**所有**史学家——从回忆录的作者，国别史、通史和当时**文化**史的作者——所编著的矛盾百出和答非所问的答案的最温和论述。

这些答案之所以怪诞可笑，是因为近代史好像一个聋子，回答着没有人提出的问题。

历史的目的如果是论述人类和各民族的运动，那么第一个问题（不回答这个问题，其他一切就无法理解）就是：各民族的运动是由什么力量推动的？对这个问题，近代史煞费苦心地提出各种答案，不是说拿破仑天才横溢，就是说路易十四狂妄自大，哪些作家写了哪些著作。

这一切可能都是事实，人们也会同意这种说法，但答非所问。这一切也许很有意思，如果我们承认神权，而神权又凭自身力量，一贯通过拿破仑、路易之流和历史作者来统治各民族，但我们并不承认神权，因此，在谈论拿破仑、路易之流和历史作者之前应该阐明这些人物和各民族运动之间的关系。

如果不是神权而是另一种力量起作用，那就要说明这种新的力量是什么，因为历史的全部旨趣就在于这种力量。

史学家似乎认为这种力量是尽人皆知的。尽管大家都想承认这种力量是已知的，但即使饱读史书的人也不禁要问：连史学家对这种新的力量都众说纷纭，怎么能说它尽人皆知呢？

2

什么是推动各民族的力量？

传记作家和国别史家认为，这力量就是英雄和君王所赋有的权力。按照他们的说法，各种事件完全是由拿破仑、亚历山大或者他们所叙述的那些人物的意志所决定的。他们这种答案，只有当一个史学家就某一事件作答时，才差强人意。但当不同国籍、不同观点的史学家论述同一事件时，他们的答案就毫无意义，因为他们对这种力量的看法不仅各个不同，甚至完全相反。一个史学家说，某个事件是由拿破仑的权力造成的；另一个史学家说，它是由亚历山大的权力造成的；而第三个史学家却说，它是由第三者的权力造成的。除此以外，这类史学家甚至在解释某人权力所依靠的力量时其意见也是互相矛盾的。波拿巴派的梯也尔说，拿破仑的权力是建立在他的德行和天才之上的；共和派的朗弗里[①]则说，他的权力是建立在欺诈和愚弄人民之上的。因此，这类史学家互相攻讦，使人无法理解造成事件的力量，他们对重大的历史问题没有作出任何解答。

研究各国历史的通史家似乎认为传记作家阐述造成事件力量的观点不正确。他们不承认这种力量是英雄和君王天赋的权力，他们认为它是多种不同力量作用的结果。通史家描述一场战争或一个民族被征服时，不是从一个人的权力上寻求原因，而是从许多跟事件有关的人的相互作用中寻求原因。

根据这种观点，历史人物的权力是由许多力量形成的，因此，似乎不能把它当作造成事件的力量。然而，通史家却常常仍把权力看作一种造成事件的力量，认为它是造成事件的原因。按照他们的论述，历史人物是他们时代的产物，他的权力只是各种不同力量互相作用的结果；有时他们认为，历史人物的权力是一种造成事件的力量。例如，盖尔温努斯[②]、施洛塞尔[③]等人，时而认为拿破仑是革命和一七八九年思想的产物，时而又干脆说，一八一二年远征和他们不喜欢的一些事件只是拿破仑错误意志的产物，由于拿破仑的专横独断，一七八九年思想的发展遇到了阻碍。革命思想和群众情绪产生了拿破仑的权力，而拿破仑的权力又压制了革命思想和群众情绪。

这种奇怪的矛盾并非偶然产生的。这种情况不仅随处可见，而且通

---

① 朗弗里（1828—1877），法国史学家，著有《拿破仑一世史》。

② 盖尔温努斯（1805—1871），德国史学家，著有《十九世纪史》。

③ 施洛塞尔（1776—1861），德国史学家，著有《世界通史》十九卷。

史家的论著从头到尾都充满这种矛盾。这种矛盾之所以产生，是因为通史家一开始分析，就半途而废。

要把几种分力组成一个合力，分力的总和必须等于合力。通史家从来不注意这个条件，因此，要说明合力，在找不到足够的分力的情况下，就假设还有一种决定合力的不可解释的力量。

传记作家在论述一八一三年远征或者波旁王朝的复辟时，直率地说，这些事件是亚历山大的意志造成的。但通史家盖尔温努斯反驳传记作家的这种观点，认为一八一三年远征和波旁王朝复辟，除了亚历山大的意志以外，还由于斯坦因、梅特涅、斯塔尔夫人、塔列兰、费希特、夏多布里昂等人的行动造成的。这位传记作家显然把亚历山大的权力分为以下几种分力——塔列兰、夏多布里昂等人的作用；但是这几种分力的总和，也就是夏多布里昂、塔列兰、斯塔尔夫人等人的相互作用，显然不等于整个合力，也就是千百万法国人服从波旁王朝这一现象。夏多布里昂、斯塔尔夫人等人相互说了什么话，只表明他们之间的关系，并不表明千百万人的服从。因此，要说明他们这些关系怎样使千百万人服从，也就是等于一个A的那些分力怎样得出等于一千个A的合力的，这位史家又不得不回到他所否定的权力，也就是不得不承认一种无法解释的影响合力的力量。通史家就是这样做的。结果他们不仅与传记作家矛盾，而且自相矛盾。

乡下人不懂得下雨的原因，他们说“风吹乌云散”还是说“风吹乌云来”，要看他们要雨还是要晴。通史家也是这样的：他们说事件造成权力，因为这样说符合他们的理论；当他们需要其他论点时，他们就说，权力造成事件。

第三类史学家是所谓**文化**史家，他们遵循通史家的道路，有时认为作家和女人是造成事件的力量。他们认为这种力量在于所谓文化，在于智力活动。

文化史家完全步前辈通史家的后尘，因为，如果历史事件可以用某些人的相互关系来说明，那么，历史事件为什么不可以用某些人写了某些书来说明？文化史家从每个重要现象的大量特征中选出智力活动这一特征，说这个特征就是事件的原因。但是，尽管他们竭力证明智力活动是事件的原因，我们只有作出重大让步，才能承认智力活动与民族运动有某些联系，但我们绝不能承认是智力活动指导了人们的行动，因为一面宣扬人人平等，一面发生法国革命的残酷屠杀，一面宣扬博爱，一面进行战争和施行死刑，这些现象同这种假定是格格不入的。

但即使承认充斥史书的荒诞离奇的论点是正确的，承认各民族是受一种所谓**观念**的模糊力量支配的，历史的主要问题仍没有得到解答，或者，除了以前君王的权力，除了通史家所提出的顾问和其他人的影响，还要加上另一种力量——**观念**，而**观念**同群众的关系则有待说明。说拿破仑拥有权力，因此发生了事件，这还可以理解；说拿破仑与别的势力结合，成为事件的原因，这退一步也可以理解；但是一本《民约论》使法国人互相残杀，如果不说明这种力量同那个事件的因果关系，那就无法理解了。

毫无疑问，同时存在的事物之间都存在着联系，因此从人们的智力活动和他们的历史运动中也可以找到某种联系，就像在人类运动和商业、手工业、园艺等任何行业之间可以找到这种联系一样。但是，为什么文化史家认为人类的智力活动是全部历史运动的原因或表现，这就令人难以理解了。史学家的这种结论只能用以下两点来说明：第一，历史是由学者写的，因此他们自然乐于认为，他们那个阶层的活动是全人类运动的基础，就像商人、农民和军人也有同样的情况（只是由于商人和军人不写历史，所以没有形诸文字）；第二，精神活动、教育、文明、文化、观念，这都是些模糊不清的概念，借这种概念就最容易使用意义更不清楚因而可以随意编成理论的文字。

且不说这类历史著作的内在价值（也许它对某个人或某件事有用），值得注意的是，文化史越来越接近通史，它们认真地详细分析各种宗教、哲学和政治学说，认为它们是事件的原因，例如把一八一二年远征这样的历史事件说成是权力的产物，说得明白些，是拿破仑意志的产物。文化史家这样说，就不由得自相矛盾，表明他们臆想出来的新力量并不能说明各种历史事件，而他们不承认的那种权力才是理解历史的唯一途径。

3

一辆火车头在行进。如果有人问，它怎么会移动？一个农民回答说：鬼在推它。另一个农民回答说：火车头行进是因为它的轮子在转。第三个农民回答说：火车头移动的原因在于风把烟往后吹。

农民是驳不倒的。要驳倒他，就得向他证明，鬼是没有的，或者让另一个农民向他解释，推动火车头的不是鬼而是德国人。直到彼此矛盾，他们才明白，他们两个都错了。但那个说原因在于轮子转动的，他会把自己驳倒，因为只要他进行分析，就得不断探索，他就得解释轮子转动的原因。在他没有找到被压缩在锅炉里的蒸汽是火车头移动的最终原因之前，他就不能停止探索。那个说，风把烟往后吹是火车头移动的原因的人，看出车轮转动不是原因，于是就把首先看到的迹象当作原因。

唯一能够解释火车头运动的概念是同所见到的运动相符的力的概念。

唯一能够解释各民族运动的概念是和各民族全部运动相符的力的概念。

不过，对这一概念，不同的史学家有截然不同的理解，他们所理解的力与所见到的运动也不相符。有人认为这是英雄们天赋的力，就像农民认为火车头里有鬼一样；有人认为力是由其他几种力形成的，就像农民认为车轮的运转产生了力一样；又有人认为力是受智力影响的，就像第三个农民认为风吹烟动产生了力一样。

只要历史所写的是个别人物，不论他们是恺撒，是亚历山大，是路德，还是伏尔泰，而不是参加事件的**全体人员**，毫无例外的**全体人员**，那么，它就不能不把别人向着一定目标活动的力归于个别人。而史学家在这方面所知道的唯一概念就是权力。

权力这个概念是处理现在所记述的历史材料的唯一手段，谁破坏这个手段，像巴克尔那样，而又不懂得研究历史的其他方法，谁就失去研究历史的唯一可能。用权力概念来解释历史，这在通史家和文化史家身上表现得最为明显，他们表面上摈弃权力这个概念，其实每一步都在运用它。

历史科学在对待人类问题上有点像流通货币：纸币和硬币。传记和国别史有点像纸币。纸币可以使用，可以流通，行使它的职能，对任何人无害，甚至有益，只要不问它拿什么作储备。英雄们的意志怎样造成事件？只要抛开这个问题，那么，梯也尔之流的历史就将是有趣的，有益的，甚至富有诗意。但是，纸币太容易印制，印得太多，或者大家都想拿它兑换黄金，纸币的实际价值就成了问题。同样，这类历史写得太多，或者有人天真地问："拿破仑靠什么力量做到这一步？"这就是想拿纸币换成纯金，这类历史的真正价值也就成了问题。

通史家和文化史家就像那种人，他们认识到纸币的缺点，决定铸成比黄金轻的硬币以代替纸币。这种硬币确实也**叮当作响**，但只是**叮当作响**而已。纸币还能欺骗无知的人，但只能叮当作响的假金币却欺骗不了任何人。黄金之所以为黄金，是因为它不仅可以供交换，而且可以铸东西。同样，通史家只有在能够回答"权力是什么"这个历史主要问题的时候才是真金。通史家回答这个问题时矛盾百出，而文化史家则回避这个问题，即使回答，也是牛头不对马嘴。金属筹码有点像黄金，但只能在承认它可以代表黄金的人们中间流通，或者在不识真金的人们中间流通。通史家和文化史家也是如此，他们不回答人类的主要问题，他们只是为了某种目的供大学和爱读正经书的人使用的"硬币"。

4

古人认为，一个民族的意志总是服从一个由神选出来的人，而那个人又服从神的意志。如果摈弃这种观点，那么，历史著作就得从以下两种观点之中选择一种，或者恢复神直接干预人类事务的旧信念，或者明确解释那造成历史事件、被称为权力的力量的意义，否则就会矛盾百出，寸步难行。

恢复第一种说法是不可能的，因为旧信念已被打破，所以必须解释权力的意义。

拿破仑召集军队，发动战争。这类事大家都不会感到奇怪，这种观点大家也都习以为常，因此，为什么拿破仑一声令下，六十万人马就投入战斗，这问题就提得毫无意义。他拥有权力，因此他的命令就得到执行。

如果我们相信权力是神赋予他的，这个答案就十分圆满。但如果我们不承认这一点，那就得弄明白，一个人可以统治许多人，这种权力是怎么一回事。

这种权力不可能是一个强者体力上压倒一个弱者的权力，也就是使用体力或以体力相威胁的那种优势，例如赫拉克勒斯[①]的权力。这种权力也不能建立在精神优势之上，像某些史学家天真地想象的那样。他们说，历史上的大人物都是英雄，就是赋有特殊精神和智慧，赋有所谓天才的人物。这种权力不可能建立在精神优势之上，因为，且不说拿破仑之流的英雄人物，对他们的道德品质众说纷纭，历史向我们表明，路易十一也好，梅特涅也好，他们虽统治着千百万人，但精神上并没有什么特殊优点，相反，他们在精神上往往远不如被他们统治的千百万人中的任何一个。

如果权力的源泉不在于掌权的人的体力和智慧，那么，这种权力的源泉一定不在于人，而在于掌权的人同群众的关系之中。

法学对权力就是这样理解的，它像兑换银行那样，要把权力这一历史理解兑换成纯金。

权力是群众意志的总和，群众明白表示或默许把权力交给他们所选出的统治者。

在法学领域讨论国家和权力怎样安排（如果可以安排的话）时，这一切都是十分清楚的，但应用到历史上时，权力这个定义就需要加以解释。

法学看待国家和权力，就像古人看待火那样，把它看作绝对存在的东西。不过，在历史上，国家和权力只是一种现象，就像现代物理学认为，火不是一种元素，而是一种现象。

由于历史学和法学观点的根本分歧，法学可以按照自己的意见详细

① 希腊神话中的大力士。

说明权力应当怎样构成，以及永恒不变的权力是什么，但对随着时间的推移而不断变化的权力的意义这一历史问题，却完全无法回答。

如果权力是交给统治者的群众意志的总和，那么普加乔夫是不是群众意志的代表？如果不是，那么为什么拿破仑一世是代表呢？为什么拿破仑三世在布伦被俘时是个罪犯，而后来那些被他逮捕的人又成了罪犯呢？[①]

宫廷政变有时参加的只有两三个人，是不是也要把群众意志移交给一个新人呢？在国际关系中，是不是也要把一个民族的群众意志移交给外来征服者呢？一八〇八年莱茵联盟的意志是不是移交给了拿破仑呢？一八〇九年，俄军联合法军去打奥地利，俄国人民的意志是不是移交给了拿破仑？

这些问题可以有三种答案。

第一，群众的意志总是无条件地交给他们选出的统治者或统治者们，因此，任何新权力的出现，任何反对既定权力的斗争，都应看作对现存权力的破坏。

第二，群众的意志是在一定的明确条件下交给统治者的，任何限制、冲击，甚至摧毁权力的事件都是因统治者不遵守交权的条件造成的。

第三，群众的意志是有条件地交给统治者的，但这些条件是不明确的，而许多权力的出现，它们的斗争和灭亡，只是由统治者或多或少地履行这种不明确的条件造成的，而群众的意志则是根据这些条件由一部分人交给另一部分人的。

史学家解释群众和统治者的关系就有这样三种方式。

有些史学家，就是上面提到的那些传记作家和专题史家，不懂得权力的意义，天真地认为，群众意志的总和是无条件地交给历史人物的，因此在叙述某种权力时，他们就把这种权力看作绝对的真正的权力，任何反对这种权力的力量都不是权力，而是对权力的侵犯，是一种暴行。

他们的理论只适用于原始的和平的历史时期，而在各民族复杂动荡的时期，各种权力同时出现，互相斗争，他们的理论就不适用了，因为

① 拿破仑三世三次夺取帝位，前两次失败，第三次成功。

保皇派史学家将会证明，国民议会、执政府和波拿巴都是权力的侵犯者，而共和派史学家将会证明国民议会是真正的权力，波拿巴派史学家将会证明帝国是真正的权力，其他一切都是权力的侵犯者。显而易见，这些史学家相互驳斥，各执一词，他们的解释只能哄哄小孩子罢了。

另一类史学家认为这种历史观是错误的。他们说，权力的基础是群众意志的总和有条件地交给统治者，历史人物只有在执行人民意志向他们默许的政纲时才有权力，至于究竟是些什么条件，史学家没有告诉我们，即使告诉我们，他们的话也总是自相矛盾的。

每个史学家按照他对民族运动目的的看法，认为这些条件就是法国或其他国家的强盛、财富、自由和公民的教育。但是，且不说史学家对这些条件看法的矛盾，就算有一个包括这些条件的共同纲领，我们也可以看到，历史事实和这种理论总是背道而驰的。如果交权的条件在于财富、自由和人民的教育，那么，为什么路易十四和伊凡四世都能享尽天年，而路易十六和查理一世却被人民送上断头台？对这个问题史学家回答说，路易十四违反政纲的行为在路易十六身上得到了报应。那么，为什么这种行为不报应在路易十四或路易十五身上？为什么偏偏报应在路易十六身上呢？报应的期限有多长呢？这些问题得不到答案，也是无法回答的。按照这种观点就很难解释，为什么群众意志的总和几世纪里一直掌握在某些统治者及其继承人手里，然后突然开始在五十年间移交给国民议会，移交给执政府，移交给拿破仑，移交给亚历山大，移交给路易十八，再次移交给拿破仑，移交给查理十世，移交给路易·菲利浦，移交给共和政府，移交给拿破仑三世。在解释人民意志迅速从一个人手里移交到另一个人手里，特别是涉及国际关系、征服和联盟等事时，这些史学家不得不承认，有些人民意志的转移不是正常转移，而是由于狡诈、错误、阴谋或外交家、帝王和政党领袖的软弱而发生的偶然事件。因此，这些史学家认为，大部分历史现象——内战、革命、征服——不是自由意志转移的结果，而是一个或几个人错误意志转移的结果，或者说，又是对权力的侵犯。因此，史学家认为这类历史事件是背离理论的。

植物学家看见一些植物从双子叶种子里长出来，就坚持认为一切植物都要长成两片叶子，而对于那些长大的棕榈、蘑菇，甚至栎树，他就认为这些植物背离了理论。这些史学家有点像这个植物学家。

第三类史学家认为，群众意志交给历史人物是有条件的，至于有哪些条件，我们不知道。他们说，历史人物之所以有权力，是因为他们执行了交给他们的群众意志。

这样说来，如果推动各民族前进的力量不在历史人物手里，而在各民族人民手里，那么历史人物还有什么意义呢?

这些史学家说，历史人物表达群众的意志，而历史人物的活动就代表群众的活动。

这就产生了一个问题：历史人物的全部活动都表达群众的意志，还是只表达一部分？如果像某些史学家所认为的那样，历史人物的全部活动都表达群众的意志，那么，拿破仑、叶卡捷琳娜等人传记中所有的宫廷丑闻就都成了民族生活的表现。这样说显然是荒唐的。但如果像一些所谓哲学史家所认为的那样，历史人物的活动只有一个方面表现人民的生活，那么，要确定历史人物活动的哪一方面表现人民的生活，首先就应知道人民生活的内容是什么。

遇到这种困难时，这类史学家就想出一些适用于绝大多数事件的最模糊、最笼统、最难捉摸的抽象概念，然后说，这一抽象概念就是人类活动的目的。几乎为所有史学家普遍采用的抽象概念是：自由、平等、教育、进步、文明、文化。史学家把某个抽象概念作为人类活动的目的，同时研究留下最多纪念碑的人物——皇帝、大臣、将军、作家、改革家、教皇、新闻记者，按照他们的意见，就是研究这些人物在多大程度上促进或阻碍某个抽象概念。但是，由于无法证明人类的目的是自由、平等、教育或文明，又由于群众与统治者和人类启蒙者的关系只是建立在任意的假定之上，群众意志的总和总是交给头面人物，因此，千百万人迁徙、烧房子、抛弃农业、互相残杀的行为，永远不会反映在几十个不烧房子、不务农业、不互相残杀的人物的叙述中。

历史处处证明这一点。十八世纪末西方各民族的动荡和他们的东进，难道能用路易十四、路易十五和路易十六，他们的情妇和大臣们的行为来说明吗？难道能用拿破仑、卢梭、狄德罗、博马舍等人的生活来说明吗?

俄国人民东进到喀山和西伯利亚，难道能用伊凡四世的病态性格和他同库尔布斯基[①]的通信来说明吗？

十字军时代各民族的运动，难道能用对哥弗雷[②]、路易之流和他们的情妇的研究来说明吗？那场没有任何目的，没有领袖，只是一群游民和一个隐士彼得[③]自西向东的民族运动，在我们看来至今难以理解。当历史人物已给十字军定下一个合理的神圣目标——解救耶路撒冷时，这个运动忽然停止了，这一点尤其令人难以理解。教皇、国王和骑士鼓动人们去解放圣地，但是人们不去，因为原来鼓动他们去的那个未知的原因不再存在。哥弗雷和骑士抒情诗歌手[④]的历史显然不能包容各民族的生活。哥弗雷和骑士抒情诗歌手们的历史仍是哥弗雷和骑士抒情诗歌手们的历史，而各民族的生活和他们行为动机的历史仍不可知。

作家和改革家的历史更少向我们说明各民族的生活。

文化史向我们说明作家和改革家的行为动机、生活条件和思想条件。我们知道，路德脾气暴躁，说过这样那样的话。我们知道，卢梭生性多疑，写过这样那样的书。但我们不知道，宗教改革后各民族为什么互相屠杀，为什么法国革命时期人们互相把对方送上断头台。

如果我们把这两种历史结合起来，就像现代史家们所做的那样，那么，所得到的将是君王们和作家们的历史，而不是各民族的历史。

5

各民族人民的生活不是少数几个人的生活包容得了的，因为这少数几个人同各民族人民之间的关系还没有找到。有一种理论说，这种关系的基础是把群众意志的总和交给历史人物，但这种理论只是未经历史经验证实的假设。

---

① 库尔布斯基（1528—1583），俄国政治家，原是伊凡四世手下的宠臣，后逃亡到立陶宛，写信给伊凡四世，斥责他的暴政。

② 哥弗雷（约 1060—1100），十七世纪末第一次十字军远征领袖。

③ 彼得是法国修道士，曾带领穷人队伍作第一次十字军远征。

④ 骑士抒情诗歌手出现于中世纪德国，他们歌唱骑士的战斗生活和十字军远征。

群众意志的总和交给一些历史人物的理论，在法学领域也许能说明好多事情，对法学的目的也许是必要的，但应用到历史上，一旦发生革命、征服、内战，一旦开始一个历史时期，这种理论就不能说明任何问题。

这种理论似乎是驳不倒的，因为交出人民意志这种事既然不存在，也就无法检验。

不论发生什么事件，不论这事件由谁领头，这种理论总可以说，事件由某人领头，因为群众意志的总和交给他了。

一个人看见一群牛在走动，但没注意不同地区不同性质的牧场，也没注意牧人的驱赶，就断定那群牛走什么方向是由带头的那头牛引导的。那种理论对历史问题的解答，就有点像这个人的判断。

“牛群朝那个方向走，因为带头的那头牛在引导它；所有其他牛的意志的总和就交给那群牛的首领。”这就是第一类史学家的答案，他们认为权力是无条件交出的。

“如果引导牛群的牛更换了，那是因为带头牛走的不是牛群选择的方向，全群牛的意志总和就由一个首领移交给另一个首领。”承认群众意志总和在已知条件下交给统治者的史学家，就是这样回答的。（使用这种方法观察的人往往会发生这样的情况：观察者按照选定的方向，把那些由于群众已改变了行动方向不再走在前头，而走在旁边甚至后面的人当作首领。）

“如果不断更换带头的牛，不断改变牛群行动的方向，那是因为要达到既定的方向，牛群把意志交给我们所注意的那几头牛，而要研究牛群的行动，就得观察在牛群周围走动而引人注意的那几头牛。”这是第三类史学家的说法，他们认为所有历史人物，从帝王到新闻记者，是他们时代的表现。

群众意志交给历史人物的理论，只是对这个问题的另一种说法。

历史事件的原因是什么？是权力。权力是什么？权力是交给一个人的意志的总和。群众意志在什么条件下交给一个人？在那个人表达群众意志的条件下。这是说，权力就是权力。也就是说，权力这个词的意义我们并不了解。

如果人类知识的领域仅限于抽象思维，那么，人类在批判了**科学**对权力的解释以后，就会得出这样的结论：权力只是一个名词，实际上是不存在的。但是，要认识现象，除了抽象思维外，人类还可以用经验这一手段来检验思维的结果。而经验告诉我们，权力不只是一个名词，而是确实存在的现象。

且不说，没有权力这一概念，人们的集体活动就无法叙述，权力的存在不仅被历史所证明，而且被对当代事件的观察所证明。

发生一件事，总会出现一个人或几个人，而那件事就是按他们的意志发生的。拿破仑三世签发了一道命令，法国人就开往墨西哥。[①]普鲁士国王和俾斯麦发布了命令，军队就开往波希米亚。[②]拿破仑发布了命令，军队就开往俄国。亚历山大一世发布了命令，法国人就服从波旁王朝。经验告诉我们，不论发生什么事，那件事总是同发布命令的一个人或几个人的意志有关。

史学家按照老习惯承认神干预人类的事，想从赋有权力的个人意志上找寻事件的原因，但他们的结论既不能从推理中获得，也不能用经验来证明。

一方面，推理表明，一个人的意志——他的话——只表现在部分事件上（例如在一场战争或一次革命的部分活动中），因此不承认超自然的神秘力量——奇迹，就不能承认几句话是推动几百万人行动的直接原因；另一方面，即使我们承认几句话可以成为事件的原因，但历史表明，历史人物的意志多半不起任何作用，就是说，他们的命令常常不被执行，有时甚至出现与他们的命令相反的情况。

如果我们不承认神干预人类事务，我们就不能把权力看作事件的原因。

从经验角度来看，权力只是个人意志同另一些人执行这个意志之间的关系。

为了说清楚这种关系，我们首先应该确定，意志这一概念是属于人

① 指拿破仑三世发动的侵略战争。1862—1867 年法国参加对墨西哥的干涉，以失败告终。

② 指 1866 年普奥战争。

的而不是属于神的。

如果神发布命令，表现自己的意志，像古代历史告诉我们的那样，那么，这种意志的表现将超越时间，同时也不是由什么事物引起的，因为神同事件无关。但是，如果谈到命令，也就是在一定时间一些互相关联的人们意志的表现，我们为了说明命令和事件的关系，就得重现：第一，整个事件发生的条件，也就是事件和发命令的人当时行动的连续性；第二，发命令的人同执行命令的人之间必要联系的条件。

6

只有超越时间的神的意志，才能同若干年或若干世纪的一系列事件有关；只有不受任何因素影响的神，才能凭他的意志决定人类运动的方向。至于人，他是按一定时间行动，亲自参与各种事件的。

重新确立第一个被忽略的条件——时间的条件，我们可以看到，不执行前一道命令，就不能执行后一道命令，只有执行前一道命令才能执行后一道命令。

从来没有一道命令是自发的，没有一道命令适用于一系列事件；每一道命令都产生于另一道命令，每一道命令从来不是关系到一系列事件，而只是针对事件的某一时刻。

例如，我们说拿破仑命令军队去打仗，我们是把一系列彼此关联的命令收容在一个命令里。拿破仑不能下令远征俄国，他也从来没有下过这样的命令。他今天下令向维也纳、向柏林、向彼得堡发出这样那样的公文，明天又向陆军、海军、兵站发出这样那样的指令和命令。他发出无数命令，这许多命令又形成一连串与法国军队进入俄国一连串事件相应的命令。

拿破仑在位期间，曾下令远征英国，所花的力气和时间超过任何别的计划。虽然如此，他在位期间从没试图真正执行这项计划，却远征他屡次认为应结成同盟的俄国，之所以会发生这种情况，是因为前面那些命令对一系列事件不适合，而后面一些命令则是适合的。

命令若要得到切实的执行，人就必须发出能够执行的命令。但是要知道什么命令能执行，什么命令不能执行，是办不到的，不仅对有千百万人参加的拿破仑远征俄国这样的事办不到，就是对最简单的事也办不到，因为执行这样或那样的命令都会遇到无数阻力。每执行一道命令，总有大量命令没有被执行。凡是不可能被执行的命令总是同事件没有联系，因此没有被执行。只有那些同一连串命令有联系、同一连串事件相适应的命令，才能得到执行。

我们往往认为，一件事的发生是由它之前所发的命令引起的。这种错误观念之所以产生，是因为我们只看见事件发生了，在成千上万道命令中，有几道命令与事件有关并得到了执行，而忘记那些不能执行因而未被执行的命令。此外，我们在这方面错误的主要原因是，在历史记载中，无数不同的细小事件，例如促使法国军队进攻俄国的事件，根据结果被归纳成一个事件，同时又把一连串命令相应地归纳为一个意志的表现。

我们说：拿破仑要进攻俄国，他就进攻了。事实上，在拿破仑的全部行动中从来找不到这一类意志的表现，我们只看到五花八门目的不明的命令，或者说，他的意志的表现。拿破仑发了无数命令没有被执行，而几道有关一八一二年远征俄国的命令被执行了，并非因为这些命令有什么特点，不同于一连串未被执行的命令，而是因为一连串未被执行的命令不适合导致法国军队进入俄国的事件。这好比在镂花模板上之所以制成这样或那样的图形，并非因为在图形哪一边上了色和怎样上了色，而是因为模板上整个图形都是上色的。

因此，研究命令与事件在时间上的关系，我们发现，命令绝不能成为事件的原因，但两者之间存在着一定的关系。

要弄清楚这种关系是什么，必须重新注意命令中另一个被忽略的条件，那就是命令不是出于神意，而是出于人意，而且发命令的人亲自参加了事件。

发命令者和受命令者之间的关系就叫权力。这种关系包括以下几点：

人们为了共同行动总要结成一定的团体，虽然共同行动的目的不同，但是参加行动的人们之间的关系总是相同的。

人们结合成这样的团体，彼此之间的关系都是这样的：绝大多数人直接参加共同行动，极少数人不直接参加共同行动。

人们为了共同行动而结成的团体中军队是一个极明显的例子。

任何军队都是按军衔由低级至高级组成：人数最多的是列兵，其次是班长和军士，高级军官人数更少，直到最后权力集中到一个人身上，也就是最高军事当局。

军队组织酷似圆锥体，直径最大的底部由列兵组成，再高一点由军官组成，以此类推，直到圆锥体顶端就是最高统帅。

士兵人数最多，组成圆锥体的底部，是它的基础。士兵直接刺、杀、烧、抢，他们总是从上级接受从事这些行动的命令，自己从来不发命令。军士的人数比士兵少，他们行动比士兵少，但他们已可发号施令。军官行动更少，但命令发得更多。将军只指挥军队，指示目标，自己简直不使用武器。最高统帅从来不直接参加行动，只对全军发布总的命令。在人们从事共同行动的一切团体中——在农业、商业和一切政府机关中，人与人的关系都是如此。

因此，不必特地分解一个圆锥体的组成部分，即一支军队的军衔，或任何政府机关或公共事业中由最低级到最高级的职称，我们就可以看出一条规律，根据这条规律，联合行动的人总是结成下述关系：直接参加行动越多的人，他们的指挥权越小，他们的人数却越多；直接参加行动越少的人，他们的指挥权越大，他们的人数却越少；这样从底层上升，直到最后一个人，那个人直接参加行动最少，而发号施令的机会却最多。

发命令者和受命令者之间的这种关系，就是所谓权力的实质。

重新注意事件发生的时间这个条件，我们发现，命令只有在同一连串相应事件有关时才被执行。重新注意发命令者和执行命令者之间的关系这个必要条件，我们发现，根据这种关系，发命令者最少参加事件，他们的活动只限于发号施令。

7

一件事发生时，人们就那件事发表自己的意见和愿望。既然这件事是由许多人的共同行动产生的，那么，表示出来的意见和愿望总有一项实现，或者近乎实现。当其中一项意见实现的时候，这项意见往往作为事先发出的命令而同这件事联系起来。

许多人拖一根木头。人人发表意见，该怎么拖和往哪儿拖。他们把木头拖走，其实这事是根据一个人的话做的。他发了命令。这就是命令和权力的原始形态。

一个用手干活干得多的人，不能多想他所干的活，不能多考虑共同活动的结果，也不能发号施令。一个多发号施令的人，由于多动口就不能多动手。

在一个为同一目标而行动的大团体里，就更加明显地分离出一类人，他们越少参加共同活动，就越多从事发号施令。

一个人单独工作时，他总是在回顾过去的行动，为当前的行动辩护，并策划未来的行动。

一个团体也是这样，它让那些不参加行动的人为他们的共同行动作回顾、辩护和策划。

法国人由于我们知道和不知道的原因互相溺死，互相残杀。为了这件事，人们替表现出来的意志辩护说，这是为了法国的利益，为了自由，为了平等。人们停止互相残杀，于是又为这事辩解说，这是为了权力统一，为了抵抗欧洲，等等。人们自西向东残杀同类，伴随这事件的是法国光荣、英国卑鄙等说法。历史表明，为这些事件所作的辩解没有任何共同标准而是自相矛盾，例如说，杀人是为了承认一个人的权力，又说，在俄国屠杀千百万人是为了使英国丢脸。不过，这些辩解在当时是必要的。

这种辩解是为那些制造事件的人开脱道德责任。这些临时目的就像装在火车头前面清扫铁路的扫帚，用来开脱人们的道德责任。没有这种辩解，在审查历史事件时就连最简单的问题也无法回答：千百万人怎么会共同犯罪、打仗、杀人，等等？

在目前错综复杂的欧洲政治生活和社会生活中，你能想象有一件事不是受君主、大臣、国会或报纸所作指示和命令的影响而发生的吗？有什么集体行动不能从国家统一、爱国情绪、欧洲均势或人类文明中找到辩解的呢？因此，一个事件总是符合某一种愿望，而且得到辩解，它是一个人或几个人意志的产物。

一只船不论朝什么方向行驶，总可以看到前面被它划开的波浪。船上的人就觉得这波浪是唯一可见的运动。

只有不断仔细观察水流，并拿波浪的运动同船的运动作比较，我们才明白，波浪的不断运动都是由船的运动引起的，我们之所以被引入迷途，是因为我们自己不觉得船在动。

我们如果不断注视历史人物的活动（就是重新注意所发生事件的必要条件——运动在时间上的连续性），不忽略历史人物同群众的必要联系，我们也会发现同样的情况。

船朝一个方向前进，船前总有同样的波浪：船不断改变方向，前面的波浪也不断改变方向。但不论它往哪个方向行驶，前面总有波浪。

不论发生什么事，人们总觉得那是早就意料到的，是合乎人的本意的。不论船往哪个方向行驶，波浪总在前面汹涌翻腾，既不引导船的行进，也不加快它的速度，但从远处看，我们会发觉波浪不仅自己在翻腾，而且在引导船行进。

史学家只研究历史人物意志的表现——它以命令方式同事件联系起来——认为事件是靠命令发生的。但如果研究事件本身，研究它同群众的联系，包括历史人物在内，我们就会发现，历史人物和他们的命令是由事件决定的。这一推论不容置辩的证据是，不论发出多少命令，如果没有其他原因，事件是不会发生的；但一旦事件发生——不论什么事件——从不同人物不断表现出的各种意志中，总可以找出在意义和时间上以命令方式同事件联系的意志表现。

一旦得出这个结论，我们就可以肯定地直接回答两个重要的历史问题：

第一，什么是权力？

第二，什么力量造成民族运动？

回答是：

第一，权力是某一个人同其他人的关系，这个人对正在进行的共同行动发表的意见、推测和辩解越多，他参加行动就越少。

第二，各国人民的运动，不是由权力引起，不是由智力活动引起，甚至不是由史学家所想象的那样由两者结合引起，而是由**全体**参加事件的人的活动引起，而且他们总是这样结合起来的：直接参加事件最多的人，所负的责任最少；直接参加事件最少的人，所负的责任最多。

从精神方面看，权力是事件发生的原因；从物质方面看，服从权力的人是事件发生的原因。但精神活动离不开物质活动，因此，事件发生的原因既不在前者，也不在后者，而在于两者的结合。

或者，换句话说，原因这个概念不能用在我们所研究的现象上。

在最后的分析中，我们达到无限的循环，达到人类智慧在一切思维领域中的极限，如果它不同所研究的对象开玩笑的话。电生热，热生电。原子同原子相吸，原子同原子相斥。

谈到热和电的相互作用，谈到原子同原子的相互作用，我们说不出发生这种作用的原因，我们只能说事情就是这样，这是规律，否则就不可思议。我们对待历史现象也是这样。战争或革命怎么会发生？我们不知道。我们只知道，为了进行某种行动，人们结成一定的团体，他们都参加这个团体。我们说，事情只能这样，这是规律，否则就不可思议。

8

如果历史是研究外部现象的，那么提出这样一个简单明了的规律就够了，我们的议论也就可以到此结束。但历史规律是关系到人的。一小块物质不能向我们表明：它完全不能感觉到相吸和相斥规律的需要，因此这种规律是不存在的。但人是历史的现象，他直截了当地说：我是自由的，因此不服从任何规律。

在历史的每一步上，人类意志的问题虽然没有说出来，却是存在的。

凡是认真思考的史学家都不会不接触到这个问题。历史上一切矛盾和暧昧，历史学所走的错误道路，全是因为这个问题没有得到解决的缘故。

如果人人可以自由表达意志，就是说，人人可以任意行动，那么，全部历史不过是一系列互相没有联系的偶然事件的总和而已。

如果，在一千年里，千百万人中有一个人可以自由行动，也就是随心所欲地行动，那么，显而易见，这人只要有一个违反规律的行动，他就会破坏全人类的一切规律。

只要有一个支配人们行动的规律，那就不可能有自由意志，因为人们的意志必须服从这个规律。

在自由意志问题上存在着这样的矛盾，自古以来这个问题一直盘踞在最卓越的人们的头脑里，自古以来一直有人提出它的重大意义。

问题在于，如果把人当作观察的对象来看待，那么，不论从什么观点——神学的、历史的、伦理的、哲学的——出发，我们都会发现，人像世上万物一样，必须服从普遍规律。如果我们从自身出发把人看作我们所意识到的那样，我们就会觉得自己是自由的。

这种意识是完全独立的、不受理性影响的自我认识的源泉。人凭理性观察自己，但要认识自己必须通过意识。

没有意识，任何观察和理性的运用都是不可思议的。

要理解、观察和推理，人首先必须意识到自己是个活人。而人要意识到自己是个活人，必须要有愿望，也就是意识到自己的意志。而人意识到构成他生命本质的意志，他只能认为它是自由的。

如果人在观察自己的时候，看到他的意志总是按同一规律行动（不论他观察到他必须进食，或者动脑筋，还是观察任何别的事物），他就不能不把他的意志总是按一个方向活动看作对意志的限制。如果没有自由，也就无所谓限制。一个人觉得他的意志受限制，就因为他认为意志应该是自由的。

你说：我是不自由的。但我举起手，又把它放下。人人都明白，这种不合逻辑的回答是自由的无可反驳的证明。

这个回答是不合乎理性的意识的表现。

如果自由的意识不是独立的不受理性影响的自我认识的源泉，那么它就是可以论证和实验的，但事实上这种情况并不存在，而且是不可思议的。

一系列实验和论证向大家证明，人是观察的对象，服从一些规律，譬如人一旦认识万有引力规律或不可入性规律，人就服从这些规律。但同样一系列实验和论证向人表明，他内心感觉的完全自由是不可能有的，人的一举一动都取决于他的身体、他的性格和支配他的动机，但人从来不服从这些实验和论证的结论。

人通过实验和论证知道，石头向下落。这一点人是深信无疑的。在任何情况下，人都希望他知道的规律得到实现。

但当他同样确信他的意志要服从规律时，他就不相信这一点，不愿相信这一点。

不论实验和论证多少次向人表明，在同样条件下，以同样性格，他会做出跟以前同样的事情来；虽然如此，即使在同样条件下，以同样性格，做上一千次同样的事，得到同样的结果，他仍像实验以前那样认为，他可以为所欲为。每个人，不论是野蛮人还是思想家，不管论证和实验怎样向他证明，在同样条件下，不可能有两种不同的行为，他还是认为，没有这种荒谬的观念（这种观念是自由的本质），他就无法想象生活。他觉得，尽管这是不可能的，却是存在的，因为没有自由这个概念，他不仅不能理解生活，而且连一刻也活不下去。

他之所以活不下去，因为人的一切努力，一切生活的冲动，都在于力求增加自由。富裕和贫穷、声名显赫和默默无闻、权力和屈服、强和弱、健康和疾病、教养和无知、劳动和闲散、饱和饥、美德和罪恶，这一切都是程度不同的自由罢了。

一个没有自由的人只能被看作一个没有生命的人。

如果理性认为自由只是没有意义的矛盾，就像在同一时间进行两种活动，或者发生没有原因的行动，那只能证明意识不属于理性。

这种自由的意识不可动摇，不可否定，不受实验或论证影响，为所有思想家所承认，也是人人所感觉到的。没有这种意识，就无法想象人这一概念。这是问题的另一方面。

人是全能、至善和全知的上帝的造物。人类的自由意识产生罪恶这一概念，那么，什么是罪恶呢？这是一个神学问题。

人的行动属于统计学所表示的普遍的永恒规律。人类的自由意识也产生社会责任这一概念，那么，什么是社会责任呢？这是一个法学问题。

人的行动产生于他的先天性格和影响他的动机。什么是良心？自由的意识产生行为的善与恶，那么，什么是行为的善与恶？这是一个伦理学问题。

从人类全部生活来看，人服从决定这种生活的规律。但单独来看，人似乎是自由的。应该怎样看待各民族和全人类过去的生活：它是人们自由行动的产物，还是非自由行动的产物？这是一个历史学的问题。

只有在我们这个知识普及、自以为是的时代，依靠最有力的愚昧工具——书籍——的传播，意志自由的问题才被提到不应有的高度。在我们这个时代，多数所谓先进人物，就是一群不学无术之徒，从事自然科学工作，只研究问题的一个方面，却想解决整个问题。

"灵魂和自由是没有的，因为人的生活是由肌肉运动表现的，而肌肉运动决定于神经活动。灵魂和自由是没有的，因为我们是在太古时代由猴子变来的。"他们就是这样说，这样写，这样印成书刊的。他们竭力用生理学和比较动物学来证明的必然规律，早在几千年前不仅被各种宗教和所有思想家所承认，而且从未被否定过。他们对此毫不怀疑。他们没有看到，在这个问题上，自然科学只能阐明问题的一个方面。因为根据观察，理性和意志只是脑子的分泌物，而根据一般规律，人可能是在太古时代从低级动物发展而来的。这个事实只是从一个新的方面阐明几千年前各种宗教和哲学理论都承认的真理：从理性观点看，人服从必然性规律，但这丝毫没有解决问题，因为这问题具有建立在自由意识上的另一个方面，也是相反的方面。

说人是在太古时代由猴子变来的，这同说人是在某个时代由一把土变来的同样可以理解（前者的X是时间，后者的X是起源），但人的自由意识怎样同他所服从的必然规律结合起来，这个问题是不能用比较生理学和动物学来解决的，因为在青蛙、兔子和猴子身上，我们只能观察到肌肉和神经的活动，但从人身上我们既能观察到肌肉和神经的活动，又能观察到意识。

自然科学家和他们的信徒自以为能解决问题。他们有点像抹灰匠，本来人家要他们粉刷教堂的一面墙壁，他们却趁总监工不在场，兴之所至把窗子、神像、脚手架和未砌好的墙壁统统抹上灰泥。他们还沾沾自喜，因为从他们抹灰匠的观点看来，一切都抹得平整而光滑。

9

要解决自由和必然这个问题，历史比其他学科有利：历史在这个问题上不涉及人的意志的实质，只涉及这种意志在过去一定条件下的表现。

在解决这个问题时，历史同其他学科的关系，就像实验科学同抽象科学的关系一样。

历史研究的不是人的意志本身，而是我们对它的认识。

因此，历史不像神学、伦理学和哲学，它没有自由和必然两者矛盾结合所无法解决的奥秘。历史观察人的生活，认为这两者矛盾的结合已经完成。

在实际生活中，每一历史事件，人的每一行动，都被了解得清清楚楚，不觉得有丝毫矛盾，虽然每一事件部分是自由的，部分是必然的。

要解决自由和必然怎样结合、这两个概念的实质是什么的问题，历史哲学可以而且应该走一条同其他学科相反的道路。历史不应该先给自由和必然本身下定义，然后把生活现象归到这两个定义，历史应该从大量历史现象中引出自由和必然这两个概念的定义，因为那些现象总是离不开自由和必然的。

不论我们观察许多人的行动还是一个人的行动，我们总是把它们看作人的自由和必然规律结合的产物。

不论我们说的是民族迁徙和野蛮人入侵，还是拿破仑三世的命令，还是某人一小时前选定散步方向的行动，我们都看不到丝毫矛盾。指导这些人行动的自由和必然的程度，我们觉得是很清楚的。

关于自由多少的问题，常因我们观察现象的观点不同而不同；但也有永远一致的一面，那就是我们觉得，人的每一行动都是自由和必然的一定结合。在我们所观察的每一行动中，都有一定程度的自由和一定程度的必然。任何行动中自由越多，必然就越少；必然越多，自由就越少。情况永远如此。

自由和必然的比例，要由观察行动的观点而定，但两者的关系总是成反比的。

一个落水的人抓住另一个人使那人淹死；一个因给婴儿哺乳而饥饿憔悴的母亲偷了一些食物；一个受过纪律训练的士兵在部队里服从长官命令，竟杀死一个手无寸铁的人——在知道他们所处条件的人看来，这些人的罪过比较小，也就是自由比较少，属于必然规律的成分比较多；而在不知道那个人自己就要淹死、那个母亲在挨饿、那个士兵在服役的人看来，他们的自由就比较多。同样，一个人在二十年前杀过人，以后一直安分守己地生活在社会中，他的罪过看来比较小；二十年后再来考虑，他的行为似乎更属于必然规律。但如有人在他犯罪后第二天来考察，他的行为就比较自由。同样，一个疯狂的、醉酒的或高度紧张的人的每一行动，在知道情况的人看来，自由比较少，必然比较多；但在不知道情况的人看来，自由就比较多，必然就比较少。在所有这些情况中，随着观察行动的观点不同，自由的概念有增有减，必然的概念也相应地有增有减。所以，必然的概念越大，自由的概念就越少。反之亦然。

宗教、常识、法学和历史也都是这样看待必然和自由之间的关系的。

我们对自由和必然观念的增减都毫无例外地取决于以下三种根据：

第一，完成行为的人同外界的关系。

第二，他同时间的关系。

第三，他同产生行为的原因的关系。

第一种根据是，我们或多或少认识了人同外界的关系，或多或少明确了每个人在与他共存的一切事物关系中的地位。按照这种根据可以看出，一个将要淹死的人比一个站在陆地上的人更少自由而更多必然；还可以看出，一个住在人烟稠密地区而同别人有密切关系的人，一个受家庭、职务、企业束缚的人，他们的行动无疑比一个在僻静地方单独生活的人更少自由而更多必然。

如果我们观察一个人不同他周围的条件联系起来，我们就觉得他的每一行动都是自由的。但如果我们看到他与周围条件的关系，如果我们看到他同人与物的联系：同他说话的人、同他所读的书、同他从事的工作，甚至同他周围的空气、同照在他周围东西上的光联系起来，我们就看到，每种条件对他都有影响，至少支配着他某一方面的行动。我们看到这种影响越多，就觉得他的自由越少，他需要服从的必然就越多。

第二种根据是，我们或多或少看出人同外界在时间上的关系，或多或少明确人的行动在时间上所占的地位。按这种根据可以看出，人类始祖的堕落显然比现代人的结婚更不自由。由此还可以看出，生活在几世纪前的人，同我隔着一定时间，他们不像现代人的生活那样自由，虽然我还不知道他们生活的后果。

在这方面，对自由和必然的比重的认识程度，决定于完成那个行为和我们判断它们之间相距时间的长短。

如果我观察我在一分钟前（当时的条件同我现在所处的条件几乎相同）所完成的行动，我认为我这一行动无疑是自由的。但如果考察我在一个月前所完成的行动，我得承认，要不是完成这个行动，我就不可能获得由此产生的许多有益、愉快，甚至必要的结果。如果我回忆更遥远的往事，回忆十年或十年以上完成的行动，那么，那次行动的后果我就觉得更明显；我也很难想象，如果没有那次行动将会怎样。我回忆得越远，或者我对同一件事思考得越深，我对我行动的自由就越怀疑。

关于自由意志在人类公共事业中的作用，我们在历史上也发现同样信念的级数。我们觉得任何现代事件无疑都是某些人行动的结果，但在一个较远的事件里，我们可以看到它的必然结果，而且我们也想象不出会有其他结果。我们观察的事件越远，我们越觉得那些事件不是任意做出的。

我们觉得奥普战争[①]无疑是俾斯麦诡诈行动的结果。

对拿破仑发动的几次战争，我们虽然也有怀疑，但仍认为它们是英雄意志的结果。不过，我们把十字军远征看作占有一定地位的事件，没有这个事件欧洲近代史就不可思议，虽然十字军远征的编年史家认为这事只是少数人意志的产物。至于民族迁徙，今天已没有人认为欧洲的复

① 指1866年的奥普战争，当时托尔斯泰正在写这部小说。

兴决定于阿提拉[①]的专横行为。我们观察的历史事件越远，造成事件的人们的自由意志越可疑，必然规律也就越明显。

第三种根据是我们对理性所要求的无穷因果关系的理解，其中我们所理解的每一现象，也就是人的每一行为（既是前面现象的结果，也是后面现象的原因）应该有它确定的地位。

按照这种根据，通过观察，我们对那些属于人类生理的、心理的、历史的规律认识得越清楚，我们对行动的生理的、心理的、历史的原因了解得也越正确，这是一方面；另一方面，我们所观察的行动越简单，我们所研究的人物性格和头脑以及他的行动越不复杂。因此我们觉得，我们的行动和别人的行动就越自由，越不属于必然。

当我们完全不了解一种行为（不论这是一种罪行还是一种善行，或是一种无所谓善恶的行为）的原因时，我们认为这种行为的自由成分最大。如果我们看到的是罪行，我们就急于想惩罚它；如果我们看到的是善行，我们就赞赏它。如果我们看到的是无所谓善恶的行为，我们就认为它最独特、最自由。但如果我们知道无数原因中的一个，我们就会看到一定程度的必然，我们就不会那么坚持惩罚罪行，不会那么赞赏善行，对貌似独特的行为也并不觉得那么自由。一个在坏人中成长的罪犯，他的罪行就比较情有可原。父母为子女做出的自我牺牲，可能获得奖赏的自我牺牲，比无缘无故的自我牺牲更可理解，因此不那么值得同情，自由的程度也比较小。对于教派或政党的创始人或发明者，当我们知道他的活动的情况和原因时，我们就不那么感到惊讶。如果我们有丰富的经验，如果我们不断在人们的行动中寻求因果关系，那么，我们越是正确地把因果关系联系起来，我们就越觉得他们的行为是必然的，是越少自由的。如果我们观察的行为是简单的，而且我们有大量这一类行为可供观察，那么，我们就更觉得那些行为是必然的。一个不诚实父亲的儿子的不诚实行为，一个落在恶劣环境中的女人的恶劣行为，一个酒鬼的酗酒行为，我们越了解这些行为的原因，就越觉得这些行为不是自由的。如果我们观察智力不发达的人的行为，例如，一个小孩、一个疯子或者

① 阿提拉（406—453），匈奴部族首领，曾征服东罗马帝国，蹂躏欧洲大片土地。

一个傻子，我们知道他们行为的原因和天性与智力的高低，我们就会看出必然成分很大，自由成分很小，而且我们一旦知道造成行为的原因，我们就能预言它的结果。

一切法典所承认的免罪和减罪的情形，就建立在这三种根据上。罪责的大小，要看我们对受审查者所处环境认识的多少，要看那行为和审查之间相距的时间，还要看我们对行为原因了解的多少。

10

因此，我们对自由和必然的概念，按照人同外部世界联系的大小，按照时间的远近，按照同原因的关系的了解程度（我们根据这些原因来观察一个人的生活），而逐渐减少或增加。

因此，如果我们观察一个人处在这样的情况，他同外界的关系越清楚，行为完成的时间同判断它的时间相隔越久，行为的原因越为人所理解，那么，我们都会获得必然最大和自由最小的观念。如果我们观察一个人，他同外界的联系最少，他的行为最近才完成，他行为的原因是我们所不理解的，那么，我们就会得出必然最小和自由最大的观念。

但是，不论是前一种情况还是后一种情况，不论我们怎样改变我们的观点，不论我们怎样弄清楚人与外界的关系，不论我们怎样觉得它不可理解，不论怎样把时间延长或缩短，不论我们觉得那原因可以理解或不可以理解，我们都不能想象完全的自由和完全的必然。

第一，不论我们怎样想象一个人可以不受外界的影响，我们永远不能获得在空间上自由的概念。人的任何行为都不可避免受他自身和周围事物的制约。我举起一只手，又把它放下。我觉得我的行为是自由的。但我要自问：我能不能朝所有的方向举起手来呢？我看出，我是朝最不受外界事物和自身结构妨碍的方向举起手来的。我从各种不同的方向中选出一个，因为这个方向阻力最小。如果我要行动自如，必须不遇到任何阻力。如果要想象一个人是完全自由的，他必须超越空间，而这显然是不可能的。

第二，不论我们怎样使判断的时间接近行为的时间，我们仍旧不能获得在时间上自由的概念。因为，即使我观察一秒钟以前完成的行为，我还是认为那行为是不自由的，因为它是受完成的时间制约的。我能举起手来吗？我把手举起来，但我自问：我能在过去的一瞬间不举手吗？为了确信这一点，我在下一瞬间不举手。但我不举手就在提出自由问题的最初那一瞬间。时间在消逝，而我又无法留住它。我当时举起的手已不是现在举起的手，当时的空气也已不是现在我周围的空气。我第一次活动的时刻已一去不复返，当时我也只能完成一个动作，不论我做什么，只能有一个动作。我接着不再举手，并不证明我不能举手。因为在一个时间里我只能做一个动作，不可能做其他动作。要把这动作想象为自由的，就必须想象它是现在发生的，是在过去未来之间发生的，这就是说，超越时间的动作是不可能的。

第三，不论要了解原因有多么困难，我们永远无法想象完全的自由，也就是说完全没有原因。不论我们怎样难以理解在我们自己或别人任何行为中表现意志的原因，理智的第一个要求就是假设和找到原因，因为没有原因就无法想象任何现象。我举手没有任何原因，但我要做一个没有原因的动作，就是我行为的原因。

但即使我们想象一个完全不受任何影响的人，只观察他现在这一瞬间的行为，认为他这行为没有任何原因，必要的成分小得等于零，我们也不能获得人有完全自由的概念，因为一个人完全不受外界影响，超越时间，又无原因，也就不成其为人。

同样，我们也绝不能想象一个人的行为完全没有自由而仅仅服从必然规律。

第一，不论我们对人所处的空间条件的知识怎样增加，这方面的认识永远不会完全，因为这种条件的数目是无限的，就像空间是无限的一样。既然不能确定人受影响的**所有**条件，那就不会有完全的必然，也就是存在着一定程度的自由。

第二，不论我们怎样延长现象发生和判断之间的距离，这段距离是有限的，可是时间是无限的，因此在这方面也不可能有完全的必然。

第三，不论行为原因这条链子怎样容易知道，我们也永远不会知道整条链子，因为它是无限的，因此也就不会有完全的必然。

不过，除此以外，即使认为自由的成分小得等于零，我们认为，在某种情况下，例如一个垂死的人、一个未出世的胎儿或者一个白痴，他们完全没有自由，我们观察的人的概念也就不存在了，因为没有自由，就不成其为人。因此，一个人的行动完全服从必然规律，没有丝毫自由，也是不可能的，就像人的行为不可能完全自由一样。

因此，要把人的行动想象成完全服从必然规律，没有任何自由，我们就得知道**无限的**空间条件、**无限长的**时间和**无限多的**原因。

要把一个人想象成完全自由的，不服从必然规律，我们就得把他想象成一个**超空间、超时间和不受原因影响**的人。

在第一种情形中，如果没有自由的必然是可能的，我们就会从必然得出必然规律的定义，也就是得出一种没有内容的单纯形式。

在第二种情形中，如果没有必然的自由是可能的，我们就会达到一种超空间、超时间和无原因的绝对自由。这种自由本身是无条件的，也是不受限制的，那就是什么也没有，或者说，存在着一种没有形式的内容。

总之，我们得出形成人的世界观的两个根据：不可知的生命的实质，阐明这种实质的规律。

理性说：第一，空间和使它本身成为可见的各种形式——物质，是无限的，否则就不可思议。第二，时间是一刻不停的无限运动，否则就不可思议。第三，因果关系没有开头，也没有结束。

意识说：第一，世界上存在的只有一个我，我就是一切，因此我包括空间。第二，我在现在这一瞬间意识到我活着，我就用这静止的一瞬间来测量流动的时间，因此我是超时间的。第三，我是超原因的，因为我觉得，我自己就是每一生活现象的原因。

理性表达必然规律，意识表达自由的实质。

没有任何限制的自由是人类意识中的生活实质。没有内容的必然是人类的理性及其三种形式。

自由是被观察的对象。必然是观察者。自由是内容。必然是形式。

只要把形式和内容这两种互相关联的认识来源分开，我们就会得出自由和必然这两个互相排斥又难以理解的概念。

只有把两者结合起来，才能获得明确的人生概念。

离开这两个结合在一起的互相规定的形式和内容的概念，任何生活都是不可想象的。

我们所知道的人生的一切，都不过是自由和必然的关系，也就是意识和理性规律的关系。

我们所知道的外部自然界的一切，都不过是自然力和必然的关系，或生活的实质和理性规律的关系。

自然的生命力存在于我们之外，不为我们所认识，我们把这些力叫作引力、惯性、电力、畜力，等等；但人的生命力是知道的，我们把它叫作自由。

但是，正如万有引力，人人都感觉到而其自身却无法理解那样，我们对它所服从的必然规律知道多少（从万物都有重量这个基本知识到牛顿定律），我们对它就了解多少；同样，自由意志也是这样，人人都意识到而其自身却无法理解，我们对它所服从的必然规律了解多少（从人都要死这个事实，到最复杂的经济规律和历史规律），我们对它就了解多少。

一切知识都只是把生活实质归纳为理性规律。

人的自由意志与其他任何力不同，在于人能认识自由意志，但在理性看来，它同任何其他力并无区别。万有引力、电力或化学亲和力彼此之间的区别，在于理性对它们下了不同的定义。同样，在理性看来，人的自由意志与其他自然力的区别，也只在于理性对它所下的定义。自由离开必然，也就是离开给它下定义的理性规律，就同万有引力、热力或植物生长毫无区别。在理性看来，自由只是一瞬间无法确定的生命感觉。

正如无法说明的推动天体的力的实质，无法说明的热力、电力、化学亲和力或生命力的实质形成天文学、物理学、化学、植物学、动物学等科学的内容那样，自由意志形成历史的内容。但正如每种科学的研究对象是未知的生命实质的表现，而这种生命实质是形而上学研究的对象那样，人的自由意志在空间、时间和因果关系中的表现形成历史研究的对象，而自由意志本身就是形而上学研究的对象。

在实验科学中，我们把已知的东西叫作必然规律，把未知的东西叫作生命力。生命力只是我们对所知的生命实质之外未知部分的一种说法。

在历史中也是这样：我们把已知的东西叫作必然规律，把未知的东西叫作自由意志，从历史来说，自由意志只是对我们已知的人类生活规律中未知部分的一种说法。

11

历史从时间上和因果关系上研究人的自由意志同外界联系的表现，也就是用理性规律来解释这种自由，因此历史只有用这些规律来解释自由意志，才是一门科学。

历史承认人的自由意志是一种能影响历史事件的力量，也就是不服从规律的东西，这正如天文学承认天体是受一种自由力推动那样。

承认这一点，就否定了规律存在的可能，也就是否定了任何知识存在的可能。如果有一个自由运行的天体，那么开普勒[①]定律和牛顿定律就不存在了，任何天体运动的观念也就不再存在。如果存在着一种人的自由行为，那么就不存在任何历史规律，不存在任何历史事件的观念。

就历史来说，人类意志有几种运动路线，路线的一端是隐秘不可知的，而在另一端，在空间、时间和因果关系中活动着现在人的自由意识。

这种活动的范围在我们眼前展开得越广，活动规律也越明显。发现和解释这种规律就是历史学的任务。

历史学遵循它的途径在人的自由意志中找寻现象的原因，从这种观点出发，历史规律是无法阐明的，因为，不论我们怎样限制人的自由意志，只要我们承认有不服从规律的力量存在，就不可能有规律。

只有我们把这种自由缩到无限小，也就是把它看得微不足道，我们

---

① 开普勒（1571—1630），德国天文学家，发现行星沿椭圆轨道运行，提出行星运动三定律，为牛顿发现万有引力定律打下基础。

才确信原因是完全无法理解的。于是历史学就不再去找寻原因，而把找寻规律作为自己的任务。

其实人类早就在找寻这种规律。历史应该采取新的思维方法，这种方法的培养应同反复分析现象原因的旧历史学的自行消亡同时进行。

人类所有的科学走的都是这条路，数学这门最精密的科学得出无穷小数时，就放弃分析过程而进入综合未知的无穷小数的新过程。数学放弃原因的概念而去找寻规律，也就是找寻一切未知的无穷小的元数所共有的性质。

其他科学也沿着同样的思路进行，虽然形式不同。当牛顿宣布万有引力规律时，他并没有说太阳或地球具有吸引的性质；他说，大大小小的物体都具有相互吸引的性质，这就是说，他撇开物体运动原因的问题，来说明从无限大到无限小的所有物体的共同性质。各种自然科学都是这样做的：它们撇开原因问题，找寻规律。历史也是这样。如果历史研究的对象是各民族和全人类的运动，而不是叙述人们的片断生活，那么，它也应该撇开原因的概念，来寻找自由意志所有相等的相互关联的无限小因素所共同具有的规律。

12

自从哥白尼学说被发现和得到证实以来，单是承认运转的不是太阳而是地球这一点，就足以破除古人的宇宙观。推翻这个学说，就可以保持天体运行的旧观念，如果不推翻这个学说，就不能再研究托勒密[①]的天动说。但即使在哥白尼学说被发现以后，托勒密的天动说还是被研究了很长时间。

自从有人提出并证实，出生率或犯罪率服从数学定律，一定的地理条件和政治经济条件决定这种或那种管理形式，人口和土地的一定关系造成民族迁徙，从此历史依据的基础就从根本上被摧毁了。

推翻这种新学说，就可以保持旧的历史观，如不推翻新学说，就不

---

① 托勒密，古希腊天文学家，首创天动说。

能把历史事件当作人类自由意志的产物来加以研究。因为，如果建立某种管理形式，或发动某个民族迁徙，是由于某种地理的、人种的或经济的条件，那么，建立管理形式或发动民族迁徙的那些人的自由意志就不能被看作原因。

然而，旧的历史学仍同完全违反它的理论的统计学、地理学、政治经济学、比较语言学和地质学的规律一样被人研究着。

在物理哲学中新旧观点进行了持久而顽强的斗争。神学维护旧观点，指责新观点亵渎神的启示。然而真理即使胜利了，神学照旧牢固地建立在新的基础上。

现在，新旧历史观同样进行着持久而顽强的斗争，神学照样维护旧观点，指责新观点亵渎神的启示。

以上两种情形，斗争从两方面挑起感情，抹杀真理。一方面是唯恐几百年建立起来的大厦遭到破坏而忧心忡忡；另一方面是破坏的激情高涨。

从反对新兴的物理哲学真理的人看来，如果承认这种真理，就要破坏他们对神、对创造宇宙万物、对约书亚奇迹[①]的信仰。从捍卫哥白尼学说和牛顿定律的人看来，例如从伏尔泰看来，天文学定律摧毁了宗教，于是他们就借万有引力定律来反对宗教。

现在的情况也是这样，只要一承认必然规律，就会破坏心灵的概念、善恶的概念，以及建立在这些概念之上的国家机关和教会机关。

正如当年的伏尔泰一样，现在必然规律的自发捍卫者就用必然规律来反对宗教；但是，正如哥白尼的天文学说一样，历史的必然规律不仅没有摧毁政府机关和教会机关所依据的基础，甚至加强了那个基础。

现在的历史问题同当年的天文学问题一样，全部分歧就在于承认不承认一种测量看得见现象的绝对单位。在天文学上，这就是地球的不动性；在历史上，这就是人格的独立性，也就是自由。

在天文学上，承认地球运行的困难，在于否定地球不动而行星运动

① 见《旧约全书·约书亚记》。该卷叙述摩西的继承人约书亚率领以色列人用强力攻占巴勒斯坦并把它分给各部族的经过。

的直接感觉。同样，在历史学上，承认个人服从空间、时间和因果关系规律的困难，在于否定个人独立性的直接感觉。但是，天文学的新观点说：“不错，我们并不觉得地球在动，但如果承认它不动，我们就会陷入困境；承认我们感觉不出的运动，我们就找到了规律。”历史学的新观点也说：“不错，我们并不觉得我们的依赖性，但是，承认我们有自由意志，我们就陷入困境；承认我们对外界、时间和因果关系的依赖性，我们就找到了规律。”

在前一种情况下，必须否定空间中不动的观念，并且承认我们感觉不出的运动。目前的情况同样必须否定并不存在的自由，并且承认我们感觉不出的依赖性。

附录一

略谈《战争与和平》

我在最优越的生活环境里，花了五年连续不断的艰巨劳动，写成了这部作品。值此出版之际，我想在序言[①]里说明我对它的看法，以消除读者可能产生的误解。我希望读者不要在我的书里看出和寻找我不想也不会表达的东西，而把注意力集中到我要表达的东西上。不过，要做到这一点（根据作品的条件），我认为并不容易。限于时间和我的才能，我不能充分实现我的愿望。我想借刊物[②]热情提供的机会，向可能对此感兴趣的读者简略地陈述一下作者本人对作品的看法。

第一，《战争与和平》是一部什么样的作品？它不是传奇，更不是长诗，尤其不是历史纪事。《战争与和平》是作者想借以表达和能够在其中表达他所要表达的内容的那种形式。作者蔑视艺术散文作品流行形式的这种声明，如果出自凭空臆想、缺乏先例的话，那就会显得狂妄自大。事实上，从普希金时代起，俄罗斯文学中不仅有许多背离欧洲形式的实例，而且找不到一个与此相反的例子。从果戈理的《死魂灵》到陀思妥耶夫斯基的《死屋手记》，在俄罗斯文学的新时期里，没有一部稍稍超越平庸的艺术散文的作品，采用的形式是传奇、长诗或中篇小说。

第二，本书第一卷出版后，有些读者向我指出，时代特征在我的作品里不够清楚。对这种指责，我反驳如下。我知道，人们在我的小说里没有找到的时代特征，就是农权制的残酷、虐待妇女、鞭打成年儿子、萨尔蒂科娃虐待狂[③]，等等；而我们所想象的这种时代特征，我不认为是正确的，也不愿加以表现。我研究了许多书信、日记和传说，并没有

---

① 本篇是托尔斯泰完成《战争与和平》后写的一篇说明，原著附在书后，现仍按原著次序，置于正文之后。

② 指《俄国档案》。本文最初发表在 1868 年 3 月号《俄国档案》上。

③ 萨尔蒂科娃（1730—1801），俄国女地主，以残酷虐待农奴著称。

发现当时蛮横残酷的程度超过当代或其他任何时代。在那个时代，人们也是那样恋爱，那样嫉妒，那样探索真理，那样行善，那样耽于情欲；在上流社会，人们也过着那样复杂的精神生活，甚至比现在更典雅。如果在我们的印象里那个时代的特征是专横和粗暴，那是因为至今传说、笔记、小说和传奇里只描写暴力和残酷事件的缘故。认为那个时代的主要特征是残酷，这种结论是不正确的，就像一个人隔着山只看见一片树梢，就认为当地除了树林就没有别的东西一样。那个时代的特征，也像每个时代的特征那样，在于最高阶层同其他阶层的格格不入，在于占统治地位的哲学，在于教育的特点，在于使用法语的习惯，等等。我竭力表现的就是这种特征。

第三，在俄国作品里使用法语的问题。在我的作品里，为什么不仅俄国人，而且法国人，说的话部分是俄语部分是法语？指责俄国书里有人说法语和写法语，就像指责一个人在欣赏图画的时候，发现画面上有实际并不存在的污点（阴影）一样。画家在画面上所作的阴影，有人指责那是污点，其实这是不存在的。画家并没有过错；画家如有过错的话，那也只在于这些阴影画得不准确或者画得太粗糙。在研究本世纪初那个时代，描写那个社会的俄国人，描写拿破仑，描写直接参与当时生活的法国人时，我不由得过分迷恋于表现那种法国思维方式。因此，在不否定我所画的阴影可能不准确或者很粗糙的情况下，我只希望那些认为拿破仑时而说俄语时而说法语很可笑的人明白，他们所以有这样的感觉，就像一个人在观赏肖像时，看到的不是脸部的明暗，而是鼻子下的污点。

第四，书中人物的名字，如保尔康斯基、德鲁别茨基、比利平、库拉金等，有点像俄国人的名字。把书中虚构的人物和历史人物放在一起，我觉得让拉斯托普庆伯爵同普隆斯基公爵说话，同斯特列尔斯基或其他虚构的复姓或单姓的公爵或伯爵说话，听起来总有点别扭。保尔康斯基或德鲁别茨基虽然不是伏尔康斯基或特鲁别茨基，但这些姓氏在俄国贵族圈子里听起来却是熟悉的，自然的。我不会给所有的人物构想出听起来不觉得虚假的名字，要克服这个困难，我只能随便选用俄国人熟悉的姓氏，然后改动一两个字母。如果虚构的名字同真实的人名巧合，因而使谁产生一种想法，以为我要写某个真实的人物，那我会感到很遗憾，尤其因为描写现在存在着的和过去存在过的人物的文学活动，同我所从事的创作毫无共同之处。

阿赫罗西莫娃和杰尼索夫是两个特殊的人物，我不由自主地随便给他们起了名字，这两个名字非常近似当时社交界两个性格特殊而可爱的真实人物。这是我的错误。这个错误是由这两个人物的特殊性格造成的，但我的错误只限于这两个人物的安排上；这两个人物同现实没有丝毫相似之处，这一点读者一定会同意。其余人物都是虚构的，他们在我的头脑里都没有传说或现实中的原型。

第五，在描写历史事件上，我同史学家的叙述是有分歧的。这种分歧并非偶然，而是不可避免的。史学家和艺术家在描写历史时代方面有着截然不同的对象。史学家如果试图表现历史人物的全貌，表现历史人物对待生活各个方面的复杂性，就像艺术家不做自己的事情而老是表现他的历史作用那样，那是错误的。库图佐夫并不总是身骑白马，手拿望远镜，指着敌人；拉斯托普庆并不总是手拿火把，点燃伏隆诺夫邸宅[①]（他甚至从未这样做过）；玛丽雅皇后也不总是身披银鼠皮斗篷，手按法典站在那里。但在人民的想象中他们就是这样的。

在史学家看来，在达到某一目的上起促进作用的就是英雄；在艺术家看来，这种和生活各方面都一致的人物不可能也不应该是英雄，而应该是人。

史学家有时歪曲真相，把历史人物的全部活动纳入他要赋予这个人物的单一思想里。艺术家相反，他认为这种单一思想同自己的任务是水火不相容的，他竭力要理解和表现的不是某个活动家，而是人。

在描写历史事件时，这种分歧更加明显，更加重要。

史学家注意的是事件的结果，艺术家关心的是事件本身。史学家描写战役说：某军左翼向某村进攻，把敌人打退，但又被迫后撤；当时骑兵进攻，击溃，等等。史学家不可能用别的方式叙述。但是对艺术家来说，这种话毫无意义，甚至不触及事件本身。艺术家通过自身经验或者根据书信、笔记和记述，对已发生的事件作出自己的结论，而史学家所

① 拉斯托普庆在莫斯科郊区的私邸。

作关于某人和某军的结论（例如战役）往往同艺术家正好相反。所得结论的分歧是由于两者从不同的来源汲取资料。我们仍以战役为例。对史学家来说，史料主要来源于个别指挥官和总司令的报告，但对艺术家来说，从这种史料中不可能汲取任何东西，它们对艺术家不说明什么，不解释什么。不仅如此，艺术家发现其中有必不可少的谎言，就不屑一顾。更不用说，对每次战役的描写，敌我双方总是完全对立的。在每次描写战役时，谎言总是少不了的，因为要用三言两语来描写几千人在几俄里内的情况，描写他们由于惊恐、羞辱和死亡的影响，精神受到的极其强烈的刺激。

在描写战役时，通常总是写：某某军队被派去进攻某某据点，然后又奉命撤退，等等。仿佛认为，几万人在练兵场上听命于一人的纪律，在进行生死决战的地方也会起同样的作用。凡是参加过战争的人都知道，这是多么错误；①而军情报告就是根据这种设想写成的，战争描写也是如此。战斗一结束，您就去走访所有的部队，甚至在第二天、第三天也行，只要在军情报告没有写好以前，您去向所有的士兵、上级军官和下级军官询问战斗的情况，他们都会告诉您大家的见闻和体会，您就会产生一种庄严、复杂、纷纭、沉重而模糊的印象，但从一个人那里，尤其是从总司令那里您却弄不清楚整个战争是怎样进行的。但过了两三天，军情报告送上来了，一些喜欢胡说八道的人就胡乱编造他们并未见到过的事，最后写成一份总报告，而根据这份总报告又写成军队的呈文，每个人都把自己的怀疑和问题轻易地变成虚假的，但却是明确的总能讨人喜欢的说法。过一两个月后，您再去问问参加过战斗的人，您就会觉得在他的讲述中已没有原先那种生动的材料，他只根据军情报告说话。许多活着的参加过鲍罗金诺战役的聪明人，就是这样对我讲述这次战役的经过的。大家讲的情况都一样，都是按照米哈伊洛夫斯基·丹尼列夫斯

① 在本书第一部和描写申格拉本战役的章节发表后，尼古拉·尼古拉耶维奇·穆拉维约夫（卡尔斯的）叫人转告我他对我的描写的意见，这些意见加强了我的信念。穆拉维约夫总司令评论说，他从来没有读到过比这更正确的战争描写，他凭自己经验相信，在作战时总司令的命令是不可能被执行的。——列夫·托尔斯泰

基[①]和格林卡[②]等人的不正确描写讲述的，虽然讲的人彼此相距几俄里，但都讲得一模一样。

在塞瓦斯托波尔失守后，炮兵司令克雷尚诺夫斯基把炮兵军官从各个棱堡送来的报告交给我，要我把二十多份报告综合成一份总报告。我很遗憾，没有照抄这些报告。这是用军事谎言编写报告的好例证。我猜想，我的许多写过这类报告的同行读到这里，想起他们怎样按长官指示写那些他们不可能知道的情况，一定会发笑的。凡是经历过战争的人都知道，俄国人多么善于在战争中完成自己的任务，又多么不善于在描写战争上吹牛撒谎。大家都知道，在我们军队里写军情报告的任务，多半是由非俄罗斯人完成的。

我说这一切是要表明，为军事史家提供材料的军事描写，不可能避免谎言，从而说明艺术家和史学家在历史事件的理解上常常无法避免分歧。不过，除了不可避免地歪曲历史事件之外，在我所关心的那个时代的史学家那里，我看到（大概是因为习惯于把事件分类、简短地叙述和悲观地看待事件的缘故）辞藻特别浮夸的叙述，在那里，不仅是事件本身，而且对事件意义的理解都离不开谎言和歪曲。在研究梯也尔和米哈伊洛夫斯基·丹尼列夫斯基这两部主要史书时，我常常感到困惑，弄不懂怎么会出版和阅读这两本书。且不说他们引用了截然相反的材料，用最严肃庄重的语气叙述同一个事件，我在这些史学家的著作里还读到这样一些描写，使我想起这两本书是那个时代仅有的历史文献，拥有千百万个读者时，我真不知道笑好还是哭好。我只从著名史学家梯也尔的著作里引用一个例子就足以说明这种情况了。他讲到拿破仑怎样随身携带大量伪钞后说："他使用了这些钱财，用**值得他和法军**自豪的事业来补偿，下令救济遭受火灾的人们。但由于食物过于昂贵，又没有预计到要向外人（大部分是不友好的人）提供食物，拿破仑宁愿向他们散发钱币，因此他就发行了大量纸卢布。"

这一段话足以使人惊呆，即使不能说它缺德，也是没有任何意义的；

---

① 米哈伊洛夫斯基·丹尼列夫斯基（1790—1848），俄国军事历史学家，1812 年卫国战争中曾任库图佐夫的副官。

② 格林卡（1776—1847），俄国作家，曾出版《俄国导报》，著有《俄罗斯史》。

不过在梯也尔的整部书里，这段话并不使人感到突兀，因为它同全书辞藻浮夸而思想贫乏的风格是一致的。

总之，艺术家和史学家的任务截然不同，因此在我的书里对事件和人物的描写同史学家有分歧，这一点不应使读者感到惊讶。

但艺术家不应忘记，人民中形成的历史人物和历史事件的概念，不是出于幻想，而是以历史文献为依据的，史学家尽可能把这些资料做了分类处理；艺术家对这些人物和事件的理解虽然有所不同，但他们像史学家一样，也应受历史资料的支配。**凡是在我的小说里说话和行动的历史人物都不是虚构的，而是利用我在写作时收集的一系列图书作为依据，我不想在这里列举书名，但我随时都可以引用这些资料。**

第六，最后一点，也是我觉得最重要的想法。我认为，在历史事件中，所谓伟大人物只有微小的作用。

研究充满如此丰富事件的悲壮而又亲切的时代，关于这个时代又有那么多形形色色的传说，我深切地感到，历史事件发生的原因是我们的智力所无法探究的。说一八一二年事件的原因（这在大家看来都是很简单的）在于拿破仑的野心和亚历山大皇帝的坚定爱国心，是毫无意义的，就像说罗马帝国崩溃的原因在于某个野蛮人把人民驱往西方，而某个罗马皇帝治国无方，或者说，一座大山崩倒是由于最后一个工人挖了最后一锹土。

像千百万人互相残杀、五十万人被杀死的事件，不可能是由一个人的意志决定的：一个人不可能挖倒一座大山，一个人也不可能迫使五十万人死亡。那么，原因究竟是什么呢？有些史学家说，原因是法国人的侵略野心和俄国人的爱国心。另一些史学家说，原因在于拿破仑军队传播了民主思想，又说在于俄国必须同欧洲结成联盟，等等。但千百万人究竟为什么要互相残杀，是谁命令他们这样做的？这样的事对谁都不可能有益，只能对大家有害，这点似乎人人都清楚；那么，他们究竟为什么要这样做呢？可以无数次地回顾检讨这种没有意义的事件的原因，但大量解释和它们的总和只证明：原因不计其数，任何一种原因都不能称之为原因。

自从开天辟地以来，人们就知道互相残杀在肉体上和精神上都是坏事，为什么千百万人还要这样做呢？

因为这是不可避免的，人们互相残杀，是在按照那条自然的动物规律行事，就像蜜蜂到秋天互相残杀那样，雄性动物按照这条规律要互相残杀。对这个可怕的问题没有其他答案。

这个真理不仅显而易见，而且是每个人生来具有的，无须再加以证明，如果人身上没有另一种感情和意识——这种感情和意识使人确信，他不论何时做什么事都是自由的。

从一般的观点研究历史，我们无疑会相信一切事件所遵循的那条永恒规律。从个人观点看问题，我们就会得出相反的结论。

杀人的人、下令越过涅曼河的拿破仑、你和我，当我们呈文请求决定职务，赞成或者反对什么的时候，大家都确信，我们的每一行动都基于理智原因和个人意志，这样行动或那样行动都是由我们决定的。这种信念十分强烈并为我们每个人所珍重，尽管历史论据和罪行统计使我们相信别人的行动是无意识的，我们还是认为我们的一切行动都是由自由和意识决定的。

矛盾似乎是无法解决的：当我完成一个行动时，我相信我是按照自己的意志去完成的；从参加人类共同生活的角度（从它的历史意义上）来研究这一行动，我相信，这个行动是必然的，不可避免的。那么，错误在什么地方呢？

关于人在回顾往事时把虚假的自由推理暂时用在已完成的事上（这一点我打算在别的地方详细论述），这种心理研究证实，人在完成某种行为时他的自由意志是错误的。但那种心理研究也证明，另一种行为的自由意志不是回顾，而是刹那间的，毫无疑问的。不论唯物主义者说什么，我无疑都能完成某种行为，或者，如果这行为只涉及我个人，我可以不做这行为。我无疑可以按我个人意志举起手来或放下手。我可以立刻停止写作。您可以立刻停止阅读。我无疑可以按我个人意志越过一切障碍在思想上飞到美国，或者转移到可爱的数学问题上。我可以享受我的自由，举起手来，再用力地把它放下。我这样做了。但我的旁边站着一个孩子，我把手举到他的头上，我想用同样的力气朝孩子头上放下手去。**我不能**这样做。一只狗向这个孩子扑去，**我不能**不举手打狗。我站在前线，不能不跟着部队前进。当我周围的人都向前跑的时候，我不能不跟着部队进攻，我不能不跑。当我以被告辩护人的身份站在法庭上时，我不能不说话，或者知道我将要说的话。对着迎面而来的打击，我不能不眨眼。

总之，行为有两种：一种以我的意志为转移，另一种不以我的意志为转移。产生矛盾的错误只在于伴随与我有关的每一行为的自由意识。这种行为同我有关，同我这个人存在的最高抽象有关，而我却错误地把同别人一起干的和别人强迫我发生的行为算作我的行为。要划清自由和依从的界限十分困难，而划清这个界限则是心理学重要的和唯一的任务：不过，在观察我们最自由和最依从的表现的条件时，不能不看到，我们的行为越抽象，同其他人的行为越少联系，它就越自由；反之，我们的行为同其他人的行为联系越多，它就越不自由。

最强大、最密切、最沉重和最经常的联系就是所谓对别人的支配权，其实也就是对别人最大的依从。

不知道这是不是错误，但我在写作过程中完全相信，当我在描写一八〇七年的历史事件，特别是一八一二年的历史事件时，这种宿命的规律格外明显，[①]我不能添写那些人的意义，他们似乎控制着事件，其实他们比其他事件参加者更少做出自由的人的行为。我对这些人的行为之所以发生兴趣，只是想用它们来说明依我看是支配历史的那条宿命的规律，以及那条心理学规律，它促使做出最不自由行为的人从回顾往事中虚构出一系列结论，以证明他本身的自由。

列夫·托尔斯泰

---

① 值得指出的是，几乎所有描写 1812 年的作家在这个事件中都看到一种特殊的和宿命的东西。——列夫·托尔斯泰

附录二

《战争与和平》各章内容概要

第一卷

第一部

1 彼得堡。女官安娜·舍勒家的晚会。女主人和达官华西里公爵。谈论拿破仑。安娜·舍勒策划让华西里公爵之子阿纳托里娶保尔康斯基家玛丽雅公爵小姐

2 安娜·舍勒的客人。华西里公爵的女儿美人海伦和儿子伊波利特。保尔康斯基家小公爵夫人丽莎。侨居俄国的法国人莫特玛子爵和莫里奥神父。拜见女主人的姑妈。皮埃尔·别祖霍夫在晚会上露面

3 谈论拿破仑杀害当甘公爵。当甘公爵在女演员乔紫家邂逅拿破仑的故事。皮埃尔同莫里奥神父谈论政治均势。安德烈公爵在客厅出现。安德烈遇见皮埃尔。华西里公爵同女儿海伦赴英国公使的晚会

4 德鲁别茨基公爵夫人要求华西里公爵设法把她的儿子保里斯调入近卫军。客厅里谈论拿破仑。皮埃尔为革命和拿破仑辩护，安娜·舍勒的客人们因此抨击他。安德烈公爵支持皮埃尔。伊波利特公爵用俄语讲一个莫斯科贵妇人的笑话

5 皮埃尔的特点。安娜·舍勒的客人告辞。伊波利特公爵送别安德烈公爵夫人。皮埃尔来到保尔康斯基家。皮埃尔同安德烈公爵商谈皮埃尔的前途

6 皮埃尔在保尔康斯基家。安德烈公爵和夫人为安德烈的出征争吵。皮埃尔同安德烈公爵共进晚餐。安德烈谈到自己、婚姻和女人。皮埃尔赴阿纳托里的晚宴。陶洛霍夫同英国人斯蒂文思打赌

7 莫斯科。德鲁别茨基公爵夫人在罗斯托夫家。罗斯托夫伯爵和伯爵夫人。罗斯托夫家母女同庆命名日。卡拉金娜母女来访。谈论莫斯科的重大新闻：老别祖霍夫伯爵病危，他的私生子皮埃尔因闹事被驱逐出彼得堡，老别祖霍夫死后遗产问题

8 罗斯托夫家的小辈：娜塔莎、尼古拉、彼嘉、宋尼雅和保里斯在客厅里。布娃娃咪咪的故事

9 客厅景象。伯爵的外甥女宋尼雅。伯爵同客人谈论尼古拉参军，伯爵夫人谈论子女教育。尼古拉和宋尼雅。大女儿薇拉

10 娜塔莎躲在花房里。妒忌，尼古拉和宋尼雅接吻。娜塔莎把保里斯唤到花房。她建议保里斯吻布娃娃。娜塔莎吻保里斯，两人谈情

11 起居室里两对情人：宋尼雅和尼古拉，娜塔莎和保里斯。他们同薇拉吵嘴。两位老朋友的谈话：罗斯托夫伯爵夫人抱怨家庭生活烦恼，德鲁别茨基公爵夫人讲到儿子调入近卫军，哭诉手头拮据，无钱给保里斯治装。她希望获得别祖霍夫伯爵的遗产

12 德鲁别茨基公爵夫人带儿子保里斯探望患病的别祖霍夫伯爵。他们在那里遇见华西里公爵。德鲁别茨基公爵夫人决定照顾病人

13 皮埃尔在莫斯科父亲家里。他被驱逐出彼得堡后遇见几位公爵小姐。保里斯来到皮埃尔屋里，两人谈心。德鲁别茨基公爵夫人母子俩回到罗斯托夫伯爵家。他们谈论别祖霍夫伯爵的遗嘱

14 罗斯托夫伯爵夫人向丈夫要五百卢布送给德鲁别茨基公爵夫人为儿子保里斯治装。两人相对而哭

15 罗斯托夫伯爵家的命名日宴会。等待娜塔莎的教母阿赫罗西莫娃。申兴跟别尔格在伯爵书房里谈话。阿赫罗西莫娃的到来。客人入席。宴会

16 席间谈论宣战书和对拿破仑的战争。骠骑兵上校。尼古拉的插话。娜塔莎的淘气

17 年轻人唱歌。宋尼雅因爱尼古拉而流泪，尼古拉赠诗宋尼雅。宋尼雅同娜塔莎谈心。娜塔莎、保里斯、宋尼雅和尼古拉合唱《泉水》。跳舞。罗斯托夫伯爵跟阿赫罗西莫娃跳“丹尼洛·古柏”舞

18 在别祖霍夫伯爵家。准备终敷礼。病室谈话。劳兰医生。华西里公

爵同卡嘉公爵小姐密谋藏匿伯爵遗嘱

19 皮埃尔同德鲁别茨基公爵夫人一起回家。皮埃尔在垂死的父亲的接待室里。别祖霍夫伯爵想见儿子。接待室里的人招呼皮埃尔

20 皮埃尔在病室。别祖霍夫伯爵。行终敷礼。在场的有：三位公爵小姐、德鲁别茨基公爵夫人、华西里公爵、神父、医生、仆人等

21 华西里公爵和卡嘉公爵小姐，皮埃尔和德鲁别茨基公爵夫人。争夺放遗嘱的文件夹。别祖霍夫伯爵去世

22 童山保尔康斯基家庄园。保尔康斯基老公爵。他的女儿玛丽雅公爵小姐。几何课。裘丽来信和玛丽雅公爵小姐的回信

23 安德烈公爵夫妇来到童山。他们会见玛丽雅公爵小姐和她的法国女伴布莉恩。保尔康斯基公爵父子见面，谈论战争和政治

24 童山家宴。保尔康斯基公爵父子就苏沃洛夫和拿破仑进行争论。建筑师米哈伊尔·伊凡内奇。……

25 安德烈公爵准备参军。他跟妹妹话别。玛丽雅公爵小姐用圣像替哥哥祝福。安德烈公爵辞别父亲、妻子和妹妹。动身

第二部

1 一八〇五年十月俄军在奥地利布尔诺。一个步兵团准备接受总司令检阅。团长下令全团士兵换装。将军为被贬当兵的陶洛霍夫穿蓝大衣训斥基莫兴大尉。将军命令陶洛霍夫换装

2 库图佐夫检阅团。总司令停留在三连前，同基莫兴谈话。库图佐大召唤陶洛霍夫。检阅顺利结束后团长心情愉快。他同基莫兴谈话。检阅后士兵的议论。歌手们合唱。谢尔科夫同陶洛霍夫谈话

3 库图佐夫同奥国御前军事参议员谈话。安德烈公爵在库图佐夫司令部。马克总司令来到司令部。谢尔科夫向奥国将军施特劳赫和奥国军事参议员祝贺马克到来

4 保罗格勒骠骑兵团士官生尼古拉停留在布尔诺。同德国房东谈话。杰尼索夫输钱回家。军官吉梁宁的到来。杰尼索夫写信给“她”。

司务长来要钱，发现杰尼索夫丢了钱袋。尼古拉揭发吉梁宁偷钱袋

5 杰尼索夫骑兵连军官们热烈谈论引起尼古拉跟团长争吵的吉梁宁事件。谢尔科夫带来马克失败和进攻的消息

6 俄军向维也纳撤退。渡过恩斯河。聂斯维茨基招待军官们。后卫队长官派聂斯维茨基向骠骑兵传达最后撤退和烧桥的命令

7 最后一批俄军过恩斯桥。桥上拥挤不堪。过路士兵的议论。一辆载着女人的德国货车。聂斯维茨基在桥上遇见杰尼索夫。杰尼索夫骑兵连过桥

8 法军逼近恩斯桥。法军炮击骠骑兵。杰尼索夫在骑兵连。骑兵连撤回桥的另一头。谢尔科夫、随从军官和聂斯维茨基先后向保罗格勒团团长传达后卫队长官停止前进和烧桥的命令。骠骑兵在法军霰弹炮围击下烧桥。尼古拉在烧桥时的心情

9 库图佐夫军沿多瑙河退却。俄军在克雷姆斯战斗中获胜。总司令派安德烈公爵到奥国皇宫送捷报。安德烈公爵在途中和布罗姆。奥国陆军大臣的冷淡接待和安德烈心情的变化

10 安德烈公爵逗留在布罗姆外交官比利平官邸。比利平其人。安德烈同比利平谈到法军占领维也纳、克雷姆斯战役、同普鲁士联盟、奥地利叛变和拿破仑的新胜利

11 安德烈公爵在比利平官邸会见一批青年外交官。比利平让安德烈“欣赏”伊波利特。安德烈公爵进皇宫

12 奥国皇帝弗朗茨接见安德烈公爵。安德烈公爵接受勋章。朝廷官员注意安德烈公爵。安德烈公爵回到比利平处。比利平讲述法军占领维也纳桥。安德烈公爵决定立刻回部队

13 安德烈公爵在撤退的俄军队伍中。撤退部队的混乱情景。安德烈公爵为保护军医夫人同辎重军官争吵。总司令部的混乱景象。库图佐夫派巴格拉基昂率部抵挡法军进攻

14 库图佐夫获悉俄军受大量法军攻击濒临绝境。库图佐夫派巴格拉基昂四千前卫队到霍拉勃隆阻挡敌军。缪拉错把巴格拉基昂队伍当作全部俄军，建议俄军休战。拿破仑致函缪拉撕毁停战协定

15 安德烈公爵在巴格拉基昂队伍里。安德烈同值班军官巡视阵地。随

军商贩帐篷里的情景和土申大尉。俄军的情况。一名掷弹兵偷窃受体罚。在前线。陶洛霍夫同法国掷弹兵争论。士兵西多罗夫说“法国话”，俄国兵和法国兵都哈哈大笑

16 安德烈公爵观察土申炮兵连阵地，画军队部署草图。安德烈无意中听到军官们在棚子里谈论对死的恐惧。法军的第一炮。土申从棚子里出来

17 申格拉本战役开始。安德烈公爵赶回格仑特，同巴格拉基昂公爵会合。军法官和谢尔科夫。巴格拉基昂在土申炮兵连。巴格拉基昂向指挥官发布命令。他在战斗中的作用

18 巴格拉基昂来到部队右翼。战斗临近。伤兵。老团长向巴格拉基昂报告我军打退法国骑兵进攻和伤亡情况，并劝巴格拉基昂避开危险。法军一个纵队和俄军两个营的行动。巴格拉基昂率领俄军进攻

19 俄军右翼撤退。巴格拉基昂派谢尔科夫传令左翼将军撤退。左翼两个指挥官——在布尔诺曾受库图佐夫检阅的步兵团长和保罗格勒骠骑兵团长——互相怄气。将军和上校比勇。杰尼索夫骑兵连进攻。进攻中的尼古拉。尼古拉负伤

20 步兵团在树林里受法军突击。曾受库图佐夫检阅的步兵团长试图制止士兵逃跑。基莫兴连进攻。俄军逼退法军。陶洛霍夫的英勇行为。被忘却的土申炮兵连的行动。炮兵反击法军，士气昂扬。土申头脑里的幻想世界。参谋官传令炮兵连立刻撤退。安德烈公爵带来同样命令

21 土申炮兵连撤退，他遇到长官和副官。土申用炮车运送负伤的尼古拉。夜间进攻。军队停留。土申和尼古拉在篝火旁。将军召见土申。巴格拉基昂在农家吃饭。步兵团长讲述他们团的进攻和陶洛霍夫的英勇行为。谢尔科夫讲述保罗格勒团进攻情况。土申的出现。他在长官面前窘态毕露。巴格拉基昂问土申丢掉大炮的经过。安德烈公爵庇护土申。尼古拉负伤后在篝火旁过夜

第三部

1 华西里公爵企图让皮埃尔娶自己的女儿。皮埃尔在彼得堡华西里公爵家。皮埃尔成为富翁和别祖霍夫伯爵后，亲友对他刮目相看。华西里公爵成为皮埃尔的领导人。皮埃尔参加安娜·舍勒家晚会。海伦和皮埃尔在女主人的老姑妈旁边。皮埃尔决定娶海伦为妻

2 皮埃尔想避开海伦，但一个半月来一直住在华西里公爵家，在人们眼里他们的关系越来越密切。华西里公爵家庆祝海伦命名日的晚会。华西里公爵讲彼得堡军事总督维亚兹米金诺夫的笑话。皮埃尔和海伦。两人单独在小客厅。皮埃尔犹豫不决。华西里公爵祝福一对年轻人。皮埃尔同海伦结婚

3 保尔康基斯公爵接到华西里公爵父子来童山的通知。华西里公爵父子到达那天老公爵心情特别恶劣。老公爵因总管扫雪迎客大怒，吩咐把雪扫回原处。午餐。小公爵夫人在童山的生活：经常对公公感到恐惧和反感。她不来吃午饭。老公爵来到她的房间。客人来到。主人出来前华西里父子的谈话。小公爵夫人和布莉恩小姐替玛丽雅公爵小姐梳妆打扮。玛丽雅公爵小姐出去迎客前的心情

4 玛丽雅公爵小姐出来迎客。阿纳托里对布莉恩发生兴趣。老公爵穿衣服时想到玛丽雅公爵小姐出嫁这个难题。老公爵出来见客。他斥责女儿的服装和发式。老公爵同阿纳托里谈话。华西里公爵单独向老公爵吐露心愿。阿纳托里的出现使三个女人兴奋。玛丽雅公爵小姐和法国女人布莉恩的幻想。在起居室。玛丽雅公爵小姐弹钢琴。阿纳托里向布莉恩调情

5 玛丽雅公爵小姐、布莉恩小姐和小公爵夫人晚上的心情。华西里公爵为儿子求婚后老公爵的心情。阿纳托里同布莉恩小姐在花园幽会。老公爵同女儿谈求婚事。玛丽雅公爵小姐在花园撞见阿纳托里拥抱法国女人。玛丽雅断然拒绝华西里公爵替儿子求婚。老公爵高兴。玛丽雅公爵小姐幻想自我牺牲：她决定促成阿纳托里和布莉恩

结婚

6 罗斯托夫家接尼古拉来信，得知他负伤和提升军官。老公爵心情愉快，德鲁别茨基公爵夫人准备把这消息告诉伯爵夫人。娜塔莎猜到这个消息，她知道信的内容后就告诉宋尼雅。彼嘉评论哥哥和姐姐。娜塔莎同宋尼雅谈论尼古拉。德鲁别茨基公爵夫人把尼古拉的信交给伯爵夫人。伯爵夫人读尼古拉的信，全家给尼古拉写回信

7 奥洛莫乌茨野营。尼古拉到保里斯处领取家里寄来的钱和信。尼古拉会晤保里斯和别尔格。尼古拉读家信。保里斯和尼古拉谈副官职务。近卫军讲出征情况，尼古拉讲保罗格勒团进攻情况。尼古拉同安德烈发生冲突

8 两位皇帝检阅俄军和奥军。尼古拉对皇帝的敬爱和崇拜

9 保里斯去奥洛莫乌茨安德烈处为自己当副官事奔走。总司令接待室里的一幕：安德烈公爵同俄国老将军谈话。保里斯决定今后按不成文从属关系行事。安德烈和保里斯访问陶尔戈鲁科夫公爵。陶尔戈鲁科夫讲到军事会议、主张进攻的少壮派胜利、拿破仑的信、拿破仑和马尔科夫伯爵的笑话。安德烈公爵为保里斯向陶尔戈鲁科夫求情。保里斯为接近上层感到兴奋

10 尼古拉所在的杰尼索夫骑兵连退居后备。俄军在维绍城击败法军。尼古拉因不能参加战斗而伤心。尼古拉向哥萨克购买被俘法国龙骑兵的马。亚历山大皇帝亲临前线。尼古拉的狂欢。他在维绍再次遇见沙皇。杰尼索夫庆祝自己提升少校。尼古拉幻想愿为皇帝而死

11 亚历山大皇帝在维绍害病。法国军使萨瓦里送来拿破仑同亚历山大皇帝会面的建议。陶尔戈鲁科夫奉派同拿破仑谈判。十一月十九日准备奥斯特里茨会战。安德烈公爵在陶尔戈鲁科夫公爵处。陶尔戈鲁科夫讲到会见拿破仑，拿破仑害怕大会战。陶尔戈鲁科夫介绍威罗特侧翼包抄计划。安德烈公爵归来汇报作战计划。库图佐夫认为会战必败

12 军事会议。威罗特其人。库图佐夫在会上瞌睡。威罗特宣读奥斯特里茨会战部署。宣读时将军们的反应。朗热隆反对计划。库图佐夫

宣布休会。奥斯特里茨会战前夜安德烈公爵的沉思。安德烈公爵幻想获得荣誉

13 尼古拉在侧翼散兵线。他的幻想。敌军的呐喊。巴格拉基昂公爵和陶尔戈鲁科夫公爵观看敌方奇怪的火光和呐喊。巴格拉基昂派尼古拉窥察敌军侧翼。法军向尼古拉射击。巴格拉基昂留尼古拉当传令官。拿破仑给士兵的命令

14 俄军纵队调动。行军途中的混乱情景。对奥军不满。哥德巴赫河上拉开战幕。奥斯特里茨会战前的拿破仑

15 库图佐夫率领俄军第四纵队前进。会战开始前安德烈公爵的心情和幻想。库图佐夫生步兵将军的气。库图佐夫派安德烈公爵传令三师停止前进，并派狙击兵前进。俄国皇帝和奥国皇帝带随从巡视前线。亚历山大皇帝问库图佐夫为什么不开战和库图佐夫的回答。库图佐夫下令进攻。米洛拉多维奇带领纵队进攻

16 四纵队同法军冲突。俄军逃跑。库图佐夫负伤。安德烈公爵手举军旗冲向法军。安德烈公爵负伤。他关于无边无际的天空的遐想

17 巴格拉基昂指挥的俄军右翼。巴格拉基昂公爵派尼古拉见总司令或皇帝要求开战。尼古拉往俄军前线。近卫骑兵的进攻。尼古拉经过近卫步兵团遇见保里斯和别尔格。尼古拉遇见逃跑的俄奥士兵

18 尼古拉在普拉茨村附近。溃散的俄军队伍。皇帝和总司令负伤的传闻。原野上的死者和伤者。法军向尼古拉开炮。尼古拉在荷斯吉拉迪克村郊看见皇帝，但不敢对他说话。冯托尔大尉同皇帝谈话。尼古拉后悔自己的迟疑不决，他去找库图佐夫。俄军在奥斯特里茨战役中失利。俄军纵队溃退。法军炮轰奥格斯特堤岸。陶洛霍夫在奥格斯特堤岸

19 安德烈公爵负伤躺在普拉岑高地。拿破仑巡视战场。他发现安德烈未死，下令把他抬到救护站。俄国负伤军官被抬到拿破仑面前。拿破仑同雷普宁公爵和苏赫吉仑中尉谈话。安德烈公爵想到拿破仑以及生和死的问题。法国兵把安德烈公爵身上的圣像取下又挂上。安德烈公爵同其他伤员留给当地居民照顾

第二卷

第一部

1—3 莫斯科。尼古拉同杰尼索夫复员回家。在英国俱乐部为巴格拉基昂设宴；议论军事和政治

4—6 皮埃尔在宴会上，猜疑海伦同陶洛霍夫的关系。皮埃尔和陶洛霍夫在席上争吵，提出决斗。索科尔尼基的决斗，陶洛霍夫负伤。皮埃尔夫妇吵嘴和分裂；皮埃尔去彼得堡

7—9 童山。奥斯特里茨战役后安德烈公爵下落不明，老公爵相信儿子已死。安德烈公爵夫人生产；安德烈公爵在紧急关头回家。安德烈儿子的出生和妻子的死

10—12 罗斯托夫家人。尼古拉同陶洛霍夫的接近；陶洛霍夫的母亲。议论同拿破仑的新战争；征兵。罗斯托夫家的欢乐气氛和恋爱事件。陶洛霍夫向宋尼雅求婚遭拒绝。约盖尔家的舞会和杰尼索夫跳玛祖卡舞

13—14 欢送陶洛霍夫参军。尼古拉赌钱大输给陶洛霍夫，陶洛霍夫幸灾乐祸。尼古拉输钱后心情沮丧

15—16 当晚青年在罗斯托夫家欢聚；娜塔莎唱歌；尼古拉告诉父亲输钱。杰尼索夫向娜塔莎求婚遭拒绝。尼古拉回团

第二部

1—5 皮埃尔在托尔若克驿站遇共济会会员巴兹杰耶夫，后者给他留下深刻印象。皮埃尔在彼得堡参加共济会。共济会的复杂仪式；共济会会员维拉尔斯基。华西里公爵试图使皮埃尔夫妇和

好失败；皮埃尔到基辅庄园

6—7 一八〇六年底。俄国联合普鲁士再次同拿破仑作战。安娜·舍勒家晚会。谈论有关奥地利和普鲁士的政治问题。保里斯。保里斯同海伦接近

8—9 童山。老公爵监督征兵工作，儿子当助手。安德烈公爵照顾患病的儿子。比利平来信报道普尔土斯克战役

10—14 皮埃尔在基辅庄园；解放农奴计划。一八〇七年春安德烈公爵到保古察罗伏。在渡船上与皮埃尔谈论人生目的；安德烈思想消极，皮埃尔信善。在童山。玛丽雅公爵小姐的"神亲"

15—18 尼古拉回团感到亲切。在普尔土斯克和埃劳会战后驻扎在德国，保罗格勒团的饥饿和疾病。杰尼索夫抢劫步兵团粮食。杰尼索夫与已任军输官的吉梁宁打架。军事法庭审查此事，杰尼索夫不服。杰尼索夫负伤住医院。弗里德兰会战后停战。尼古拉探访杰尼索夫。医院里的悲惨景象。杰尼索夫同意请求皇帝开恩

19—21 拿破仑同亚历山大一世在蒂尔西特会面。尼古拉穿便服向皇帝呈递杰尼索夫的请愿书。两国皇帝友好会晤。俄国近卫军和法国近卫军的快乐日子。拿破仑亲自把荣誉团勋章授予俄国士兵拉扎列夫。保里斯在新的政治形势下升官，心情愉快。尼古拉一向把拿破仑看作俄国的敌人，现在思想混乱

第三部

1—3 亚历山大一世在埃尔富特重新会晤拿破仑。一八〇九年春天。安德烈公爵在保古察罗伏工作，为农民做了许多事。安德烈公爵因事走访罗斯托夫伯爵。娜塔莎给他的印象（娜塔莎和宋尼雅夜谈）。安德烈对待人生态度的转变（老麻栎树给他的启示）。他决定去彼得堡任职

4—6 安德烈公爵在彼得堡逢国内改革运动。陆军大臣阿拉克切耶夫

接见安德烈公爵。安德烈公爵在柯楚别依家认识斯佩蓝斯基，同他接近，并在他的影响下工作

7—10 皮埃尔热衷于共济会活动，后出国，回国后试图改革共济会工作。在彼得堡他的观点遭到反对，热情减退，转入内心活动；同妻子和解。海伦的豪华沙龙。皮埃尔日记（第八章和第十章）

11—13 罗斯托夫一家在彼得堡，他们在彼得堡的社会地位不同于莫斯科。别尔格向薇拉求婚。娜塔莎同保里斯重逢，他们之间的微妙关系。娜塔莎同母亲夜谈

14—17 朝臣家举行盛大舞会；罗斯托夫全家准备参加舞会；赴会。舞会景象；波兰舞和华尔兹舞。娜塔莎的激动、胆怯、恐惧和狂喜。娜塔莎遇见安德烈公爵，他给她的印象

18—24 国务会议开幕；皇帝演说。斯佩蓝斯基的午宴；泽尔维、马格尼茨基、斯托雷平。安德烈公爵对彼得堡的工作失望。安德烈公爵在罗斯托夫家。别尔格家的晚会。安德烈公爵同娜塔莎接近。娜塔莎再度同母亲夜谈（第二十二章）。安德烈公爵告诉皮埃尔他爱娜塔莎，并去父亲处谈婚事。他向娜塔莎求婚。婚期推迟。安德烈公爵出国

25—26 童山。老公爵心情的变化。玛丽雅公爵小姐对生活的态度；她幻想当巡礼者

第四部

1—2 一八一〇年罗斯托夫家的乡村生活。尼古拉回家休假，试图整顿家业

3—7 准备打猎；机灵的猎人丹尼洛。尼古拉同远房大叔和伊拉金一起猎狼、狐狸和灰兔；打猎丰收。到大叔家过夜；大叔弹吉他，娜塔莎跳俄罗斯舞

8—11 婚事。娜塔莎的悲伤。尼古拉和宋尼雅。竖琴和歌唱晚会；乘三驾马车化装出游；宋尼雅在谷仓旁算命

12—13 归家；在镜子前算命。尼古拉决定娶宋尼雅，因此同母亲发生冲突

第五部

1—2 皮埃尔在莫斯科；他的苦闷，消极和玩乐。保尔康斯基公爵带女儿到来。他接近法国女人布莉恩小姐；玛丽雅公爵小姐的痛苦时期

3—5 老公爵的命名日。同梅蒂维埃医生的冲突。午餐；拉斯托普庆伯爵；谈论拿破仑夺取奥登堡大公领地，俄国朝廷对拿破仑的敌意。玛丽雅公爵小姐同皮埃尔的坦率谈话。保里斯和裘丽；裘丽的多愁善感，纪念册上的诗和画；保里斯向裘丽求婚

6—7 罗斯托夫伯爵同娜塔莎和宋尼雅在莫斯科阿赫罗西莫娃家做客。娜塔莎试图接近未婚夫的家庭；娜塔莎跟父亲的访问不顺利

8—13 娜塔莎同父亲看歌剧；在包厢里认识海伦和阿纳托里。娜塔莎在海伦影响下迷恋阿纳托里。海伦家的晚会，乔紫小姐的朗诵；阿纳托里吻娜塔莎

14—15 阿赫罗西莫娃访问保尔康斯基公爵不顺利。阿纳托里给娜塔莎的信；宋尼雅试图恢复娜塔莎的理智；娜塔莎的愤怒和反抗。娜塔莎写信给玛丽雅公爵小姐表明同安德烈公爵分手，她试图跟阿纳托里私奔

16—18 阿纳托里在陶洛霍夫帮助下企图诱拐娜塔莎；马车夫巴拉加。阿纳托里试图带走娜塔莎；计划败露

19—22 阿赫罗西莫娃找皮埃尔谈话。皮埃尔同娜塔莎谈话。皮埃尔痛斥阿纳托里；阿纳托里被驱逐出莫斯科。娜塔莎试图服毒自杀；她害了重病，同皮埃尔产生友谊。一八一二年的彗星

第三卷

第一部

1 作者对历史事件的议论。一八一二年欧洲民族自西向东推进

2 拿破仑从德累斯顿来到波兰，成为军队首脑。渡过涅曼河；波兰枪骑兵团的自我牺牲

3 亚历山大在维尔诺参加舞会；巴拉歇夫向皇帝报告法军不宣而战的消息

4 亚历山大派巴拉歇夫给拿破仑送信。巴拉歇夫在法国军营；他遇见缪拉，缪拉装模作样地同他谈话

5—7 会见达武元帅；达武的不友好态度。拿破仑在维尔诺接见巴拉歇夫，作长篇谈话；拿破仑发怒。拿破仑突然设宴招待巴拉歇夫

8 安德烈公爵在彼得堡和在土耳其的军队中找寻阿纳托里。他要求调到西部军队。路过童山。安德烈为布莉恩同父亲吵嘴。出征

9—11 德里萨大营和总司令部。军队里的党派。作战计划。普法尔。军事会议。安德烈公爵决定不留在司令部而去部队服役

12—15 保罗格勒团行军到波兰。野营生活。尼古拉和伊林。拉耶夫斯基将军的功绩。旅店一幕：遇见团军医太太。奥斯特罗夫诺的战斗；尼古拉俘虏法国军官

16—18 莫斯科；罗斯托夫一家。娜塔莎的病和情绪；斋戒。宣战书和呼吁书。娜塔莎做礼拜

19—20 皮埃尔的心情；《启示录》和皮埃尔想到天赋他建立伟大的业绩。罗斯托夫吃饭时宣读呼吁书；彼嘉要求参军。皮埃尔发现自己对娜塔莎的感情，决定不再去罗斯托夫家

21—23 皇帝驾临；莫斯科的群众情绪；彼嘉的狂热。克里姆林宫的午餐；皇帝分发饼干。斯洛博达宫接待贵族和商人；贵族的爱国热情。皮埃尔的心情同人们融成一片

第二部

1 作者评论一八一二年事件中拿破仑和亚历山大的作用，简要战事述评，斯摩棱斯克失守

2—5 童山。安德烈公爵来信叙述战争形势，敌军逼近；保尔康斯基公爵对危险认识不足；管家阿尔巴端奇被派往斯摩棱斯克。斯摩棱斯克受炮击；城里的混乱景象。安德烈公爵遇见阿尔巴端奇，坚决要求父亲立刻去莫斯科躲避战火。一星期后安德烈公爵路过荒芜的童山，以为父亲和妹妹已到莫斯科，其实他们都在保古察罗伏。巴格拉基昂致函阿拉克切耶夫谴责巴克莱

6 彼得堡的团体；宫廷党派和它们对战争的态度；在安娜·舍勒客厅里谈论库图佐夫被任命为总司令

7 法军逼近莫斯科。拿破仑和拉夫鲁施卡

8 保尔康斯基一家在保古察罗伏；老公爵中风，他态度改变，对女儿的爱，死。准备去莫斯科

9—12 保古察罗伏农民的心情；村长德龙。玛丽雅公爵小姐对农民讲话。农民拒绝她的要求。玛丽雅公爵小姐的思索

13—14 尼古拉和伊林路过保古察罗伏，帮玛丽雅公爵小姐摆脱困境。通过这次邂逅，尼古拉和玛丽雅公爵小姐相互留下印象

15—16 安德烈公爵在察廖夫-扎伊米歇村。库图佐夫阅兵。杰尼索夫的游击战计划。库图佐夫其人和他对战争的观点。库图佐夫读让理夫人的小说

17—18 法军入侵之前莫斯科的情况；拉斯托普庆的传单。市民的闲话，说法语罚款。雷比赫施放气球。鞭打法国厨师。皮埃尔去鲍罗金诺

19—23 作者议论舍瓦尔季诺和鲍罗金诺会战。皮埃尔在军队里；民团；战斗前夜皮埃尔观察阵地

24—25 安德烈公爵在鲍罗金诺会战前夜。安德烈公爵同皮埃尔会面。他们谈论战争

26—29 八月二十五日的拿破仑。早晨的梳妆。儿子的画像。统帅的命令，作战部署。作者评论拿破仑在这次会战中的盲目性。夜间的拿破仑

30—32 会战开始；晨雾；炮轰景象。皮埃尔在拉耶夫斯基炮垒观察。皮埃尔天真的勇气；皮埃尔目睹炮垒被法军占领，又被夺回

33—34 激战。拿破仑。他的疑虑和动摇

35 库图佐夫。库图佐夫紧张而疲劳，但相信会战必胜。库图佐夫对伏尔佐根发脾气。发布明天进攻的命令

36—37 安德烈公爵的团在猛烈炮火下转入后备队。一颗霰弹在安德烈公爵身边爆炸；重伤。在救护站；阿纳托里截肢。安德烈公爵心情激动

38—39 拿破仑的心情；作者评论拿破仑的错误思想和行为。作者议论鲍罗金诺会战

第三部

1—2 作者议论历史的动力和一八一二年俄国和法国的军事行动

3—4 库图佐夫和将军们在波克朗山；讨论作战计划。菲里军事会议

5 作者对放弃莫斯科的想法

6—7 海伦在彼得堡；海伦皈依天主教和再嫁计划

8—9 皮埃尔同几个士兵从鲍罗金诺回到莫扎依斯克。在客店过夜；梦（生活就是拉车）；回到莫斯科

10—11 皮埃尔在拉斯托普庆伯爵接待室；议论克留恰列夫和魏列夏金案件。拉斯托普庆训斥皮埃尔同共济会的关系，劝他立即离开莫斯科。皮埃尔弃家出走

12—17　罗斯托夫一家；准备撤离莫斯科，娜塔莎为接待伤员事责备母亲。出发；负伤的安德烈公爵在罗斯托夫家的行李车上。在街上遇见穿车夫长袍的皮埃尔

18　皮埃尔换上农民服装，住在巴兹杰耶夫寡妇的空房子里，带上一支手枪

19　拿破仑在波克朗山上眺望莫斯科，等待“大贵族”代表团的到来。随从们不敢告诉拿破仑莫斯科已是个空城。拿破仑下令进入莫斯科

20—23　莫斯科像一个空蜂窝。莫斯科的最后几天：军队撤离，街头景象。抢劫商店，喝酒闹事。宣读拉斯托普庆告示；警察局局长被围攻

24—25　拉斯托普庆对库图佐夫和莫斯科事态发展不满，发布最后命令。群众情绪激动来到他的官邸。他把魏列夏金交给群众折磨至死。他在索科尔尼基逃避疯人的包围

26　法军进入莫斯科；克里姆林城门口的景象。城里的抢劫和大火。作者对莫斯科大火原因的想法

27—29　皮埃尔；皮埃尔刺死拿破仑的计划。仑巴尔大尉来到巴兹杰耶夫家；疯人开枪；皮埃尔同仑巴尔共进晚餐，相互谈心

30—32　罗斯托夫家的车队在梅基希过夜。娜塔莎同负伤的安德烈公爵相会

33—34　皮埃尔徘徊在莫斯科街头。皮埃尔抢救孩子。皮埃尔被法国巡逻兵拘捕

第四卷

第一部

1—3　彼得堡；最上层党派之争；沙龙里所反映的战争危险。八月

二十六日安娜·舍勒的沙龙；宣读总主教给皇上的信，谈论海伦的病。信稿。库图佐夫的第一个捷报。没有进一步消息使大家惶惑不安。海伦暴卒。放弃莫斯科的消息。沙皇给库图佐夫的诏书。亚历山大同库图佐夫专使米肖谈话，表示要跟拿破仑决战到底

4—5 在祖国危急存亡的时刻，尼古拉奉派去沃罗涅日补充军马时的心情。他顺利购得军马；省长家的晚会；尼古拉在省长的圈子里获得成功；省长夫人企图替他同玛丽雅公爵小姐撮合

6—8 尼古拉同玛丽雅公爵小姐相会。相互吸引和开始接近；尼古拉想到宋尼雅内心矛盾。母亲来信提到安德烈公爵负伤。宋尼雅来信表示放弃同尼古拉结婚的约定。宋尼雅写信的背景

9—11 皮埃尔被俘最初几天；在委员会里受审。皮埃尔受审时的心情。在达武处再次受审。他被当作间谍；皮埃尔不明白审问结果。皮埃尔目睹五名俘虏被枪毙；他没有立刻明白他已得救

12—13 皮埃尔在战俘营；他的心情。他同普拉东相遇；他们的交谈和最初印象；普拉东自述。普拉东的详细情况

14—16 玛丽雅公爵小姐同尼古拉见面后带着侄儿到雅罗斯拉夫尔哥哥处。她对娜塔莎发生好感。她见到哥哥时产生的悲痛印象；她想到他的生命正在消逝。安德烈公爵末日的心情；他对娜塔莎的爱；生的愿望同死神斗争；死亡

第二部

1—3 俄军撤出莫斯科后行动述评；俄军到达塔鲁季诺；著名的侧翼进军，作者对这次行动和库图佐夫的作用的看法。沙皇给库图佐夫的信

4—7 塔鲁季诺会战前的部署；库图佐夫不知道会战推迟；他的惊讶和愤怒。第二天的军事行动；奥尔洛夫–杰尼索夫的部队；错过俘虏缪拉的机会；塔鲁季诺会战结果的意义

8—10 对拿破仑行动的分析；拿破仑试图恢复莫斯科秩序，但没有成功

11—13 皮埃尔的俘虏生活。法军准备撤离莫斯科。普拉东替法国人缝制衬衫。皮埃尔内心的变化；俘虏和法国人对他的态度

14 法军和俘虏撤离莫斯科；一片混乱；途中景象；怨声载道。撤退第一夜；皮埃尔在野外嘲笑自己的处境

15—19 俄军状况；陶霍杜罗夫奉命攻击布鲁西埃师，同莫斯科撤出的法军遭遇，深夜向库图佐夫报告；库图佐夫看到战争的转折点，情绪激动。拿破仑撤退到斯摩棱斯克大道。库图佐夫的正确计划和其他俄国将领的错误打算

第三部

1—2 评一八一二年战争的全民性和游击战

3—6 游击战的发展。杰尼索夫的队伍；他联合陶洛霍夫攻击法军骑兵运输队。彼嘉·罗斯托夫被德国将军派到杰尼索夫处送信，并留在他身边，彼嘉和杰尼索夫察看法军，途遇陶洛霍夫。探子季洪

7—9 林中哨所的午餐。彼嘉心情愉快。他对被俘的法国小鼓手感兴趣。陶洛霍夫的到来；陶洛霍夫企图夜间去法军营地窥测情况。彼嘉不顾杰尼索夫劝阻自愿跟他同去。他们顺利到达目的地

10—11 彼嘉兴奋无法入眠，他请哥萨克磨刀并同他谈话。彼嘉在磨刀声中打盹。早晨。出发；进攻的信号；彼嘉忘我地冲锋，头部中弹阵亡。俄国俘虏遇救，包括皮埃尔

12—15 皮埃尔在俘虏中间重新振作精神。普拉东热病复发。普拉东讲一个商人遭冤狱的故事。普拉东掉队被枪杀。皮埃尔获得解放前夜做了一个象征性的梦

16—19 战争末期俄军和法军行动分析

第四部

1—3 罗斯托夫一家。娜塔莎为安德烈公爵去世而极度悲伤，同家人疏远。彼嘉死讯震动全家，娜塔莎竭力安慰母亲，而对母亲的爱又使她恢复生活的信心。娜塔莎同玛丽雅公爵小姐的亲密友谊。她们一同去莫斯科

4—5 分析库图佐夫的行为，评价他在这次全民战争中的作用

6—9 库图佐夫在克拉斯诺耶城下；他向军队讲话。全团在野外宿营；士兵的景象。法国军官仑巴尔和他的勤务兵；歌唱亨利四世

10—12 法军渡过别列津纳河。司令部和朝廷反库图佐夫的阴谋加剧。库图佐夫将别尼生调离军队。康斯坦丁亲王的到来，库图佐夫明白他的任务已完成。库图佐夫在维尔诺；亚历山大皇帝来临。皇帝表面上赐恩库图佐夫，内心对他不满。库图佐夫不能担当欧洲战争的新任务。他的退休和死亡

13—14 皮埃尔。他在奥廖尔久病和康复。逐渐恢复正常生活，内心发生巨大变化。对人和对生活的新观点；他对公爵小姐、对仆人、对被俘的意大利军官、对共济会会员的态度。决定回莫斯科重建家园

15 莫斯科的复兴。……

16—20 皮埃尔来到莫斯科。访问玛丽雅公爵小姐。同娜塔莎相遇；皮埃尔没有立刻认出她来。旧情复燃。三人共同回忆安德烈公爵，皮埃尔讲述被俘情况。娜塔莎和皮埃尔感到他们的关系接近。皮埃尔在走最后一步时畏缩不前；玛丽雅公爵小姐的促成。爱

尾声

第一部

1—4 作者关于历史动力的思想，他对拿破仑和亚历山大作用的论述

5—9 一八二〇年。老罗斯托夫伯爵去世。尼古拉辞去军职，担任文职，勉强赡养母亲和宋尼雅。尼古拉遇见玛丽雅公爵小姐，自尊心使他开始时同她疏远。刹那间流露的真情战胜一切障碍。结婚。尼古拉在乡下管理农业；他们的家庭生活。皮埃尔在乡下罗斯托夫家

10—13 婚后的娜塔莎；她性格的改变；夫妇关系。皮埃尔从彼得堡回来。家庭生活；礼物；老罗斯托夫伯爵夫人。杰尼索夫

14 谈论彼得堡社会思潮和俄国形势；对反动派的愤慨。皮埃尔和尼古拉的观点；他们的矛盾。小尼古拉听他们争论。情绪激动

15—16 两对夫妇的关系和他们的思想感情

第二部

1—12 作者总论史学家与人类生活的关系，确定历史的动力；在否定上帝的现代史观指导下探索历史事件的原因